論創ミステリ叢書

89

竹村直伸探偵小説選 II

論創社

竹村直伸探偵小説選Ⅱ　目次

創作篇

随筆篇

凡例

一、「仮名づかい」は、「現代仮名遣い」（昭和六一年七月一日内閣告示第一号）にあらためた。
一、漢字の表記については、原則として「常用漢字表」に従って底本の表記をあらため、表外漢字は、底本の表記を尊重した。ただし人名漢字については適宜慣例に従った。
一、難読漢字については、現代仮名遣いでルビを付した。
一、極端な当て字と思われるもの及び指示語、副詞、接続詞等は適宜仮名に改めた。
一、あきらかな誤植は訂正した。
一、今日の人権意識に照らして不当・不適切と思われる語句や表現がみられる箇所もあるが、時代的背景と作品の価値に鑑み、修正・削除はおこなわなかった。
一、作品標題は、底本の仮名づかいを尊重した。漢字については、常用漢字表にある漢字は同表に従って字体をあらためたが、それ以外の漢字は底本の字体のままとした。

創作篇

白い標的

四月に入って最初の金曜日の午後だった。

神崎淳二が大学からの帰途、銀座に出たのは、女友達と会う約束をしてあったからだ。

制服の上に、汚れの目立つ白っぽいトレンチコートをつけ、うつむき加減に階段を上り舗道に出た。

だしぬけに、耳元で男の声がした。

「これをどうぞ」

低くはあったが、押しつけるようなひびきがあった。

神崎は足をとめ、声の方向へ首をねじった。

左腕に赤と青二種類のカードのたばを抱えた中年の男が、眼を落しながら、青いカードを差出していた。

神崎はその男の疲れたような血色のさえない顔をちょっと見つめてから、そのカードを受取り歩き出した。

カードにはこう印刷してあった。


「ロマンス誕生」封切り記念。

　素適な女性があなたを待っております。

　並木通り喫茶店××で、四月六日午後四時十二分に。


何のことかとっさにはわからなかったが、説明書きを読んでみると、ある映画会社が近く封切りされる「ロマンス誕生」という映画の宣伝のために、喫茶店とタイアップして、若い男女に配布しているものらしかった。

つまり、四月六日午後四時十二分というカードが、女性に配られていて、その時間に間違いなく一組の男女が喫茶店××で出会うと、映画会社から三千円ずつ進呈されるという、手のこんだ仕組みの宣伝であった。

神崎はカードをコートのポケットに押しこむと、四月六日は今日じゃないかと気がつき、そんな映画なぞ見たくもないが、しかし三千円は悪くないと思いながら、四丁目に向って歩いた。

約束の時間は三時半だった。そして、場所は和光の前という、ごくありふれた所で、そういうありふれた場所に似つかわしいような女性だったかも知れない。

和光の大時計が四時を打った。神崎は自分の腕時計を合わせながら、これ以上待たされるのはごめんだと思い、同時に、喫茶店××に行ってみようと心に決めた。


並木通りの喫茶店××の入口付近には、十人ほどの若い男女がむらがって、そのだれもかれもが、腕時計をにらんだり互にカードを見せ合ったりしていた。

神崎はなるほどと思い、いくらかあきれ、そして苦笑したい気持にもなったが、しかし別に抵抗も感じないで、そのむれに入った。

四時十分になった。だが、それらしい女性は見当らなかった。そこで、店内に入り、ようやく二人用のボックスを見つけ腰を下し、カードを渡してコーヒーを注文した。

三千円もらえるかどうかが、あと一分ほどにかかっていた。

三千円は大した金額ではないかも知れない。しかし、神崎にとってはやはり魅力でないとは言えなかった。それに、どういう女性がやって来るのか、その興味も多分にあった。ひょっとすると、そちらの方が比重は大きかったかも知れない。

神崎はいらいらとあたりを見回し、腕時計を見つめ、来るのか来ないのか、その確率は五十パーセントだと自身に言いきかせたりした。

結局、相手の女性はやって来た。だが、神崎のいらだちなどまるで無関心なように、定刻より四分は遅れていた。

神崎は舌打ちしたい気持で、どうせ来るならどうして四分早く来れなかったのか、といまいましさがこみ上げた。

和服の女性だった。三十前後のように見え、その上、薄色の西陣お召にレースの茶羽織というその身なりは、神崎にとって意外であるという以上に当惑を感じさせるもので、そのためいまいましさは消えていた。

だが、その当惑はすぐに好奇心にかわり、同時にある緊張感すら覚えて、一体なんとあいさつすべきかを考えた。

女は神崎の緊張感をときほぐすように、ゆったりと腰を下ろすと、ふくんだような笑いを左眼だけが二重《ふたえ》のその両眼に見せながら、

「どうもすみませんでしたわ。あたしの時計ちょっと遅れていましたのよ」

そう言うなり、左腕をあらわに神崎の前に出し、腕時計を見せるような仕ぐさをした。

神崎は意表をつかれたかたちで、その時計は眼に入らず、女のしっとりと白く肉づきのよい腕が両眼一杯に広がった。

神崎は反射的に眼をそらすと、

「残念でした。ぼくはやっぱり、三千円欲しかったんです」

「そうでしょうね。あなたは学生さんですわね」

「ええ」

「ほんとに悪いことをしましたわ。あたしの責任ですから、三千円はあたしに払わせていただきたいと思いますの」

女ははすかいにいくらかあごを引くと、微笑をただよわせた眼で同意を求めた。

その眼つきが和服のせいでもあるのか、神崎にはひどくなまめかしいものに感じられ、また戸惑いを覚えながらも、

「あんたがですか。しかし、それは筋違いでしょう。もしも、ほんとにあんたがそう思っているとすると、一体どういう目的でここに来たのですか」

女はあごを引いたまま、ためすようにゆっくりと言った。

「あたし、遊び半分でしたのよ。お金はどうでもいいと思ってましたの」

「そうすると、ぼくをからかいに来たというわけですか」

神崎はむっと皮肉めいた口調になったが、内心はそれほどでもなかった。

「そうじゃありませんわ。ですからこそ、三千円はあたしに払わせていただきたいのですわ。からかうなんて……。それで、あなたは下宿ですの」

「そう。池袋で下宿してますよ」

「そうですの。でしたら、あたしの分も合わせて六千円差上げたいと思いますけど」

女の微笑は相かわらずつづいていたが、それは媚態と見えなくもなかった。

「六千円」

神崎は思いがけなさといぶかしさを半々に感じた。女の言葉が好意からかどうか、それはわからなかった。し

かし、くれると言うものを断る積極的な理由は思いつかなかった。神崎の心は傾いた。

女はだまりこんだ神崎を気がかりそうに見やりながら、ややひそめた声で、

「気を悪くなさったんですの?」

「いや、そうじゃない」神崎は女の声のひびきにわざとらしさのようなものを感じると、ぶっきらぼうに言った。「くれると言うならもらいますよ。それにしても、あんたはどういう方なんですか」

「どうって?」

「つまりその、結婚なさっているかどうかとか、何か仕事を持っているかどうかとか、まあそんなことです」

「結婚はしていますけど、今は別居中ですし、仕事は持っておりますわ」

「どういう?」

「それはちょっと言えませんわ。名前やなんかも。ですから、あたしもあなたについては何もうかがわないつもりですの」

「なるほど」

神崎はいくらか眉を寄せながらも、もっともらしくうなずいたが、一層好奇心をそそられただけだった。その好奇心の底にはある漠とした期待がなくもなかった。

六千円はもらうことにした。

その夜、九時をすぎた頃、神崎と女は銀座でタクシーを拾い、神宮外苑をぬけて、国電の千駄ケ谷駅前で下りた。

旅館に行かないかと、ひどく巧妙に暗示的に誘ったのは女だった。その誘いに対して、神崎はちらっと恋人を、いや女友達を思ったが、それとこれは別で、断る理由はやはり思いつかなかった。

しばらく歩いて、屋根のついたコンクリートの塀にはめこまれた四角な門灯の白ガラスに、喜多村《きたむら》と黒く浮き出た旅館の前に出た。

二人はその門を入り、どこか不釣合いな後姿を見せながら、左右に植込のある石畳を玄関に向った。

八畳の数寄屋造にいくらか近代ふうを加えたような部屋に案内されたとき、神崎は初めてである気遅《きおく》れに似た気持を覚えた。

神崎には肉体の経験はなかった。しかし、そのための気遅ではなかった。自分は何かとんでもなく見当はずれなことをしているのではないか、という不安からだった。

だが、その不安も永くはつづかなかった。

女のしっとりと白く肉づきのよい腕。しかも、それは何も腕だけではなかった。

女は旅館の支払いに小切手を出した。そして、ことわられた。神崎がちらっと見ると、額面は一万二千円、振出人は株式会社鬼山商店社長鬼山剛太郎《おにやまごうたろう》とあり、銀行は三井銀行神田支店だった。

女は別に何も言わず現金で支払った。

旅館を出ると、神崎は言いようのない白々しい気分に落ち入った。しかしそれは、後悔じみたものでもなければ、罪悪感に似たものでもなかった。初めての経験でもあり、心の激動のあとの反動なのか。いや、それ以上に、金までもらって素性の知れない女の相手をしたということに、ようやく一種の侮辱を感じたからであろう。

女は神崎のそのような心の変化など、まるで感じないように、からだをすり寄せると、

「またお会いしたいわ」

「……」

「来週の金曜日どうかしら」

神崎はだまっていた。すると、女はのみこんでいるような口ぶりでつけ足した。

「三時頃、上野松坂屋の正面入口でお待ちしていますわ」

神崎は妙な所を選ぶものだと思いながら、うなずくでもなく、軽くうなるような声を出した。

その日、神崎はやはり出かけてしまった。これもやはり汚れの目立つコートをつけて。

何がひきつけたのか。女の肉体なのか。それとも金なのか。あるいは好奇心か。いずれにしても、侮辱感はなくなっていた。

女はすでに待っていた。前のときと同じ和服姿で。

「来ていただけるかどうか心配していましたのよ」

女はホッとしたのか、さすがに固い表情がゆるむと、あまえるような小声で言った。

左眼だけが二重の両眼に微笑を浮べ、またあごを引くと、やや上眼で神崎を見ながら、

「浅草へ行きましょうよ」

「へーえ。観音様を信心してるんですか」

「ばかねエ。ああいう所の方が眼にたたなくていいのよ」

はすっぱにそう言った女の口ぶりや表情には、すでにもう、特別な親しさが露骨だった。それはある媚態につながっているようにも見えた。

二人は地下に下りて行った。神崎は歩きながらきいた。

「目立ってはいけないんですか」

「いけないと言うより、こういうことはお互になるべく秘密にしておいた方が得策じゃありませんか」

「得策か……。しかし、ぼくはそうでもないけどね」

「そんなことありませんわ。あなたにだって、ひょっとすると恋人くらいいるかも知れないじゃありませんの」

「ふーん。ばかに思いやりがあるんだな。そりゃ恋人はいたさ。いたけど、きのう手紙をもらって、それによると結婚がきまったってさ」

「まあ、もうわかっちゃったのかしら」

女は真顔だった。

「冗談じゃない。ぼくだってその女と結婚なんかする気はなかった。ただ先手を打たれたんで後味がよくないだけさ」

「そう。それならいいけど……。でもね、用心深さがこういう関係を長持ちさせる一番の秘訣よ」

「こういう関係ね。あんたがご亭主に知られたくないということならわかるけど」

「主人とは別居中と言ったはずよ」

女は心外さを強調するように顔をしかめて見せようとしたようだったが、それは皮肉そうな笑いにかわった。

地下鉄に乗った二人は隅に腰を下ろした。

神崎は首をねじって女の耳元に言った。

「どうして離婚しないんです」

女はためらうように、しばらく自分の足元に眼をやっていたが、やがて思い出したように言った。

「主人はね、精神病院に入院中ですのよ」

この言葉は神崎にとって意外であったし、ちらっと見せた女の憂い顔も初めて見るものであった。

「そうでしたか。それで、病名は?」

「鬱病ということなの」

「なるほど。しかし、分裂病とは違って、全快は可能でしょう」

「ええ、そうらしいようですわ。今は色々とお薬もあるようですし」

「お勤めだったのですか」

「そうですの。でも、小さな会社だったものですから、六カ月目に辞めさせられましたわ。だけど、こんなお話はやめましょう」

神崎はだまった。別に女の言葉に同意したからではない。いくらかの同情は持ったが、それにしても、自分の立場がなんとなくばかばかしく思われたからだ。しかし、お互に利用価値を認め合っているわけだから、これはこれでいいのだと思い直した。

地下鉄を下りると、女はあなたに買って上げたいものがあるからと、松屋の紳士服売場に行った。

「あなたのそのコート、こう言ってはなんですけど、もう大分くたびれてますわ。ですからね、あなたに春向きのショートコートを買って上げたいの。いいでしょう?」

女は遠慮深げな、それでいて注意深そうな表情を作りながら、小声で言った。

「そうですか。だったら、買ってもらいましょう」

神崎は別段うれしそうな顔もしなかったが、そうかと言っていやな顔もしなかった。くれるものならもらっておこうと思ったままでだった。

明るいグレーに目立たないチェックの模様のあるバーバリーふうのものを、女は選んだ。

神崎はその選定に対しても、別に反対する理由は思いつかなかった。

松屋を出て、仲見世の方へ電車通りを横切り、舗道に片足をかけたとき、三つくらいの男の子が二人の間を車道にとび出した。

手に持っていた商店でもらったらしい赤風船が、どうしたはずみか手からはなれたらしく、それを追いかけてのことのようであった。

だが、その途端にタクシーが……。

神崎はハッと立ちすくんだが、その一瞬前に女は素早いからだのこなしで、むしろ荒っぽく男の子を手元に引寄せていた。

急ブレーキのあの金属的ないやな音が、突きささるように耳を打った。

女の腕の中で男の子は激しく泣いた。

すぐ前の菓子屋で買い物をしていた母親らしい女性が、青ざめた顔をこわばらせて、店からとび出して来た。

興奮のためか、かすれた声で、

「正雄……」

言ったなりしばらく声も出ないふうだったが、ようやく女に対して、

「どうも相すみませんでございました。おかげ様で……」

その口ぶりは、そして身なりは、東武線で田舎から出てきた人のように見えた。

「あぶないところでしたわ」

女も興奮からか、かすかに声がうわずっていた。

「ほんとに命拾いをいたしました。ありがとうございました」

深く頭を下げてから、子供を受取った。

「でも、よろしかったわ。実はあたし、去年の八月に、正雄ちゃんと同じくらいの三つになる男の子を、それも一人っ子でしたけど、自動車事故でなくしたものですから、ほんとに他人事とは思えませんの」

女はようやく声を落したが、やはり興奮しているのは右手で心臓の上あたりを押えているかっこうで明きらかだった。

「まあ、さようでございましたか」

母親の表情には、素朴な同情がありありと出た。

神崎はじっと見守っていたが、女の興奮したような表情には、あるきびしさ、そして女らしさ、と言うより母親らしい愛情が感じられて、なんとなく女を見直すような気になった。

たった一人の子供を自動車事故でなくし、しかも夫は精神病院に入っている。そのような女性はそうざらにはいないだろう、と思うと、神崎は初めて愛情に近い同情を持った。

二人は仲見世をぶらぶら歩き、女の言うままに、名の知れた汁粉屋で汁粉を食べてから、映画館に入った。

その夜、二人はまた旅館喜多村に行った。

十一時をすぎて旅館を出たが、神崎はまた白々しい気分に落ち入った。しかしそれは、前ほどひどくはなかった。女に対して愛情を持ち始めたからかも知れない。あるいは、最初ほど激しい興奮を感じなかったからかも知れない。

女がはずみをつけたような声で言った。

「二十日に実家の法事で、千葉県の臼井に行きますの。いい機会ですから、水郷へ一晩泊りで行ってみません？」

神崎はとっさに返事ができなかった。

女は一層はなやいだような声で、

「いい所ですわ。行ったことありますの？」

「いや、ない」

素ッ気ない返事になってしまった。

「でしたら、なおいいじゃありませんの。臼井で待合わせてから行きましょうよ。京成電車の臼井ですわ。町の北側に鹿島川が印旛沼《いんばぬま》に注いでいますけど、その一番印旛沼寄りに、わりと立派な橋がありますの。川の土手下でよく釣りなんかやっていますけど、その橋か近くの土手で待ってて下さいな。あなたは手ぶらで結構よ。必要なものはあたしが全部持って行きますから」

「なるほど」

神崎は気の乗らないような口調で応じたが、内心ではやはり行くだろうと思えた。

女はそのような口調などまるで気にもしないようにつづけた。

「午後の、そうですわねえ……、四時半頃までに来ていただきたいの。その頃までにはなんとかぬけ出せますから。駅で待合わせてもいいんですけど、土地の人に見られるといやなのよ。ですから、あたしの姿を見たら知らん顔して後からついて来て下さいね。成田まで京成電車で行きますから」

「ずい分気を使うんだね」

神崎は別に皮肉のつもりではなかった。

「だって、仕方ありませんわ。それから、今日買ったコート着てきて下さるわね」

「そうだね」

そうは言ったものの、どうしてもまたある反発を覚えないではおれなかった。女に引きずり回される自分をはっきりと自覚したからだ。だが、女はそれでもう決ったつもりになったのか、またからだをすり寄せてきた。

内心の満足と期待のためか、あるいは全身をいまだに酔わせているのか、酒に酔った人間が他人の思惑などまるで気にかけないように、女は神崎の気持をほとんど考える余裕もないようであった。それとも、もうすっかり自信を持っていたのかも知れない。

約束の、と言っても女の一方的に押しつけたものであったが、ともかくその約束の日、神崎はいらいらと思案をめぐらしていた。

行こうか、行くまいか。両方の気持には当然それらしいもっともな理由があった。

結局、行くことにした。

女に買ってもらったコートをつけて、上野から成田行の京成電車に乗った。

車中から望見された印旛沼は、ただ平地にのっぺらぼうにひろがっている大きな沼で、風が出てきたのか水面がこまかく波立っていた。しかし、格別心ひかれるほどの光景でもなく、水郷だってこの程度のものではないか、とその点では失望した。もっとも、神崎は大体風景などに特に心ひかれるたちではなかった。

臼井の町が、これはまたひどく魅力のない田舎町で、ただ東京から成田方面への国道が縦断していて、自動車の往来だけはさかんであった。

女の言った鹿島川はすぐにわかった。その橋は白いコンクリートと緑色に塗った鉄骨の配色があざやかで、その向う二百メートルほどに印旛沼が鉛色ににぶく小波立《さざなみ》って、右手の方へひろがっていた。

神崎はその橋の方へゆっくりと、土手の上の道路を歩いた。土手下の所どころでは釣りを楽しむ人々が散見された。それに乗ってきたのか、自転車やオートバイ、そして乗用車さえもが見られた。

一体何が釣れるのか、釣りに興味のない神崎には見当もつかなかったし、釣り上げるまで見ていようという気にもならなかった。それに、風が相当出てきたためか、ほとんど釣り上げている様子はなかった。

それにしても、ただじっとうずくまり飽かず浮子《うき》を見守っている、そのどこか真剣そうな様子が、神崎にはむしろ不思議に思えた。

だが、釣っている彼等が神崎を見たとすれば、土手の上や橋の上を、ただやたらに行ったり来たりしている神崎の方がよほど不思議だと思ったに違いない。

女は約束の時間をすぎても姿を見せなかった。

薄暗くなり、釣り人の姿もほとんど見えなくなったが、それでも女はやって来なかった。五時はとうにすぎ、そして六時になり、神崎はちりちりとじれてくる気持を持てあますと、土手の上から川面に小石を投げたりした。

だが、そんなことをしたところで、結局は無駄だった。

七時をいくらかすぎて、神崎はこみ上げてくる怒りと屈辱感と、そして疑いと、そんなものがごっちゃになった複雑な気持で、ようやく帰ろうと決心した。

橋を渡り切ると、そこに中型の乗用車がとまっていた。そのわきを通りすぎようとしたとき、思いがけず、運転台から声をかけられた。

「もしもし、どちらまでお帰りですか」

「東京までだけどね」

神崎は運転台をのぞきこんだ。

ジャンパー姿の、鼻下にひげをはやし、つばの短いハンティングを眼鏡のすぐ上まで眼深くかぶった中年ふうの男だった。男の向うには、釣り道具一式がおかれてあった。

男は気軽そうに言った。

「でしたら、これに乗って帰りませんか。今まで待ってたけど、東京に帰る人はだれもいなくてね。私は自家用車の運転手だけど、主人が商用で名古屋に出かけたもんで、奥さんに頼んで、元来が釣り好きなものだから、わざわざ出かけて来たんですよ。ところが、この風でしょう。さっぱりでした。そんなわけで、ガソリン代でも出ればいいんですよ。乗ってくれませんか。安くしておきますよ」

運転手は熱心に勧誘、というより頼んだ。

神崎はどこかでこの運転手を見たような気がしたが、思い出せなかった。思い出せないままきいた。

「料金はいくらなんだ」

「そうですね。五百円と言いたいところだけど、三百円でどうです」

三百円は安いと思い承知した。

後部座席で背をもたせかけた神崎は、いくらか落ちつくと、運転手に見覚えのあるような気が一層強くなり、そのことをきこうとしたとき、運転手が話しかけた。

「あんたは学生さんですか」

「そう。大学の二年になったばかりさ」

「釣りに来たのではなさそうだし、印旛沼でも見物に来たのですか」

「いや、そうじゃない。ある女性と会う約束をしたんだけど、まんまとすっぽかされた。水郷へ出かけることにしていたんだ」

「なるほど、なるほど。それで、帰ってから大いにとっちめてやろうというわけですね」

「それが、名前も住所もわからない。まだ二回しか会ってないんだ。しかし、二回とも旅館に行ったし、まさかすっぽかされるとは思ってもいなかった」

「へーえ。初めて会ってもうすぐに旅館に行ったんですか」

運転手はひどくおどろいた口ぶりだったが、その表情はわからなかった。

神崎はきいた。

「ぼくはあんたにどこかで会ったような気がするんだけどね」

「そんなことないでしょう」

あっさり否定した。

「あんたの主人というのは、会社の重役かなんかですか」

すると、運転手はまごついたように答えた。

「鬼山商店という洋服着地の問屋の社長ですよ」

「ふーん」

神崎は、あの女が旅館の支払いに出した小切手を思い出した。あの振出人は株式会社鬼山商店社長鬼山剛太郎とあったはずだ。

それから、二人はなんとなくだまってしまった。


一晩すぎて、怒りが屈折しながらも、徐々にしずまると、神崎はあるやり切れなさを感じ出した。それは、自分がやはり女の欲望の対象として利用されただけだ、という思いがぬぐい切れなかったからだ。

それにしても、もう会うつもりがなかったら、何故印旛沼のほとりまで引っぱり出したのか。

様々な理由が考えられた。しかし、それ等はいずれも想像にすぎなかった。女の真意をたしかめたいにも、会う手だては思いつかなかった。

三日後、もうすっかり落ちついてから、神崎は思い出した。

鬼山商店の社長鬼山剛太郎にきけば、女の住所はわかるだろう。と同時に、あの女が去年の八月に三つになる男の子を自動車事故でなくしたと言ったことも思い出した。いくらか興奮しながらしゃべったあの言葉が、まるっきり口からの出まかせであるとは思えなかった。

神崎は日比谷図書館に出かけ、去年の八月中の二種類の新聞を借り出した。

三歳の男の子、しかも一人っ子。この事故が新聞に出ないはずはない。

八月一日付からの朝刊夕刊の社会面を順に調べて行った。

十日付をすぎ二十日付になり、そしてとうとうあった。二十三日の朝刊だった。

二種類のその記事を綜合すると、こういうことだった。

杉並区天沼三の××番地、会社員三沢進さん（38）は昨日曜日の午後、三つになる長男の和夫ちゃんをつれて散歩に出たが、進さんが煙草を買っているわずかの間に、和夫ちゃんが手に持っていた野球のボールを落し、それを追って車道にとび出し、折から通りかかった会社社長鬼山剛太郎運転の自家用車にはねられ即死した。なお、鬼山にはスピード違反の疑いがあり取調べ中。

これに違いないと思った。だが、神崎にはおどろきの方が大きかった。

女の子供が鬼山剛太郎の運転する自動車にひかれたことだ。女は額面一万二千円の鬼山が振出した小切手を持っていた。あれは一体どういうことであろう。慰藉料《いしゃりょう》を月賦ででも支払っているのであろうか。しかし、それも一応自家用車まで持っている社長がすることとは思えなかった。その上、自分は臼井から鬼山の自家用車で東京まで帰ってきた。

その夜、神崎は大学の友人飯沢を、その自宅に訪ねた。相談するためにであった。

神崎は女とのいきさつをすべて話した。ただ、妙な心理から、待ちぼうけをくった場所を、印旛沼のほとりではなくて、両国駅だと言った。

飯沢は初め意外そうな表情で聞いていたが、聞き終えると、からかうような口調で、

「そりゃ君、ご亭主が退院したんだよ」

「ぼくもそれは考えたんだ。しかし、退院するなら一週間くらい前にはわかっていそうなもんじゃないか。病気が病気だしね。そんな話はなかったよ」

「うむ」飯沢はテーブルの上にひじをつき、右手でひたいを押さえてから、「だとすると、急病だな」

「それも一応考えたけど、ひどく健康な女性でね。病気などとは縁がなさそうだ」

神崎は女の白くはずむような肉体を思い出していた。

「しかしね。盲腸炎なんてのはいくら健康だって、突然に起るものだよ。それとも生理的な理由からかな」

飯沢は照れもしないで言った。

「そうだとしたって、会うだけは会ったっていいだろう。何しろ彼女は永いおつき合いをしたいと言っていたんだからね。会わなければ、もう全然どちらからも連絡の方法はないんだから」

「なるほど。やっぱりおかしいな」

「そうだろう。全く奇妙だよ。彼女は名前どころか住所も言わなかった。もっとも、さっき言ったように、住所はわかったけどね」

「君も執念深いんだね」

「そう言えばそうかも知れないけど、ともかく不思議だよ。彼女は鬼山剛太郎から小切手をもらっているんだ。これをどう考える？」

「案外、子供の事故がきっかけで、なんとなく親しくなり、その上……」

「そんなことは考えられないよ。一人っ子を鬼山に殺されたんだからね」

「しかし、ご亭主は入院している。鬼山は責任を感じて何かと面倒をみる。そのうちに……、というわけかも知れないぜ」

「だったらどうしてぼくを誘惑したんだ」

「誘惑とは恐れ入るな。それにしても、君はどうしてそんなに彼女に会いたいのだ」

「第一にね、彼女の欲望の相手として、ただ利用されただけのような気がして、なんか侮辱を感じるんだ。だから、これっきり無関係になるとしたって、最後に何か言ってやりたいよ。しかし、これも単に彼女の気持を想像するだけだから、やっぱり彼女の真意を知りたいということだろうね」

「そうか。だけど、ぼくの感じでは、君はその女にほれているからのように思えるね」

神崎は急所をつかれた思いだった。だが、正直に言った。

「その点は自分でもよくわからないけど、そうでないとは言えないようだ」

「本音だな。しかしね、不思議なことはよくあるさ。ぼくの高校時代の友人で大友という男がいるんだけど、その男が印旛沼で睡眠薬を飲んでから投身自殺をしたんだけど、その原因がさっぱりわからない」

「印旛沼!?」

神崎の内心のおどろきはひどかった。

「そうなんだ。なんだってあんな所まで行って自殺したかもわからない」

「うむ」

うなるように言うと神崎は考えこんだ。

飯沢が思い出したように言った。

「そうだ。君もここで会っているよ。たしか一度ここで会ったよ」

「覚えてないな。いつ頃だ」

「三月の初め頃だったかな。君のそのショートコートによく似たのを着ていたじゃないか」

「そういえば思い出したようだな」

「写真があったけ、見せてやるよ」

飯沢は立上がると、本箱の前に行き、引出をごそごそさがしていたが、やがて一枚の写真を持って戻った。

「あいつね、新宿の〝からたち〟というバーのマダムに夢中になっててね、ぼくも一度一緒に行ったことがあったけど、肉感的な女だったよ。その女とね、横浜に行ったときの写真なんだ。女は横浜の生れで、実家では兄貴がやっぱりバーを経営しているとか言ってたな」

神崎は写真を手に取って、一目見るなり愕然とした。

女はあの女だった。

気がついた飯沢がきいた。

「どうしたんだ」

「この女なんだ」

神崎の声はかすれた。

しばらく沈黙がつづいたあと、飯沢があらたまった口調で、

「そうだったのか。ふーん。大友が自殺したのもこの女のためだったかも知れないな」

「あるいはね」

そうは言ったが、神崎の頭は混乱し、混乱しながらもきっぱりと言った。

「ぼくはやっぱりあの女に会うよ」

「そうか。ぼくは別に反対はしないけど。しかし君まで印旛沼で自殺するなんていやだぜ」

飯沢はある心配を冗談めかして言った。

あくる日、神崎は女の自宅をさがしに出かけた。中央線を阿佐ケ谷で下りた。

三十分近く歩き回り、××番地はようやくわかったが、該当の番地に三沢進という表札は見当らなかった。

そこで、柾《まさき》の生垣にかこまれ、白ペンキで塗られた両開きの小さな門の家を訪ねた。

ベルを押すと、かすかな女の声が応じ、間もなく鍵をあける音がして、内側からドアが開いた。

若奥さんらしいピンク色の七分袖のセーターを着た女性が、けげんそうに神崎を見つめると、

「何か……」

「ちょっとおうかがいしたいのですが、この近くに三沢さんてお宅ありませんか。ぼくは三沢さんの知人です」

「あら、三沢さんはお隣でしたけど、家をお売りになって二十一日に引っ越しましたわ」

「引っ越したのですか。二十一日に……」

神崎はこみ上げてくる怒りをようやく押さえながらつづけて、

「どちらへですか」

「なんでも高円寺のアパートとかおっしゃっていました」

「しかし、どうして家を売ったのでしょう」

「ご存知でしょうけど、去年子供さんを自動車事故でなくされ、それがショックでご主人は精神病院に入院されました。そのため会社も辞められて、その費用も大変でしたでしょうし、結局家を売って引っ越されたようですの。お二人でごあいさつに見えましたけど、ほんとにお気の毒な方ですわ」

「お二人でと言いますと、ご主人は退院なさったのですね」

「ええ、一月半ほど前に退院なさいましたわ」

その女性は、知人のくせにそのくらいのことを知らないのか、といったふうにいぶかしそうな表情を見せた。

神崎のショックは大きかった。初めてあの女に会ったとき、すでにあの女の夫は退院していたではないか。

神崎はじっと興奮を押えると、

「それで、そのアパートは高円寺のどこかご存知ありませんか」

「存じません」

その女性の表情は、はっきりと迷惑そうにこわばり、口調も固くなった。

それにはかまわず、

「家を買った人にきけばわかりますね」

「でも、まだ引っ越してきてはいませんわ」

「そうですか。もう一つだけおききしたいのですが、三沢さんの奥さんはどこかにお勤めなのですか」

「新宿でバーのお仕事をやっているとかおっしゃっていましたけど、そのバーの名前は存じません。転居先をお知りになりたかったら、区役所へいらしたらどうでしょうか」

「なるほど。そうでした。どうも失礼しました」

神崎はドアをしめながら、今日が日曜日であることに気がついた。

ゆっくりと歩き、阿佐ケ谷駅前の赤電話で、友人の飯沢に電話した。

飯沢は好奇心を露骨にしたような口ぶりで言った。

「やあ、結果はどうだった」

「今夜、君の家に行くよ。その前に鬼山剛太郎に会えたら会ってね。神田の洋服着地問屋らしいからだいたいわかるだろう」

「ふーん。じゃ、待ってるからね」


五日後の午後、神崎は女に買ってもらったコートを着て、三沢進とドアのわきの柱にはってある名刺を見つめながら立った。

右の耳をドアに近づけるように顔をねじったが、何も聞えなかった。ちょっと考える眼つきで廊下の天井に眼をやってから、ドアをノックした。

女の声で返事があった。あの女の声に違いなかったが、はばかるようなひびきがあった。

神崎はフーッと息を吐いたが、その表情は固く、緊張をほぐすための深呼吸のようであった。

ドアがかすかにあけられた。

「まあ……」

女は口を半ばあけたまま絶句し、眼はおどろき、というより疑わしそうに神崎を見つめた。

初めて見る女の素顔には、薄いソバカスが目立った。それを見ると、神崎は奇妙に落ちつき、おだやかに言った。

「お邪魔してもかまいませんか」

「ええ、どうぞ」

女はようやく笑顔を見せたが、それは不自然で、なんか懸命に戸惑いをかくそうとしているようであった。

六畳と三畳ほどの板の間と、それに簡単な台所という、ありふれたアパートの間取りだった。

その六畳で向い合ってすわったとき、女はようやく落ちつきを取戻したふうで、独特のあのあごを引いて上眼で微笑するという表情を見せた。反面、ひどく緊張していることは、膝の上で固く握合わせた両手を見ても明らかであった。

女はちらっとその両手に眼を落してから、弱くつぶやくように言った。

「臼井ではすみませんでしたわね。急に風邪をひいて、九度も熱を出してしまったものですから」

神崎はそれには答えずに、早い口調でぶっつけるように言った。

「あんたは三沢すみ子さんというんですね。としは三十四歳。ご主人はたった一人の子供さんを、自分のちょっとした不注意から、自動車事故でなくした。それが直接の原因で鬱病になり入院された、とぼくは想像します。その上、会社まで辞めさせられた。しかし、一応全快して一月半ほど前に退院しましたね。だからあんたがぼくに、主人と別居中だと言ったのは嘘だった」

「嘘ではありませんわ」激しく言って下唇をかんでから、「肉体的には別居と同じでしたのよ。今でもですわ。あの事故のショック以来ですわ」

「そこまではぼくにはわからない。そうだとしても、あんたの方はそうでもなかったのですね」

「皮肉な、いえ残酷なことをおっしゃるのね。あたしだって、たった一人の子供をあんなふうになくしたのですから、いまだに諦め切れませんわ。そりゃ、こちらが不注意だったことは否定しませんし、運転していた鬼山さんて方も、ただちょっとスピードを出しすぎただけで、それほど責任はないとも思いますけど、それにしても、事故後に鬼山さんのとった態度は我慢できませんでしたわ。慰藉料など欲しくもありませんけど、香典どころか顔も出さなかったのですもの」

すみ子は憎悪が再び甦えったように、激しい口調にかわった。

「親とすれば当然でしょう。ぼくだって同情しますよ。まして、ご主人はああいうことになったのですからね。ご主人、今日もお出かけですね。ぼくはそれを見届けてから来たんです」

「臨時の仕事で出かけていますわ。三十八というとしもとしですけど、一度ああいう病気になって辞めさせられたとなりますと、まともなお勤めはなかなか……」

すみ子はうなだれて、しばらく顔を上げなかった。

神崎は催促するように言った。

「しかし、あんたはバーで雇われマダムとして働いているようですし、そうあせることもないでしょう」

「でも主人とすれば、のん気にもしておれない気持でしょうし、それに、仕事でもしてなければ、やはり思い出すことでしょうから」

「そうかも知れません。ところで、どうしてぼくがあんたに会いに来たかわかりますか」

「それより、どうしてあたしがこのアパートにいることがわかったのですか」

「それは簡単ですよ」

そこで、神崎は要領よく説明してから、

「ああいうことをあんたが口走ったのも、やはり子供をなくした母親として興奮したからでしょう」

「そうですわ」すみ子は力なく言った。「あれは失敗でしたわ。でも、まさかと思っていましたのよ」

「それはそうでしょうが、ぼくがあんたに会いたいと思ったのは、臼井ですっぽかされたことを怒ってではない。そりゃ、最初はひどく腹をたてましたよ。あんたにも自分にも。しかし、それは一時的なものだった。どうしてももう一度会いたいと思ったのは、あんたの真意を知りたいと思ったからだ。そして、その底にはあんたに対する愛情みたいなものがあったからだ」

神崎は照れくささを荒っぽい口調でごまかした。

すみ子ははにかんだように片ほおだけで笑い視線をそらしたが、それはわざとらしい作ったもののように見えた。

神崎は急にあらたまった口ぶりになると、

「最初はそういう気持だった。しかし、現在は違う。あんたにききたいけど、あんたはどうしてぼくが臼井に行ったことを知っているんです」

「それは」すみ子も急に用心深い探るような眼つきになった。「あなたがわざわざアパートまでさがして、こうやってあたしに会いに来たからですわ」

「なるほど。そうしておきましょう。しかし、あんた方夫婦はぼくが臼井に行った翌日、ここに引っ越してきた。あのときの約束では水郷で一泊するということだった。とすれば、あんたは最初から水郷などに行こうとは思っていなかった。風邪をひいたなんていうのもばかげた口実だ」

「そんなことありませんわ」

すみ子の表情にはある必死さがあらわだった。

「それに、あんたの実家は臼井なんかではなく、横浜じゃないか。そうでしょう」

すみ子はまた眼を落し、大きく息を吐いたまま、何も言わなかった。

神崎はつづけた。

「ぼくの友人の友人に大友という学生がいる。大学も違うし、ぼくは友人の家で一度会っただけの男だけど、あんたはその大友を知っているはずだ」

「知りませんわ」

すみ子は眼を上げたが、その眼にある怖れ、ある疑い、そんなものがちらついて、視線に落ちつきがなくなった。

「ほんとに知らないのですか」

ばかにしたような、あきれたような口調だった。

「知りませんわ」

「嘘だ。大友という男はあんたのバーによく行っていた」

「でも、多くのお客さんですから、名前までは知りませんわ。顔を見ればわかるでしょうけど」

「残念ながら、もう顔は見られない。自殺したんだ」

神崎はたたきつける口調で言った。

すみ子はハッとしたようだったが、それを素早く同情するような表情にすりかえると、

「でも、どうして自殺なんか……」

「それはぼくの方できたいくらいだ。自殺の理由については、肉親にも友人にもまるで心当りがない。あんたは大友と一緒に横浜まで行って、写真をとっているくらいだから、心当りでもあるのではないかと思ってね」

すみ子の顔からとっさに血の気が引くと、ソバカスを一層目立たせながら、肩のあたりをふるわせた。

神崎は追いかけるように、

「その大友がどこで自殺したか知っているでしょうね」

「なおさらわからないわ」

すみ子はあらゆる努力を集中してのようにようやく平静な表情を作って言った。しかし、その声はふるえ気味だった。

「そうですか。だったら教えてあげますけど、大友は睡眠薬を飲んでから、印旛沼で投身自殺をしたんですよ」

「まあ……」

そう言うのが精一杯のようだった。

「しかも、ぼくが臼井くんだりまで出かけたその日の、多分午後七時前後に投身したらしいことははっきりしている。ぼくはそれを聞いて、これはおかしいと直感した」

「へんな偶然ですわね」

すみ子は、今度は逆に捨てばちじみた笑顔を見せた。

「あんたはそれを偶然だと言うのか。ぼくはあんたに悪意は持っていなかった。しかし、今になっては好意も持っていない。要するにぼくが来たのは、あんたに会って事実をはっきりと知りたかったからだ」

「どういう事実をですの」

「あんた方夫婦は大友を殺した。仮死状態の大友をドライブクラブででも借りた自動車で、あんたの主人がはこんだ。そして、ぼくを利用して自殺と見せかけた。ぼくが一人で、あそこの土手や橋の上をぶらぶらしていたのを目撃した人間は何人かいたはずだ。大友とそっくり

のコートを買ってくれたのもそのためだった。

ぼくはよろこんでそのコートを着て出かけた。背かっこうや顔つきも多分似ていただろう。あんたのご主人は退院以来色々と臨時の仕事をやっている。映画会社のあのカード配りもやった。そして、大友によく似た学生を待った。それにぼくがひっかかったわけだ。ぼくのもらったカードと組になるカードは、最初からあんたの手元においてあった。あんたはわざと時間に遅れてやって来た。もしも賞金をもらうことになれば住所だとか名前だとか、色々とうるさいことを知らせなければならないからだ。あんたは金と肉体でぼくを釣った。まんまと成功し、その挙句臼井まで誘い出すことまで成功した。

大友と外見上よく似た男が、暗くなってまで土手の上をうろちょろしていれば、これは当然その男が投身したと断定されるだろう。

あの日、あんたが大友をあんたの自宅に呼び寄せることくらいは、あんたのその方面の実力からすれば簡単なことだ。その上、死なない程度に酒にでもまぜて睡眠薬を飲ませることもだ。さっきも言ったように、運転免状を持っているあんたの主人が、仮死状態の大友を乗用車で印旛沼まで運ぶことも可能だ。あんたの主人は釣り仕度で行った。釣竿をたれながら、ぼくが来ているかどうかを確かめる。来ているのを見て安心する。暗くなってから、仮死状態の大友を投げこむ。その上、ぼくが電車で帰れば、あんな小駅のことだし当然駅員に覚えられる。そこでわざわざ、大友を運んだ乗用車で今度はぼくを運んでくれた。つけひげをし眼鏡をかけていたが、どこかで見た男だと思った。どうしても思い出せなかった。しかし、このアパートの前でぼくは三日ほど見張っていた。そうしてわかったことは、カードをくばった男とあの運転手はあんたの主人だったということだ」

「ずい分色々と調べたり、こじつけたりしたものですわ」

すみ子は激情におそわれたような、むしろ粗暴と言ってもいい口調で言うと、ヒステリー患者のような笑声を上げた。それから、不意にしんみりとした口ぶりにかわると、

「でも、どうしてあたしたちが大友さんを殺さなければならなかったのですか」

「簡単ですよ。あんたの子供さんをひき殺した鬼山剛太郎夫婦には子供がなかった。しかし、妾との間に一人の子供があった。それが大友だった。どうしてわかった

かと言えば、あんたは初めてぼくと旅館に行ったとき、その支払いに小切手を出して断られた。その小切手の振出人が鬼山剛太郎だった。そのときはなんとも思わなかったが、あんたの子供さんをひき殺した男が鬼山剛太郎とわかって、ぼくは実に奇妙な感じがした。それから、臼井からの帰途、車のなかで、あんたの主人は自家用車の運転手だと言った。どこかで見た男だと思っていたから、ぼくは自家用車の持主をきいた。あんたの主人は山剛太郎のことを思っていたからか、ともかくとっさに、そこまで考えていなかったか、あるいはしょっちゅう鬼鬼山商店の社長鬼山剛太郎だと言った。あるいは、ことがすべてうまく成功したので、つい彼の名を口にしたのかも知れない。

その上、ちょうどその日に大友が印旛沼で自殺したことをあとで知った、ぼくはなんとも不思議だと思って、鬼山剛太郎にも会いましたよ。横柄でいやな男だったけど、鬼山が自家用車の運転手を雇っていないこと、さらに大友がたった一人の彼の子供だったこと、それだけは知った。

あんただってそのことは知っていたはずだ。

おそらく、大友はあんたの店に借金ができ、なんとか父親をごまかして一万二千円の小切手をもらったに違いない。しかも、そんなことは三、四回あったと思う。あんたはその小切手の振出人の名前を見て不思議に思い、大友に特別に近づいて事実を知ったはずだ。

あんた方夫婦はたった一人の子供を、そりゃ不注意はあったかも知れないが、鬼山剛太郎に殺され、その絶望が憎悪にかわり、そして子供を殺された親の気持を鬼山にも存分に味あわせてやろうと思うようになった。鬼山が事故のあとでとった態度は、さっきあんたが言ったようにひどいものだったに違いない。しかし、だからといって大友を殺したことは……」

神崎は言葉を切り、じっとすみ子を見た。

すみ子は放心したようにしばらく宙を見つめていたが、やがてある必死さを顔一面にみなぎらせると、

「あなたはこれからどうするつもりですの」

「どうもしない」

「ねえ」すみ子は腰を浮かすとだしぬけに神崎にだきつき激しく胸を押しつけた。

「だまっていただけるわね」

神崎はすみ子を突き放した。すみ子は横様に倒れた。

「ぼくは別に警察に行こうとは思わない。しかし、い

ずれわかることだ。警察にきかれれば、自分の行動だけは正直に話すつもりですよ」

すみ子は横様にたおれたまま、両手のうえに顔を伏せ、肩のあたりがふるえていた。泣いていたのかも知れない。

神崎はそんなすみ子をしばらく見やっていてから、立上がって部屋を出た。

道路をあるきながら、フッとすみ子の白くはずみのある肉体が眼にちらついた。

神崎はぎゅっと両眼をとじると、頭をはげしく左右にふった。子供の復讐のために、貞操までも提供する母親の気持が、わかるようでよくはわからなかった。

危険な人生相談

意外な一泊旅行

黒砂完二の妻まき江は六月九日の夜に自殺した。以来一カ月ほどして梅雨も明けると、黒砂の心の内に重く暗くよどんでいたものもようやくうすれ、土曜の午後から花井竹子と一泊の旅行に出かけることを思い立った。

その土曜日、黒砂完二は千葉市内の特定郵便局、A局に朝から釣支度をして出勤した。

黒砂はこのA局に三年ほど前、三十歳で婿養子にはいったが、夫婦だけの住宅を別に建ててもらい、まき江の死後も一人で自炊生活をつづけていた。局の方は手狭で、まき江の両親と、その遠縁に当る、家事手伝いであり局員でもある武上《たけかみ》咲子との三人住いであった。

釣支度の黒砂を見なれているはずの咲子があごをはずに引き、媚の底に何か思惑をひそめたような上眼使いで見直すと、そのままわざとらしい早いまばたきを二、三回してから、

「泊りがけでしょうけど、どこへですの」

「房総の南の富崎の海岸さ」

「いいわねエ。あたしも行ってみたいわ」

その声までもが作ったように高かった。

咲子のそのような声を、黒砂は以前からちょいちょい聞かされていたが、まき江が死んでから、一層しばしば聞かされた。

「海釣は女には無理だ。ハゼは別だけど」

黒砂は久しぶりに感じている、あるはなやいだ期待を見すかされたくないのか、必要以上にぶっきらぼうな応じ方をした。咲子はそんな黒砂の口調にはなれているのか、あるいはことさら無視してか、さらにねばっこく、

「ハゼだって釣れるんでしょう」

「まだ早いな」

「でも、ほんとうに行ってみたいわ」

あまえるというにはわざとらしすぎた。

義父の英之《ひでゆき》が向こうの机から、黒砂と咲子を等分に見

やりながら、

「だれと行くのかね。また真間野《ままの》さんかい」

「いいえ。一人です」

黒砂は義父の顔は見ないで、やはり素ッ気ない口のきき方をした。

「だったら。咲子をつれて行ってやったらどうだね」

英之はひかえ目な口調ながら、咲子と黒砂が結婚することを望んでいて、それを間接に知らせようとしているふうであった。

「僕は一人で行きたいんです」

黒砂は困惑じみたものを覚えながらも、かえって強い語気になってしまったようだ。

「そうか。ま、気晴しには一人の方がいいだろう」

それっきりだった。

黒砂は早目に仕事を切上げると、千葉駅に急いだ。駅で週刊誌を二冊と弁当を二つ買込み、花井竹子を待った。

竹子は市内のある百貨店の経理部に勤めていた。黒砂自身も養子にはいるまで同じ職場にいた。二人が結婚するであろうということは、職場での噂話以上のものであったが、黒砂は別の結婚をした。しばらくして、竹子も結婚した。しかしどういうわけか、一年近くで離婚した。その理由について、黒砂はききもしなかったし、竹子も話さなかった。

竹子は水色の濃淡のチェック模様の目立たないワンピースに、かかとの低い白靴というスポーティーな身なりでやって来た。小柄な方だが、それなりにからだ全体の均整はとれていた。そんな竹子は口紅だけという化粧のためもあってか、健康こそが一番の化粧法だというありふれた感じを黒砂に起させた。死んだまき江が病弱だったこともあろう。


富崎は観光地というほどのこともない小漁村で、旅館もそれにふさわしいようなのが一軒きりだった。その二階の海に面した一室から眺めると、左手にこれも小さな漁港があり、それを囲んで突堤がのび、その先端に灯台ともいえない、しかしやはり灯台の一種か、ちょっとした塔がうす茶色によごれていた。

黒砂はお茶を運んできたワンピース姿の女中に釣の様子をきいてみた。女中は、

「カイズが上っていたようですが、このところ水が澄んできましたからどうでしょうか」

と、心得た返事だった。

ともかく、夕食まで突堤で投げてみたが、やはり何もかからなかった。

「この調子じゃ、夜も釣れないだろうな」

「そうねエ。夜はやめましょうよ」

竹子は、しかしがっかりしたふうもなく、残照でひときわ紫を濃くした館山の方向をこころよげに眺めていた。黒砂はいくらか未練を覚えたものの、やはり夜はやめにした。

そうきめてみると、外に出たって仕方のないことだし、テレビがあるわけでもなく、早目に床に入った。

花井竹子の二十八歳の肉体は、すべてを吸込まなくてはおれないような、どんよくともいえるはげしさをあらわに見せて波打った。それは突堤によせる波に似て、うねってはくだけた。波の下は静かだというが、竹子のすべっこいがしっとりうるおいを持った皮膚の下には、何か電流のようなものが走りつづけた。その電流は黒砂の肉体に流れてはスパークし、そして最後に感電したように全身をけいれんさせた。

黒砂はようやく眠りに落ちた。

どのくらいたったのか、黒砂は竹子にゆすぶられて、ぼんやり眼を醒ますと、まぶしそうに顔をしかめた。

竹子は枕元の電気スタンドをつけて、黒砂の買ってきた週刊誌を、腹ばいのかっこうで読んでいたらしい。黒砂の左肩のあたりをなおゆさぶると、

「ねエ、ちょっと……」

「どうしたんだい。まだ起きていたの」

「ええ。眼が醒めたら眠れなくなりましたの。それで、これを読んでいたのですけど」

いいながら、竹子は右手に週刊誌を持ったまま、裾の乱れも気にならないように床の上に坐った。その表情は堅く、それ以上にけわしい眼つきで黒砂を見つめると、あらたまった口ぶりにかわり、

「これ読んだのでしょう」

「何かあったのかい」

「読まなかったんですの」

「全部は読まないさ」

「でしたら、読んでごらんなさい」

竹子はその週刊××を黒砂に突出した。

黒砂は横になったまま、やや声を荒く、

「何もいまそんなものを読まなくたって……。僕は眠いよ」

「読めば眠気などいっぺんに醒めますわ」

からみつく口ぶりであり眼つきだった。

「明日じゃいけないのかい」

黒砂は不機嫌さをはっきり顔に出しながらも、いくらかいぶかしそうな口調になった。

「いけませんわ。あたしは眠れませんもの」

「どうして?」

「だって、ここに書かれているのはあなた自身のことじゃありませんの」

「僕のこと?」

一層不審げにきき返すと半身を起した。

「そうですわ。この身上相談ですのよ」

「身上相談? 冗談じゃない。僕は身上相談などやらないよ」

「あなたの恋人が出していますのよ」

「なんだって!?」

黒砂ははっきり眼が醒めたようにとび起きた。ほとんど同時に、開いたままのその週刊××を半ばひったくるように手に取った。

人生相談という欄で、久喜睦子《くきむつこ》(30歳)千葉市、とあり、それにつづいて相談の内容がのっていた。素早く眼を走らせた。


わたくしは家庭にいる独身の女性ですが、あるきっかけから黒砂完二さん(仮名)という奥さんのある男性と親しくなり、恋愛にまで発展し、そうして当然の結果とわたくしは思いますが、肉体のつながりまで持つようになりました。彼に奥さんのあることは、初めから知っていました。ですけど、わたくしはそのことを冷静に考えるだけのゆとりがなかったかも知れません。感情のままに動いたといえば、それもそうかも知れません。でも、わたくし自身としますと、もっとそれ以上の一途な心があったと思います。ですから、その点で奥さんにすまないという気持はありませんでした。奥さん自身相当に勝手なことをしているという彼の言葉も影響していたでしょう。ところが、最近奥さんのまき江さん(仮名)が突然自殺しました。わたくしはその原因がわたくしにあったのではないかと、初めてある罪悪感を覚え、その結果、彼の結婚申込みを断ってしまいました。彼は奥さんがわたくしのことを気づいていたはずは絶対にないと申します。自殺の原因は、奥さんは心臓が悪くそのために子供は生めないと、医師にいわれていたことだ、とも申します。わたくしはなんとなく納得出来ません。ひょっとしたら、奥さんは殺されたのではないか、という妄想にさえおそわれる時があります。それでいて、夜など床の中でフッと彼を想うと、わたくしは眠れません。やはり好きなのだ、と身にしみてもだえます。わたくしはどうしたらよいのでしょうか。

読み終えて、黒砂はしばらく久喜睦子という名前を見つめていたが、その顔に、疑惑、怒り、そしておそれといったものがごっちゃにあらわれ、いくらか青ざめた。

竹子は黒砂のななめ横顔にじっと視線を当てていたが、両肩を落すと溜息まじりにいった。

「やっぱり、あなたのことでしょう」

「そうとしか考えられない。仮名と断って実名を使っている。しかし、僕には全然心当りはない。だれかのいたずらだ」

黒砂は下唇をかみ、一体だれなのか、というように空間の一点に眼の焦点を集めた。

「そうとは思えませんわ。あなたはあたしと結婚するつもりはないのでしょう」

なじる口ぶりでいうと、竹子は黒砂のあぐらのひざに強く右手をおいた。

「そんなばかな」

黒砂ははげしくいうことで竹子を信じ込ませようとしているふうでもあった。

「第一、僕はこの久喜睦子などという女を知らない。いたずらでなかったら、見当はずれのたくらみだ」

「どういうたくらみですの」

「僕と君の結婚をぶちこわそうとするつもりか、あるいは、僕と君とのことを知って、僕がまき江を殺したかも知れないということを、それとなく公表したかったのだと思うね」

「まあ、そんなこと……。そんなこと信じられませんわ。仮名が実名ですから、久喜睦子というのは仮名かも知れませんし、あなたは知っているはずですわ。そして、その人と結婚したいのだわ」

竹子は不信をあらわにした眼で黒砂を見ていたが、やがて泣くのをこらえるように視線を自分のひざに落した。

「君がそう思うのも、こんなものを読めば当然だろうけど、しかし僕にそんな女がいるわけはないじゃないか」

黒砂はいくらか落ちつくと説得調になった。竹子は眼を上げると、右手で眼尻を押えてから、

「でしたら、どうしてこんな身上相談が出ますの」

「だから、さっきいったようなことだろうと、僕は思うね。それ以外に考えられない」

黒砂は真実不可解だという口調と顔つきでいった。竹子は黒砂のそんな表情や口調に、やはり嘘でないものを感じたのか、ややややわらいだ調子で、

「ほんとうにそうなら、この久喜睦子さんに会ってみればいいわけでしょう」

「住所がただ千葉市だけじゃわからない」

「ですから、その雑誌社に行ってきいてみたらどうかしら」

「そうだ。よし、月曜日に行ってみよう」

「あたしも一緒に行ってもいいでしょう」

「行きたければ行ってもいいさ」

「行きますわ」

「君はまだ僕を疑っているね」

「だって……」

竹子は口ごもりながら、疑いをふり払おうとするように、頭をゆるく左右にふってから、黒砂にやわらかく身を投げた。

黒砂は竹子を受止めながら、その両眼に不安をのぞかせて、瞳は落ちつかなかった。

今度は黒砂が眠れなかった。竹子はようやくおだやかな寝息を規則正しくたてて熟睡に落ちたようだが、その規則正しさが耳につき、黒砂はいらだった。

まき江が死んだのは六月九日の夜だったが、まるでもう梅雨に入ったように雨の降りつづいた週の終りの日であった。

そのあくる日、ブロック建の二十坪ほどの自宅六畳の茶の間で、黒砂は刑事からいろいろときかれた。友人の真間野公平が偶然にも一緒にいた。

三木というその刑事はずんぐりと背が低く、黒縁の眼鏡をかけたその顔は日に焼けて背の割には大きく、いかついが愛敬もあるといったふうの四十五、六の男だった。

「奥さんは睡眠薬を飲んでいたようですが、常用していたのですか」

「あるいは、そうかも知れません」

「はっきりしたことはわからないのですね」

「ええ。知りませんでした」

「そうですか。しかし、死因はやはりガス中毒で、死亡時刻は大体昨夜十一時すぎ頃のようです。寝室のガス栓を開いたわけですが、発見したのはあなたと真間野さ

んの二人だったのですな」

「そうです。昨夜、僕は真間野君のアパートに泊ったのです。昨日の午後、実は映画を見るつもりで、ここを四時頃出て東京に行きました」

「東京に映画を見に？　奥さんは病気で寝ていたのでしょう」

「病気といっても、軽い風邪でした」

「それで、真間野さんのアパートに泊ったいきさつは？」

「真間野君は東京郵政監察局の監察官なのですが、去年初めてうちの局に監察に来ておどろいたのです。といいますのは、真間野君とは大学時代の同窓だったからです。それ以来、彼も僕も釣が好きなので、よくつき合っていました。今日も彼が釣をしようというので、それで一緒に帰ってきたのです。それはともかく、映画を見終って、なんとなく銀座裏をぶらぶらしていて偶然に真間野君と出会ったのです。九時半頃でした。それから真間野君の案内でキャバレーを三軒ほど回りました。僕は大して飲めないのですが、飲むことはちょいちょい飲みます。昨夜は飲みすぎました。気がついたら、終電車には間に合わず、その上千葉までのタクシー代もなくなっていたのです。仕方なしに、真間野君の錦糸町のアパートに泊めてもらったのです」

「なるほど」

うなずいてから、三木刑事は間違いないかというように真間野を見やった。真間野は腕を組み血色のよい顔をまっすぐ刑事に向けて、にらむように見つめていたが、

「その通りですよ刑事さん」

力を込めて弁護するような口調だった。

三木刑事はまた黒砂に、

「今日ここに着いたのは、なん時頃でした」

「午後一時頃だったと思います」

真間野が無言のまま重くうなずいて見せた。刑事はつづけた。

「それで、どういう状況だったのですか」

「玄関のとびらには鍵がかかっていませんでしたが、それ以外は全部鍵がかかっていたようでした。玄関に入ったとたん、ガスの匂いがし、声をかけても返事がありませんでしたので、台所をたしかめてから、茶の間をぬけて寝室に入ったのですが、すでにまき江は床の中で死んでいたようでした。あわてて窓をあけ、小机の陰になっているガス栓を見ましたら全開になっていました。あ

とを真間野君にたのみ、僕は近くの医院に駈け出しました。そうだったね」

いわれて真間野はまた重くうなずくと、

「そう。その通りだったよ」

三木刑事はおだやかにつづけた。

「遺書はなかったようですが、理由はなんだったと思いますか」

「まき江は心臓に故障があり、出産は無理だと医者にいわれていたことではないかと思います。若い頃、バセドウ氏病をやったのですが、心臓の故障もそれに原因があったようですし、同時にいくらかヒステリー気味にもなっていました。あるいは、僕が勝手に出かけたりしたので、発作的にやったのかも知れません。はっきりいいまして、僕とまき江はうまくいってはいませんでしたから」

「どうしてですか」

「あのヒステリー気味が僕にはひどくこたえて、そのためです。たとえばこんなこともありました。雨の降っている日に二人で出かけたのですが、僕がさっさと先に行くといって、道端でけいれんのようなものを起して、しゃがみ込んでしまったのです。あれにはおどろきました」

「ほーう。そんなものですか」

三木刑事は正直にあきれた顔をしたが、

「それで黒砂さん、今後はどういうことになるのですか」

「どうって……、いずれ結婚するでしょう」

「心当りでもあるのですか」

三木刑事は笑顔を見せながら、すかさずきいた。黒砂はほとんど表情をかえずに、

「いいえ、別に。ただ、義父は局の事務員をやりながら家事を手伝っている、義父の遠縁に当る、武上咲子という女性との結婚を望むかも知れません。特定局というのは、親子夫婦だけでやっていくのが一番いいわけです。定員も三名ですから」

「なるほど。で、その武上咲子さんと結婚するつもりですか」

「さあ、そこまではまだ考えていません」

「もっともですな」

三木刑事は大きな顔で大きくうなずくと、冷えたお茶をぐっと飲みほし、そのまま帰って行った。

真間野が本心とも冗談ともつかずに、

「あの刑事は君を疑っているようだぞ」

「ばかいうな。アリバイがあるさ」

黒砂は相手にしなかった。

それにしても、真間野の言葉があらためて思い出され、黒砂は一層眠れなかった。


月曜の午前、黒砂完二と花井竹子はともに勤めを休むと、神田にある週刊××の発行所協立社を訪ねた。

三階建のそのビルの表玄関前で、黒砂は戸惑ったようなためらいを眼のあたりにただよわすと、しばらく立っていた。

「どうしたんですの。入りましょうよ」

竹子はいぶかるようにささやいた。

黒砂はかすかにうなずくと、

「君はだまっているんだよ」

これも小声で、しかし押しつけるような語気でいってから、玄関を入った。

受付で名前と用件をいい、週刊××の編集長に面会を申込んだ。

受付の向いは応接のための一劃らしく、なん組かのテーブルとイスがあり、その二つはふさがっていた。黒砂は一番はずれのテーブルの前に窓を背にして腰をかけた。竹子もその隣に腰を下ろした。

やがて、ついたての向こうから、ワイシャツの袖をまくった若い男が忙しそうに入って来ると、気ぜわしげに見回してから、二人の前にやって来た。

「黒砂さんですね。ただいま編集長は手がはなせませんものですから、わたくし代りに」

やはり気ぜわしそうな早口でいうと腰を下ろし、つづけて、

「何か人生相談のことでというようにうかがいましたが」

「いや、別に身上相談にうかがったわけではないのです」

黒砂はまだいくらか戸惑い気味だった。

若い編集員は汗ばんだ顔で明るく笑うと、

「ええ、それはそうでしょう。で、どういうことなのですか」

「実は、週刊××は毎週読んでいるのですが、先週の人生相談欄に、仮名と断りながら、僕と妻の実名が出ています。しかも、あの内容はよくご存知と思いますが、

僕の場合とそっくりなのですが」

「そうでしたか」

編集員はあごに右手をやりながら、眼の端でチラッと竹子を見た。

「すると、あなたの奥さんも自殺されたのですか」

「そうです」

「そいつはおどろいたですな」

しかし、別段おどろいたふうもなく、むしろ好奇心を持ったように、今度はしげしげと花井竹子を見やった。竹子は反発するように無言のまま見返したが、すぐにうつむいた。

編集員は苦笑じみた笑いをかすかに片ほおにうかべながら、黒砂に眼を移した。

黒砂ははね返す口調で、

「おどろいたのは僕ですよ。あれは僕のことに違いないのですが、あの文中の名前は相談者が書いてきたのですか。それともこちらで作ったものですか」

「あれはご本人が書いてきたものです。仮名と断ってありましたから、そのまま使ったのですが、しかし偶然の一致というやつではないでしょうか」

「とんでもない。夫婦の名前が同一だし、内容も全くわれわれ夫婦と同じことですし、その上、相談者の住所は千葉市、僕も千葉市ですからね。こんな偶然はないでしょう。僕はあのためにとんでもない誤解を受けているのです。第一、あの久喜睦子という女性を全然知らないのですからね」

「あれは仮名です」

「うむ。まるで逆だ。本名はなんというのですか」

黒砂は怒りと不安を半々に見せるとはげしくいった。

「僕はその女性に会って、彼女の真意を知りたいと思うんです。こちらにだって責任はあるはずだ」

「そうかも知れません。ごもっともですが、本名はご存知だと思います」

編集員は奇妙な笑いを見せながら、自信のあるいい方だった。

疑惑の女

自信をひびかせた編集員の言葉に、黒砂は不安げに眉を寄せたが、すぐに、

「心当りは全くありませんね。なんという名前ですか」

「久須田三津子さんというんです」

編集員の表情はいっ時緊張を見せながら、知っているはずだ、といったふうな眼つきにかわり、じっと黒砂の反応をたしかめようとしているようであった。

花井竹子も同時に、黒砂の横顔をうかがった。

「久須田三津子？」

そうきき返した黒砂の表情からは、彼の内心を的確に判断することはむずかしかった。

「そうです。ご存知でしょう」

「いや、聞いたこともない名前ですね」

「そいつは妙ですな」

そういった編集員は、しかし露骨に半信半疑さを両眼にちらつかせると、視線をずらして何か考えるようにその眼を細めた。

黒砂は催促するようにきいた。

「その久須田三津子さんの住所を教えて下さい」

「そうですね。ちょっとお待ち下さい」

編集員はなんとなく二人を見くらべてから、立って行った。

竹子が試《ため》すようにささやいた。

「久須田さんて人、あなた知っているんじゃありませんの」

「冗談じゃない。知っていれば大体見当はつくはずだし、わざわざこんな所まで恥をかきに来やしない」

「どうして恥なんですの」

「そうじゃないか。いまの男は君をうさん臭そうに見ていたし、どういう想像をされるかわかったもんじゃないからね」

「そんなこと……。その久須田さんて人の家に、あたしも一緒に行っていいでしょう」

「その予定だったはずだよ」

黒砂はいらだった口調で吐き出すと、落ちつこうとするようにピースに火をつけた。

やがて、編集員は戻ってきた。その顔に薄い笑いがただよい、立ったまま二人を見下ろすと、社名の入った二百字詰の原稿用紙を黒砂の前においた。

竹子がのぞき込んだ。

千葉市登戸町五の××番地。と、太いペン字で書きなぐってあった。

黒砂は眼を上げると、

「原稿を見せてもらえませんか」

「それも一緒にと思ったのですが、処分してしまったようで、見つかりませんでした」

「そうですか」黒砂は立上った。「まさかニセの住所ではないでしょうね」

「そんなことはないはずです。この住所と名前で稿料を送りましたから」

「稿料を支払うのですか」

「当然でしょう。わずかな金額ですが」

「相談に応じてもらった上に、金までもらうのですか」

黒砂は妙なことに感心した。


秋葉原から乗った昼近い千葉行の国電はすいていた。二人は隅にならんで腰をかけた。

黒砂は何か内心におそれを感じているように、むっつりだまっていた。花井竹子は反対に、どこか安堵の表情でゆっくりと顔をねじると、明るく話しかけた。

「久須田三津子さんて、一体どういうつもりなのかしら。ひょっとしたら片想いってこともありますわ。あなたは知らなくても」

「それにしたって、僕が結婚を申込むわけはないさ。ばかばかしい」

「ですから、頭がちょっとおかしくなったのかも知れませんわ」

「へーえ。片想いのためにかい」

「そうでしょうね。でなかったら、まき江さんの自殺に責任なんて感じるわけはないわ」

「どうもね……。童話にもならない」

「童話的な人のように思えますわ」

「もういいよ。会えばはっきりする」

黒砂は不機嫌というより、内心の乱れに自分自身腹を立てているようにいった。

竹子はひとりごとめいた口つきで、

「まき江さんはほんとうに、あなたとあたしのことを知らなかったのかしら」

「今度は君が責任を感じようってわけか」黒砂はじりじりする気持をそのまま口調に出した。「僕はやり切れないよ。同じことをなん度もいわせることはないじゃないか。まき江は自分のことで頭が一杯だった。まき江に男がいたことは前にも話したはずだよ。でなかったら、僕は君に会おうとは思わなかった」

「まき江さんにそういう男の人がいなかったら、あたしには会わなかったのね」

竹子のいい方はいくらか皮肉めいた。

「厭ないい方だ。もともと僕とまき江はうまくいっていなかった。なんだって養子になど来たのかなと、よく思ったよ」

「何故、養子に行ったんですの」

「結局、まわりの者にすすめられて、ついそんな気になったんだ。しかし、他人の責任じゃない。僕は最初から君と結婚していればよかった。だけどね、職場結婚というものに相当強い抵抗を感じたんだ。正直にいえば、それだけの勇気がなかったわけさ」

その口調は自嘲めいて暗かった。

「そんなこと……。すぎたことは仕方ありませんわ。問題はこれからのことですわ」

「それはそうだけど、いまさら僕の方から黒砂の姓を捨てるわけにはいかない。もっとも、向うから解消の話が出れば別だけどね」

「でも、そんなお話はないのでしょう」

「いまのところはね。しかし、おやじは局で手伝っている武上咲子という親戚の女を僕と一緒にさせたいようだ」

「まあ……、それで、その咲子さんて人も承知ですの」

竹子は別の心配に顔をこわばらせると、上半身を折りまげて、正面から黒砂の顔を見ようとした。黒砂はかまわずにいった。

「これは自惚《うぬぼれ》でなく、咲子は前から僕に好意を持っていたようだ。しかし、僕は断るつもりだよ。まき江より四つ下というから二十七だけど、嫌いなタイプだな」

「でも、あなたはまわりの人にすすめられると……」

皮肉のつもりはなかったろう。竹子は顔にも声にも気がかりをかくしはしなかった。

「前とは違うさ。咲子以外の女性との結婚を許さないというなら、出ればいいんだから。あんな郵便局などに未練はない。まき江との関係だって、もしもまき江が離縁してくれといったら、いやむしろそれを待っていたくらいだからね。しかし、おやじが承知しなかっただろう。おやじには信用があるんだ。だけど、今度はわからない」

「おとうさんの意向がもしそうでしたら、出るつもりですのね」

「もちろんだよ。まき江でこりているし、僕には君以外の女性との結婚は考えられない」

「ほんとうかしら」

そういったが。竹子の表情には、すでに気がかりそうな陰はなかった。

「まき江の男というのは」黒砂は思い切ったようにいった。

「真間野君だった。その事実を知らせてくれたのが、妙なことに咲子だった。僕が泊りがけで釣に行った土曜の夜、二人が公園裏の旅館に入るのを見たとね。僕はそれ以来、釣に行くとか日曜には必ず、大学に行っている弟に頼んで監視してもらった。二人はよくその旅館に行ったようだ。まき江が東京にまで出かけたことはなかった」

「まあ……」竹子は意外さと驚きを両眼一杯にみなぎらせて、黒砂の横顔にじっと視線を当てた。「へんなお話だわ。真間野さんて、あなたのお友達なのでしょう? わからないわ、あなたの気持」

「僕はね、これで君に会えると思ったからこそ、知らん顔をしていたんだ」

「それはそうかも知れませんけど、いくら嫌いな奥さんでも、お友達とそんな仲になって、なんとも思わないものかしら」

「僕は思わなかったね。真間野もまさか僕が感づいているともしらずよくやって来たよ。いつも釣だったけど」

「それにしても、へんですわねエ……」

竹子は考え込んでしまった。

西千葉駅の手前で竹子はいった。

「あたしこのまま千葉まで行きますわ。午後から出勤しますから」

「一緒に行くといったのは君だったんだぜ」

「久須田さんて人があなたに関係なさそうだということ、よくわかりましたから」

「ふーん。ようやく無罪放免か」

「そんなふうにいわないで……。心配したって当然でしょう」

「いいんだよ。今夜アンデレで会おう」

教会に相応《ふさわ》しいような名前の喫茶店をいった。二人の行きつけの喫茶店だった。

「じゃ、六時頃にね」

電車は西千葉駅に止った。

久須田正一と表札が出ていた。その隣に池坊《いけのぼう》竜生派華道教授久須田千風《せんぷう》という看板が、墨の字を盛上らせていた。海の見える松林にかこまれた古くてばかでかい家だった。

とびらを引いて玄関に入ると、薄暗く人の気配は感じられなかった。声をかけると、それでも、奥から廊下づたいに、三津子の母親らしい和服のやせぎすな婦人が出てきた。薄暗い中で白たびがあざやかだった。

黒砂は名刺を渡し、

「三津子さんいらっしゃいますか」

「三津子、おりますけど……」

母親はいぶかしそうに名刺と黒砂を交互に見ることで、次の言葉をうながした。

「ちょっとおうかがいしたいことがあるのですが、お目にかかれませんか」

「どういうことをですか」

「僕の一身上のことですが、三津子さんにご迷惑はかけません」

黒砂は会えなければ帰らないというように、両足をやや横に開き、両手を下腹の上で堅くにぎり合わせた。緊張も多分に手伝っていたに違いない。

母親はかすかに笑うと、というより表情をやわらげると、軽くうなずいてから、足音もたてずに引っ込んだ。

すぐに若い女性が同じ廊下づたいに出てきた。三津子であろう。薄暗さになれたためか、今度は三津子のエメラルド・グリーンの和服がひどくあざやかだった。

化粧をしているかどうかわからないその丸顔は母親には似ていなく、おどろきのためか緊張のためか、ほとんど怒ったような表情のまま、かすれた声でいった。

「黒砂完二さんとおっしゃるのですね。お待ちしておりました」

黒砂はひどい驚愕と同時に疑惑におそわれ、両腕をたれるとただ見返すだけだった。

「協立社からお電話をいただきましたの。簡単にですけど」三津子は黒砂のおどろきように、かえってゆとりを覚えたふうにゆっくりといった。「それで、面倒なお話ですの」

「それはあなた次第でしょうね」

「では、応接間にどうぞ」

黒砂は、協立社のあの男は竹子を投書の本人と疑い、電話でたしかめたのであろうと思いながら、三津子のあとからすぐ左手のドアより応接間に入った。線香のような匂いのしみついた古風な応接間だった。黒檀らしい低いテーブルを間にして二人は向い合って腰をかけたが、三津子はだまって黒砂を見つめるばかりであった。眼も口も大きく額も広く、ひどくはっきりした顔立で、三十歳とはとても見えず、せいぜい二十四、五であった。

だまって見つめられた黒砂は、この女は花井竹子がいったように頭がおかしいのではないかとも思われ、用心深くきいてみた。

「あなたのおとうさんは生花の先生ですか」

「いいえ。母ですの。わたくしも時たま手伝っております」

「そうですか。ところで、僕はあなたに初めてお会いしますね」

「わたくしも初めてですわ」

三津子はようやく笑顔を見せた。

「お互いに初対面というわけですな」黒砂はホッとすると同時に、いくらか強い語気になると、「あなたは先週発売の週刊××の人生相談欄に投稿しましたが、あの中に僕ら夫婦の名前が、仮名と断ってありながら、実名で出ています。仮名と断ったのはあなたですか」

「そうですわ」

「僕の妻のまき江も自殺したのですがね」

「あら」三津子はおどろきを誇張しているとも見えるほど一層眼を大きくしてあごを引いた。「そうでしたの」

「そうですよ。あなたはいわば虚偽の人生相談をしたわけですが、目的はなんですか」

「虚偽の人生相談などいたしませんわ。第一、わたくしはあなた方ご夫婦について何も存じませんもの」

「しかし、名前が同一であること。妻は自殺したこと。その上」黒砂は恋人がいることとついいおうとしたが、すぐに、「妻が心臓が悪くて出産を止められていたこと。これだけ一致していて、それで虚偽ではないとしたら、どう考えるべきですか」

「そうおっしゃられましても……。わたくしとすれば、偶然の一致という以外にご返事のしようもありませんわ」

「だったらうかがいますが、黒砂完二などという名前をどうして思いついたのですか」

「それは、いろいろ考えましたけど、結局この先の黒砂町からとりました。完二さんの方は、本人が寛一といいますので、それで完二としました。奥さんはまき子さんとおっしゃるので、まき江さんとしたのです。内容の点は、ああいうことはよくあることですわ」

「しかし、何から何まで同一だとすれば、これはよくあることではないでしょう」

「でも、たまにあっても、おかしくないことではありませんの」

「いや、おかしいと思いますね」

黒砂は執拗だった。その裏には恐怖に近いものがあったからかも知れない。

「そうしますと、あなたも奥さんの外に恋人がいらして、そしてその方に求婚なさって拒絶されたんですの」

三津子はゆとりを持った口ぶりで逆襲した。黒砂は半ば虚をつかれたように、

「そんなことはありませんよ。ばからしい」

「でしたらよろしいではありませんの」

「そうはいきません。僕を知っているだれかれは、おそらくあれを真実だと思いますよ」

「そこまでは……」

「責任が持てないとおっしゃるのですか」

「いいえ。もしわたくしに責任があるとすれば、それはなんとでもいたします。週刊××に謝罪広告を出してもかまいませんわ」

「そんなことをしてもらいたいとは思いませんね。それだけの気持をお持ちなら、あなたの黒砂完二さんの本名と住所を教えて下さい。それだけで十分です」

「それは……申上げられませんわ」

「勝手ですね。あなたはあの人生相談で僕を傷つけた。まして、僕が女房を殺したかも知れないというとんでもない中傷をしているわけですからね」

「それは誤解ですわ。わたくしは自分がたいへんな罪を犯したかも知れないというおそれと悩みのあまり、そういう妄想にさえもおそわれると書いたのですわ。わたくし自身の悩みを強調しているだけではありませんの。あなたの思いすごしですわ」

三津子はわけのわからない笑顔を見せた。

「それならそうしておきますが、あなたの場合のまき江さんはいつ自殺したのですか」

「五月の末でした」

「千葉に住んでいたのですね」

「それも申上げられません」

「どうして本名と住所がいえないのですか。僕にはわからない」

「あの人に迷惑をかけたくありませんし、わたくし自身だれにも話したくありませんの」

「彼には迷惑をかけたくないけど、僕には迷惑をかけてもかまわないというのですね」

「困りましたわ」

三津子は首をかたむけてから俯いた。

「困ることはないじゃありませんか。彼が奥さんを殺したとでもいうのですか」

「まあ……。とんでもありませんわ」

そういって顔を上げた三津子の両眼に、はっきりと怒りがひらめいていた。そんな三津子の顔は、むしろ魅力があった。

魅力に惑わされてというわけではないが、結局それ以上のことはきき出せなかった。

黒砂は釈然としないまま、古くてばかでかいその家を辞した。ゆっくりと歩きながら、図書館へ行って新聞を調べてみようと思いついた。

県庁前でバスを降りると、県立図書館はすぐ眼の前だった。三種類の日刊紙を借り受けると、まず五月号から調べていった。夫が寛一でまき子という女性の自殺記事は、千葉版にも社会面にも出ていなかった。念のため六月号も見た。が見たものはまき江の自殺記事であり、黒砂は舌打ちを一つすると荒あらしく綴込みをテーブル上に重ね、左手でひたいを支えながら、しばらく動かなかった。

奇妙な一致とはどうしても思えなかった。自分はやはり、まき江の死について疑われている。という考えが黒砂をどうしようもないおそれに誘った。

午後六時、黒砂は約束通り喫茶店アンデレに行った。すでに待っていた花井竹子は、黒砂の暗い陰をただよわせた表情に、彼の内心を感じとったのか、心配そうにきいた。

黒砂はくわしく説明した。竹子はうなずきながら聞き終えると、単純におどろき感心したように、

「そうでしたの。ほんとうに、不思議な偶然であるものですのね」

「君はお人好しだ。僕には彼女の言葉は信用出来ない。新聞にも出ていなかったしね。あの女は何か別の目的があるとしか思えない」

「でも、お互いに初対面だったのでしょう」

「それはそうだけど、ひょっとしたらまき江と親しかったかも知れないな。それで、僕を疑っているんだ」

「そんなことないと思いますわ」

竹子もまた心配そうな表情にかえったが、ことさら明るそうに否定した。

「三津子さんのお話は一応筋が通っていますわ」

「しかし、あまりにそっくりだ。信じられないね」

「でも、まき江さんが自殺だったということは、警察でも認めたことじゃありませんの」

「だからこそああいう方法をとったんだ」

黒砂は三木刑事の顔を思い出しながら、内心にひろがって行く疑惑をそのまま顔に出して考え込んだ。竹子は大きく息を吐き出すと視線を落した。

しばらくの沈黙のあと、黒砂はいった。

「そうだ。君は生花をやったことある？」

「ええ」竹子はけげんそうに顔を上げた。

「以前にちょっと、デパートで女子社員と」

「実はね、久須田三津子の母親は生花の先生なんだ。池坊竜生派といったかな。それで、その久須田千風先生に入門するんだ。彼女も時たま母親の助手みたいなことをやっているらしいから、そのうち彼女にも会えると思うよ。そうすれば、何かをきき出すことも不可能とはいえないだろう」

「驚いたわ。あなたって執念深いのね」

竹子はむしろあきれたようであった。

「僕は不安なんだよ。だれかが僕を疑っているとすればね。しかも、それはほとんど確実らしいじゃないか」

「あなたの思いすごしじゃないかしら。でも、あなたがお望みならやってみますわ」

「ありがとう。早速、君の定休日の水曜の午後に僕が案内するよ」

黒砂は自分の思いつきに満足したのであろうか、ようやく笑顔を見せた。

その水曜日の午後、黒砂は竹子を案内しながら、気重そうに歩いた。顔色は思い屈したようにさえず、眼だけが不自然なほどいきいきとしていた。竹子は遠慮のかった口調で、

「あたしはやっぱり、三津子さんのお話は信用したいと思いますわ」

「それは僕だって信用したいさ。しかしね、信用したいということと、信用出来るということは別だからね」

「それは……」

竹子は返事のしようもないふうだった。

「こんなことになるとは、思わなかったな」

黒砂はどうとでもとれるいい方をし、喉仏を見せて空を仰いだ。その横顔はさえない顔色をかえってきわだたせていた。

竹子はそんな黒砂を元気づけるように、

「あたしなんとかきき出しますから、あまり心配なさらない方がいいわ」

そういった時、黒砂は久須田三津子の家の門から三木刑事が出てきたのを、眼ざとく認めると、一瞬立止りかけたが、口早に、

「刑事が彼女の家から出てきた。君は知らん顔をして先に行ってくれ」

「まあ、刑事さんが……」

竹子も狼狽したように、反射的に声をひそめたが、それでもすぐに歩を早めた。

黒砂はやはりゆっくり歩きながら、三木刑事もあれを読んだなと、とっさに思い、内心のおそれはある現実性をもって一層重くのしかかって来た。

二人は近づいた。三木刑事もようやく黒砂を認め、間近に来ると、奇妙に人なつっこい笑顔を見せて、

「やあ、黒砂さん。久須田さんのお宅に行くのですか」

「いや、友人を訪問するんです」

黒砂の声はさすがにかわいていた。

刑事は黒砂の言葉をどうとったのか、相変らず真意の摑めない笑顔のまま、

「そうですか。わたしはてっきり久須田さんのお宅だと思いましたよ」

黒砂はやっぱりそうかと思いながらも、先手を打つつもりか、

「三津子さんにはもう会いましたよ」

「そのようですな。わたしは四人目でした。皆さんなかなか素早いですな」

そういった刑事の口調に、黒砂は別に皮肉なひびきは感じなかった。いや、そんなものを感じるゆとりもなくしていたのだ。あとの二人がだれなのか、黒砂は想像も出来ないまま、右手をズボンのポケットに入れると、ハンケチを取出し、無意識のようにただ顔の汗をふくだけだった。

二人の訪問者

三木刑事は黒砂の驚きを予期していたのか、目立った表情の変化も見せずに、

「黒砂さんの次が武上咲子さん、そして三番目は真間野公平さんでしたよ」

黒砂は無言だった。言葉が出なかったのだ。

咲子と真間野が⁉　これは一体どういうことなのか。

あの二人も自分を疑っているのか。黒砂の混乱した頭はそれ以外に考えられず、しかもそのことをわざわざ話す刑事の気持もわからないまま、ただ見返すだけだった。

三木刑事は黒砂の言葉を待たずに、

「では、いずれまた」

無造作にいうと、さっさと歩き出した。黒砂はその幅の広い後姿を半ばうつけたように見送っていたが、ようやく向きをかえた。

花井竹子は久須田三津子の家を通り越した電柱の蔭から出てくると、気がかりそうに、

「刑事さん何かいいました？」

「武上咲子と真間野も彼女を訪ねたそうだ」

「まあ……、どういうつもりなのかしら」

「あれを読んで、どいつもこいつも僕を疑い出したんだ」

黒砂はじりじりする気持を持てあましたように、ぞんざいな口調でぶっつけた。

「刑事さんまでが疑うなんて……」

「あれを読めば当然さ。僕に恋人がいたというだけで十分だ」

「でも、三津子さんは偶然の一致と……」

「いや、刑事には真実を話したはずだよ」

二人は三津子の家の前まで戻った。

「ここだ」黒砂は敵意をうかべた眼でその家を見やった。「こんな古くて大きな家は、内で何が起っているかわからないって気がするな。ともかく、アンデレでまた会おう」

竹子はハンドバッグを胸にだきしめ、どこかおびえたように黒砂を見つめてから、足早に門を入った。

それを見送ってから、黒砂はその隣家を訪ねた。勿論、親戚でも知人でもない。呼リンを押して玄関に入ると、ふとってくったくなげな中年の奥さんが出てきた。ふわふわした妙な白っぽいワンピースを着ていたが、そんな姿が黒砂を気安い気分に誘ったのか、すぐに用件を口に出した。

「実は、お隣の久須田さんのお嬢さん、三津子さんにつきましてちょっと……」

「あら、縁談ですのね」

奥さんはわかりがよすぎた。黒砂はいっ時返事に迷った。奥さんは微笑と共に、

「かくさなくてもよろしいのよ」

すべて飲込んでいるように顎を二重にして、そうだろうというしぐさを見せた。

黒砂はあいまいに、

「ええ、まあ……。それで家庭のこと」

奥さんは最後までいわせずに、

「ご立派ですわ。ご両親とお兄さんの四人暮しですの。ご主人とお兄さんは会社ですし、奥さんは生花の先生をなさっていますの」

「三津子さんは家事のお手伝いですか」

「それと、生花の方もお手伝いしていらっしゃるけど、しっかりしたお嬢さんですわ」

「そうですか。妙なことをうかがいますが、三津子さんに何かへんな噂はありませんか」

「へんといいますと?」

奥さんは心外そうにきき返した。

「つまり、恋愛問題とか……」

「とんでもありませんわ。そういうことは全然ありません。ほんとうにしっかりしたお嬢さんですもの」

黒砂は苦笑した。何がとんでもないのであろうか。三十にもなった女性が恋愛一つないという方がよほどとんでもない話だ。そう思いながら、

「そんな人がどうして三十までも結婚しなかったのでしょうか」

「あら、三十だなんて……。二十六ですのよ。うちの娘より一年上ですもの」

「二十六?」黒砂は年齢まで偽った三津子の真意が一層わからないまま、つぶやくようにいった。「そうでしたか。どこで間違えたのかな」

「三十なんて可哀そうですわ。お調べになればすぐにわかることですのに」

「それはそうですね」黒砂はいくらかあわてていった。

「で、高校はどちらでした?」

「千葉の西高校ですの。大学にはいらっしゃらなかったようですけど」

「そうですか。どうも失礼しました」

黒砂はていねいに頭を下げて帰ろうとした。だが、奥さんは承知しなかった。

「相手の方はどういう人ですの」

「相手ですか」黒砂はちょっと考えてから出まかせをいった。「郵政省に勤めている僕の友人です」

一層疑惑を深めただけの黒砂は、喫茶店アンデレで五

分と待たなかった。花井竹子は憂いを沈めた顔でやって来た。そんな顔が黒砂をまた不安にかりたてた。せき込んで、

「どうだった?」

「お話だけはきめてきましたわ。水曜の午前中にうかがうことにしましたの」

「それはよかった。彼女に会えた?」

「いいえ。先生だけですわ」

「そのうち会えると思うよ。それにね、彼女は三十ではなくて二十六だそうだ。隣で聞いたんだけどね。高校は千葉の西高校だ。君の二年下だけど覚えないかい」

「覚えていませんわ。同級生は四百人もいるのですもの。でも、どうして年齢までごまかしたのかしら」

「それはやっぱり、あの内容が嘘だったからだと思うね。ああいうことは二十六というより三十とした方が真実味が出るさ。ところで二年下で君と親しかった女性はいただろう?　会いたいんだよ」

「それはいましたけど、その人が卒業後も三津子さんと親しくしているようでないとダメなのでしょう」

「いや、かまわない。何か手がかりでもつかめればいいわけだから」

「それもそうですわね」竹子は記憶をたぐるように考えてから、「でしたら、○○銀行の千葉支店に勤めている、友部宮子さんて人どうかしら。あたしはいまでも親しくしていますの。会ってみます?」

「是非会いたいな」

「庶務係にいますの。明日の朝電話しておきますから、お昼休みにでも行ってお会いになったらいいわ。なんでもはっきりいうコですから、知っていることは話してくれますわ」

「そうしよう。庶務係の友部さんだね」

「でも、そうまでしないといけませんの」

「気持がおさまらないんだよ」

「そうですの」

竹子はどこか悲しげでさえあった。竹子自身黒砂を疑い出したのでもあろうか。

黒砂はしばらく竹子の顔を見ていたが、

「今晩どう?」

「いま、ちょうどダメなの」

竹子はかすかに赤くなると、それにふさわしいしぐさと声でいった。

あくる日、十二時をすぎた頃、黒砂は友部宮子を銀行

の近くの喫茶店に案内した。彼女は初対面とは思えない親しさを見せ、好奇心をさえその両眼にちらつかせていた。

黒砂は、冷いコーヒーのコップについた細かい水滴に眼をやってから、いった。

「花井竹子から大体のことをお聞きになったと思いますが」

「ええ、うかがいました。電話でしたから、ごく簡単にですけど」

「事実、簡単なことなのです。あなたは久須田三津子さんと高校の同窓生でしたね」

「割と仲のよかった方ですし、いまでもおつき合いしておりますの」

「そうでしたか」黒砂はよろこびをかくさない口調だった。「それは運がよかった。全く妙な話なのですが……」

「週刊××にのった三津子さんの人生相談のことなのでしょう」

「そうです、そうです」

「そのことでしたら、事実あの通りでしたの。三津子さんがその問題でとても悩んでいることは、直接三津子さんから聞きましたの」

「うむ」黒砂は意外さが先に立って、複雑な表情でうなってから、「本当ですか」

「ああいうことで嘘をいう人ではありませんわ。深刻そうに話しましたもの」

「いつ頃聞いたのですか」

「六月の中頃だったと思います。久須田さんのお宅に遊びにうかがって聞いたのです」

「しかし、そんなふうな悩みのある人とは見えませんでしたけどねエ」

「あまり感情を顔に出さない方ですから」

「それにしても、どうして人生相談をやる気になったのでしょう。自分のことは自分で判断するといったふうな人のようですが」

「それはやはり、おぼれる者ということではないでしょうか。もともとご自分の意見をはっきり持った人なのですが……」

「あなたはその話を聞かされた時、どういうふうに思いました?」

「やはり結婚なさった方がお二人にとって一番よいように思いました。ですから、そういうふうなこともいいました。何故かと申しますと、自殺なさった奥さんが、三津子さんとご主人のことをご存知だったという証拠は何もないのですもの。ですから、取越苦労はつまらないと申したのです。あの解答もそんな意味のことだったと思います。でも、三津子さんて、とても真面目な人ですから」

「なるほど、もっともですね。で、その相手の男性はどこのどういう人なのですか」

「そのことは何もおっしゃらなかったし、わたしもきこうとは思いませんでしたの」

「千葉の人なのですか」

「さあ……、それもわかりません」

黒砂はそれ以上きく気にもならなかったし、ききたいこともなかった。だが、心の底に黒くわだかまった恐怖に近い不安はそのままだった。友部宮子がはずんだ声でいった。

「黒砂さんは花井さんとご結婚なさるのでしょう」

「そのつもりです」

「花井さんはほんとうに幸福そうで、うらやましいくらいですわ」

黒砂は返事のしようもなく、ただ、

「そうですか」

「黒砂さんだってそうなのでしょう」

「ともかく結婚するつもりです」

会話は妙な具合に展開し出したので、黒砂はあわてて話を打切った。

土曜日の朝、黒砂は武上咲子と二人だけの時を見はからい、彼女をまっすぐに見つめると、

「咲子さんは久須田三津子を知っていたのだね」

咲子の顔はたちまちこわばり、それから赤いぶちが散った。そんな顔はみにくく、黒砂は眼をそらした。咲子はようやくいった。

「いいえ。知りませんわ」

「ふーん。全然知らなかった?」

「ええ」

「だったら、どうして彼女を訪ねたのかね」

咲子ははっきりとろうばいを見せて、無言のままうつむいた。それを見る黒砂の表情には不安をまじえた憎悪が露骨だった。それをそのままかくす必要もないという口調で、

「君もやっぱり僕を疑っているんだな。僕がまき江を

殺したかも知れないと」

「まあ……」

おどろいたように上げた顔からは赤いぶちは消えて、今度は青かった。

「わかっているんだ。しかし、君までとは思わなかった」

「そんなつもりではありませんでしたのよ」

「じゃ、どういうつもりなんだ?」

「どうって……、ただ、久須田さんて人があなたを利用しているように思えたので、それをたしかめに行ったのですわ」

「ふーん。それで久須田三津子はなんといった」

「あれは偶然の一致だといいましたわ」

「君はそれを信用したのかい」

「だって……、あなただってあの人には初対面だったのでしょう」

「もちろんさ。だからこそおかしいんだ。僕にはどうしても偶然とは思えない。そのために二、三の人に会ってみたけど、やはり偶然だとは思えないんだ。そうかって、あれが僕を目的としたものだという証拠もない。彼女は相手の男の本名とか住所を話したかい」


「いいえ。そこまではききませんでしたわ。あなたに関係のないことだと知って、それだけで安心しましたのよ」

咲子は微かに頰のあたりを赤らめた。

黒砂は思った。この女はやはり僕と結婚したいのだ。そういう期待を彼女に持たせたのは、おそらく義父の意向であり、そのことをはっきり彼女にいったのかも知れない。だからこそ、あの人生相談を読んで仰天したのだ。しかし、三津子の口から全然関係ないといわれて、それで安心したというわけだろう。それだけの単純なものだったに違いない。この際咲子と結婚する意志のないことをはっきりいっておこうか。いや、そんな必要はない。義父から正式にそのような意志表示は受けていないのだから。

黒砂は、まき江と真間野の関係を知らせてくれたのが咲子だったことを思い出しながら、別のことをきいた。

「そのことおとうさんに話した?」

「いいえ。そんなこと話せませんわ。まき江さんと真間野さんのことだって、話しませんでしたもの」

その時、義父の英之が入ってきた。会話は当然途切れた。

その日の午後三時すぎ、黒砂は銀座裏の喫茶店で、眼の前の真間野がまずそうにコカコーラを飲むのを見ながら、

「話は別だけどね、君は久須田三津子を訪ねたね。わざわざ千葉まで」

「ふーん。よくわかったな」

真間野は一瞬意外そうに眼をそらしたが、すぐにニヤニヤしながら黒砂を見返した。黒砂によくあびせる高びしゃな言葉を探しているふうだった。黒砂はふんといってから、

「君はどういう目的で彼女に会いに行ったのだ。僕を疑っているからか」

「ということは、君は疑われてもおかしくない理由があると思っているからか」

真間野は皮肉そうに反問した。黒砂は憤然とした面持を見せたものの、それはすぐに陰気な笑いとも見えるものにかわると、

「そういう理由がないからこそ、久須田三津子にも君にも腹を立てているんだ。君は僕に恋人がいたと知って、これはひょっとすると、と思ったのだろう」

「違うな」真間野は横柄《おうへい》にあごを上げた。「僕としては、君にあれほど首ったけの女とは一体どういう女なのか、いささか好奇心をそそられたからだ。なかなか美人じゃないか。もっとも、あれは偶然の一致で黒砂さんて人は全然知らなかった、の一点張りだった」

「当りまえさ。まき江と親しかったかも知れないが、その証拠もない」

「親しかったのは君だったんじゃないのか」

真間野は探るような眼でニヤッとした。

「だったら、僕はわざわざ雑誌社まで行かなかったよ。君もあの協立社に行ったのか」

「いや、電話で聞いた。君が雑誌社に行ったこともね。だからって、君があの女と親しくなかったとはいえない。偽名だったからな」

「いくら偽名だって、もしそうだとしたら、当然推察はついたはずだ」

「だからだよ、君が雑誌社まで行ったのは、つまり一種のカムフラージュというわけだ」

「君は全く立派な監察官だ」

そうはいったものの黒砂は、真間野は彼とまき江との関係を自分が知っていたことを、感づいていたのかも知れないと思え、さらに久須田三津子が果して真間野に偶

然の一致といったかどうか、ひどく疑問に思えた。その上、ひょっとするとこの男は自分と花井竹子とのことを知っているのではないか、様々な疑いが頭をかすめた。真間野はいった。

「偶然の一致なんてばかばかしいよ。何もかくすことはない。なんとか口説き落して結婚すべきだ。君にはもったいないほどの女さ」

その口調は忠告ともからかいともとれた。

「だったら、君が結婚したらいいだろう」

「僕は正直だから本気にするぜ」

「君の正直さにはうんざりしているよ」

黒砂は言葉通り、鼻にしわをよせると頭をふった。

「君は不正直だからな。そういうふうだと結婚もうまくいかないぜ」

「君の世話で結婚はしないよ。ともかく、僕がまき江を殺すなんてことは、時間的にいったって不可能だ」

「しかしね、君は四時頃家を出て東京に行き映画を見た、と刑事にいったけど、それを立証することは不可能だろうな」

「見たものは見たんだからね。それに、九時半には君に会って、翌日家に帰るまで一緒だった。まき江の死亡時刻は大体十一時すぎ頃ということだしね。問題になるはずないさ。もともと君にだって責任はあるんだ」

「僕に責任などないさ」真間野は冷笑じみた笑いをもらした。「時間的に不可能だというけど、そうとばかりもいえないな」

「あるいはそうかも知れないけど、僕には人を殺す方法について、あれこれ考えをめぐらす趣味はないんでね」

「趣味の問題じゃないだろう。必要の問題だ。必要さえあれば、人間はとんでもないことを思いつくものさ」

そういって、真間野はジロッと黒砂を見やった。黒砂は、この男はやはり花井竹子のことを知っているのか、という疑惑にとりつかれながら、そういう考えをふり払うように、

「最初にいったように、君とのつき合いはもうご免だな」

「わかった。釣以外のことは話さないことにする。だったらいいだろう」

黒砂は無言だった。

「怒るなよ。釣くらい一緒に行ってくれよ。早速だけど、再来週の日曜はどうだ」

「来たければ来いよ」

素ッ気なくいった。花井竹子がいったように、たしかに妙な友人同志だった。


黒砂が真間野と会っていた二時間ほど前、黒砂の義父黒砂英之は自宅に三木刑事の訪問を受けた。

八畳の座敷で、ひどく緊張した面持の英之はきちんと正坐した。正坐の似合う顔立で、五十八歳よりはよほど老けて見えた。そのひたいに気がかりそうな立じわをよせると、用心深そうなせきばらいを一つしてから、

「どういうご用件でしょうか」

「いや、大したことではありません」刑事の口調や表情にはむしろいたわるようなものがあった。「実は、完二さんについてなのですが、完二さんには奥さん以外に恋人がいたのではないでしょうか」

「それは初耳ですな」英之の口調はおどろきながらもしずんでいた。「それらしい事実があるのですか」

「これは想像の域を出ませんが、どうもそれらしい徴候はあるようです。完二さんとまき江さんはうまくいっていたのですか」

「それなのですが」英之は深く重くうなずいてから、

「正直いいまして、うまくいっていたとは義理にもいえなかったでしょう。それというのもまき江のわがままが原因だったと思います」

「まき江さんにも恋人らしき男性がいたのではないでしょうか」

「そうだと思います。いやその通りです。恥を話すようですが、かくしても仕方ありませんから申上げますが、まき江は完二と別れて真間野さんと結婚したいといい出しました。四月頃でしたが、しかしわたしはしかりつけてやりました。すると、真間野さんも承知しているはずだからと、しつこくいい張りましたが、結局、わたしの説得にしぶしぶ承知したようでした」

「ほーう。そこまでいっていたのですな。で、完二さんはその事実を知っていましたか」

「わたし自身はそんなこととても話せませんでしたし、まき江も話さなかったはずです」

「真間野さんとはいつ頃からの知合いですか」

「あれは去年の六月でした。郵政監察局から監察に来たのですが、偶然にも完二と大学の同窓だったものですから。それ以来です」

そこに、咲子がこれも不安のために無表情になったと

いう顔でカルピスを運んできた。

その後姿を見送ってから刑事は、

「あの方が武上咲子さんですな」

「そうです」

「あなたとしては、咲子さんと完二さんの結婚をお望みでしょうな」

「それはそうですが、しかし完二に好きな女性がいて、咲子との結婚を承知しなければ、これは仕方ありませんな。咲子とすれば以前から完二に好意は持っていたようですし、出来れば結婚したいと思っているようですが、人間の気持はどうしようもありません」

「なるほど。ところで、真間野さんという人はどんな性格の人だと思いますか」

「人当りがよくて他人の気持には敏感なようです。そして女には親切なのでしょう」皮肉というより嫌悪の方がかったいい方をしたが、すぐにひどく真剣な口調にかわると、「刑事さんはまき江は他殺だとお考えですか」

「そうとも考えられるというだけです」

「そうしますと、完二が殺したと……」

「いや、そこまで考えていません。あまりご心配なさらない方がいいでしょう」

三木刑事は最初に見せたいたわるような笑顔でしめくくると、立上った。

三木刑事はその足で久須田三津子を訪ねてから、東京郵政監察局に出かけた。


黒砂は帰宅して、郵便受に封書の来ているのを見ると、手にとった。門を入りながら、裏を返すと、久須田三津子とあった。

玄関の前で封を切った。きちょうめんだがやわらかい筆蹟で、こう書いてあった。


取急ぎご用件のみ申上げます。

お話し申上げたいことがございますので、明日、日曜日の午後にお越しいただければ幸いと存じます。お待ちしております。乱筆お許し下さいませ。


全く用件のみのひどく簡単なものであったが、黒砂はしばらく、その一枚の便箋を見つめていた。

追求

三木刑事は遠回りではあっても、合点のいかないものから調べていくという方針だった。東京郵政監察局の真間野がわざわざ千葉市の特定局に監察に来たことは、まず合点のいかないものの一つであった。午前中に電話しておいたので土曜の午後ではあったが、福地という監察官が待っていてくれた。

部長室と札のかかった部屋に案内され、三木刑事は窓際のソファに腰を下ろすと、

「電話で要点だけはお話ししましたが」

「ええ、聞きました。それで真間野君がA局に行ったのはいつかわかりましたか」

福地は自分に関係のないことは早くかたづけたいといった口ぶりだった。

「去年の六月でした」

福地はすぐに部屋を出て行き、ほどなく四、五枚の報告書のようなものを持って戻ってくると、

「わかりました。匿名の投書があって、真間野君が出かけたのです。千葉支局にも投書したが取上げてくれなかったので、改めてこちらに投書したと思われたので行ったわけです。しかし、報告書によればその事実はないということです」

「事実とはどういうことですか」

「簡易保険の詐偽が行なわれたというのです。つまり、被保険者に無断で保険に加入させ、掛金は自分で掛けておく。その被保険者が死亡した際に保険金を詐取するといったふうなことです」

「すると、病人とか老人を狙うわけですな」

「まあ、病気の六十前後の人でしょう。しかし、利用された人物の名前も書かれていないのですから、その点からも、ちょっと信用しかねる投書ですな」

三木刑事はしばらく考えてから、

「真間野さんはどういう人物ですか」

「人づき合いはいい方でしょう。それから、仕事熱心、というより腕は立ちますね。一人でいるせいか酒はよく呑むようで、その面では金使いは荒いといえましょうな」

「婦人関係はどうですか」

「二年ほど前に奥さんと別れて、それ以来一人なので

すが、もっぱら呑む一方で、女性の噂は聞きません。もっとも、結婚は考えているようで、どこかの特定局に養子の口があるなどといっていました」

「ほーう。特定局にですか」

三木刑事はさりげなさそうにいってから、自分がここに来たことは真間野には内密にしておいてもらいたい、とつけ足した。


日曜の午後、黒砂は手紙で求められた通り、久須田三津子をその自宅に訪ねた。

すべてが古風な応接間に三津子の顔は似つかわしくないようで、黒砂は何か不協和音の落ちつかなさのようなものを感じ、不協和音の美しさなどはとても感じる余裕もなく、

「お話というのはなんですか」

「わたくし、黒砂さんにほんとうに悪いことをしてしまったと後悔しておりますの。許していただけますわね」

「そんなことは問題ではないでしょう」

「では、ほんとうのことを申上げますと、黒砂さんの奥さんの自殺は、新聞の千葉版に出ましたわね」

「あなたの恋人の奥さんのは出ませんでしたね」黒砂はすかさずいった。

「ええ。その点はうまくやったようですの」

三津子は表情もかえずに応じた。

「ともかく、あの記事が奇妙に頭に残っていましたものですから、あれを書く時に、無意識のうちに黒砂さんご夫婦の名前を書いてしまいましたの。ご免なさい」

ご免なさいをゆっくりと、そしてある意外な親しさを込めていうと、頭を下げた。

「それならそれで結構です。で、あなたの黒砂さんの本名は？」

「それはやはり申上げられませんわ」

三津子ははっきりしすぎるほどの口調にかわった。黒砂はひどく腹が立ってきたが、同時にいぶかしくもあった。それだけのことなら何も手紙などで大げさに呼び出すことはないだろう。ご免なさい、などと妙に親しくあやまられたのも、からかわれているとしか思えなかった。怒りといぶかしさをむき出しにすると、黒砂はいった。

「それだけのことで呼びつけたのですか」

「黒砂さんにあやまりたいと思ったからですの。ほんとうにすみませんでした」

「あやまってもらおうと思ってうかがったわけじゃない。あんたの恋人の本名を話してもらえると思ったからこそうかがったんだ」

「その点につきましてもお詫びしますわ」

「あやまってもらいたくないといってるんです。三木刑事には真実を話したのでしょう」

「偶然の一致だと申しましたわ」

「それで、刑事はよく納得しましたね」

「物わかりのよい方でしたわ」

黒砂は自分が物わかりのよくない男だといわれたような気がして、一層腹立たしく、それは更に暗い疑惑をかき立てた。


三木刑事は木曜日に、A局を利用すると推定される地区をやや広く見積って、その地区内の去年の一月から六月までの死亡者について、市役所の衛生課で調べた。大した数ではなかったが、五十歳以上六十五歳以下にしぼると三名だった。男が二名に女が一名で、男はともに癌であり、女は脳出血であった。四十歳以上になると、男が一人だけ増えるが、それは自動車事故であった。そこで、五十歳以上の三名の名前と住所を控えた。


三木刑事はすでに、まき江の死が他殺であるという確信を持つようになった。だが、東京郵政監察局へのあの投書の内容が真実であるという確信はなかった。たとえ真実であるとしても、そのこととまき江の死に関係があるのかないのか、その点もあいまいであった。しかし、疑わしいことはなんでも調べるという刑事の方針にはかわりなかった。

遠い所より局の近くへという考えで、まず胃癌で死んだ三村孝の遺族を訪ねた。A局について何かへんな噂は聞かないかときいてみたが、A局は利用していないし、何も知らないという返事であった。二番目の児島清子の家でも、何も聞いていないといわれた。

三木刑事はA局の方へ戻りながら、空腹を覚え、そば屋に入った。一時をすぎていた。

大もりを食べ終えて、なんとなくテレビに眼をやりながら「運次第だな」と無意識のようにつぶやいた。つぶやいたことに気がついたのか、苦笑をうかべて立上った。

黒砂完二はちょうどその時、そば屋ののれんを分けた。パッタリ眼が合ってしまった。

三木刑事はまた腰を下ろすと、

「やあ、黒砂さん。ここへ来ませんか」

まるで、久しく会っていない親しい者同士の奇遇ででもあるような口ぶりであり、顔つきでもあった。他に客はいなかった。

黒砂は意外さと戸惑いを顔全体に見せて、のれんをくぐったままつっ立っていたが、それでも刑事の前に行くと、腰を下ろし、ざるを注文した。

三木刑事は真意のつかめない持前の人なつっこい笑顔を見せると、世間話の口調で、

「近頃、真間野さんは元気ですか」

「あの男はいつだって元気ですよ。来週の日曜日に一緒に釣に行くことにしています」

「最近会ったのですね」

「会ったっておかしくないでしょう」

黒砂は反発するいい方だった。

「それはそうですな。で、どちらへ?」

「千葉港の堤防です」

「二人だけでですか」

「そうなるでしょうね」

「夜釣ですか」

「場合によっては夜もやるかも知れません」

「それはお楽しみですな」

しかし、刑事は何かを気づかうような警戒するような眼の細め方をした。

黒砂は疑いが焦躁にかわると、

「刑事さんは久須田三津子に会ったわけだけど、あれについて彼女はなんといいました」

「偶然の一致だといいましたよ」

「相手の本名をいいましたか」

「いいたくない様子でしたから、別にききもしませんでしたな。ただ、あれは黒砂さんには全く関係のないことだとひどく強調しました。わたしもそうだろうと思いますな」

黒砂はかえって信用出来ない気持になり、いらだたしさが強くなった。刑事は黒砂のそんな気持には無関心そうに、

「真間野さんはどういうつもりで久須田さんを訪ねたのですかねエ」

「あの男は弥次馬根性が旺盛なのです」

「すると、わたしが久須田さんを訪ねたことなど、ひどく興味を持ったでしょうな」

「そのことは話しませんでした。この次には何をやり出すかわかりやしませんからね」

「咲子さんの方はどうですか。どういう考えで久須田さんを訪ねたと思いますか」

「さあ、本人にきいてみたらどうですか」

「あなたは咲子さんと結婚しないのですか」

「そのつもりはありませんね」

「咲子さんとまき江さんの仲はどうだったのですか」

「普通だったでしょうね。しかし、どうしてそんなことをきくのですか。あんたは僕を疑っているんでしょう」

黒砂の声は弱気は見せられないというように激した。

三木刑事はおだやかに応じた。

「刑事というものはだれだって疑いますからね。それが仕事でして。しかし、まき江さんが他殺だったことはたしかなようですな」

黒砂は一瞬息をつめてから、

「どういう証拠があるんですか」

「それはいう時期ではないでしょうが、いうとすれば鉛とさつま芋でしょうな。黒砂さんの留守の間に、お宅を調べさせてもらいました。もちろん令状をとってからですがね」

黒砂は刑事の注視をさけるように、右手で眼の上の汗を荒っぽくぬぐうと、

「鉛とさつま芋？　ねごとはやめて下さい」

いいながら、花井竹子からの手紙でもあったかと思い出そうとしたが、混乱した頭では、彼女から手紙をもらったことがあったかどうかさえも、思い出せなかった。ようやく、いくらか捨鉢気味に、

「刑事さんの考えが間違っていなければけっこうだと思いますよ」

「まるで、殺されたのはあなたの奥さんではないようないい方ですな」

「僕にとって、死んでしまった妻は、自殺でも他殺でも同じことです」

「そうですか」

三木刑事はそれなり、腰を上げた。

黒砂はそばを食べ終えると、花井竹子に電話した。それが目的でやって来たのだ。

三木刑事は最後の一軒を訪ねた。三十前後の婦人が出てきた。自己紹介をしてから、

「A郵便局について、何かへんだとお気づきのことはありませんか」

「娘さんが自殺なさったのでしょう」

「そうです」

「それについてですの」

「それでも結構です」

「さあ……、そのことにつきましては何も存じません。あ、そうですわ。これは娘さんのことではないのですが、へんなことがございました」

「どういうことですか」

三木刑事は殊更押えた声できいた。

「去年の四月頃でしたか、本局から簡易保険勧誘の方が見えまして、うちは簡易保険には入っていたことはないのですが、なくなった主人の父がA局に入っていたから、今後は本局の方へ主人に入ってくれないか、ということでした。でも、父は簡易保険には入っていませんでしたし、ともかくお断りしました」

「そうでしたか」刑事はやっぱりそうだったというように重くうなずくと、やや緊張の面持でいった。「なくなられた方は矢吹洋太郎さんという六十一になる方で、肺臓癌でしたな」

「そうですの。去年の二月でした」

三木刑事はそれだけ聞くと、愛想のよい笑顔を残して玄関を出た。

その日、午後六時をすぎた頃、黒砂完二は花井竹子と、また喫茶店アンデレで会った。

竹子には三津子からの手紙の件は話しておいた。そのためか竹子は、さすがのあなたもようやく納得がいったでしょう、というようなゆったりした笑いを顔一面に見せると、

「三津子さん自分の恋人のことをすっかり話しましたでしょう」

黒砂は胸元の深く切れ込んだブラウスのためにいくらかのぞいている竹子の胸のくぼみに眼をやってから、頭をふり、いきさつを説明した。竹子は不可解そうに首をかしげて、

「へんですわねエ。でも、あたし三津子さんに会いましたのよ。お互いに見覚えはありましたわ。それでいろいろと話合って、結婚問題にまでうまくもっていきましたけど、三津子さんやっぱり、あの人生相談のようなことをいって、とても結婚にはふみ切れないといいましたわ。ですから、あれは事実だったと思いますわ」

「ふーん。そうかなア。しかしね、あの刑事は義父《ちち》に

会いに来たし、その上、僕にはっきりとまき江は他殺だったといったよ」

竹子は手に持っていたコーヒーのコップを音をたてておくと、まあというように口をあけてから、

「だれが犯人だというんですの」

「そこまではいわなかったが、当然僕に狙いをつけている。君とのことを知ったのかな」

黒砂は追われる者の眼つきになると、顔を天井に向けた。竹子はある疑い、ある困惑、そんなものを二重の眼にうかべると、黒砂のピクッと動いた喉仏を見ながら、

「たとえ知ったとしても、別に心配することはないはずじゃありませんの」

「それにしたって、厭な気持だ。彼女は刑事にも偶然の一致といったそうだけど、信用出来ないな」

「三津子さんがあたしに話したこともですの。それから、友部宮子さんがあなたに話したこともですの」

黒砂は頭痛でもするようにまた頭をふり、

「もうわからなくなった。はっきりしていることは、三木刑事がまき江は他殺だったと確信していることだ。証拠は鉛とさつま芋だといったよ」

「なんですの？　それ」

「わかりゃしないさ。夢でも見たんだろう。ともかく、僕は疑われている。だから、結婚は当分見送りだね」

「だって」竹子は眼のあたりにある必死さを見せたが、すぐにひとりごとめいて低くつぶやくように、「へんなことになったわ」

「君には責任はないよ、だけど、雑誌社へ一緒に行ったのはまずかった。刑事はそのことを聞かされたかも知れない。それにしたって、ああいう状況で僕がまき江を殺せるはずはない。だから、しばらくの辛抱だよ」

なだめる口調になった。

「あたしが雑誌社まで一緒に行ったことは、あなたが承知したからですわ」

「そうしなければ、君は承知しなかっただろうし、僕だって勘ぐられるのは厭だった。すんだことは仕方ないさ。刑事はやっぱりそのことを知らないかも知れないな。真間野君が雑誌社に問合せた時も、僕が女性と一緒だったとはいわなかったようだからね」

「真間野さんて人もずいぶんおせっかいな人ですのね。自分では勝手なことをやっていたのに」

「何しろ、恋人が死んだのだからね。どうしても僕を疑う気持になるだろうさ」

「あなたもおかしいわ。どうしてそんな人とおつき合いするんですの」

竹子は腹立たしさと不審さをごっちゃにして、その上じれったそうな口ぶりでいった。

黒砂は返事をしないことでその話は打切った。内心では、刑事が自信を見せていった鉛とさつま芋について頻りと考えたが、わからないまま、その焦躁感は不安から恐怖に近いものにまで高まった。

どうしようもない気分をはらいのけるように、ことさら陽気さをひびかせて、

「いくら考えても、わからないものはわからない。時が解決するさ」

「それはそうでしょうけど……」

「散歩でもしようか」

二人はアンデレを出た。だがすぐに、黒砂は散歩する気もなくなって、

「僕の家へ行こう。何か監視されているようで、落ちつかないんだ」

「そうしましょう」

それから二人はだまって歩いた。


日曜日の昼近く、真間野公平は黒砂の家にやって来た。

「風もないし、いくらか曇って、絶好だな」

そんなことをいって、茶の間にあぐらをかくと、道具の点検にかかった。

黒砂は簡単な昼食を作り、ともかく食事を終えた。

そんな時、玄関に三木刑事の声がした。黒砂は舌打ちしながら玄関に出た。

三木刑事は相変らずの愛想のよさで、

「真間野さんやはり来たのですか」

「来ましたよ」

黒砂は警戒するような眼つきで、無愛想だった。

「これからお出かけでしょうが、非常に大事なことですから」

「非常に?」

「そうです。お邪魔しますよ」

いい終らないうちに、もう靴をぬいだ。

黒砂は、それは困るとも、どうぞともいえず、ただ苦い顔のまま仕方なさそうに茶の間に帰った。つづいて入ってきた三木刑事は真間野を見ると、

「やあ、真間野さん久しぶりでしたな」

真間野は持前の人当りのよさで、

「これはこれは、刑事さんでしたか。まあどうぞ」といってから、黒砂に、「上の物をかたした方がいいな」まるで自分の家でもあるような口のきき方をした。黒砂は緊張のためか何もいわず、刑事も真間野も見ないで、食卓の上をかたづけた。三人は食卓をかこんで坐った。

三木刑事は真間野に、

「よほど釣が好きなようですな」

「それはもう。釣の醍醐味はやってみないことにはわからないでしょうが、刑事さんはやらないのですか」

「わたしはやりませんがね、中学生の息子が好きで、今年はとうとうリール竿を買わされてしまいましたよ」

刑事は眼を細めた。子ぼんのうなのかも知れない。真間野はしたり顔で、

「それはやはり、リールに限りますね。刑事さんもやってみたらどうですか」

「いや、そんな暇もありませんでね。今日は何を釣るのですか」

「黒鯛か大きなボラでもと思っています」

「なるほど、大ボラですか」三木刑事はそういって声をたてて笑ってから、すぐにひどく真面目な口調で、

「真間野さんは東京からわざわざ久須田三津子さんを訪ねたようですが、あれはどういう目的だったのですか」

「あれですか」

真間野は一瞬戸惑ったふうに視線をチラッと黒砂に走らせたが、黒砂は内心の動揺を押えているような堅い表情のまま、窓外に眼をやっていた。刑事は追いかけるように、

「何か特別な目的でもあったのですか」

「いや、特別というほどのこともありませんが、あの人生相談を読んで、ひどく驚いたわけです。それで、心配でしたから」

「何が心配だったのです？」

「黒砂君は僕の友人ですし、黒砂君に恋人がいたことは僕も知りませんでした。奥さんだって知ってはいなかったはずです。そのことを話したかったことが第一です。それから、あれを読むと黒砂君が奥さんを殺したかも知れない、と受取れなくもなかったものですから。黒砂君には立派なアリバイがあることも話したかったわけです。そうして、出来れば結婚した方が二人にとっていいだろう、と思ったからです」

「結果はどうでした？」

「肩すかしを食ったようなものでした。あれは全く偶然の一致で、黒砂さんという人物は一面識もないといわれました。妙な話です。どうも女性の気持はよくわかりませんね」

「そんなことはないでしょう。素直に聞けば納得出来ますよ」

「僕は素直じゃないのでしょう」

真間野は全く素直でないいい方をした。

それまで黙っていた黒砂が、三木刑事に殊更つっかかるような口調でいった。

「素直だとか素直でないとか、そんなことは無関係ですよ。だれだって、常識のある人間だったら、納得出来ませんね。僕はいまだに彼女の言葉を信用してはいませんよ」

「それは黒砂さんの思いすごしですな」三木刑事はゆったりといった。「その後、わたしの捜査した結果では、やはり久須田さんの言葉は裏づけられましたよ」

「僕には信用出来ませんね」

「どうしてですか。われわれの捜査はいい加減なものだというのですか」

黒砂は一層疑わしそうな眼つきをすることで返事をした。が、その底には怒りとおそれが同居しているように見えた。

「あの人にはたしかに恋人がいました」刑事はなだめるような口調になった。「しかも、その奥さんは自殺しましたよ。その恋人が黒砂さんでないことはたしかです。それよりも、前にも話したように、まき江さんは他殺でしたな」

黒砂と真間野は、それぞれ違った気持をいだいてであろうが、顔を見合せた。

ようやく黒砂がいった。

「今度はその証拠を話してもらいましょう」

「わたしもその積りで伺ったのです」

三木刑事は坐り直した。

女の心

三木刑事は考えをまとめるように、一度天井に眼をやってから、黒砂にいった。

「まず、自殺とは思えない点ですが、第一に遺書がなかった。しかしこれは証拠とはいえないでしょう。そういった事例はいくらでもありますから。第二に、あくる日黒砂さんが真間野さんと一緒に帰宅した時、玄関のとびらには鍵がかけてなく、それ以外は全部鍵がかかっていたということ」

黒砂はそんなことかと安心したことがかえって興奮を誘ったように、うわずった声で、

「当然のことでしょう。まき江は僕が帰って来るものとばかり思っていたからですよ」

「あなたが遅く帰宅する時は、いつもそうでしたか」

「そうです。一度だって玄関の鍵をかけていたことはなかった」

「とすればやはりおかしいわけです。自殺を決心した者ならば、当然玄関の鍵はかけていたでしょう。自殺する者の心理として、少しでも遅く発見されることを願うからです」

黒砂は反発の言葉を探すように、しばらくだまって下唇をかんでいたが、適当な言葉も思いつかなかったのであろう、ただはげしい口調で、

「そんなことは証拠とはいえない。発作的にやったとしたらなおさらだ」

「しかし、玄関以外の鍵はすべてかけていたのですから、当然玄関のだってかけたはずですよ」

「理屈はなんとでもつけられるでしょう。だからって、それが決定的な証拠とはいえないはずだ」

「決定的とはいっていませんよ。決定的なのは次のことです」

三木刑事は黒砂の興奮をしずめようとするように言葉を切って、いこいに火をつけた。

黒砂はたまりかねたように、

「どういうことですか」

「あなた方二人がここに着いたのは午後一時頃でしたな」

「そうです」

「それで、寝室の布団の中に奥さんの死体を発見したわけですが、その際室内のガス栓は全開になっていたのですね」

「そうです。真間野君も僕と一緒に見ていますからね」

「そうですか、真間野さん」

「そうです。僕もはっきりと見ましたよ」

真間野は何故そんなことをきくのかといった顔を刑事に向けた。

「するとそれは間違いないわけですな。まき江さんの

死亡時刻は大体あの夜十一時をすぎた頃ということなのですが、そうすると、寝室のガス栓は十五時間ほど全開になっていたわけです。これはガスの消費量からいえば、二十立方メートル近くになるわけです。ところが、お宅のガスの検針日は毎月十二日前後です。あの月も奥さんのなくなった翌々日がそうでした。その検針によると、消費量は三十五立方メートルでした。お宅の場合過去の夏と冬を除いた毎月の消費量は大体二十八立方メートルから三十立方メートルという結果が出ています。ガスは炊事用だけで、風呂は石油のようですし、寝室にまでガス管は引いてあったが、ストーブも石油でしたな。そんなわけですから、もし黒砂さんのいうように、ガス栓が全開になっていたとしたら、消費量は当然五十立方メートル近くになっていなければならないはずです。それが三十五立方メートルだった。これこそ決定的におかしな点ですな」

三木刑事はそういって、黒砂を見、真間野を見た。

黒砂はさすがに顔色がかわったが、それでも納得がいかないように、

「すると、ガス栓は全開になっていなかったというのですか」

つづいて、真間野も、おどろきをはっきり見せた眼つきで、

「しかし、われわれは事実見たのですよ」

「だから、栓は全開になっていたけど、内部に何か仕掛があったということです。栓を全開にしても、わずかしかガスが出ないような、そういった仕掛です」

「そうですかねエ」真間野が信じられないといった疑惑の眼でいった。「そんなものはなかったようでしたがねエ」

「真間野さんは、あの時ガス管の内部を見たのですか」

「見やしませんよ。そんなことは思いもしませんでしたからね。夢中でしたよ」

「だったら、内部に何もなかったとはいえないでしょう」

黒砂は真間野に同調するというつもりではなかったが、ぶっつける口調で、

「わずかでもガスがもれていれば、まき江は当然気がついたはずだ」

「それはむろんそうですが、眠っていたとすれば気がつかなかったでしょうな」

「当りまえですよ。ばかばかしい」

黒砂は腹を立てながらも、それがあまりに当然すぎることに、かえって刑事の言葉にある重さを感じた。

三木刑事は黒砂の言葉には無頓着そうに、別のことをいった。

「先週の木曜日の夜、あなたのおとうさん黒砂英之さんを訪ねて会いましたよ」

「また行ったのですか。僕に恋人がいるとかいないとかをききにですか」

「黒砂さんに恋人がいることは、おとうさんにきかなくてもわかってますよ。名前まで」

「なんですって⁉」

黒砂はおどろきのために、一瞬腰をうかした。真間野がそんな黒砂に、半ばあきれたような眼をやってから、刑事にきいた。

「やはり、久須田三津子さんですか」

「いや、花井竹子さんというんです。真間野さんの知らない婦人ですよ。それはともかく、黒砂さん、あなたのおとうさんは簡易保険の詐偽をやりましたね」

いわれて黒砂は、うっというような声を出したなり言葉につまり、真間野をにらみ刑事をにらむばかりだった。

刑事はつづけて、

「最初はあなたがやったとばかり思っていましたがね。矢吹洋太郎さんという肺癌の近所の人を利用してですね。そのことはおとうさんもはっきり認めましたよ」

「そうですか」

黒砂は弱くつぶやくようにいってから、うなだれた。

三木刑事は真間野に眼を移すと、

「真間野さん、あんたは監察局に来た匿名の投書にもとづいて、A局に監察に行ったのでしたね」

「そうです」

真間野は不自然なほど強く答えた。それは内心の動揺をかえってきわだたせた。

「調べた結果はどうでした？」

「僕の調査した範囲では、そのような事実はありませんでしたね」

「そうですか。だったらどうして、黒砂さんから金を受取ったのですか」

「……」

「あんたは事実を発見して、黒砂さん父子を脅迫した」

「脅迫は見当違いでしょう」

「ともかく、すでに二十万円ほどの金を受取った。これは認めるでしょう」

「借りただけです。黒砂君とは大学時代の同窓でしたから、事実を報告するのにしのびなかったのです」

真間野はふてくされたような笑いをうかべると、居直ろうとでもするように坐り直した。三木刑事はじっと真間野から眼をはなさずに、ねばっこくきいた。

「その代りに二十二万円借りたのですか」

「それとこれとは別のことです」

「詐偽の事実をたしかめながら、虚偽の報告をし、その上で二十二万円借りた。これが関係のないことだというのですな」

「そうです」

真間野は平然といった。うそぶくとはこういうことをいうのであろう。

黒砂が腹にすえかねたように、

「刑事さんのいったことは事実です。義父《ちち》は三十万円の保険詐偽をやりました。僕は気がつかなかったのですが、突然真間野君の監察を受けて発覚してしまったのです。義父が何故そんなことをしたのか、義父の言葉によりますと、この家を建てた時の借金が残っていたからだということです。真偽はわかりませんが、一応考えられることです。ともかく、刑事さんの言葉は事実です。真間野君がそれとなく金でかたがつくようないい方をしたのも事実です」

「おい、いい加減なことをいうなよ。僕はちゃんと借用証を書いたはずだぜ」

真間野は怒っては損だというように、言葉の割にはやわらかくいったが、追いつめられた者特有のこすっからそうな眼の動きを見せた。

黒砂はそんな真間野を憎悪を込めた眼で見やると、

「そんなものが何になるんだ。どうせ返済する気持などなかったはずだし、僕の方だって返してもらえるなどと甘い考えは持っていなかったさ」

そういってから、刑事に眼を移し、

「こうなったらいいますが、まき江が死んだあの土曜日、僕が東京に出かけたのは、真間野君からまた二万円貸してくれと電話をもらったからです。五時半に銀座の喫茶店で会う約束だったのですが、彼はその喫茶店に電話をかけてきて、急用のために九時半頃まで待ってくれということだったのです。仕方なく映画を見て時間をつぶしました。そんなことは刑事さんにはとても話せなかったのです」

「あの日に金を届けたことも、おとうさんから聞きましたよ」

「そうですか。それで、ようやく九時半頃に会って二万円渡しました。彼は一緒に呑もうと僕を誘って、キャバレーを三軒ほど回りました。二万円くらいわけなくなくなってしまい、その結果彼のアパートに泊ったのです。あんな金使いをしていたら、いくらあったって足りやしないでしょう」

三木刑事はじっと聞いていたが、あらたまったような口調で、

「そこで、すべてをはっきりさせたいと思いますが、黒砂さんの奥さんは真間野さんと特別な関係にあったのを、あなたは知っていたのですか」

「もちろん知っていました。しかし、僕とまき江はうまくいっていませんでしたので、それを知った時、これで自分の自由な行動が保証されたとよろこんだくらいです。ですから何もいいませんでしたし、別れてくれといわれたら、すぐにでも別れるつもりでいました」

「そんなことが信じられるか」

真間野はやけ気味に投げつけた。

「信じようと信じまいと君の勝手だ。僕はただおやじのことを思って、君とつき合っていただけだからね」

「君が僕とまき江さんの関係に、そんなふうな空想をいだいていたとすれば、まき江さんを殺したのは君だろう。そのうち、僕も殺すつもりだったかも知れないな」

黒砂は侮蔑をひびかせた口ぶりで、

「君のような人間は殺すだけの価値もないさ。もっとも、別のだれかが狙っているかも知れないがね」

「なんだとッ」

真間野は立上りかけた。三木刑事はそれを押えると、

「まあまあ、真間野さんの命を狙っている人物がいるかいないか、それはこの場合別の問題でしょう。だが真間野さん、あんたは監察局の同僚に対して、特定局に養子の口があるといったそうですな」

「そんなばかな」と気色ばんだいい方をしたが、表情は裏切っていた。「もしいったとすれば、それは冗談でしょう」

「冗談なら冗談でもいいですがね。だが、まき江さんは黒砂さんと別れてあなたと結婚する気になっていた。そのことをおとうさんに話している。真間野さんも同意しているからとね。おとうさんは困った。もちろん反対だった。なんとかうまく黒砂さんに話すから、それまで待つようにいって時間をかせいだ。そのことをあんたは

まき江さんから聞かされたはずだ」

「聞きませんね。僕はまき江さんと結婚したいとも思わなかったし、出来るとも思わなかった。そんなことをすれは黒砂君が……」

「すべてを公表してしまうからだといいたいのでしょう。だとすると、あんたはまき江さんをだましていたわけだ。どちらにしたって、まき江さんがあんたと結婚する気になったのは事実だから、それならそれでいいでしょう。ききたいことは、黒砂さんが二万円持って行ったあの日、どうして約束の五時半を九時半にのばしたのか、そして急用とはなんだったかということです」

「それは」真間野は一瞬虚をつかれたように口ごもった。「あの日、気分が悪くなり、いったんアパートに帰って休んだからですよ」

「ほーう。あんたでも気分が悪くなることがあるのですか」

「人間ですからね」

「あんたも人間らしいところがあるのですかねエ。それは嘘だ。あんたはここに来ていたはずだ」

「そんなばかな。そうすると、僕がまき江さんを殺したというんですか」

「そう思ってますな」

「とんでもない誤解だ」真間野はとんでもない誤解をしたのが黒砂ででもあるかのように、半ばぼう然としている黒砂をにらみつけてから「大体、僕に動機があるんですか」

「あるからこそです。まき江さんはおとうさんの詐偽の件については全然知らされていなかった。そうだったですね、黒砂さん」

「そうです」黒砂はまだうつけたようなまま答えた。「義父も僕も話しませんでした。ですから、脅迫の事実も知りませんでした」

三木刑事は大きくうなずいてから、

「ところが、まき江さんがあまりうるさく、おとうさんに真間野さんとの結婚をいうものですから、おとうさんは仕方なく事実を話した。まき江さんは予想以上にひどい怒り方をした。もうあんな人とはつき合わないし、もちろん結婚もしない。こうなれば真間野さんだって同罪だから、思い切って全部公表すればいい。そう真間野さんにいってやると、たいへんな興奮のしようだったそうです。考えてみれば非常識なことだけど、まき江さんにはヒステリー気味のところがあったので、興奮もひどかったのでしょう。それをなだめるのに、またひどく骨を折ったそうだが、しかしおそらく、まき江さんは自分の考えを真間野さんに話したに違いない。おどろいた真間野さんはいろいろ弁解したでしょう。が、まき江さんは承知しなかった。どうしても公表してやると。そこで真間野さん、あんたは決心した。まき江さんを殺そうとね」

「これはまだ勝手な空想だ」

真間野は無理に笑おうとしたようだったが、その表情はまた裏切った。刑事はいった。

「しかし、あんたが久須田さんを訪ねたのは、友人の黒砂さんのことを思ってだといったが、だったら当然その件で黒砂さんに連絡をとったはずだが、それはやらなかった。その上、あんたが久須田さんに最も熱心にきいたことは、どういう証拠からまき江さんが殺されたと思うのかということだった。久須田さんがいくら偶然の一致だといっても、あんたは承知しなかった。黒砂さんも武上咲子さんも久須田さんを訪ねたが、二人ともそういうことは熱心にきかなかった。あんたは証拠だけを熱心にきいた。わたしは久須田さんに頼んで、三人に手紙を出してもらった。いずれも話したいことがあるから来てもらいたいという内容でだ。急いだからだ。黒砂さんの所には直接郵便受に入れてもらった。三人とも久須田さんをまた訪ねた。あんたは顔を合わせるとすぐに、証拠を話す気になったようだが、一体どういう証拠だとたたみ込んできいた。他の二人は違っていた。そうまで証拠にこだわるあんたは普通ではない。それから、あんたが黒砂さんから受取った金は二十二万円になるけど、五万円を四回と、そしてあの日の二万円だ。これもおかしい。おそらく、一晩で使ってしまうに手頃の金額だったからだ。ということは、黒砂さんを自分のアパートに泊めて、あくる日一緒にここの現場に来る必要があったからだ」

「とんでもないいいがかりだ」

「あんたにはあの日の午後四時以後のアリバイはない。わたしは三回も監察局を訪ねた。あの日、あんたが気分が悪くなったなどという証言は得られなかったし、それどころか、あんたは四時頃に用事があるという理由で局を早びけしている。第一、気分の悪くなった男が十二時すぎまで呑み歩き、あくる日釣に来るなんてことも考えられないことだ。しかも、釣に行こうと提案したのはあんた自身だ。それに、気分が悪くなったのなら、何故そう黒砂さんに電話しなかったのか。ともかく、黒砂さんを呼び出しておいて、そのあとにまき江さんを訪ねた。もう一度説得するためか、あるいはあやまるためか、なんとしてでもまき江さんの気持をかえさせようというつもりだった。そして、それがだめなら殺そうと決心してだ」

「たとえそうだとしたって、僕は九時半に黒砂君と銀座で会っている。まき江さんの死亡時刻は十一時すぎじゃないか」

「だから、最初にいったように、あのガス管には仕掛がしてあった。だからこそ、あんたは現場に黒砂さんと一緒に来る必要があった。黒砂さんがすぐに医者に行くことはわかりきっている。残ったあんたは一人でゆっくりとその仕掛を取りはずした」

「それでは、その仕掛とやらを説明してもらいましょう」

真間野は半ば冷笑じみた笑いをうかべた。それは自分自身に対するものであったかも知れない。

「わたしはあの身上相談を読んで、最初黒砂さんを疑った。だからこそ、ガスの使用量も調べたし、同時に、黒砂さんには悪かったが、留守の間に寝室のガス管も調べましたよ。その結果、他殺だと確信したわけです。ガス管の出口にひっかき傷を発見し、同時に内部にわずかな鉛とさつま芋の粉末らしいものも発見した。真間野さん、あんたは釣が好きだ。リール竿につける錘《おもり》は両端の細くなった円筒型の鉛で、その中心には釣糸を通すために竪穴がくりぬかれている。その錘をガス管の出口に合うようにけずって、その穴に釣のねり餌として使われるさつま芋の粉末をアルコール分のある水でねってつめておく。それをガス管の出口に差込む。その上で、ガス栓を全開にしても、すぐにはガスはもれないでしょう。だが、二、三時間もすれば、ねり餌は当然かんそうし、すき間が出来るでしょうな。

まき江さんが何かで席をはずしたすきに、錘をガス管に差込むことは充分出来たはずだし、その上でガス栓を全開にしても、ガス栓は小机の陰になっていたから、まき江さんが気がつかなかったのは当然だ。さらに、まき江さんをだまして睡眠薬を飲ませたとすれば、これはもう完全だ。小机の引出しにあった睡眠薬の六三八ＹＪＫという記号は東京都内の小売店に出回っていたもので、千葉では買えなかったはずだ」

「だからって、その睡眠薬を僕が持って来たとはいえないはずだ」

「まき江さんは病弱のためもあって、東京に行くことはなかった。頼まれて買ってきた者もいない。あんたとまき江さんの逢引きはいつでも千葉の旅館だった」

真間野はあきらめたというより、勝手にしろというように下唇を突出してまげると、そんな口から言葉にならない声を出したきりだった。三木刑事はニヤッとすると、

「これだけは当てずっぽうでしたがね」

真間野はもう別に反応も見せなかった。

黒砂はようやく、鉛とさつま芋がねごとでも夢でもないことがはっきりわかったものの、まき江が真間野に殺されたという実感はわかなかった。ただひどく疲れを覚えただけであったが、それでも真間野に、

「君の悪党ぶりもここまでくれば、君としたって本望だろう。これで、僕は君と顔を合わす必要もなくなってせいせいしたよ」

そういって、真間野を見やった。これが最後だという眼つきだった。真間野も見返すと、何かいいたげに言葉を探しているようであったが、結局フンといっただけで、先に視線をそらした。

数日後の夜、花井竹子は三木刑事を彼の自宅に訪ねた。刑事はひどく上機嫌だった。竹子は弱いがていねいな口ぶりで、

「このたびはお手数をおかけいたしました」

「いや、いや。あなたが久須田三津子さんに頼んであの人生相談を出したことは、結局いわずにすみましたよ。しかし、黒砂さんは十分に納得はしなかったようです。ま、いずれ結婚してから機会でもあれば話してもよいし、また話さなくてもよいでしょう。あのために犯人は発見されたのですから、気にすることはありませんよ」

「でも、なんだか心苦しくて……。久須田さんばかりでなく、友部さんというお友達にも頼んだり、わたし自身も嘘をいいましたし」

「そんなことは考えないことです。ぶしつけな質問かも知れませんが、あなたは黒砂さんがまき江さんを殺したかも知れないと疑って、あの人生相談をしたのではないのですか」

「そんなことはありません。ただあたしは最初の結婚に失敗しまして、男性不信のような気持にとりつかれていましたものですから、つい黒砂さんを試めす気になりましたの」

「なるほど。でも、黒砂さんは全然あなたを疑っては

いなかったようですね」

刑事は笑顔ながら、ちょっぴり皮肉めいたことをいった。

「ええ。ですから、一層心苦しいのです」

「仕方のないことでしょう。いずれにしても、結果はよかったわけですから、早く忘れることですな」

「ええ」

竹子はようやくひかえ目ながら、しこりのとれた笑顔になった。

濁った知恵

1

城崎友子は、人見中也との、半年ほどつづいた情事を、もう切りあげたいと思った。

人見は、二十五才になる金のない独身の絵描きだった。そのこと自体は、友子が人見に飽きた理由ではなかったが、人見がすべてに投げやりなようで、何に対してもめだった反応を見せないことが、少なくとも友子にはそう見えることが、徐々に、友子に厭気をおこさせた原因だった。

反応を見せない暗い陰を常にただよわせた人見の眼つきは、内心に何か得体の知れないものが巣くっていて、それがのぞいているようでもあった。がしかし、やはりおとなしい男という以外になく、おとなしい男は友子の好みにあっていたし、だからこそ積極的に情事を持つようになったのだが、半年ほどもつづいてみると、なんとなく気持に張りをなくしてしまった。

会いたくなればいつでも会えるし、そうでなければ、いつでも会わずにすませられる。

人見の方から呼び出すなどということは一度もなかった。会えば小遣などやっていたし、背広までつくらせてやった。

だが、人見は、大してうれしそうな表情もしなかった。といって、当然だというほどの素振りも見せなかった。友子にそんな人見は、感情の表現に臆病なのか、あるいはてれくさがっているのかと思われ、それはやはり小心さにつながっているもののように映った。

おとなしい男が好きだといったところで、何か張合がなくなり、それは当然飽きを誘った。

別れたかったら、友子の方から連絡をとらないでおれば、おのずとずるずるべったりに、肉体は解消されたはずだ。

だが、友子の気性は、そういう別れ方を好まなかったし、面と向かって口に出すこともはばかられた。いくらおとなしい男でも、もしも怒ったら何をしでかすかわからない。

そう思うのも、三十四才の誕生日を間近にひかえ、最初の結婚に失敗している友子の、それなりに身につけた分別だったかも知れない。

いや、むしろそれ以上に最後に人見が激しい感情をその両眼からほとばしらせるのを見たかったのだ。それは女らしいある残酷さとも無縁ではなかったろう。

友子は、冷房のききすぎた市内の喫茶店で、人見中也をかつて見せたことのない熱っぽさで見つめた。人見は、いつもの陰をふくんだ暗い眼つきで、自分からは言い出さなかった。友子は、コカコーラを一口飲んでから、

「……主人がね、とうとう感づいたらしいのよ」

顎をひき眼を大きくしたが、それは人見の反応をたしかめるためだった。

人見は浅黒く髭の濃い顔に、ほとんど変化を見せずに、

「そうですか。いずれは、と思っていましたけど……」

友子は、人見のその無感動さが気にくわなかった。どうして驚かないのか。どうしてあわてないのか――友子は、じれったさを感じながら、それを一層熱っぽい口調でごまかしながら、

「主人は、もしもあたしに好きな人がいて、ほんとうに一緒になりたいと思うなら、別れてもいいと言ったのよ。ただ条件として、一度だけその人に会わせてもらって、信用できると思えたら、ということですのよ」

「なるほど。変った人ですね」

人見のその語調は、いい人ですねでもキザな人ですねでも、あるいはばかな人ですねでもよかった。ある無関心さがあらわだったが、どうしたらよいかわからないという彼の、内心の混乱ととれなくもなかった。友子は、じりじりするものを押えると、

「あたしね、もうつくづく主人が厭になりましたのよ」

厭になったのは、ほんとうはあなたなのよ、といったふうな表情を見せようとしたが、それはなかなかむずかしかったし、苦労してそんな表情を作って見せたところで無駄だろうとあきらめながら、

「主人は打算で、あたしと結婚したのだわ。もっとも、あたしの方にだってそれはなくもありませんでしたけど。でも、今になってみれば多少の財産なんて、別に魅力でもないことがわかりましたわ」

「そうですかねエ。多少の財産だけでも大したことですよ」

「へんなこと言わないで。前にも言ったけど、主人はあたしの兄の利用価値を、ただそれだけを考えて、あたしと再婚したのよ。あたしは、肉親は兄だけでしょう？あんまり兄に心配させてはと思ったわけでしたのよ」

友子の兄は、千葉市に本店をおくある銀行の審査部長だった。友子の夫城崎強一は、薬品を扱う問屋と小売の会社を経営していた。三代目で四十五才だったがその結婚は兄の世話だった。

人見は他人事《ひとごと》めいた口調で、

「そういう結婚はザラにあるでしょう」

「ザラかどうか知りませんけど、ともかく主人の気持はわかっていたつもりでしたが、あらためてあんなふうに言われてあたしは決心しましたのよ。それであなたに主人に会いに来ていただきたいの」

友子は、ようやくある小気味よさを覚えながら人見の返事を待った。

「そうですか。でしたら、そうしましょうよ」

人見は、すぐに答えた。友子は意外であり一層いまいましさを感じながらも、どうせ来られはしないのに、と思うことで一応気分をしずめると、

「でしたら、明後日の夜がいいわ。そうねえ……七時ごろにね」

「そうしましょう」

人見は、真意のつかめない表情のままはっきりと承知した。

2

その夜。ちょうど七時に、友子にとっては実に意外にも、人見は城崎家を訪ねてきた。

ご免下さい――と、いつもと変らない妙に落ちついたような低い人見の声を聞いた時、友子はハッと血が顔にのぼり、つぎにすぐその血は、心臓のあたりに集中したようだった。

運よく、夫の強一は入浴中だった。

友子は、返事をしておいてから、気持をしずめるように、両手で胸をかかえながらせわしく、しかし意味もなくあたりを見まわした。そうしながら、いいわけを考えめぐらした。

ようやく玄関に出た。人見は、ひどく緊張しているとも見えない例の暗い眼つきで、

「早かったですか」ひとりごとめいて、重く言った。

「いまお風呂に入っていますの」友子は左手で、心臓のあたりの血を分散させるように、そこら辺りを撫でながら声をひそめた。「それにね、あれは主人の冗談だったことがわかったの。ですから、今夜はそのお話はやめにして、絵を買ってもらう依頼に来たことにしてちょうだいね。あたしの女学校時代のお友達の弟さんということにして……いつか、あなたの絵を買った時、主人にはそう言いましたから」

「そうですか。ばかに早合点をしたものですね」人見は、別にあきれたふうもなく、疑いも見せずに言った。「だったら、絵を持ってくればよかった。前よりいいものがありますよ」

「なるべく買わせるように、口ぞえしますわ」

友子は、ホッとした口ぶりに変った。

人見は応接間に入ると、壁にかかった自分の絵を、何の表情もなく眺めやったが、すぐに視線をそらした。その絵は、右下隅の署名がなければ、どちらが上なのか見当のつけようもない絵だった。

友子は茶の間に帰ると、ようやく自分の計算が間違っていたことが不思議で、仕方がないと思うゆとりが出た。どうしてかしら？　いくら考えても解答の出ないまま、荒っぽくテレビのスイッチを切ると、台所に行った。

一応夫の強一に話すと、コーヒーを持って応接間にもどった。

「買う、買わないは別として、ともかくお会いするそうよ。主人は絵には一向に興味を持っていないのよ」

「いや、その方がいいんです。なまじ興味を持っている人は、うるさくて仕方ないから」

「それもそうですわね」

友子は、なるべく絵の話をして、強一が来るのを待った。

やがて、でっぷりしたからだをゆすりながら、浴衣の胸を半ばはだけ、右手に大きな団扇を持った城崎があらわれた。

「やあ、人見君ですな。城崎です」

「人見です」人見は頭を下げるでもなく、眼だけで挨拶した。城崎はひどく機嫌よさそうに、

「絵も大変でしょうな」

「ええ、まあ……」

「君は、どこかの団体に属しているのですか」

「A会の準会員です」

「まだ若いのだし、これからでしょう」

「そう思っています」

「それでは絵を見せてもらいますかな」

城崎はもっともらしく言った。

「それが、今夜は持って来なかったのです。明日でも会社の方へうかがいます」

「なんだ。絵を持たないで、売りに来ても仕方がないな」

言ってから城崎は声を立てて笑うと、友子を見やった。友子は無関心をよそおった顔を、まっすぐ正面に向けていた。

城崎は、また人見に眼をうつし、

「女房は絵に興味を持っているようだけど、僕はそういう趣味はないんでね。だから、見てわかるのがいいな」

「そういうのもありますから、三点ほど持ってうかがいます」

「しかし、気に入らなかったら買わないからその点は承知しておいてもらいたいな」

「ええ、それは結構です」

友子が、ようやく口をそえた。

「会社のあなたのお部屋は、ほんとうに殺風景ですわ。一枚くらい絵があった方がいいと思いますの。わかったってわからなくたってよろしいじゃありませんの」

「しかしね、どうせかけておくなら、風景とか静物がいいな」

「そうしましょう、いくらでもありますから」人見はあっさり請合った。「それで、何時頃うかがったらよいのですか」

「そう……午後の三時頃がいいな」

「わかりました」

人見は別にうれしそうな顔も見せず、それなり腰を上げた。

3

あくる日。ちょうど午後三時に、人見中也は、学生時代に描いた二十号ほどの花の静物画を持って、城崎強一を会社に訪ねた。

階下は小売部で、奥と二階が卸部になっており、城崎の部屋は二階にあった。その二階には、歩道からすぐに上がれる狭い階段がついていた。人見はその階段を、案内知っているように、ためらいもなく上がった。

部屋に入ると。城崎強一は大きなデスクに向い、「そりゃ筋が違うな」などと電話をかけている最中だった。人見を見ると、眼で、坐われという合図をした。人見は、窓ぎわのソファーに腰を下ろした。電話を終えた城崎は、

「ほんとうに絵を持って来たのだな」

「ええ。しかし、買っていただかなくてもいいんです」

「あたり前だよ、君。しかし、女房はひどくおどろいていたろう?」

「そうでもないようでした」

「ふーん。それにしても、君という人間は僕にはよくわからん」

人見は、そっけなさそうに、だまっていた。

人見が城崎強一に会ったのは、昨夜がはじめてではなかった。友子がああいう話を人見に持ちかけた前々日、人見は城崎を訪ねた。初対面だった。城崎はけげんさと用心深さをごっちゃにした眼で、

「人見中也さんというんですな。で、ご用件は?」

「実は、城崎さんの奥さんの男関係についての情報を買っていただけると思いまして……」

城崎は無言のまま、じっと人見の無表情に近い顔を見かえした。おどろいたというより、人見の真意を推しはかっている瞳のすえ方だった。やがて、うむと鼻から吐き出して、

「君は、どこに住んでいるのかね」

「緑町のアパートです」

「商売は?」

「絵描きです」

「なるほど。女房は君から一枚買ったな」

「そうです」

「結婚は?」

「まだです」

「実家はどこ?」

「銚子です」

「お父さんは?」

「銚子で海産物商をやっています。しかし、どうしてですか?」

「いや、人見壮一という同業者がいたのでね。ひょっとしたら息子さんではないかと……」

「違います」

「それでと……」城崎は意味のわからない笑いをうかべた。「女房の男関係か……」

「そうです。その男を知ってるのです」

「それはわかったが、君はそのことをだれかに話したのかね」

「いいえ。だれにも?」

「で、いくらで売ろうというのかな」

「十万円でいかがですか」

「高い。五万円なら考えてもいい」

「そうですか。では、それで結構です」

人見は、金額にさえ、無関心のようだった。

城崎は首をかしげて、じっと人見を見やっていたが、やがて机の抽斗から一万円札五枚を取出し、それを机の上に放り投げた。人見はゆっくりそれを取った。

城崎は、人見のほっそりした指を見ていたが、上げた眼が奇妙な動物でも見るように大きくなると、

「どこのだれなんだ?」

「ここにいる僕です」

「なんだって?!」

城崎は、さすがに半ば腰をうかした。それから腕を組み、最初に見せたけげんさに加えて、ある敵意を露わにすると、

「君は、どういうつもりなのだ」

「奥さんは、もう僕に飽きたようですから……」

「ふーん。すると、手切金を僕からせしめたわけか」

城崎は、こんどは呆れたようだ。

「そうなるかも知れません。大体、城崎さんと奥さんの結婚は、城崎さんとすれば功利的な判断の結果なのでしょう? 二号的な女性もいるようですし……」

最後の言葉は、人見のあてずっぽうであったが、どうやらそれはあたったようであった。

「そんなことは」城崎は唾を飲みこんだ。「君にかれこれ言われる筋合ではない」

「ただ、僕のこういった行動を、奥さんには内密にしておいてもらいたいと思うからです。奥さんは二号さんの事実を知りませんよ」

「どうもあきれたな。だが、手切金を取った以上、もう手はひくんだろうな」

「奥さんの方が手を引きますよ」

これが、最初の対面だった。二度目は友子が、人見にあの話を持ちだしたその日だった。

人見が訪ねると、城崎は顎を上げて、

「ふん、君か、何しに来たのだ」

人見は友子の提案を説明してから、

「そういうわけですが、城崎さんは、奥さんに事実そういうことを言ったのですか」

「冗談じゃないよ、君」

「やっぱりそうでしたか。そうすると、手の込んだ別《わかれ》の話だったのでしょう。僕が城崎さんを訪ねることは、到底できるわけはないだろうという奥さんの判断だったわけです」

「なるほど。そんなところだろうが、女というものはまわりくどいことを考えるもんだ。そうだ。ひとつ君、実際に訪ねて来ないか。女房はおどろくだろう。いい薬だ」

城崎は、自身のことは棚にあげた。

「うかがいましょう」

人見は、何の抵抗も感じないように承知した。

別に痛快がっているふうもなかった。

4

城崎は、不意にからだを乗りだすと、

「ところで君、女房は君と別れた以上、別にだれか君の代りを見つけたんじゃないか?」

「そうかも知れません」

「それを君に、探ってもらいたいと思うがどうかね」

「僕は探偵をやるんですか」

「そんな大げさなものじゃない。その絵を四万円で買うからどうかね」

「いいでしょう」

人見は、金のためなら、どんなことでもやりかねない様子だった。

一週間後、城崎強一は、大阪のある製薬会社の招待で、和歌山県の白浜温泉に出かけることになった。友子は、自分も一泊の旅行に出かけるからと、当然のように言った。

城崎は何処へともきかず、ただいいだろうと言っただけだった。その日、昼食を家でとった城崎を送りだしてから、友子は男と一緒に、千葉駅三時発の準急ディーゼルカーに乗った。館山で下車し、それから国鉄バスに五十分近くゆられて、白浜に着いた。

白浜の町は、海岸段丘の上にあって、海岸は波によって浸食された台地がのび、九十九里あたりの女性的な海岸にくらべれば、男性的と言えた。それが、友子の気に入ったところだったかも知れない。

旅館に向いながら、友子は声をはずませた。

「明日は、野島崎灯台に行きましょうよ」

「そうですね。僕ははじめてだし……」

男はひかえ目だった。

明治二年にフランス人によって完成されたという野島崎灯台は、一見の価値は十分にあったろう。

二人は、白浜町で一番大きな旅館の一つである岬旅館に入った。

一番大きなと言ったところで、室数はせいぜい二十とちょっとくらいなものであった。二階の海に面した部屋に案内された。

友子は、太平洋を眺めながら、

「ほんとうにせいせいしますわ」

それは海を眺めることでなのか、それとも夫と離れることでなのか、おそらく両方であったろう。

夕食の伊勢えびのフライと、さざえのつぼ焼は、その新鮮さで友子を、そして男も堪能させた。

食後、女中が宿帳を持ってくると、床を敷き出した。男は宿帳を受取り、書こうとしたが、ただじっと見つめるばかりだった。友子は、「どうしたの?」と言いながらのぞきこみ、あら! と声を立てた。

千葉市春日町××番地　城崎強一
美喜
とあった。

友子は、その筆蹟が夫のものに似ているような、どこか違っているような気がしながら、浴衣の襟元をぎゅっと左手でつかみながら、押えた小声で、

「どういうことかしら?」

「女中さんにきいてみるといいよ」

男もやはりささやいた。友子は無言でうなずくと、床の間のハンドバッグから千円札一枚とりだした。床を敷きおえた女中に、

「はだかであれですけれど、取っておいてちょうだいね」

「そうですか。どうもありがとうございます」

女中はていねいに挨拶した。

その表情に素朴なよろこびがあらわだった。

友子は、さり気なさそうにきいた。

「この城崎さんて、どういう人ですの?」

女中は別にけげんさも見せず、すぐに、

「そうでございますね。三十くらいの、痩せて口数の少ない方ですけど……」

「奥さんの方は?」

「二十五、六の派手な感じの方です」

「そう。でしたら、違う人のようだわ」

友子は男を見てから、いくらか安心して言った。女中が嘘を言っているとは思えなかった。それにしても、奇妙なことに思えた。

「でも、へんですわ」友子は、女中の表情の変化を見のがさないといった眼つきで言った。

「ほんとうに痩せて、三十くらいの人ですの?」

「はい。ごらんになればわかると思いますけど……」

「お部屋はどこなの?」

「二階のはずれの灯台の間です」

「灯台の間?」

「はい。野島崎灯台が一番よく見える部屋ですから」

「ここは何の間なの」

「松の間です。灯台の近くの弁天堂に、腰掛松というのがございまして、昔、頼朝が腰をかけたといい伝えられております。その松をとって松の間と申します」

女中は、案内人の口調で言った。すると、男が言った。

「そんなこともあったかも知れないな。ここは里見氏発祥の地だからなア」

友子とすれば、頼朝や里見氏はどうでもよく、またきいた。

「そのご夫婦、何時頃ここに着きましたの」

「こちらさんのちょっとあとだったと思います。灯台見物に行って、疲れたとおっしゃっていました」

「そう」友子は、いくらかホッとしながら、うなずいた。「そのご夫婦には、あたしがいろいろきいたなんて、言わないでね」

「はい」

千円札のきき目はあった。女中が部屋を出ると、すぐに友子は、

「あの女中さん、嘘を言っているとは思えませんわね」

「そんな感じですね。しかし、大阪の製薬会社からの招待というのは間違いないの?」

「それは間違いありませんわ。あたしちゃんと、その招待状を見ましたもの」

「とすると、城崎さんを知っている三十くらいのだれかが、名前を借りたんじゃないかな。奥さん以外のだれかと来たんだろうな」

「そうしますと、その男の人、あたしも知っているかも知れませんわ」

友子は、そういう男を思い出そうと、視線をずらして、床の間のあたりに眼をやった。

「その可能性はあるでしょうけど、しかし、もしその彼にわれわれが見られたとしても、言ってみれば同罪だから、そんなに心配はいらないと思うけど」

「でも、監視されているようで、厭な気持だわ。ですけど、灯台見物に行ってきたのに、あたしたちのあとに、ここについているとしますと、あとをつけて来たとは思えないわね。偶然一緒になったようね」

灯台は、二キロほどはなれた岬の突端にあった。

「そうでしょうね」

「それでも厭な気持ですわ。明日の朝早く発《た》ちましょうよ」

「それはかまわないけど……」

男は、友子よりは平静に見えた。

あくる朝早く、二人は旅館を出た。友子は落ちつかなかったが、汽車に乗ってしまうと、わかったらわかったでかまわなかったのだという気がしてきた。その強気を口ぶりにも出して、

「主人はね、もしもあたしとあなたのことを知ったとしても、自分から離婚は言い出せないはずなのよ。ただ兄に話されると、あたしとしては一番困るのよ」

「わかりゃしないでしょう。あれはたしかに、別のだれかが、名前と住所を利用しただけでしょう。しかも、あんたは、旅館で知った顔とは会わなかった。だから……」

「そうですわね」

友子は、自分自身に言いきかす口ぶりで、あらためて納得しようとした。

5

友子は男をつれて、自宅に帰った。昼食をしていくように勧めた。男は、承知した。

寿司を取って食べおえてから、食後の梨をむいていると、電話が鳴った。友子は、立って行った。

電話の声が、ひどく無愛想にひびいた。

「千葉警察署ですが、城崎強一さんのお宅ですね」

「はい」

友子は、いぶかしさと不安を半々に感じた。

「女中さんですか」

「いいえ。家内でございますが」

「これはどうも失礼しました。ご主人は旅行に出られましたね」

「はい。白浜にまいりました」

「ははあ、やっぱりそうでしたな。ご主人が白浜の旅館で、心中したと連絡がありました」

「なんですって?! 心中を……」

「そうです。白浜の岬旅館ですが、すぐにいらして下さい」

友子は、ようやく納得がいった。同時に、ばかばかしさを感じたが、やはりいくらか不安を覚えないわけにはいかなかった。

「でも、主人は、和歌山県の白浜温泉ですけども……」

「和歌山県の……しかし、宿帳にはお宅の住所と、ご主人の名前が書かれてありましたが」

「何かの間違いではないでしょうか。主人が心中などするはずはありませんわ」

「奥さんとしますと、そうお考えになるのもごもっともですが、ともかくいらした方がいいと思います」

「もし、宿帳にそう書かれてあったとしましても、それは主人の名前と住所を利用したとしか思えませんの。行っても無駄だと思いますけど」友子の口調は、当然はっきりと自信をひびかせた。

「困りましたなア。そういうことはままあることなのですが」

「それはあることかも知れませんけど、でも、主人ではありませんわ」

「そうですか。では、くわしい報告を聞きまして、またお電話いたしましょう」

電話は、それで切れた。

茶の間にもどった友子は、それでもいぶかしさと、不安を両の眼にちらつかせながら、

「岬旅館のあの二人が心中したんですって、警察からの電話なの」

「あの二人が?」

男は坐り直した。

「一体、どういうことなのかな」

「へんなことになったものですわ。あれが主人でないことはたしかでしょう?」

「もちろんですよ。第一城崎さんが、自殺するはずはないでしょう」

「そうですわ。でもあの二人は、一体だれなのでしょうか」

「わからないな。こっそり見てたしかめておけばよかった。しかしどう考えたって、城崎さんじゃないな」男も不審そうに、頭をふった。

その時玄関のドアが開いた。しかし、二人は気がつかなかった。すぐに、荒っぽい足音がした。気がついた友子が首をねじって見た時、城崎強一はもう茶の間に入ってきた。

城崎は男を見ると、意外さが一層怒りを強めたように、

「貴様だったのか。これはどういうわけなのだ、人見君!」

人見はとっさに、言葉に窮したようだったが、ほとんど表情は変えなかった。

城崎は、妻にだまされたことよりも、人見にだまされたことにほとんど自制心をなくしたようだった。

「おい、何とか言ったらどうだ。すっかり僕をだましたな。二人で白浜へなんぞ行ったりしやがって」

人見は無言だったが、友子がようやく言った。

その声はさすがに上わずった。

「白浜へ行ったのは、あなたじゃありませんの」

「そんな所へは行きやしなかったさ。会社の若い者に尾行させた。旅館では僕の名前を使わせた。帰りの汽車も一緒だった。バスは一バス遅れてだがね。その上近くの赤電話から贋の電話をかけさせたところが、お前は絶対に主人ではないと言い張った。旅館で僕ではないことをたしかめていたからだ」

言われて友子は、かすかに口を開き、肩で呼吸をするだけだった。人見も無言だった。

城崎はやにわに、果物ナイフを右手につかむと、人見にとびかかった。ハッとした友子は、とっさにその前に身を投げた。

瞬間のことだった。友子は心臓のあたりを斜に突き刺され、ほとんど即死だった。

城崎は呆然としていた。人見は、素早くナイフを取上げると、

「救急車を呼びましょう」

すぐに、電話に立った。電話をかけて帰ってきた人見に、城崎は弱く言った。

「どうしてまた関係ができたのだ」

「あの晩僕がお宅にうかがったことで、奥さんはなんとなく僕を見直したようでした」

「ばかな！」

「そう言いました。はっきりと」

「うむ……」

人見は、友子の脈をみた。だが、脈はすでになかった。

フーッと、息を吐いてから、

「そんなことより、僕はあんたに話したいことがある」

「なんだ？」

「僕は最初あんたが疑ったように、やはり人見壮一の息子です。父は自殺した。それは倒産が原因だったけど、倒産したのは、五百万の融資を銀行で断られたからだ。奥さんの兄さんの審査部長のところでですよ。それもあんたが、あの審査部長に、父の商売内容を事実以上に悪く吹聴したからだ。父は自殺する前に、城崎に工作されたようだと言っていた。僕はそのことを奥さんからはっきりとたしかめた。あんたは、同業者を倒産に追い込んで、その得意先を全部うばった。その上あんた自身は、あの銀行から七百万の融資を受けた。僕は復讐のために、あんたの奥さんを殺そうと思った。そして近づくことだけはできたけど、しかし、僕にはどんな理由からにせよ、人を殺すことのできないことがよくわかった。それに奥さんに対して……いや、そんなことはどうでもいい。ともかく、あんたが僕の代りに殺してくれた。僕はお礼を言いたいくらいですよ」

言いすてると、人見はさっと部屋を出て行った。

城崎はうつけたような表情で、人見を見送るだけだった。

香典作戦

第一章　ある葉書

梅雨は明けたが、しめった空気はむしむしと暑く重く、天から毒気が降ってくるという日曜日だった。

たしかに、毒気は降ってきた。

その午後、私は茶の間に寝ころび、暑気ばらいのつもりで本を読んでいた。いつの間にか眠ってしまった。西に回った陽の直射を受けて目が醒めると、首筋から背中にかけてにじみ出た汗が、なんとも不愉快で、私はとび起きた。風呂場に行って顔を洗うと、そのまま勝手口から夕刊を取りに出た。

四時はすぎていたが、妻の加久子《かくこ》は買物に行き、まだ帰っていなかった。

家は小さいが庭は広い。アソカの花がかげって、むれていた蜂も巣に帰ったようだ。青ほおずきが葉かげにあって目立たないが、すでにいくらか丸味をおびていた。妙に手に暖い夕刊を郵便受けから引出すと、葉書を一枚いっしょにつかんでいた。その場で読んだ。黒っぽいボールペンの見慣れない大きな字が、不規則にならんでいた。

あの件についていろいろ考えましたが、お断りすることにしました。私の手には負えません。別の人をお探し下さい。

私は二度読んだが、文意をくみ取りかねたくらいだから、当然心当りもなかった。もう一度表に返した。やはり大きな字で、宇留間強志《うるまつよし》様とある。これは間違いようもない。喜真田市宮松町二丁目三八番地、ここまでもよい。だがそのわきに、これは小さく共栄荘内とあった。住所をあまりに大きく書きすぎたためであったかも知れないが、差出名まで小さく金山とだけあった。消印は市内だったが、私には金山という知人はいなかった。

ともかく、これは間違いだ。私はアパート住いではないし、アパートに住んでいたこともない。しかし、三八番地にアパートはなかったはずだ。思い返しながら、なおよく見ると、二丁目ではなくどうも三丁目のように読めた。三丁目の共栄荘か。だったらあのアパートかも知れない。

私は葉書を見つめながら、その処置について考えた。配達人の間違いだから、ポストに入れればそれでよかったろう。それほど大した内容とも思わないから、破り捨ててもよいとは思わなかった。だが結局、届けてやろうという気になった。小さな親切心などというものではない。私と同姓同名というそのことに、ある好奇心を刺激されたからだ。

宇留間強志、こういう姓名の男が他にいようとは、ましてこれほど近くにいるなどとは、意外だという以上に不思議でさえあった。

家に入り、ズボンをはき替え、網目になったポロシャツを着、サンダルをつっかけると門を出た。近いとはいえ、それでも十分以上は歩いたろう。

鉄筋三階建ての、裏から見た共栄荘は、味気ないコンクリートの素肌を照りつける七月の夕陽にさらして、人の住む建物とは見えなかった。倉庫を思わせるそらぞらしさで、私の立入りをこばんでいるようであった。

私は表に回った。道路に面した庭のほこりをかぶった松の木の下で、婦人が十三、四の少女と共に、毛虫を焼いていた。母娘であろう。少女が大きな目でおどろいたように私を見た。その年頃特有の、例えばすぐれたボーイソプラノのあの透明な、女声にも男声にもない美しさに似たものがあった。私は無意識のように、そちらに近づいた。しかし、声をかけたのは母親のほうだ。

「宇留間さんは何号室でしょうか」

「宇留間さんですか」ふり返った母親のしかめたような顔が、煙のためなのか嫌悪のようなもののためなのか分からなかった。「宇留間さんでしたら、三日ほど前に引越しましたわ」

「そうですか。どこへ引越したのでしょうか」

私は強い口調になっていた。腹を立てたのだ。彼が引越したことに対してか、あるいは婦人のそっけない口ぶりに対してか、それとも私自身の好奇心に対してか。いや、ひょっとしたら婦人の成熟した豊満な肉体に対してだったかも知れない。

「さあ、存じません。管理人さんにきいてみたらいかがですか」

それなり、また毛虫を焼きだした。

私は管理人の部屋の扉をノックした。細君らしい中年の女が、青白くむくんだような顔をのぞかせた。そして無言のまま、細い目で私のことばを催促した。

私はふっと気が抜けるようにばかばかしくなり、目をそらすと、何も言わずに帰ろうかと思った。だが、やはり意味もなく思い返すと、ともかくきいた。

「宇留間さんはどこへ引越したのでしょうか」

私はまるで、私はどこへ行ったのでしょうか、ときいているような奇妙な心持ちになっていた。

「宇留間さんですか」細君は細い目をいくらか大きくして、疑わしそうに私を見つめ直した。「それが分かりませんの。行先きも言わずに、急に引越してしまいましたものですから。変な人ですわ。お友達ですか」

「いや、会ったこともない」

私はまたばかばかしくなり、ぞんざいな答え方をした。

細君はそんな私を勘違いでもしたのか、あるいは彼にふくむところでもあったのか、不意にひどく饒舌にしゃべり出した。

「二カ月ほど前に、ここに入ったのですけれど、ほんとに妙なご夫婦でしたわ。宇留間さんは午前中に出かけたり出かけなかったりでしたし、奥さんは反対に、何か夜のお仕事でもしていたようで、昼間しかいないようでした。それはまあ、どんなご商売をなさろうと自由でしょうけど、ここのアパートは皆さん堅気の方ばかりですからねエ。ですから、引越してもらって、ほんとのところほっとしていますの」

私は返事のしようもなく、しかしそんな夫婦だっているだろうと、むしろ細君を妙な女だと思いながら、玄関わきにかかっていた、高級アパート共栄荘という看板を思い出して苦笑した。かまわずに、細君はつづけた。

「宇留間さんはやせて色の白い、五尺三寸くらいの人で、としは三十五、六でしたでしょうね。奥さんはあれで、二十八、九でしょうか。派手なつくりをしていましたけど。でも、美人でしたわ。ちょっと目尻が上り気味でパッチリしていました。眉は細くはっきりしていましたし、唇がいくらかめくれている感じで、それがよく目と似合っていましたわ。中背でいくらか太り気味でしたけど、やはり美人というんでしょうね」

「そうですか。そんなに美人ですか」

私はやり切れなくなったが、仕方なしに応じた。そして、細君の目が前より一層細くなり、口元がゆるんだのを見やりながら、これは笑顔なのかなと考えた時、私は不意に奇妙なことに気がつき、内心ややうろたえた。

細君のしゃべった奥さんなる者の特徴は、まぎれもなく私の妻加久子のそれと同一だった。美人だなどとは思っていなかったにしてもだ。うろたえながら緊張し、そこで用心深くきいてみた。

「奥さんの名前、なんというんですか」

「さあ……そういえば、名前は一度も聞きませんでしたわね」

「右の小鼻のわきにほくろなかったですか」

「そう、そう。ありましたわ。それがまたよく似合っていましてね。最初はつけぼくろかと思ったほどでしたわ」

「なるほど。それで、日曜日は昼間もいなかったでしょうね」

細君はしばらく考えてから、

「そうかも知れません。そこまでは気にしていませんでしたから、はっきり言えませんけど」

私は私立喜真田学園の教師をしていた。中学部と高校を教えていた。教師が好きだったわけではない。他に適当な就職先きがなかったからでもない。

それはともかく、私は自分では冷静なつもりで、その奥さんが加久子であるという確信を持った。すると、何か頭の中ではじけたように感じた。そのはじけたものが目からとび出しでもしたように、私はつづけてまばたきをした。いくらか落ちつくと、彼の引越しが運送屋であったかどうかをきいた。大型のオート三輪という以外に何も分からなかった。さらに男の商売を推測させる何かがなかったかともきいた。これも否定的な答えしか得られなかった。

私はやはり冷静なつもりで、男の心当りをあれこれ考えた。だが、それらしい男は浮んでこなかった。細君が言った。

「どうしたのですか。気分でも悪いのですか」

そのことばの半分を背中に受けて、私は扉をはなれた。あの少女はもういなかった。

私はサンダルを引きずる歩き方をしながら、ズボンの尻のポケットに入れた葉書を上から押え、もうお終いだな、とひとりごちた。

結婚生活七年、私は三十三才、加久子は三十才だ。そして、子供はいない。私が勤めに出ている間に、加久子が何を考え何をしていたのか、そこまで関心を持つことを強いられるようなものを、私は加久子の日常から何も感じ取ってはいなかった。つまり、うまくしてやられたというわけなのであろう。あざやかなものだ。負け惜しみでなくそう思うことで、私はいくらかゆとりを取戻した。

それにしても、相手の男はなぜ私の名前を名のったのか。偽名であることに間違いはなさそうだ。これは全く不思議であり、奇怪でさえあった。私に考えられたことは、もし別の、例えば鈴木とでも名のっていて、どこかで、あら鈴木さんの奥さん、などと呼ばれたりしては、加久子としても都合が悪かったであろう、ということくらいだ。

帰宅した私は知らん顔をしていた。すでに帰っていた加久子も、どこへ行っていたのかともきかなかった。

その夜の夕食後、私は加久子に言った。

「もう飽きたね」

「何がですの」

「いろいろのことがだ」

「いろいろの中には、あたしもふくまれていそうね」

冗談のつもりで言ったらしい加久子は、うすい笑いを片ほおに浮かべながら、くつろいだように膝の上で団扇《うちわ》をかえしていた。私は加久子の図太い神経に初めてふれた気がし、突き上げてくる怒りをようやく押えると、

「むろんそうだね。あんただって飽きてるはずじゃないか」

「あなたほどじゃないようだわ」

加久子は浴衣のふところに風を送った。ちらっとのぞいた乳房に、私は激しい嫌悪を覚えて、目をそらすと、

「ふん。僕の責任だと言うのか」

「責任？　何のことなの」

加久子は私の語気に、ようやくいぶかしさを感じたように、笑いを消すとじっと私を見つめた。その目に、私は憎悪を感じながら、突き放す口調で、

「別れることにしよう」

私としては別にとうとつなことばではなかったし、考えた上でのことだ。いや、考える必要などなかったのだ。

加久子は団扇の柄を両手でにぎり、ぴったり胸に当てると、とっさに返事に窮したのでもあろうが、小ずるくさぐりを入れるようなするどい目つきで、ただ私を見返した。そのような目つきの加久子も、私は初めて見た。そういまさら、見損なったなどとは思わなかった。そういう目つきをする機会がなかっただけのことであったろう。

そんな目でしばらく私を見ていたが、皮肉そうな笑いをもらすと、

「ニンフェットでも見つかったんですの」

「何だと！」

私は顔色が変るのを意識した。あぐらの上の両手がふるえるのを、じっと押えた。

ニンフェット。これは外国のある小説家が彼の小説の中で使ったことばだ。女性は十三才ころから十七才くらいまでが一番美しく魅力的だという、異常な感覚を持った男の異常な恋愛がテーマで、その年令の少女をニンフェットと呼んでいた。私はその小説を読んだ。ひどく同感した。加久子も読んだが、いやらしいと中途で投げ出した。

私は私のうちにひそむそのような感覚を二十才前後から意識していた。だからこそ、教師になったのだが、これは失敗だったかも知れない。

加久子との結婚にしても、彼女がどこか少年ぽくニンフェットを思わせたからだ。しかし、三十過ぎた加久子はも早あまりに女性的で、堂々とした腰のあたりを見るまでもなく、私はがっかりしてしまう。

さらに、私がカッとしたのは、三年ほど前にある失敗をしたからだ。その日曜日、中学三年の教え子が自宅に遊びにきた。

加久子はいなかった。私はその少女と肉体的な過ちをおかした。過ち？　いや過ちでも失敗でもない。私はただ……、弁解じみるが少女は自分から処女ではないと言った。そして、

「先生が好きだわ」

そういうことを口に出せる少女だとは思っていなかった。それにしても、十五才の少女に誘惑されたなどと言うつもりはない。しかし、いくらか色の黒い非行ニンフェットに、私が自分を忘れたのは事実だった。そして、私は教師だ。

加久子はそのことを知って、怒るよりあきれ、それから心配した。問題が表面に出なかったのは加久子のおかげだった。

床の中で、さすがに私は眠れなかった。いろいろ考えたが、つまるところ考えないのと同じだった。別れたほうがいい、という気持は変らなかったから。

ねェ、と言いながら加久子はとなりの自分の床から、からだをすりよせてきた。私は応じなかった。それでも、加久子はなおからだをよせた。彼女の体温がむっと私に

つたわった。からだ全体で私をゆさぶった。私は黙っていた。すると、左足を私の足にからませてきた。半ばのりかかるかっこうで、顔を近づけた。

「どうして、別れなければいけないの」

熱っぽくささやいた。私は加久子の目を見たいと思いながら、返事をしなかった。

私は加久子の口からは何も聞きたくなかった。それは私の勝手な意地であったかも知れない。しかし、何か答えれば、結局すべてを聞かされることになっただろうし、そういう話を聞かされているだけなどということは、私としては我慢のならないことだった。相手の男の正体を知りたいという気持は強かったが、それは別の方法があるだろうと思った。

「あたしが何かしたの」

そうささやいた声には、あるためらいが感じられた。なぜそれを明るい電灯の下で言わなかったのか。いや、言えなかったのか。

私は無言のまま、夜の作戦か、と内心つぶやいた。しかし、加久子のその作戦はしつこくつづけられた。結局、加久子自身そんな自分に腹を立てたような具合で、ようやく自分の床に帰った。


あくる日、帰宅したら、離婚届けに私の署名捺印をするだけになっていた。

加久子は別に条件も出さなかった。いくらか意外でもあったが、当然のことであったかも知れない。

第二章　二重離婚

私は野坂チエと、地下の喫茶店で向い合っていた。あわい紫色の照明が、チエの表情に明るいかげを作り、それが一層少年ぽい感じを与えていた。チエは未亡人だった。

私は加久子と別れたことを話すつもりだったが、その前にチエが言った。

「あたし結婚することにしたの」

「ふむ。そいつはお目出とう」

私は意外だったし、失望もした。だが、そのような気持が表情に出ることを極力押えながら、そんな自分に厭気がさしていた。それをまぎらすために、思いつくままのことをきいた。

「相手はどういう人?」

「ありふれたサラリーマンよ」

「それで、あんたの仕事のほうは？」

「つづけていくつもりなの」

チエは美容師だった。そして、ある美容院をまかされていた。

私は身勝手だったろう。チエだってもう三十に近い。妻のある男といつまでかかわっていても仕方のないことだ。加久子ともう一カ月早く別れていたら、私はチエと結婚していただろうか。もしも申込めば、チエは承知したと思う。うぬぼれでも思いすごしでもない。しかし私は、チエを当てにして加久子と別れたつもりはない。

私とすれば、間抜けな祝福のことば以外に、何も言うことはなかった。

こうして、チエとの関係はさっぱりしたが、加久子のことではどうもさっぱりしたというわけにはいかなかった。加久子はいずれあの男と結婚するだろう、と私は考えていた。すぐに結婚できない事情があるとすれば、あの男から当然金銭的な援助を受けることになるはずだと思えた。

八月十一日、学校の登校日だった。私は同僚の岡野から意外なことを聞かされた。職員室で、岡野は私を窓ぎわにつれて行くと、ひそめた声で、

「君の別れた奥さんだけど……」

岡野はことばを切ると、一瞬つづけようかどうしようか、といったように下唇をかんで、窓外に目をやった。

私は何をもったいぶるんだといった気持から、いくらか荒っぽく、

「あいつがどうしたんだ」

「知らないのか」

ジロッと私を見ると、タバコに火をつけた。

「知るも知らないも、もう他人だからね」

「そうか。だったら話すけど、実はバーに勤めている。昨夜、偶然に会った」

そう言った岡野の目は私を非難しているようにも見えたが、事情を話してないから仕方がなかろうと思いながら、しかしひどくおどろいて、

「ほんとうか」

「こんなことで嘘が言えるか。君は飲まないから知らないだろうけど、栄町にある『ジュリー』というバーだ」

「人違いじゃないか」

「いや、絶対に。何しろ、話し合ってきたんだからね」

「ふーん。いや、ありがとう」

私は戸惑いを覚えながら、そんな返事をした。何も礼など言う必要はなかったのだが。

私はこれは一体どうしたことか、と考えたが分かるはずもなかった。加久子が働きに出るなどということは、全く私の予想しなかったことだった。

加久子の実家は静岡だった。むろん、実家に帰らないだろうくらいは考えられた。しかし……、あの男がいるではないか。私と離婚したために捨てられた、などということは全然考えられなかった。加久子があの男にみついでいたという証拠もまるでなかった。それにしても、どうしてそれほど加久子のことが気になるのか。私自身にもよく分からなかった。分からないまま、私は初めてあの男に激しい憎悪を覚えた。一体、あの男はどういうつもりなのか。私の名前まで名のっておきながら。

私はだれかに頼んで、加久子からじかに話を聞いてもらいたいと考えた。だが、加久子に面識がなく私と親しい男となると、それらしい人物はいなかった。ようやく思い出したのは、久米精一という大学を出たばかりの若い青年だった。

私が久米と知り合ったのは三カ月ほど前の日曜日の夕方、小型自家用車をのりつけて、突然に自宅にやってきた時だ。

久米は人見知りや物おじをしない、それでいて礼儀をわきまえた、さっぱりした気性の男だった。玄関で私に会うと、

「お宅の庭ずいぶん広いようですが、半分ほどお売りになるつもりはありませんか」

ぶしつけな言い方のようだが、彼の顔を見ているとそんな感じはしなかった。私はむしろ彼に好感を持ったが、同時に不思議にも思ったので、

「君が買うんですか」

「いいえ。おやじの仕事を手伝っているんです。不動産業です」

「なるほど。家を建て直そうと思っているから、いずれ売ろうと思うけど、その時は君に頼むよ」

実際、私はそう思っていた。貸地もあったが、これは宅地で簡単に売るわけにはいかなかった。田舎に山林もあったが、これは安くてだめだろうし、結局自宅の庭を百五十坪ほど売る以外に方法はなかった。

「そうですか。よろしくお願いします」

久米はひどくさっぱりとそう言って、頭をぴょこんと

下げてから、大きな名刺を出した。名刺は先きに出すべきであろうが、そんなやり方にも私は好感を持った。

有限会社昭和不動産、というのが正式の名称だったが、その事務所は私の家の割合近くにあったので、私は勤めからの帰途など二、三回彼に会った。そして、お茶などごちそうになりながら、地価について話し合ったりした。彼は加久子には会っていないはずだった。

私は久米の事務所に彼を訪ねて事情を説明し、加久子に会ってもらいたいと頼んだ。

久米は聞き終えるとおどろきながらも、それを微笑でつつんだが、その裏側につつしみ深い好奇心がちらついていた。

久米は微笑を消すと、真顔でこうきいた。

「別れてしまってもやはりそんなに気になるものですか」

「そりゃ君、人情というものだろう」

そう言って、私は内心苦笑した。その時初めて、私が気にしているのは加久子ではなくて、あの男だということをはっきりと知った。これは嫉妬だったのだろうか。

「そんなもんですかねェ」

久米はまた微笑をもらしたが、人情という古風なことばを納得したかどうかわからなかった。

彼は今晩すぐにでも行ってみる、と言った。

あくる日、私はまた事務所に久米を訪ね、その結果をきいた。

「どうだった?」

「すぐにわかりましたよ。本名を使っていましたよ」

「本名は広川だぜ」

「いいえ、加久子さんのほうです。さっぱりした人ですね」

加久子は私と別れ、さらにあの男とも別れてさっぱりしてバーなどに勤め出したのであろうか。いや、そうとは思えなかった。

「そのさっぱりがくせものでね。それで、どんな具合だった?」

「何しろ初対面で、そんなこみ入ったことをきくのも変ですし、一応顔なじみになってきました。これから、ちょいちょい出かけて、いろいろきき出しますよ」

「それもそうだね。それで、経営者のほうは?」

「ああ、それはわかりました。駅前に『ジュリー』という喫茶店があるでしょう」

「あれと同じ経営者なの」

「そうです」

「どういう男？」

「そうですねェ、もう四十は越しているでしょう」

「会ったことある？」

「見かけたことはあります。太って色の浅黒い男です」

「ふーん」

私は当てがはずれたような気がした。しかしそのうち、あの男、三十五、六で色白の小柄な男が、当然「ジュリー」に顔を出すはずだと思えた。

私はその後、久米から加久子についてのあれこれを知らされた。

加久子は緑町の素人下宿《しろうと》に一人で間借りしていること。店ではなかなか人気があること。あの男らしい人物は一向に顔を出さないこと。そしてさらに、恋人らしい男さえもいないのではないかということ。

私は当惑を覚えた。管理人の細君のことばだけで早合点をしたのか。だったら、加久子は何故金銭的な要求を出さなかったのか。

そのような疑問を解くには、あの男を探し出すより外に方法はなさそうだった。もう一人の宇留間強志だ。

九月の最初の日曜日、私は久米の運転する小型自家用車にのって、共栄荘を中心に一キロほどの半径を走り回って運送店を探した。さらに遠方にまで足をのばした。五軒の運送店できいてみたが、いずれも心当りはないという返事だった。

帰途、久米が言った。

「僕の友人が市役所にいますから、一応宇留間強志という男を調べてもらいましょう」

「どうかな。偽名だと思うけどねェ」

「でも、念のためということがありますから」

「簡単にわかるのかな」

「それはわかりませんけど」

一応、頼んでみてもらうことにした。

次の日曜日、久米は私の自宅にやってきた。どこか浮かない顔で、該当者はいないそうです、と言った。おそらく、市役所の彼の友人も熱心に調べてくれなかったのでもあろう。当然のことだ。

茶の間でカルピスなど飲みながら、

「宇留間さん、奥さんはほんとうに共栄荘に行ってたのでしょうか」

久米は素直に信じかねる表情をした。その点については、私だって絶対の確信はも早なかったが、

「それは間違いないな」

「しかし、他人のことばだけでしょう」

「それはそうだけど、しかし間違いないよ。双子じゃあるまい」そんなによく似た人間がいるはずはない。

私は強く言うことで、一抹の不安を打消そうとした。

久米はすこし考えてから、

「どうでしょう、共栄荘の管理人に首実験をしてもらったら」

「なるほど。それは思いつきだ。よし、頼んでみよう」

久米は商売でもなかなか抜け目なくやっているのだろうと思えて、なんとなく感心した。

すると、久米が庭に目をやりながら、

「ずいぶん荒れましたね。結婚がきまったら売りますか」

「そのつもりだけど、しかし一年は結婚しないだろうな」

私は野坂チエを思い出していた。あの少年ぽい顔を。しかし、チエも結婚してしまった。

その日の夕暮れ、私は一人でまた共栄荘を訪ねた。

芙蓉の花のそばに、あの少女が一人で立っていた。またおどろいたような大きな目で私を見ると、どういうわけかお辞儀をした。私はあわてて頭を下げながら、とっさにニンフェットということばを内心でつぶやきながらも、玄関に急いだ。

管理人はいた。頭の禿げ上った血色のよい顔が、善良そうな笑顔を見せた。私は安心すると、すぐに用件を話した。

「宇留間さんは何処へ引越したのか全然わからないでしょうか」

「わかりませんな。何しろ、行先きを言わずに引越したのですから」

「手紙なんかきませんか」

「一通もきません。ここにいた時にさえ、なかったようですから」

「商売は何をやっていました?」

「それもわからないのです。午前中に出かけたり出かけなかったりでしたから」

細君と大して違いもなかった。

「僕は宇留間さんを探しているのだけど、どうもわからない。ただ、奥さんらしい人がバーに勤めに出ていると聞いたんだけど、あんたそのバーに行って奥さんかどうかたしかめてもらえませんか」

「バーに、そうですか。ここにいるころからそんな仕事だろうとは思ってました」

管理人は余計なことは何もきかなかった。私は五千円札を出すと、

「栄町の『ジュリー』というバーなんだけど、行ってもらえますか」

管理人は出された五千円札をチラッと見てから、

「行ってもいいですけど、その人が奥さんだったらどうするのですか」

「別にどうこうしなくてもいいんです。奥さんはあるいは知らん顔をするかも知れないけど、それならそれでもいい。もし向うから挨拶でもするようだったら、旦那はどうしているかきいてもらいたいんです。ただ、僕に頼まれたということは秘密にしておいて下さい」

「承知しました。今晩行きましょう」

管理人は酒好きらしく、一層あけっぴろげな笑顔を見せながら、五千円札を受取った。

あくる日の夜、私は管理人の報告をききにまた共栄荘に出かけた。

管理人は禿げ上ったひたいに手をやりながら、いくらか声をひそめ気味に、

「やっぱり、宇留間さんの奥さんでしたよ。私は怒られましたよ」

「怒られた?」

「ええ。奥さんは知らん顔してましたからね、わざと宇留間さんどうしました、ときいてやったんです。すると、ギョッとしたようでしたが、変なことをきかないでよ、とっくに別れたわ、とにらまれました」

「ふーん」

私は加久子のそのことばを真に受けはしなかった。だが、私が早合点をしたのではなかったということに安心した。

もしも加久子のことばが真実だとすると、彼女は二人の男とほとんど同時に離縁したことになる。二重離婚か。しかし、そのようなことは考えられなかった。ひどく後味の悪い感じで、私はこだわったが、加久子に対してひどい仕打ちをしたわけではないという、そのことで私は安心したのだ。

それにしても、なぜ加久子は働きに出たのか。あの男は何者だろうか。

第三章　香典作戦

荒れた庭でも季節はあった。銀木犀《もくせい》が白色の花をつけ、芳香を放つようになった。それはさわやかに秋の到来を告げていた。

私はもう加久子のことも、あの男のことも忘れようかと思った。一時は自分で「ジュリー」に出かけて、じかに加久子にきいてみようかとも思った。久米にそれを話したら、

「無駄ですよ、そんなこと。加久子さんがあなたに真実を話すとは思えませんね」

と久米は青年特有のぶっきらぼうだが、はっきりした言い方をした。

「それは僕も考えるけどね、しかしあの男がなぜ僕の名前を名のったか、それがわからない」

「でも、そのためにあなたが迷惑をしたということはないから、いいじゃありませんか。恋人同士のいたずらじゃないですか」

「まあね」

「僕は『ジュリー』では名前も仕事もでたら目を言っているのですけど、それにしても、加久子さんて方はひどく用心深いところがありますね。それに、すきを見せませんよ。その上、客扱いは上手ですね。ちょっと僕なぞより上わ手だという感じがしますね。しかし、できるだけやってみますよ。その内、何かわかるかも知れませんから」

久米の自由にやらせようと思った。あまり期待はしなかったが。

九月末の日曜日の午後、私は自宅に久米の訪問を受けた。

ビールとウイスキーを出し、それに有り合わせの鮭の缶詰を添えた。彼は勝手に飲みながら、

「実は、昨夜『ジュリー』に看板になるまでねばっていましてね、それからうまく加久子さんを誘い出すことに成功しましたよ」

「ふーん。で、どこへ行ったの」

「ただ喫茶店に行って、コーヒーを飲んだだけですけど、しかしあの人はどうもよくわかりませんね」

「どうわからない？」

「つまり、自分の過去ということについて、ひとこと

もしゃべらないですね。バーの女性というのは、ほとんどが嘘なんでしょうけど、必ず身の上話をやるものですけど、加久子さんは絶対にやりませんね。そういう人はめずらしいし、ちょっとこわいようなところもありますね」

「たしかに、あいつは黙っていてとんでもないことをやる女だ」

「そんな感じですね。僕はコーヒーを飲みながら勝手にでたら目の恋愛観を一席ぶちましたけど、彼女はただニヤニヤ聞いているだけでしてね。何か引き出せないかと僕は一生懸命だったけど、無駄骨でした。手応えがないのでがっかりしました。店の他の連中にきいても、恋人なんていないでしょう、とまるで申し合わせたようです。でも、やはりおかしいと思いますね」

「もう一人の宇留間強志が『ジュリー』に姿を見せないことを、君はどう思う?」

「そこがわからないんですよ。ああいう加久子さんを見ていると、別れたんじゃないかという気もしますしね」

「うむ」

「それとも、別な見方がありますか」

言われて私は、ふいと奇妙なことを思いつき、それを口に出した。

「僕はね、こう思うんだ。加久子があの男と別れるとはどうも有り得ない。結婚をしないのは、あの男に女房がいるからだとね。その上、離婚がなかなかできそうもない。だから、そのうちあの男はおそらく、自分の女房を殺すのではないかとね」

私は言いながら、自分の考えにいくらか興奮した。久米は疑わしそうな目になると、

「しかし、それはちょっと飛躍しすぎてはいませんか」

「いや、でなかったら、あの男は当然加久子の店にあらわれていいはずだ。ところがあらわれない。それどころか、金銭的にも援助をしていない。ということは、二人は全然無関係だと思わせようとしていることだ。どこかでひそかに会っているのかも知れないけどね」

私はすぐに確信に近いものを持った。

「しかし、会っている形跡はありませんね。少なくとも、あの下宿では会っていませんよ。僕は家主のおやじさんにきいたんです。お客さんがきたことは一度もないと言っていました。その上、加久子さんは真面目な人だと言いましたよ」

「真面目な人？　他人を誤解するのは簡単さ。ともかく、僕はいずれ殺人が起ると思っているんだ」

「そう言えば」久米は何か思い出したように視線を宙に浮かしていたが「あの葉書ですけどね、あの内容はあの男が女房の殺人を、例えば殺し屋にでも依頼してそれを断られた、と思えませんか」

「なるほど」

私はそこまでは考えていなかったが、言われてみれば、そのように思えた。それから、二人はしばらく黙っていたが、私は食卓に両ひじをついて顔を近づけると、

「きっとそうだ。だから、市内のどこかで主婦が自殺したとか事故死をしたという記事を見たら、すぐに出かけて行くんだ」

「何をしにですか」

「男の人相はわかっている。香典を持って出かけて行き、その亭主の人相をたしかめるんだよ」

「そうか。そいつは面白いや。僕が行きましょう。ただし、香典は宇留間さんが出してくれるんでしょうね」

久米はさすがに商売人らしく念を押した。

「もちろんさ。五百円くらいでいいだろう」

「十分ですよ。会社の名前で、僕はおやじの代理ということにしますから、そう変にも思われないでしょう。香典をもらって怒る男もいないでしょうし、それに会社の宣伝になりますからね」

久米は酔ったせいもあるのか、ひどくのり気だった。

「よし、それでいこう。あの男の行方を追っても、どうもわかりそうもないからね」

私は自分の思いつきに満足した。

その三日後の朝、久米は例によって小型自家用車で、私の自宅を訪れてきた。新聞を片手に持って。

玄関で顔を合わせると、

「これですよ」

その新聞の赤線を引いた部分を、私の目の前に突き出した。

私もすでに読んでいた。三十才になる主婦が、夫婦喧嘩の末に自殺したという記事だった。

「僕も読んだよ」

「あやしいですね。亭主は三十五才。子供はいない。ですけど、会社員という点がどうですかねェ。でも、わからないな。一応行ってみましょうか」

「うん。頼むよ」

私は五百円札を渡して、結果は学園のほうへ電話して

くれるように言った。

昼休みのころ、報告の電話があった。

「やはり違いました。日に焼けた大きな男でした。不思議そうな顔をしていましたけど、なんとかごま化しました。やっぱり、香典もらって怒る奴はいませんね。香典は宇留間さんが出して、香典返しは僕がもらうのはちょっと気がひけますよ」

久米は明るい口調で、そんなことをしゃべった。

「いいじゃないか。それが君の日当さ。もっとも日当にしちゃ少なすぎるけどね」

「いやァ、とんでもない。僕だって、あの男には義憤を感じているんですよ。じゃ、失礼します」

義憤を感じているよりも、好奇心を感じているような口ぶりで、ばかに忙しそうにしゃべって、電話を切った。

十月一杯、私と久米はその香典作戦に熱中していた。その間に、五回ほどそれらしい自殺事件があったが、いずれもあの男ではなさそうであった。私は自分から言い出したものの、いささかうんざりした。

それにしても、人口二十五万のこの喜真田市で、三十前後の主婦の自殺がこれほどあるとは、全く想像外のことだった。

私はほとんどあきらめかけていた。

第四章　もう一枚の葉書

十一月になり、庭の山茶花《さざんか》が二度目の盛りを誇っていた。と言ったところで、雑草が多いので目立つのでもあろう。

私はまた妙な葉書を受取った。しかし今度のは住所氏名は間違いなく私宛てになっていたが、印刷した時候の挨拶だけで、電話番号は明瞭だが、差出名が花文字のようなローマ字で、何とも読みようがない。横にしたり、さかさにしたりしたが、一向にわかりかねた。それに、暑中見舞とか残暑見舞いなら話はわかるが、涼中見舞などというのは聞いたこともない。

私はその葉書を久米に見せてきいた。

「これは一体、何と読めばいいのかねェ」

久米はやはり首をひねったが、

「わかりませんね。市内にあるという以外は。ひょっとすると何かの開店通知かも知れませんよ」

「だったら、はっきりとそう書くべきじゃないか。全く葉書には悩まされるな」

「あるいは、バーかキャバレーかも知れませんね。それにしても、この名前は読めませんね」

「たとえバーのようなものとしたって、僕のところに送ってくる理由が分からない」

「いまはこういう宣伝が盛んですからね。なんだったら、僕が電話して調べてあげましょうか」

「いや、それほどのこともないさ」

私は葉書に神経質になっていたのだ。一応は久米に断ったが、私は自分で電話をかけてみようと思った。

土曜日の午後、学園が引けてから、私は公衆電話のボックスの前で、順番を待った。

二局の二五六八番。すぐにかかった。

「どなた様ですか」

女の声が逆にそうきいた。私はつい、

「宇留間という者ですが」

「宇留間さん。ああそうですか。お好みをおっしゃって下さい」

お好みとは何だ？ 私は用心深く考えた。だがすぐに、私なりに解釈し、思い切って言ってみた。

「そうですねェ。別にないけど、できたら小柄でボーイッシュな人がいいな」

「承知いたしました。それでは午後七時に、駅ビル一階の公衆電話ボックスの前でお待ち下さい」

それなり切れてしまった。やはりそうだったかと思いながら腕時計を見ると、六時半だった。私は三十分ほどぶらぶら歩きながら、決心がつきかねていた。私がニンフェットにひかれていることは事実だったし、豊満な女体に嫌悪を覚えるのも仕方がなかった。だが、肉体の欲望はそんなこととは無縁に、三十三才の健康な体内でくすぶりつづけていた。

私は七時に公衆電話のボックスの前に立った。ちょうどその時、やせて色の白い小柄な男が、さりげなさそうに近づくと、

「宇留間さんですか」

とはばかるような声できいた。

私は女がくるとばかり思っていたから、いくらかあわてた。その虚をつくように男はさらにつづけて、

「会員になってもらいますから、最初に千円いただきます。あとは女の子と話し合って下さい。一時間五百円です」

早口にそう言うと、名刺くらいの会員券なるものを差

出した。私はそれを受取り、千円札を渡した。やはり無言だった。

男はその千円札をズボンのポケットに無造作に入れると、

「この地下の喫茶店『エルム』でお待ち下さい。女の子はすぐにうかがいます」

私はうなずいただけだった。

私は指定された「エルム」の一隅に腰をおろし、コーヒーを前にして考えてしまった。ひょっとしたら詐欺ではないだろうか。あの男はそわそわと妙に落ちつきがなく、逃げるように立去ったではないか。私はとう写版ずりのちゃちな会員券を胸のポケットから取出して、それを眺めながら、舌打ちしたい気持ちで、それを手の内で丸めていた。いっぱい喰わされたか。それにしてもあの男のやり口はあざやかだった。必要なことだけをたたみこむように口早にささやくと、千円札を受取りさっと消えたではないか。

私はいまいましくなり、思わず舌打ちをした。だがその時、ハッと思った。色白のやせて小柄な男。あの男ではないのか。しかし、どう見ても三十前にしか見えなかった。あれが三十五、六ということはない。

いずれにしても、私は一応女を待つより仕方がなさそうだった。こなければこなくてもいい。私は半ばあきらめていた。

だが、女はやってきた。頭の上で気取ったような声がした。

「宇留間さんですわね」

私はあわてて顔を上げた。見知らぬ小柄な女が、私の返事も待たずに、笑顔を見せると、そのまま私の前に腰をおろした。

私はようやく、そうかと思った。

女は親しい友人に対するような笑顔を見せながら、

「あたしもコーヒーがいいわ」

と言った。

私はあっけにとられながらも、コーヒーをもう一つ註文した。それから、一口コーヒーをすすり、ようやくいくらか落ちつくと、

「ほんとうだったんだね」

「あら、嘘だと思って千円はらったんですの」

グリーンがかったコートを着た女は、真実おどろいたように、目と口を大きくひらいた。

「いや、そうでもないけど、しかし……」

「そんなことしたら、刑法にひっかかりますわ」

私はむしろあきれて女を見直したが、女は無邪気とも思える顔で、運ばれてきたコーヒーに砂糖を四杯入れた。ばかじゃないかと思った。

「あの千円受取った男、抜目なさそうなあの男はなんだい」

「知りませんわ。そういうことは」

「なるほど。そんなことをいくらきいても無駄だろうな」

「そうだと思いますわ」

上わ目で私を見ると、その目がいたずらっぽく笑った。

私はあたりを見回し、声をひくめると、

「一時間五百円というのは、どういう意味なの」

「どうって……、その通りですわ」

「君に払えばいいんだね」

「ええ」

「明日の朝までもつき合うかい」

「そうですわねェ」

女は考える目つきに変った。同時に私のふところを探るような目つきでもあった。それはひどく露骨だったので、私はかえって気安くなり、私も露骨に、

「ホテルに泊ってもいいかという意味さ」

「あたしね、初めてなの」

「初めてって……、しかし……」

「主人はいますわ。とってもケチなの。小使いかせぎですわ。それに、主人は仕事の関係で一週間ほど留守ですの」

女はそう言って、大人っぽく笑った。大人っぽいと言ったところで、彼女は二十七、八であろう。その笑いを、私は承諾の意志と受取った。

「わかった。それで、君の名前は?」

「みのるです」

「としは?」

「そんなこと……」

「失礼かな。この次は直接君に連絡できないかなア」

「無理ですわ。あの電話番号でみのるとおっしゃって下さい」

「とんでくるのかい」

「ええ。しっぽをふって」

ばかげた会話だった。だが私は、彼女の少年ぽいからだつきや、目の動きが気に入っていた。

別の店に行き夕食をとり、それから映画を見た。

十一時近くにホテルへ行った。部屋が三つか四つあれば、もうそれでホテルだ。

二階のその部屋はばかに細長く、ベッドとテーブルがあるきりだった。

みのるは見かけによらず、必要なところは肥っていた。私はみのるの乳房をまさぐりながら、加久子を思い出した。加久子もあの男と寝ているに違いないように思えた。わけのわからない興奮がやってきた。

みのるが言った。

「ずい分猛烈ね。奥さんいるんでしょう?」

「いや、いない」

「ほんとかしら」

笑いをふくんだ口調が、一層私を興奮させた。

私は一人相撲を取ったかっこうで、興奮がしずまると急にしらじらしい気分に襲われた。もっともこういう気分は加久子の時でも、チエの時でも、必ずあったものだ。何かが満足されたという気分ではなくて、何かが失われたという気分だ。

私は自己嫌悪と言えば大げさだが、それに近い心持ちで黙っていた。

みのるが言った。

「急にどうしたの」

私は無言だった。後悔はなかったが、返事をするのがわずらわしかった。いや、なんとも返事のしようがなかったのだ。

「男の人ってそういうところがあるのね。目的を達したら、別のことを考えているような」

私は内心苦笑しながらも、

「君の旦那さんもそうなのかい?」

「もう半年も関係なしよ」

「へーえ」

私はみのるのことばを半分も信用してはいなかった。

しばらくして、みのるは起上ると、部屋の電灯をつけた。そして、テーブルの上のコンクリート色をしたハンドバッグを手に取ると、

「睡眠薬あげましょうか」

「いや、僕は睡眠薬にかぎらず、薬はのまないことにしてるんだ」

「でも、よく効きますよ。ぐっすり眠れてよ」

「薬は病気をしないとのまないんだ」

「じゃ、ためしにのんでみればいいわ。ほんとによく効くのよ」

それは効くであろう。私は、睡眠薬などのんだことはなかったし、それに妙に気を回すと、

「いいんだよ。もう一度なんて言いやしないんだから」

「あら、いやだわ。そんなんじゃないわ」

みのるはあわてたように言った。そして、彼女自身ものむのをやめたようだった。それでいて、彼女はあきれるほどによく眠った。いびきさえかいた。

第五章　毒薬

久米は時たま、香典を持っては出かけて行った。思わしい結果は出なかったが、ひどく熱心だった。私は自分から言い出しておいて、もうどうでもいいと思うようになっていた。しかし、香典は出した。

十二月になり、庭の枯れ乱れて力のない山吹を見ながら、加久子がどうなろうとおれの知ったことかと思った。同時にふと、みのるを思い出した。あれから一カ月はたっていた。

私はまた土曜の午後、電話してみた。

「どなたですか」

あの女の声だった。

「宇留間ですが」

「ああ、みのるさんですね」

私はその女の事務能力におどろいた。

「そうです」

「七時に、喫茶店エルムでお待ち下さい」

それなり、電話は切られた。

私はエルムの一隅で待った。私はみのるにひかれてるのだろうか、それとも、ただ慾望を処理したいだけのことだろうか。そんなことを思いながら、まがいのステンドグラスを眺めていた。なんの絵かさっぱりわからなかった。すると、

「お久しぶりね」

と声をかけられた。見ると、和服姿のみのるだった。毎日会っている人のような笑顔を見せながら、私の前に腰をおろした。これは商売ずれじゃないという気がしたので、

「毎日忙しいだろうね」

「まあ……、あたしはあなたを待っていたのよ。どうしてもっと早く呼んでくれなかったんですの」

心外だという顔つきをした。それは子供のふくれっ面

に似ていた。

「理由はないな」

「そうね。理由なんかどうでもいいわ」

その通りだ。理由なんかどうでもいいのだ。加久子がなぜ働きに出たのか。なぜ結婚しないのか。そんな理由はもうおれとは何の関係もないことだと思った。

その夜、別のホテルへ行った。枕元にあるうすいピンクの電灯がいやらしかった。そんなホテルだ。

私はみのるにきいた。

「ご亭主はまた出張?」

「あれは嘘なの。病気で入院なのよ」

私はあきれながらも、これは嘘だろうと思えた。しかし、みのるのくるくる動き回る瞳に好もしいものを感じていた。

「ご亭主の入院中にこんなことをしていいのかい」

「だってお金をくれないんですもの。それに、あたしとあなただけよ。それも二回目じゃありませんの」

浴衣に着かえながら、そう言った口ぶりに、私はひょっとしたら事実かも知れないと感じた。

みのるはまたベッドからおりると、部屋の電灯をつけ、コンクリート色をしたハンドバッグをひらいて、

「睡眠薬あげましょうか」

と前と同じことを言った。

「僕はそういうものはのまないんだよ」

「でも、よく眠れてよ」

「必要以上に眠っても仕様がないんだ」

「疲れがとれますわ」

「疲れてなんかいない」

と私は目をつぶったまま言った。

「ほんとによく効くんだけどなァ」

みのるは半ばひとりごとめいて言ってから、

「じゃ、あたしのんでもいいわね」

「眠れないのなら、のんだほうがいいだろうね」

私はうすく目をあいて、みのるを見た。

みのるは水差しからコップに水を注ぐと、

「あたしのむわ」

しかし、彼女はただコップの水をのんだだけだった。どういうつもりなのであろう。私は考えた。眠らせておいて、金でも持ち逃げするのだろうか。しかし、私はそれほど金は持っていない。これは全く不可思議だった。

それでいて、みのるは前同様、ひどくよく眠った。私は眠れなかった。

一時間ほどして、私はこっそり起きると、ベッドをおり、テーブルの上のみのるのコンクリート色をしたハンドバッグを手にとった。そのまま、ドアから廊下に出た。そして、便所に行った。

便所のなかでハンドバッグをひらいた。こまごましたそれらしい物がはいっていたが、睡眠薬の箱らしいものはたしかにあった。しかし、一錠もへってはいなかった。同時に、薬の粉末らしい包みが一つあった。

私はその睡眠薬の箱と、その粉末らしい包みを取り出すと、また部屋に帰った。みのるは相変らず軽いいびきを立てて熟睡していた。それを横目に見ながら、私は背広に着かえ、この前と同じ額の五千円をハンドバッグとならべてテーブルの上においた。

音を立てずに、部屋を出た。

あくる日の午後、私は久米を彼の自宅に訪ねた。

「おや、宇留間さん。まあどうぞ」

久米は明るい顔に素直なおどろきを見せた。

私は久米の四畳半の部屋に入った。

「どうしたのですか。売る気になったのですか」

「いや、実はね」

私はみのるとのいきさつをくわしく説明した。久米は顔をしかめると、

「宇留間さんも不潔だな。そんな女と関係を持っていたのですか」

意外だというより、がっかりしたという言い方だった。

私はかまわずにつづけた。

「……そういうわけで、睡眠薬とこの薬の包みを持ってきたんだ。睡眠薬はどうも本物らしいけど、粉末がどうもわからない。学園の同僚に調らべてもらおうかと思ったけど、それも気がひけるし、それでもし君に心当りでもあったら、調べでもらえないかと思ってね」

久米はその包みを手に取って、しばらく見ていたが、あげた顔が明るく笑うと、

「しっかりして下さいよ、宇留間さん」

「気はたしかだよ」

「これが何だというんですか」

「毒薬かも知れないんだ」

「毒薬?」

久米は声を出して笑った。

「いや、笑いごとじゃないよ。何しろ、彼女は僕に睡眠薬をのませようと一生懸命だったんだからね。熟睡しているところを、水に溶かしたこいつを飲ませようとい

う計算だ。うつらうつらして飲んだかも知れないさ。第一、彼女は自分では睡眠薬など全然のまなかったんだからね。おかしいじゃないか」

「ふむ」久米はようやく真剣な表情を見せた。「それにして、宇留間さんが殺されるわけはないでしょう」

「だからおかしいんだ。僕がだれかにうらまれるなんて想像もできないし、そんな事実もないんだ。まして、あの女にうらまれるわけはない」

久米はしばらく考えてから、

「やっぱり奇妙ですね。彼女がなぜ睡眠薬をすすめたのか。もう一度会ってみたらどうですか」

「いや、もう会えないだろう。無断で持ってきてしまったんだからね」

「惜しいことをしましたね。知らん顔をしてもう一度会えばよかったのに」

「そこまでは考えなかったね」

「しかし、これが毒薬だとは断定できないでしょう」

「だから、頼んでいるんじゃないか」

久米はいつもと違ったあらわな好奇心をはっきり目に出すと、

「では調べてもらいましょう。当てはあります」

すべてその結果を待ってからということにした。私はきいた。

「最近、加久子はどんな具合?」

「ここのところずっとご無沙汰です。何しろ香典作戦に熱中していますから」

「相変らずだろうな」

「だと思いますね。ほんと言いますと、僕はどうもああいう女性は苦手ですね」

「だろうな。何を考えているのかわからないし。黙ってとんでもないことをやる女だからね。しかしまあ、そのうち行ってみてくれるね」

「そりゃ、行きますよ。香典のほうと両面作戦でいきましょう。品行方正、商売上手、それで美人、恋人がいないのがおかしいですからね」

「それにあのとしだ。気性から言ったって、一人だなどとは考えられないね」

私は加久子との夜の生活を思い出し、加久子の飽くことを知らないどんらんな慾望に、嫌悪を覚えていた。

久米はなんとなく顔を赤らめると、黙っていた。

二日後、久米から学園に電話があった。

いきなりこう言った。

「加久子さんあの店をやめましたよ」

「へーえ。いつごろ?」

「十月の初めころらしいです」

「ふーん、それでどこへ行ったの」

「それがわからないのです。下宿も変えたようです」

久米はまるでそのことが自分の責任ででもあるような口ぶりだった。

私は意外さを感じたが、ほとんど同時に、加久子はあの男と結婚したのではないか、と思った。そのことを久米に話した。

「そうでしょうか。だったら、あの香典作戦は矢敗だったわけですか」

「そんな気がするな」

「そう簡単に言えませんよ。もっと大事なことをお話ししたいんですが、今晩どこかでお会いできませんか」

「大事なこと? じゃ、喫茶店『エルム』がいい。六時半ということにしよう」

「わかりました」

電話は切れた。

加久子が店をやめたっていいではないか。いずれはやめるに決っていることだ。しかし大事なこととは何だろう、と思いながらも、ひょっとしたらみのるがあらわれるかも知れないと思って、「エルム」を指定したわけだった。

私は「エルム」で、入口のよく見えるボックスに腰をおろして久米を待った。

六時半きっかりに久米はやってきた。にこりともしないで私の前に腰をおろすと、

「宇留間さん、あの包みはとんでもない代物でしたよ。青酸系の毒物だそうです」

私は無言のまま、じっと久米の顔を見た。久米も私を見返した。その表情には怒りと同時に、私に対する不信のようなものもあった。私は一つ大きく息を吐くと、

「やっぱりそうか。それにしても、わけがわからない」

「僕は加久子さんの行方不明と関係があるように思えますね。ちょうど、あのおかしな葉書をもらった頃に、加久子さんは『ジュリー』をやめているんです。同時に、下宿も変えた。また下宿のおやじさんにも会ったけど、引越し先は全然知らせていないんです。やはり大型のオート三輪だったと言ってましたが、それがどこのかはわからない。共栄荘から引越したのと同じだという気がしますけど」

「そうすると、加久子はバーをやめて、自分でああいう商売を始めたというんだね」

「加久子さんだけでかどうかはわかりませんが、おそらくそうだと思いますね。だからこそ、あなたのところへあの葉書を送ってきた。そして、あなたからの電話をじっと待っていたんです。それにあなたはまんまと引っかかった。だけど……」

久米は言葉を切り、殺されるような心当りがあるだろうといった目つきで、じっと私を見た。私はいくらか腹を立て、はね返す口調になると、

「僕の命を狙ったとすれば、それはあの女ではなく加久子だというわけだろうけど、しかしなぜ僕の命を狙う必要があるんだ。僕が加久子にそんなひどい仕打ちをしたのかね。僕はむしろ、物わかりよく処置したとさえ思っているんだ」

「加久子さんの気持ちは、僕にはよくわからない。何を考えているかさっぱり見当もつかない人ですからね」

久米は私の語調にひるみを見せた。

「ともかく、もう一度電話をかけてみようじゃないか」

「おそらく、無駄だと思いますね」

久米は左手でひたいを押えながら言った。

私は電話を借りた。二局の二五六八番。すぐにかかった。

「もしもし、杉山ですが、どなたですか」

男の声が言った。

「宇留間ですが」

「ウルマさんですか？　ご用件は何でしょうか？」

「お宅はどちらですか」

「どういうご用件ですか」

杉山という男は、それだけをくりかえした。

私は電話を切った。席に戻ると、

「だめだったでしょう」

久米はため息まじりに、しかしある確信を見せて言った。

私はうなずいてから、

「杉山というだけで、あとは何もわからなかった」

「当然ですよ」

久米は怒ったように言った。

「やっぱり、加久子の差金か」

私は怒るというより、いら立った。

「だと思いますね。その電話番号はおそらく電話帳には出ていないでしょう。電話局に行けばわかるでしょう

けど」

「やれやれ。毒薬を持逃げされたというので、すぐに住所を変えたんだな。それにしてもなぜ僕を殺さなければならないのかな」

私は半ば自問した。久米は黙っていた。

「しかし、あれが毒薬だったとしたって、何も僕を殺す目的だったかどうかはわからないな」

「そんなことを言っててていいのですか。あなたは奇怪だと感じたからこそ、睡眠薬とあの包みを持って逃げたんじゃありませんか。もしも、あなたが睡眠薬をのんでいたら、当然あの毒薬をのまされて、逆にあの女が逃げ出していたはずですよ。護身用に毒薬など持ち歩く売春婦なんていませんからね」

私は売春婦ということばに反発を覚えたものの、しかしそれに違いなかった。だが私は、みのるが私を殺す手助けをする女だとはどうしても思えなかった。

沈黙がつづいた。

やがて、久米が言った。

「ともかく、その電話番号を書いて下さい。電話局へ行って調べてきます」

私は言われるままに、久米の手帳に電話番号を書いた。あの電話の女の声は加久子だったのだろうか、とぼんやり考えながら。

第六章　再会

次の日曜日、久米は調べた結果を報告にやってきた。茶の間で食卓を間にして坐るとすぐに、

「あの電話番号が杉山だというのはほんとうでした。松浪町です。退職した公務員でしてね。ある女性に部屋を貸しているんです。それが時期から言っても、人相年令などから見ても、どうもやはり加久子さんのようですね。部屋を貸りるとすぐに、電話を引いたそうですけど、何をやっていたかしらないと言っていました。最近急に引越したけど、その行先も知らないとのことです。電話はいずれ売るから、それまで使っていてくれと言い残して行ったそうです。これはやはり、あなたに対する殺人計画がばれたからだと思いますね」

「そうか……。それにしても……」

私は考えこんだ。

加久子の考えが私にはさっぱりわからなかった。不思

議だった。何故私を殺したかったのか。離婚したことに対する復讐なのか。しかし、加久子にはあの男がいたはずだ。だからこそ、条件も出さずに離婚したのではないのか。あの男と結婚できないからといって、私をうらむのは、これは筋違いというものだ。そんなことは彼女だって十分承知のはずだ。もしあの男と結婚できないとしたって、彼女だったらいくらでも私よりましな男性を見つけることができるはずだ。私の考えは、それ以上発展しようもなかったし、久米にしたところで、私の知らない理由をつかんでいるとは思えなかった。

結局のところ、みのるは何も私を殺す目的で、あの毒薬を持っていたのではなく、加久子が引越したのも、警察に対する危険からであったかも知れない、という考えに落ちついた。ところが、久米はもっともらしく、

「気をつけたほうがいいですよ。女の気持は、特に加久子さんのような女性の気持は、常識ではわからないところがありますからね」

「そんなもんかねェ」

私は苦笑する外なかったが、その裏側にそうかも知れないという気持はあった。

「香典作戦もいいですけど、加久子さんを見つけるのが先決ですね」

私としては別に反対する理由もなかった。しかし、いままでのいきさつから、そう期待もできない気持で、

「それにしても、動機がわからない」

「だから、加久子さんにじかにきくのですよ。大体、ああいう商売自体けしからんじゃありませんか。おまけにそれに引っかかって、宇留間さんがのこのこ出かけて行くなんて」

それには違いなかった。私は返事のしようもなく、本気で怒っているような久米の顔を、むしろ不思議な気持で見返していた。

十二月になっても、久米からはかんばしい報告は聞けなかった。

私はその間、香典を持って二回ほど出かけたが、いずれも期待はずれだった。

加久子の行方はまるでわからなかった。あの商売をつづけているのかどうかも不明だった。おそらく、つづけているだろうと思えたが、たしかめようもなかった。喫茶店エルムで、なんとかみのるを見つけようとしたが、みのるは姿を見せなかった。

年が明けた。

新しい学期の最初の日、同僚の岡野が、また職員室の窓ぎわに私をつれて行くと、

「突然だけど、君は結婚する気ないのか」

「いまのところはないな」

「そうか。いい娘がいるんだけどね」

岡野は真実残念そうに私の両肩に手をおいた。

「それより君、加久子がどこにいるのか知らないか」

「別れた奥さんだね。『ジュリー』をやめたのは、もうずいぶん前だな。あれ以来知らないな」

「そうか」

「恋しくなったのか」

「ばか言うな。ちょっと話があるんだ。君はいろいろと顔が広いようだからね」

「広いも狭いも、子供が二人もあっちゃ、もうだめだね」

分別くさそうにあごをなでた。

「君がそんな気になるとは思わなかったね」

「そうだろう。今年からそうしたんだ」

「それは結構なことだが、ところで、女を世話するところを知らないか」

「だから、僕が世話すると言ってるじゃないか」

岡野は単純に口をとがらせた。

「そんなんじゃないんだよ。子供が二人になるとそんなにめぐりが悪くなるのか」

「なるほど。こいつは恐れ入ったね」

岡野は満更でもなさそうに、ひたいに手をあてた。それから、ニヤニヤと私を見つめた。

「心当りあるだろう」

「なくもないが、何しろ今年から」

私はそれをさえぎり、

「君じゃなくて、僕じゃないか。去年も今年もありゃしない」

「それもそうだな。だったら、ここへ電話してみたらいい」

そう言って、岡野は私の手帖に電話番号を書きなぐった。

七局の三三一四番
私は学園からの帰途、公衆電話をかけた。

「もしもし、どなたですか」

あの女の声だ。この声が加久子の声だろうか。私にはわかりかねた。私はことさらひくい声で偽名を言った。

「松木というんだけど」

「松木さん？」

いぶかしげな口ぶりだった。

「そう。友人にきいたんだけど」

「友人って、どなたですの」

「岡野というんだ」

しまった、本名を言うんじゃなかったと思ったが遅かった。しかし、女は、

「そうですの。でしたら、七時に駅ビル一階の公衆電話の前でお待ち下さい」

私は安心して受話器をおいた。

私はちょうど七時に、指定された公衆電話のボックスの附近に立った。人通りははげしく、だれも私を注意する者はなかったし、知った顔にも出会わなかった。しかし、それらしい人物はあらわれなかった。

八時まで待ってみたが、無駄だった。

感づかれたか。ようやくそう思うと、私はすぐに久米に電話した。だが、久米は出かけていなかった。

やはり加久子だったのだな。それにしても、なぜ加久子は私の命を狙わせたのか。その理不尽さに、その夜私はほとんど眠れなかった。

あくる朝、私はぼやけた頭で、学園から久米に電話した。

「彼女の移転先わかったよ。七局の三三一四番だ」

「よくわかりましたね。あきれましたね。七局の三三一四ですね。調べましょう」

久米は大げさにあきれた口調で言うと、これからすぐ電話局へ行くと電話を切った。

午後、報告の電話があった。

「おどろきましたよ。もう引越していました。前とすっかり同じです。遅すぎました」

「うむ」

私は思わずうなった。加久子の犯罪的な勘のよさに対してだ。同時に、久米は共犯者ではないか、とちらっと思った。しかしそれは、何の根拠もないことだった。

私は言った。

「やっぱりそうか。待っているところを見られたんだ。仕方がない。そのうち、またわかると思うよ」

気休めにそんなことを言ったものの、私は自分の命が狙われているということに、半信半疑で、もう一度みのるに会いたいと思っていた。

土曜日の三時間目、同僚が欠勤したため、手のすいていた私は、二年一組の自習の監督にかり出された。私は

中学部の二年生は教えていなかった。

　教室に入り自習を命じ、私は小説本を読んだ。しかし、頭に入らなかった。仕方もなく、机の間をただ、やたらに歩き回った。

　一人の少女が小説らしいものを読んでいるのに気がついた。私は顔を近づけた。少女は悪びれもせずに顔を上げた。その顔を見て、私はハッとした。共栄荘で私にお辞儀をしたあの少女だったのだ。

　目の大きな、色はさして白くはないが、すべすべした感じで、あごのあたりの線がまだ固い顔が、ほっそりした首の上にのっていた。ニンフェット、と私は内心つぶやき、じーんと胸にこたえるうずきを感じながら、私は彼女のそばを離れた。少女はにっこり笑ったようだった。

　その一時間、私は複雑な気持をもてあまし、千切れ千切れにとりとめもないことを考えていた。

　ようやく時間を終えて、教室を出た時、後ろから、

「先生」

と少女の声で呼ばれた。

ふり返ると、あの少女だった。私はいくらか面喰うと、

「何か用事?」

「先生は共栄荘にいた宇留間さんと親類ですか」

　私はとっさに、

「そう。弟なんだけどね、どこへ引越したかわからないので困っているんだ」

「そうですか」

固い口調で言うと首をかしげた。いぶかしさを感じている目ではなく、顔全体はうすく上気していた。

「何か知ってる?」

少女は一層上気したように、ただかすかにうなずいた。

「だったら、明日僕の家に来てくれるかい」

「ええ」

「僕の家知ってる?」

「ええ」

「君の名前は?」

「近藤一枝」

口早に言うと、そのまま背中を向けた。肩のあたりが弱々しく見えた。

　午後、学園からの帰途、私はあるテパートで、明日のための洋菓子を買い、繁華街をぶらぶら歩いた。それから、本屋をのぞき、私は私鉄の駅に向かった。その駅から二つ目だから、歩いてもよいのだが、私は概ねその電車を利用した。

後から、女の声が私を呼びとめた。

「宇留間さん」

ふり返ると、加久子がショールで顔半分をかくすようにして、目だけで笑っていた。

私は虚を突かれたかっこうで、適当なことばも出ないまま、ただ見返していた。ようやく、

「お茶でものもうか」

私と加久子は近くの喫茶店に入った。

コーヒーを前にして、私は、加久子は一体どういうつもりで声をかけたのかと思いながら、つい月並なことを言った。

「久しぶりだけど、元気?」

「ええ。おかげ様で。あなたもお元気そうですわね」

「まあね。君はなかなか派手にやっているようだね」

「そりゃ、お金にはなりますけど、びくびくものだわ」

そうは言ったが、加久子の笑いにはいままで見たこともないゆとりがあった。からだつきまで、それらしくゆったりと肉づきもよくなったようだ。

私は加久子の豊満な胸元から目をそらすと、急にいまいましく、同時に激しく憎悪を覚えながら、

「旦那さんは元気?」

「あら、結婚なんてしてないわ」

「ふーん、じゃ、色男だ」

私は荒っぽくたたきつけた。

「そんな人いるわけないじゃありませんの。共栄荘の宇留間さんとだって別れたわ。面白半分の偽名でしたけど」

加久子は自分からそう言った。どうせ知れていると思ったのだろう。

「共栄荘の宇留間はどこにいるんだ」

「知らないわ。全然会ってないのですもの」

「それならそれでもいいがね。しかし、僕にわからないのは、なぜ僕の命を狙わせたかということだ」

「なんなのそれ?」

加久子はわからないといったふうに首をふり、同時におどろいたような目で、じっと私を見返した。

私はみのるの一件を説明した。

加久子はクスクス笑うと、

「あなたの誤解よ。みのるさんは未亡人なのよ。何かの都合で毒薬を持っていたのでしょう。あたしがあなたの命を狙わせるなんて、第一動機がないじゃありませんの。いまのあたしが、あなたを殺して、それがどうなる

と思うの」

みのるは未亡人だと言った。最初は主人が出張、二回目は病気入院、そして今度は未亡人だ。そのうち、病気の両親を養っている感心な娘にでもなるだろう。

「それが分からないからきいてるんだ」

「変ねェ。あなた少し気を回しすぎるようだわ」

「だったらどうして三回目に電話かけた時に、すっぽかしたんだ?」

「あれは警察のほうが危険だったからよ。何もあなたのためじゃないわ」

「じゃ、いまの君の住所は?」

「それは秘密よ。だれに対してもだわ」

「電話番号の方もか」

「ええ。あなたは早く結婚したほうがよさそうだわ。みのるさんなんか、あなたのお好みに合っているんでしょう」

「商売女か」

「そんなんじゃないわ。あの人はあなたとだけよ。昼間は勤めていますもの」

「ふーんしかし、どうしてそういう女性を手に入れるのかね」

「街頭でスカウトするのよ。当りをつけていい内職があるけどどうかって」

私はあきれながら聞いていたが、何か加久子に圧倒されるものを感じていた。

それを見抜いたような目で加久子はつづけた。

「ほんとに、みのるさんなんかいいと思うけど、その気ないの」

「ずいぶん親切なんだね」

私は皮肉な口調になったが、内心、みのるは悪くない、などとお目出たいことを考えていた。

加久子はそんな私の気持を敏感に感じ取ったように、

「もしなんでしたら、みのるさんをお宅にうかがわせてもいいわ」

私は迷いながら、それには返事をしなかった。

第七章　日曜の訪問

日曜日、私は朝から自宅で近藤一枝を待っていた。九時ごろ玄関に女の声がした。しかし、大人の声のようだった。私は玄関に出ておどろいた。

野坂チエがおどろいたような顔で立っていた。私のほうがよほどおどろいた。とっさにことばも出ず、ただヤアと言っただけだった。チエはいったん目を細めてから、ためらうような口ぶりで、

「お邪魔してもかまいませんか」

私はちょっと戸惑ったが、近藤一枝は午後からだろうと思いながら、

「かまわないですよ。午前中は」

私はチエを茶の間の切り炬燵に案内した。チエはめずらしそうにあたりを見回してから、

「まだ結婚なさらないの」

「知ってたのか」

「もちろんよ。でも最近なの」

そうかと思いながらも、私はチエがどういう目的でやってきたのか想像もつかないまま、なんとなくきいた。

「あんたはうまくいってるんだろうね」

「あら、あたし結婚していませんわ」

私はまごつくと、

「しかし、あんた結婚すると言ったじゃないか」

「あれは嘘でしたのよ」

「どうして?」

「だって、あたしあなたの奥さんに言われたんですもの」

「何を?」

私にはわけが分からなかった。

「普通の奥さんの言うようなことですわ。ずいぶんはっきりした方ですのね。その時、あなたの趣味なんかも聞かされましたわ」

「趣味?」

きき返してから、私はそうかと思い、一層戸惑いを覚えながらも、加久子に言い難い憎悪を覚えた。

チエはさっぱりした口調で、

「変った趣味ですのね」

別に皮肉な調子も、嫌悪のひびきもなかったし、趣味と表現したことばにも好意を持つと、私は気楽に、

「たしかに変っているんだろうけど、仕方がないさ」

「仕方がないですむかしら」

チエは心配する口調に変った。

「すむもすまないも、苦しむのは結局僕だからね」

「でも……」

チエは言いにくそうにうつむいた。

「くわしく聞かされたんだね。というより、誇張して

だね。あの件は僕だけの責任じゃない。弁解になるけど、あんなことは一度だけだったんだ」

「そうでしょうね。あたしもそう思いますわ。でも、奥さんは……」

私は激しい語気で言った。

「加久子が僕をかれこれ言う資格はないんだ。あいつは恋人と勝手なことをやっていたんだから。それだからこそ別れたんだ」

チエはしばらくのあいだ私の顔を見ていたが、

「やめましょう、そんなお話は」

私はいくらか落ちつくと、

「そうだね。ばかばかしいよ。それにしても、あんたも素直だったんだね」

「でもねェ……」

チエは口ごもった。加久子にあえば、どんな女でもそういうことになっただろう。

しかし、チエは加久子に悪意は持っていないように、

「奥さんはいまでもお店にきますのよ。離婚のことなんかは何も言いませんでしたわ」

「そういう女なんだ。あきれたなア」

「でも、いろいろな方をよくつれてきてくれますわ」

私は、そのいろいろな人の中に、みのるもいるのだろう、などと考えながら、

「あんたが気に入ってるんだ。それとも、技術がうまいか、どっちかだ」

「さあ……」

「お店は前のところだね」

「ええ。今度また会っていただけるわね」

「そりゃ、もう」

答えながら、私は無意識のうちに、チエとみのるをくらべていたようだ。

「お電話してもいいでしょう?」

「かまわない」

「じゃ、今日もお店ありますからこれで」

といってチエは腰を浮かした。

その午後、近藤一枝は一人で訪ねてきた。赤っぽいワンピースに紺のオーバーを着ていた。

私はまた一枝を茶の間のきり炬燵に案内した。

私と向い合った一枝は、もじもじと落ちつかないふうだった。私はケーキを出し、コーヒーをいれた。

頼りなげな細い首の上の顔はいくらか赤味をおび、それは寒い戸外を歩いてきたばかりではなく、すでに男性

を意識している内心の恥らいのようにも見えた。そのすけているような肌の色合いが、私を落ちつかなくさせた。私は、悪い趣味だ悪い趣味だ、と内心つぶやきながら、気分をしずめた。

一枝の目は相変らず大きく、それが戸惑っているように、意味もなく動いたり伏目になったりした。

私は一枝の気分と同時に、私の気分もほぐそうと、

「一人だから、こんな時には不便でね」

「あら、おばさんお出かけですか」

私は返答に困りながらも、一枝の上げた顔に浮かんだ微笑に、一層困惑を覚えた。いや、苦痛だったかも知れない。悪い趣味だ、とまた言い聞かせながら、

「そう。今日は帰ってこない。だから、何もごちそうはできないんだ」

「ごちそうなんて……」

一枝の微笑にニンフェットの魅力を感じながらも、用件だけを話そうと、

「共栄荘にいた宇留間さんだけど、よく知ってるの」

「そんなに……。だけど、いい人だった」

男の子のような口調だった。

「どうして？」

「よくね、コーヒーをごちそうしてくれたの。それがとってもおいしかった。そういうのが上手なの」

「ふーん」

私はあの男に反感を覚えた。いや、嫉妬だったかも知れない。

「でも、おばさんは嫌いだった」

「どうして？」

「だって、あたしが宇留間さんのお部屋に行くのを、いやがっていたのですもの」

私は内心苦笑した。加久子は私の悪い趣味にこりていたのだろう。

「そう。そいつはいやなおばさんだ。ところで、あの宇留間さん何処へ引越したか知ってるの？」

私は言い終えて、あの男は自分の弟だと言ったことを思い出し、しまったと思ったが、一枝は別にいぶかしそうな顔もしないで、

「いいえ。ただ、引越しのオート三輪に佐瀬建材と書いてあったのを覚えてる」

「佐瀬建材ね」

私はまるっきり心当たりはなかった。久米に調べてもらおうと思った。

「先生の弟さんだけど似ていませんね」

一枝は単純に不思議だという表情できいた。

「そう。全然似ていない。性格も違うしね」

「コーヒーをいれるのとっても上手だったけど、それはお仕事をしてるのですか」

私はどう答えようかと思いながら、あの男は喫茶店のバーテンでもやっているのか、と思った。

「前にそんな仕事もしていたけれど、いまは全然わからない」

「からだも弱そうでしたね」

「子供のころから弱かったな。それでぶらぶらしていたんだ」

「おばさんは丈夫そうでしたわ」

「うん。あの人は丈夫だ」

「でも、嫌いだわ」

一枝は遠慮なく言った。

「僕も嫌いだな」

私はまた内心苦笑していた。

その時、玄関で女の声がした。私は玄関に出た。

みのるが肩をすくめたようなかっこうで、いたずらっぽそうに私を見た。

私はす早く、一枝からはこれ以上のことはきき出せないと考えたので、

「上らないか」

「いいんですの」

「生徒が一人きているけど、もういいんだ」

「じゃ、ちょっと」

私は複雑な気持ちで、みのるを茶の間に案内した。

一枝はおどろいたような目で、みのるを見たが、すぐに、

「あたし、帰ります」

怒ったような固い口ぶりで言うと、そのまま立上った。私は玄関まで送った。

一枝が坐っていた場所に、みのるが坐っていた。私は向いに腰をおろすと、

「加久子から言われてきたんだね」

「ええ。いまの子、可愛らしい子ですわね」

そう言って、たわいのない笑い方をした。その笑い顔自体少女じみていた。

「君もそう思うかい」

「あら、あなたとは別な意味でですわ」

私は弱点を突かれた思いで、いくらか荒っぽく、

「それも、加久子から聞いたんだな」

「何をですの」

みのるはとぼけたような目の動かし方をした。私はそんなみのるにも腹を立て、

「まあいいさ。それより、ききたいことがあるんだ」

「あたしもよ」

みのるは私の口調を気にするふうもなく、ふくれっ面をした。

「何を?」

「あの晩、どうして黙って帰ってしまったんですの。それも、私のお薬を盗んでいったりして」

「冗談じゃない。盗むなどと人聞きの悪いことは言わないでもらいたいな」

「だって、黙って持っていけば、盗むということじゃありませんの」

「あの五千円には、薬代も入っていたんだよ」

「あきれた」

みのるは真実あきれたかのように、喉を見せた。その首の線が私を刺激した。しかし私はそんな気分を押えると、

「あれは毒薬だったじゃないか。しかも、君は僕に対してあれだけ睡眠薬をのむようにすすめておきながら、自分ではのまなかった。その理由がききたいんだよ」

みのるはあわてたふうもなく、

「あれはねずみ退治用に貰ったものですわ。睡眠薬は、あたしはとても寝ぼすけで、それが恥かしかったから、睡眠薬をのんだことにしておけば言いわけが立つと思ったからなの。それに軽いいびきもかきますし、あなたに睡眠薬をのんでもらっておけば、そんなことも気づかれずにすむと思ったからですわ」

私は半信半疑ながらも、

「君が寝ぼすけで、いびきをかくというのはほんとうだ。それにしても、あれは毒薬だったのだから、どうしてすぐに僕に連絡しなかった? 死ぬ可能性は十分にあったはずじゃないか」

「だって、どこに連絡していいか分からないし、それにあなたは病気をしなければ薬はのまない、と言ったでしょう。それで、あたし安心してましたのよ」

当然じゃないかという口ぶりであり顔つきであった。筋は一応通っていた。

「住所は加久子にきけば分かるはずだ」

「あの時は、まだ加久子さんに会っていませんでした

のよ。昨日、初めて会いましたのよ」

「ふーん」

私はことばもなく、ただみのるを見やっただけだ。みのるは力んだ様子もなく、特別弁解がましい口調でもなかった。それでも、ようやくほっとしたように、

「これで分かったでしょう」

「分かったことにしておくよ」

「しておくって……、事実なのよ」

いたずらっ子のような目の笑いだった。私はその目に、自制心をなくしかけていたが、

「あんたは未亡人だそうだけど、ほんとうなのかい」

「ほんとうはそうなの」

「勤めてるって、どこ?」

「××証券の喜真田支社よ」

「本名は?」

「まだ秘密よ」

まだに奇妙な力の入れ方をした。

「まだか」

私はつぶやくように言いながら、立上った。みのるは私を受止めた。それから、私は玄関に鍵をかけに行った。

第八章　チエとみのる

私は事務所に久米を訪ねた。

「あの男が引越しに使ったオート三輪が分かった」

「ほんとうですか」

久米は当てになりそうもない、といった顔つきで、口調だけはおどろいていた。

「ほんとうさ」

私はそこで、近藤一枝から聞いた話をした。いまさら、あの男の正体を知ってどうするつもりか。私は自問自答した。

加久子はあの男とは別れたと言った。バーにもあらわれなかった。やはり、別れたとしか思えなかった。そのような男に、私はどうして関心を持たなければいけないのか。結局、なぜ私の姓名を名のったか、それを突きとめようという以外に答えはなかった。いや、やはり、憎悪があったはずだ。

久米はあらわに興味を見せると、

「調べましょう。電話帳に住所はあるはずですし、こ

れは簡単ですよ」

「じゃ、頼んだよ」

私は事務所を出た。

次の日曜日の午前、久米はやってきた。忙しいからとのことで玄関で立話しだった。

「佐瀬建材はすぐにわかりました。割合大きな建材店です。主人に会ったのですが、そんなことは知らない、と言うんです。使っている運転手が内職ででもやったのだろうとのことなんです。ところが、当時の運転手が二人もやめているんですね。それが、どこに行っているか分からない始末です。ああいう連中は金さえ多ければ、すぐに変るからと言うんです。もっと早く分かればよかったんでしょうけど、仕方ないですね。加久子さんのほうも分からないし」

久米はすまなそうに言った。

「加久子には会ったよ」

「へーえ。なんだ宇留間さん。だったら何も……」

久米はおどろくと同時に不満顔で、右手であごをつまみ、私をにらむ目つきをした。

私はなだめる口調で、

「いや、あの男とは別れたんだとそれだけなんだ。どこにいるか、何をやっているか、全然知らないと言っていた。たとい知っていたとしたって、あの女の性格として言いやしないよ」

私はそれから、毒薬の件についても説明したが、みのるとのことは話さなかった。

久米は怒ったように、

「加久子さんのことばを信用しないほうがいいですよ。あの人は本当に分からない人ですから。それに、僕はちょっと思いついたんですけど、あの男がなぜ宇留間さんの名前を名のったかについてです」

「何か特別な理由が考えられるかい」

「ええ。加久子さんの言うように、ただ面白半分に名のったなどとは考えられませんね。宇留間さんは土地を持っている。宅地は仕様がないでしょうが、山林のほうは本人になりすまして売ろうと思えば売れますからね」

「うむ」

私は盲点を突かれたようにハッとした。

「売られてしまったかも知れませんよ」

久米は真実心配げに言った。

「そうか。やられたか。もちろん加久子と共謀でだね」

「それはそうです」

「なるほど、そこまでは気がつかなかったな」

「念のために調べてきましょうか」

「頼むよ」

私はあの男に、あらためて激しい怒りを持った。

山林は喜真田市から四十キロほど入った西山村にあった。

一日おいた夜、久米は結果を報告にきてくれた。

「売られていませんでした」

意外さと同時に自分のきおいすぎをかくすような、ぶっきらぼうな口調だった。

「そうか」

私はしかし、別段うれしくもなかった。

久米はひどく真剣な口ぶりで、

「しかし、やはり売ろうとして計画していたのだと思いますね。あの葉書ですよ。あれは買うことを断った葉書じゃないでしょうか」

「なるほど。そう考えれば、意味は通るようだね」

そうは言ったが、私は納得できないものを感じて、

「だけど、あの葉書が僕の手に入る前に、あの男は引越してるわけだけど、これはどういうわけだろう」

「それは僕も考えましたけど、何かで加久子さんとうまくいかなくなった、と考える以外にないですね」

「そうかも知れない。加久子は別れたと言っているし。あの差出人が住所くらい書いておけばよかったんだ」

「しかし、まだ分かりませんよ。あの山林、早いとこ売ったらどうですか」

「商売か」

私はちょっといやな感じがした。久米もいやな顔をすると、ちょっと気色ばみ、

「そんなつもりじゃありませんよ」

「分かってるよ。売るならここの庭を売るよ。結婚の相手が見つかったらね」

「僕が見つけて上げましょうか」

「君は自分の嫁さんを見つけるべきだよ」

「やられましたね。しかし、まだ早いですよ」

久米は真顔でそう言った。

私は野坂チエとみのるを考えていた。

チエとは水曜日ごとに会っていた。定休日だったから。チエに会うと、私はみのるのことを考える。みのるに会うとチエのことを考える。二人は少年ぽい顔つきとからだつきで似ていた。しかし、性格は違っていた。

チエは自分から、結婚について何も言わなかった。私

も言わなかった。

ある水曜日の夜、喫茶店でチエは言った。

「加久子さんはどうして結婚しないのでしょうか。恋人がいたんでしょう?」

「自分では別れたと言っていたけど」

「でも、加久子さんが男の人と歩いているところを、二、三回見ましたわ」

「へーえ、どういう男だった?」

「やせて色の白い小柄な人ですわ」

「ふーん。やっぱりあの男だ。別れたなんて嘘だったんだな」

「嘘ですわ、多分」

「やっぱり、その男に奥さんがいるんだ。だからね、僕は前から、その奥さんは殺されるんじゃないかと思っている。そうしたら、あの男は必ずしっぽを出す。いまのところ全然どこの何者か分からないんだ」

「まあ……。そんなことを考えているんですの」

チエはあきれ顔になった。その顔を好もしいと思いながら、

「そうなれば、あの二人は破滅だ。僕はそれを待っているんだよ。とんでもない連中じゃないか」


チエは無言だった。私はあらためて香典作戦に期待した。

みのるは日曜ごとに私の自宅にやってきた。そのたびに、私は玄関の鍵をかけた。

もう睡眠薬をすすめなかった。もっとも昼間だったから、当然でもあったろう。

私はみのるにきいた。

「君は加久子の恋人を知らないか」

「恋人? 知らないわ。そんな人いるんですの」

みのるは不思議そうにきき返した。そんな顔を、私はまた好もしいと思った。私はすっかり混乱していたようだ。

みのるが証券会社に勤めているというのは、ほんとうのようであった。彼女はいろいろなパンフレットを見せたり、領収書のたばねたのを見せたりした。しかし、私は株というものに興味がなかったから、それについて話もしなかった。

私はみのるの身元について、久米に調べてもらおうかと思ったが、久米がいやな顔をするのは分かっていたから、それはやめた。それでいて、私自身調べようなどとは思わなかった。

私はチエとみのるとどちらかを選ばなければならないと思いながらも、ずるずると成り行きにまかせていた。

そんな私にじれたように、ある日曜日、みのるはひどくはっきりした口調で、

「あなたはあたしと結婚してくれないの」

私はとっさにチエを思い浮べながら、

「目下思案中だよ。あわてることはない」

「いくら考えても、同じことじゃないの」

「そういう点もあるけど、そうもいかない点もある」

私は別にごま化すつもりはなかったけど、みのるとすれば不得要領な返事だと受取ったに違いない。

第九章　死体発見

雪が降り出した月曜日の朝、久米が白い息を吐きながら、登校前の私を訪ねてきた。

片手に新聞をにぎりしめていた。

顔を合せると、すぐに興奮した口調で、新聞をふりながら、

「これですよ。見ましたか」


「見た。三宅川に浮いていた女の死体だろう」

「そうです。これはあやしいですよ。自殺か他殺か不明のようですけど、この女性の亭主です。肺結核で沢田病院に入院中だが近く退院の予定だとあるでしょう。三十六才の男で、喫茶店を経営していると出ていますね。男は、妻はノイローゼ気味だったと言ってますけど、おかしいですよ。遺書もないですしね。あの男はこの荒島太一かも知れません。入院するために、急に共栄荘を引きはらったのじゃないでしょうか、とすると、加久子さんが働き出したのも分かるし、バーに姿を見せなかったことも納得できます。香典持って行きましょう。亭主は当然帰宅しているはずですからね」

久米は異常なほどの熱意を見せた。水を差すわけではないが、私は言った。

「しかし、入院中だったとすれば……」

「軽症の患者は外泊を許されますよ。だからまず病院で調べてみるんです」

「なるほど。よし、頼むよ」

私は五百円札を久米に渡した。

その夜、久米は報告にきた。茶の間の炬燵で向い合うと、朝以上の興奮の仕方で、

「ようやく実のりました。加久子さんが荒島太一の家から出て行くのを見かけました」

「ほんとうか」

私は怒りよりも、おどろきが先きにきた。

「間違いありません。人相やからだつきもぴったりです。一見ひ弱なからだつきですが、図々しそうな男でした」

私は自分の作戦が適中したにもかかわらず、ひどくむなしい感じにおそわれながら、

「それで、その荒島太一は何か言った?」

「ちょっと不思議そうな顔をしましたけど、僕が入院なんかしたもんで、などと言いました。全く図々しい男だ」

「それで、死因は?」

「やはり窒息死のようです。川っぷちからでも突き落とされたんです」

久米は熱っぽい目で同感を求めた。

「それで、病院のほうは?」

「病院まで行けなかったんです。明日にでも行ってきますけど、当然外泊したか外出したかどちらかですよ。死亡推定時刻は日曜日の午後十時前後ということらしいです。やっぱり、宇留間さんの考えた通りでしたね」

「まあね。喫茶店を経営しているっていうことだけど、経営のほうはどうしてたんだろう」

「弟がいて、彼がやっていたようです。しかし、見てきましたけど、小さな喫茶店でしてね、経営状態もあまりよくないようです」

「なるほど。しかし、病室にいたと言われれば、それっきりだな」

「いや、そんなことは絶対にないはずですよ。僕にまかしといて下さい」

「よし、それは君にまかそう」

私は言ったが、考えてみればいつも久米にまかして、大した結果も得られなかったわけだ。

それにしても、加久子が荒島太一の自宅から出てきたということは、私には大きなショックに違いなかった。

私は言った。

「荒島太一に一度会いたいもんだな」

「そのうち、二人で会いに行きましょう。証拠をつかんでからのほうがいいでしょう」

「つかめるかな」

「そりゃ、大丈夫ですよ」

久米は自信を見せて、右腕をボクシングのストレートのように突き出した。

あくる日、久米からは何の連絡もなかった。もっとも、その夜、私は野坂チエと会っていた。地下にある喫茶店だった。そこのあわい紫色をした照明に当てられるチエを見るのが、私は好きだった。私は言った。

「加久子の恋人がとうとう、奥さんを殺したらしい」

「まあ……、三宅川のあれですの」

チエのおどろいた顔は、私にはいつも新鮮だ。

「そう。新聞に出ていたあれだ」

「そう言えば、あの夜、あたし加久子さんがあの男の人といっしょに喜真田レストランから出てくるのを見ましたわ」

私はハッとして、せきこむように、

「何時ごろ？」

「七時ごろでしたわ」

荒島はやはり、外泊したか、あるいは外出したのだ。私はそのことについて、しばらく考えていた。チエがひかえ気味に言った。

「でも、あなたにはもう関係ないことじゃありませんの」

「それはそうだ。たしかに関係はない。ただね……」

私はことばを切った。

「あの二人がどうなったって、そんなこといいじゃありませんの」

チエは笑いをただよわせた目で、じっと私を見た。しかしその裏側には、問題なのはここにいる二人だ、という目の色があった。私はそれを見ながら、無意識のように言ってしまった。

「そうだ。僕達は結婚しよう」

「ほんと?!」

チエは一瞬、泣くような笑うような表情を見せた。ところが私は、一瞬あるむなしさを感じて、そんなチエを見ていた。

あくる朝、久米は私がまだ床の中にいる時にやってきた。

また玄関で立話しだ。久米はひどく興奮した口調で、

「やっぱり、荒島は土、日曜と外泊していますよ。自宅に帰るという名目なのですが、日曜は自宅に泊った様子はないんです」

「どうして分かった？」

私は意外に冷静だった。

「隣家の人に聞いたのです。茶の間がすぐ隣家にくっついているんです。土曜の夜はたしかに電灯がついて、テレビの音も聞えたけど、日曜の夜は全然電灯はつかなかったと言ってました。ちょうど、隣家の高校生の勉強部屋の前が、荒島の茶の間なんです。ですから、間違いありません」

「そうか。そいつは確実だね」

「そうです。絶対です。十時前後の荒島のアリバイが問題ですが、これだって自信ありますよ」

「その調子でやってくれないか」

久米は自信に口元を引きしめてうなずいてから、

「それから、加久子さんの現在の住所が分かりましたよ」

「どうして?」

「仲間の一人から電話番号をきき出しました。興味ありそうな顔をするのに苦労しましたけど、会う男に片っぱしからきいてみたんです。その結果分かりました。やっぱりまだあの仕事をやってるんですね」

「相当もうかるらしいから、ちょっとやめられないだろうさ」

「電話かけてみますか」

「いや、僕はもう興味なくなった」

私は実際、もうそのような必要がなかったのだ。久米は意外そうにまばたくと、

「へーえ。変ですね」

「そうかも知れないが、加久子に会って確証がつかめるかな」

「それは分かりませんが、加久子さんは共犯かも知れませんからね」

「そう。僕は別の情報から、あの夜、加久子と荒島がいっしょにいたことを知ったんだ」

「ふーむ。おどろきましたね。こりゃ、やっぱり共犯だ。やせてひょろひょろしている荒島じゃ、奥さんを川に突落とすなんてことはできなかったでしょうからね」

久米は宙をにらむと、またおどろいたな、と言った。それから、

「よし、二人のアリバイをはっきりさせますよ」

「そうだ。ただ、自宅にいなかっただけじゃ仕様がない。しかし、むずかしいな」

「やりがいがありますよ」

久米はそんなことを言い残して出て行った。

次の日曜日の午前、久米はやってきた。茶の間で向い

合うと、私はすぐにきいた。

「アリバイはどうだった?」

「それがよく分からないんです。だけど、加久子さんが夜、荒島の家へ入るのを見ましたよ。金曜日だったんですけど、ひまだったから、ずっと見張っていたんです。九時ごろだったんですけど」

「あの二人はいずれ結婚するさ。しかし、警察は何をやっているのかな」

「警察の見方は自殺他殺半々らしいですが、これは他殺ですよ」

「直接、荒島に会うか?」

「でも、確証をつかまないと、会っても仕方ないでしょう」

久米はもっともなことを言った。私だってそのつもりだった。

二日後の夜、久米があわただしくやってくると、

「宇留間さん、重大発見ですよ」

「どうした。確証つかめたのか」

「いいえ、実はね、ちょっと気になったので宇留間さんの土地について調べてみたんです。そうしたら、ここの土地の半分が抵当権の設定をされていましたよ」

「なんだって?」

私はそうかと思った。荒島と加久子だ。

「しかし、最近それは解除されているんです。設定したのが去年の六月です。喜真田信用金庫から、あなたの名儀で百万円借りているんです。荒島と加久子さんの共謀ですよ。加久子さんがああいう商売で荒かせぎして、それを最近返済したのだと思いますね。だから、宇留間さん自身には金銭的な損害はないわけですけど。それにしても……」

「うむ」

私はうなるより仕様がなかった。

「これで、荒島をとっちめる材料がようやく見つかりましたから、いっしょに会いに行きましょう」

「よし、そうしよう」

「あ、それから、もう一つ大事なことが……」

第十章　破滅

私は久米に案内されて、荒島の自宅を訪ねた。ひっそりした住宅地のブロック塀にかこまれて、小ぢんまりし

た家だった。

玄関に入り声をかけると、本人らしい男が顔を出した。私は言った。

「宇留間強志ですが、あなたが荒島太一さんですか」

男は青白い顔をこわばらせると、しかしそれでも、ゆがんだような笑顔を見せ、

「荒島ですが、何かご用事ですか」

「用事があったからきたんです」

荒島はしばらく困惑したような表情で、私と久米をかわるがわる見たが、ようやく、

「でしたら、上って下さい」

荒島は久米を思い出す余裕がなかったようだ。

私と久米はオーバーを玄関の壁にかけて、上った。

座敷に入ると、意外にも加久子がいたから、私はカッとなり彼女をにらみつけた。

加久子は落ちついた表情で、

「おめずらしいわね」

返事のしようのないことを言ってから、久米に気がつくと、意外そうな妙な笑いを見せながら、

「まあ、田中さん、あなた宇留間さんのスパイだったのね」

久米はすかさず言った。

「僕は久米というんです。もう荒島さんと結婚したのですか」

「結婚はこりていますわ」

「こりたのは宇留間さんのほうでしょう」

加久子は憎にくしそうに久米をにらんだ。かまわずに、私と久米はテーブルに坐った。加久子はすぐに、小ずるくさぐりを入れる目つきになると、私に言った。

「どういうご用事ですの」

「いろいろとね」

加久子は荒島を見た。荒島が重く言った。

「うかがいましょう」

「あんたは私の名前を名のって共栄荘にいたのだが、あれはどういうつもりだったのですか」

「別に大した目的もなかったですね。ただ面白半分にしたことですよ」

「面白半分？　冗談じゃない。面白半分に僕の土地を抵当に入れて百万円借りたのですか」

荒島はひるんだように、チラッと加久子を見やってから、

「あれは返済しましたよ」

「返済すればそれでよいという問題じゃないでしょう」

「しかし、あなたには損害は与えていないはずです」

「当り前だ。女房と勝手なことをされ、その上損害までかけられてたまるもんか。あんたは僕の所有する山林を売るつもりだったんじゃないか。金山という男に。しかし、金山に断られた。僕は金山に会ったんだ。そうじゃないのか」

私はいくらか当てずっぽうだったが、思い切って言った。荒島は黙った。

加久子が言った。

「売ったわけじゃありませんわ」

「売られてたまるもんか。図々しいことを言うな」

「売らなかったから、あまり怒らないでいただきたいのよ。そりゃ、あたし達のやり口は悪かったわ。でも、あの時はどうしようもなかったのよ。急に入院しなければならなくなったし、いろいろ必要があったのよ」

「言いわけか」

「ええ、言いわけですわ。ご免なさい」

加久子は神妙にあやまった。しかし、私は加久子に言いたいことがあった。

「あんたは僕との離婚届けをつい一カ月ほど前に出してるんだね。これはどういうことなんだ」

加久子はその質問を予想していたように、

「つい面倒くさかったからですわ」

「それは言いわけにはならないね。こういうことになると、あんたがみのるという女性を使って、僕を殺そうとしたことを僕は信じるね。目的は遺産だ。まったくお目出たい話だ。そうだろう、加久子」

加久子はやはり落ちついて、

「そんなことはありませんわ。あれだけでは、証拠にならないじゃありませんの。あなたはみのるさんから直接何かを聞いたんですの」

「きいたって話すわけないだろう」

「あなたの思いすごしですわ」

加久子はゆったりと笑いさえした。それから手洗いに行くのか、立って行った。

加久子が帰ってくると、久米が我慢ならないように言った。

「なんと言ったたって、詐欺は詐欺ですからね。あなた方二人は結婚するつもりでしょうけど、そうはいかないですよ。加久子さんだってとんでもない商売をやってるじゃありませんか」

「もうやめましたわ」

「やめたってやった事実に変りはない」

「それはそうでしょうけど、話し合えばすむことじゃありませんの」

「今更何を話し合うのですか。第一、もっと大きな問題があるじゃありませんか」

「もっと大きな？　どんな問題ですの」

「荒島さんの奥さんが、あなた方に殺された件ですよ」

久米は荒島と加久子をかわるがわるにらみつけた。

荒島がおどろいたように言った。

「殺された？　絹子が殺された？　どうして、そういうことが言えるんですか」

「図々しいことを言わないでほしいな。あんたは加久子さんと結婚したかった。加久子さんもあんたと結婚したかった。ところが、奥さんは離婚を承知しなかった。当然のことだ」

「動機ですか。他人が見てそれらしい動機があるというだけで、殺したという証拠になるんですか」

荒島は妙に落ちついた口調になっていた。

久米はつづけて、

「あの夜、あんたはここにいなかった。そうでしょう」

「いなかったけど、何も絹子といっしょにいたわけでもない」

「じゃ、どこにいたのですか」

「そんなことは僕の勝手だけど、聞きたければ話してもいい。加久子が借りている離れにいましたよ」

「加久子さん以外に証人はいないわけだ」

その時、加久子がたまりかねたように、

「久米さん、あなた一体どういうつもりで、そんなこと言いにきたんですの。あなたなんかに関係ないことじゃありませんの」

「人が一人殺されたんですよ。それに、宇留間さんだって、あんたのために殺されるところだったんだ。悪事は次々に重なっていくものだ。僕でなくたって、黙って見ているわけにはいかないはずだ」

「あたしと宇留間さんだけの問題です。二人で話し合えばわかってもらえると思うのよ」

加久子は私を見た。その目は同意を求めるものだったが、哀願するようなものではなかった。むしろ、私の同意は当然だという確信のようなものさえあった。

私が言い出す前に、久米が言った。

「だめですよ、宇留間さん。こうなったら、はっきり決着をつけるべきですよ」

加久子はしばらくするどい目つきで久米を見ていたが、

「若い人は仕方がないわね。ともかく、もうお昼ですから、何か食べてからにしましょう」

加久子は立上った。そして、部屋を出た。久米は何も言わなかった。玄関から出て行く音がした。その音を聞きながら、女房気取りだと思うと、私はむかむかし、荒島に言った。

「似た者夫婦になるでしょう」

「結構じゃありませんか」

久米が横から言った。

「夫婦になんかなれっこありませんよ」

それから沈黙がつづいた。

やがて、加久子が帰ってきた。

待っていたように、久米が言った。

「荒島さんの奥さんが殺された夜に、荒島さんが加久子さんのところにいたというのは、ほんとうですかね」

「くどいわね、あなたも。あなたなんかに関係ないと言ってるでしょう」

加久子はあらあらしいほどのことばを投げ返した。それから、私に向き直ると、いくらかやわらかく、

「どうしてこの人をつれてきたんですの」

「いろいろ調査してくれたからね」

「だったら、もっと徹底的に調査すべきでしたわ」

四人ともなんとなく黙ってしまった。

そばか何かだろうが、食事はなかなかこなかった。別に腹はすいていなかった。

加久子がしみじみしたような口調で私に言った。

「あなたはどうしてみのるさんと結婚する気になりませんでしたの」

「さあねエ」

私はぼんやり答えながら、チエのことを考えた。

久米が言った。じれたような口調で。

「売春婦なんかと結婚できるわけないでしょう。ばかばかしい」

「売春婦とはなんですか。あたしがせっかく紹介して上げたのに」

「あなたが紹介するのは売春婦だけだ。しかも、宇留間さんを殺そうとした。そんな人と結婚できるもんか」

「あなたは黙ってらっしゃい」

加久子はきめつけた。

久米はカッとなったように、

「荒島さんのアリバイだって、あんただけの証言じゃないか」

「だったら言いますけど、荒島さんは奥さんを殺す必要はなかったのよ。立派に離婚できたのよ」

「じゃ、離婚すればよかったじゃないか」

「あなたって、全くおっちょこちょいだわ。離婚しようと思ったら、死んでしまったのよ」

「えっ⁉」

久米は面喰ったように、加久子を見直した。

「荒島さんの奥さんは、みのるさんだったのよ」

加久子はたたきつける言い方をした。さらにつづけて、

「いまさらおどろいたって、もう遅いわ」

加久子はゆっくりと満足そうに笑った。いや、破れかぶれの笑いだったろう。

久米はようやく言った。

「あんたはそういう女だ」

「あたしはこういう女ですわ。奥さんがそんなことをしていれば、立派な離婚の理由になるはずよ。何も殺すことなんてないわ。動機までくずれてきたんですから、これはもう全然あなた方の妄想ですわ」

私はぼんやりした頭で、まとまった考えはできなかった。

四人とも、それぞれ違った考えを持てあましていたのだろう。

玄関に男の声がしたのは、しばらくたってからだ。加久子が出て行った。何やらひそめた声で話しているようであった。

やがて、二人の男が座敷に入ってきた。一人は制服の警察官であり、もう一人は私服の刑事らしかった。制服のほうが私のオーバーを左手に抱えていた。

私服が私に言った。

「宇留間強志さんはあんたですか」

「そうです」

「荒島絹子さんを殺した容疑で逮捕します」

「証拠があるのか」

私は叫んだ。

私服はゆっくりと私のオーバーの袖を示しながら、

「この袖のからだ側に口紅の線がついています。被害者は口紅を片手にしっかりと握ったまま死んでいましたよ」

私は自失しながらも、思い出した。

あの夜、三宅川に面した小公園で、みのるに結婚をせ

まられた。私ははっきりしたことを言わなかった。みのるは泣いた。そのあとで、こう言った。

「あなたは先生のくせに、自分の教え子を犯したじゃありませんの。この間の女の子だって、そのつもりで呼んだに違いないわ。これが分かれば、あなたは先生などやっていけなくなるわ」

私はカッとなり、みのるを突落とした。みのるは、泣いたあとの化粧を直すために、口紅を手にしていたに違いない。それが、私の突出した右腕のオーバーの袖をこすったのだ。

口紅については新聞に出ていなかったし、オーバーの袖にも気がつかなかった。

加久子はそれを発見して……。

私は久米がポカンとした表情で私を見てるのを、無感動に見返した。そして、野坂チエの顔をフッと目に浮べた。

裏目の男

私が黒羽修造に対して、私自身の自殺の手助けを頼みこむというだらしないハメになったのは、酔えば己が顔が醜く見えそうな三月末の夜だった。そして、私はおそらく醜い顔して、初めて黒羽修造に会ったのだが、その出会いは偶然なものであったし、多分に皮肉なものでもあった。

私はブランデーのグラスを前にして、カウンターに両ひじを突き、指を組んで、その上にあごをのせ、客と談笑しているマダムの大ぶりな顔が、春めいた粧いの下でつやのある陰をさまざまに見せているのを、遠い風景のように見やりながら、ふいと、山笑う、ということばを思い出していた。

なるほど、春の山だ。淡冶《たんや》にして笑うが如く、か。いや、それほどでもない。しかし、と私は考えた。彼女は秋でも夏でも春めいて、まるで季節感のない女性に見えるが、あれでなかなか大変な努力なのかも知れないな、と。私はめずらしくまともな考えをした自分に満足して上を向いたら、濃彩の桜の造花が春を裏切っていたから、つい、涙ぐましいものだ、とつぶやいた。

私のとなりに腰をすえていた見知らぬ男は、女給に怪談を聞かせてやっていた。

春の夜に女をおどす作りごと、となればこれは風情もあろうが、聞いている女が、怖くもなければ面白くもないといった務め顔では、興醒めと言うもおろかなことだ。

男は私のつぶやきを耳ざとく聞きとがめたらしく、不意に顔をこちらにねじ向けると、いやに横柄な口つきで、

「あんたに話しているのではない」

私はまた不様にあごを両手の上にのせると、ただ反射的に応じた。

「僕も頼んだ覚えはない」

「だったら、余計な口をはさむな」

「ひとりごとです。気にしないでつづけて下さい」

わずらわしさがずしんと胸にこたえ、それがかえって口調をやわらげた。

男は納得したのかしないのか、なおじっと私の横顔をうかがっているふうだった。私は組んだ指の上にあごをのせたまま、仕方なく顔を横向けた。指があごひげでざらざらとこすられた。その感触に似たものが、心までもこすっていった。

男は四十前ではあろうが、しまりのない病的な肥え方をした白い顔がふくらんでいた。私を見つめたまま、グラスを口に当て、そのグラス越しになおじっと私を見つづけた。そんな男のかっこうは、はた目にはウィスキーの味をたしかめているようにも見えただろうが、私には、記憶をよび起そうとしているか、ことばを探しているか、どちらかに見えた。

私は無言で待った。やがて、男は音をたててグラスをおき、同時に声を出さずに何かを言った。のぞいた前歯が妙に小粒に見えた。

男はいったん私から視線をずらしてから、舌を必要以上に強く使うような声で、

「あんたは三代川信一だね」

「そう。三代川だけど……」

「やっぱりそうか。おれはあんたに会いたくなかった。何故かと言えば……」

男は私から目をはなすと、口をひらいたまま、声を中途で消した。白い顔をまた正面に向け直し、厚い下唇を内側に丸めこみ、思い切り小鼻をふくらませて、カウンター上の一点を凝視しながら、大きくゆっくり何回がうなずいた様子は、会えばお前を殺したくなるからだ、とでも言っているようであった。

そんな男を見ながら、私は感じたのだ。この男は黒羽修造に違いない、と。

私は去年十二月、黒羽修造の妻、のぼると心中した。のぼるは死んだ。

その年の九月末、私は久しぶりに釣り道具一式を押入れの奥から、引っぱり出した。ハゼを釣りに行くためであった。したくができたら、もうおっくうになった。しかし、一度きめたからと、ともかく家を出た。だからといって、私は別に几帳面な人間でもないし、まして義理堅い人間でもない。

海っぷちの、どこか遠い国の要塞のような火力発電所では、巨大な三本の煙突から薄い白煙がなびいていた。

電気という目に見えないものの元をたどると、こういう奇怪な形になるのか。私には全く醜怪な眺めとしかうつらなかった。

　海風はたしかに新涼のさわやかさであったろうが、私はただもう、まぶしくけだるいだけだった。いまだに照り返しが強く、歩きにくい砂浜にさからい、めりこむような心にもさからい、うつむいて足を引きずるように重く歩いた。その上、心臓のあたりで、ポコ、ポコ、と音がするように感じていたのだ。

　石を積み上げ、丸太でわく組みをしただけの、雑で幅狭い突堤が円形にのびて、小ぢんまりとした舟溜りを造っていた。その舟の出入口の上で、黒羽のぼるはたった一人で釣っていたのだった。彼女を見た私は、古びたゴムのような心の片隅に、ようやくある張りを覚えた。

　私はのぼるのななめ後ろに、ややはなれて立った。秋の潮はひとすじの藻をただよわせながら、ゆっくりと上げてきていた。軽石がひとつその藻を追い越して行った。

　のぼるはいくらかはすに竿をのばしていたから、その横顔をはっきりと見せていた。あみだにかぶったつば広の経木真田《きょうぎさなだ》の帽子の下で、わずかにそり返っている鼻が子供っぽいような感じを与えていた。しかし、帽子の古さとは逆に、まっさらの白い紐をあごのあたりの肉にきつく喰いこませている、その結び方に、ある気性の激しさを感じさせてもいた。うつむき加減に竿の先端に注意をあつめている目つきは、異様なほどの熱心さを見せ、他人を意識しているもののようには見えなかった。

　私は仕掛けを終えて糸を投げこむと、先客に挨拶するのは釣り人の礼儀だと思わせる口ぶりで、何気なさそうに声をかけた。

「どうですか。喰いますか」

　愚問というものだったろう。

「釣れすぎますわ」

　そっけない投げやりなひびきで返ってきた。私は意外だとも思わなかったが、こちらに向けたのぼるの表情に、口調とは逆に、同好者に対する親しみのようなものがかすめた。と、私には思えたのだ。それにつけこんで、と言えば言えただろう。

「よほどお好きのようですね」

「いいえ。好きではありません」

　投げやりな口ぶりに、かえって実感がこもっていた。

　妙な女だ、と私は思った。それほどでもありませんくらい言ったってよかろう。たかがハゼではないか。私だって別段、特に好きだというわけではない。では何故、電車にのりバスにゆられまでしてやってきたのか。むろん、それ相応の理由はあった。それはそうだが、私は定職らしいものこそないが、さし当って喰うには困らず、れっきとした現住所というものがある。三田村市高松町二の三八番地に、小さくはあるが一人住いには手頃の家と、家にくらべて広すぎる庭を持っている前科のない三十五才の男だ。話したくなければ勝手に話すな。

とは言え、私は腹をたてたわけではなかった。だれかに腹をたてるなどという習慣をなくしていたし、何よりも腹などたてではおれなかったのだ。私はのぼるに期待していたから、そこで、さからわずに黙って釣った。

一時間近くも釣ったろうか。いかにも、あまりに釣れすぎた。私はそのことでむしろ腹をたてそうになり、餌をつけずに糸を投げこんでおいて、腰をおろして一服した。

裏返しになったトランプが一枚、はだかの女性の上半身を見せて、ただよっていた。

のぼるは不可解な熱心さで、無言のまませっせと釣っていた。その腕が薄赤く日に焼けていた。私は自分の浅黒い腕に目を落した。爪の先までずっと見やったが、その時また、心臓のあたりで、ポコ、ポコ、という音を聞いたように感じた。気分はくずれるようにのめりこんでいった。私は浮いているトランプの、はだかの女性目がけて、たばこを投げつけた。

のぼるが釣り上げたハゼをにぎりしめたまま、思いがけず私に話しかけたのは、どういうつもりだったのだろう。

「ハゼって、変に口が大きくて、なんとなく愛嬌がありますわね」

そう言って、私とハゼを見くらべた。私は特に口が大きいほうではないが、彼女の目は別に皮肉なものではなかった。が、同意を求めるようなものでもなかった。仕方なしに、

「そんなもんですかねェ。愛嬌があるから、それで釣ってるのですか」

「いいえ」

それはそうでもあろうが、それにしても愛嬌のない女だ。と、私はのぼるの気持ちをはかりかねて、黙っていた。彼女はつづけて、

「今日で二日目ですの」

「釣ってどうするのですか」

「甘露煮にして主人の所へ持って行きます」

その口つきは、そっけなさと言うよりも、主人なるものが刑務所にでも入っているかのような嫌悪のひびきがあった。だが、私はためらうわけにはいかなかった。

「持って行く？　どこへですか」

「療養所です」

「そうでしたか……。肺ですか」

「ええ。あと二カ月もしたら手術ができるそうです。お正月には同室の方達と、甘露煮を盛大に食べるのだそうです。それが大変楽しみなのだと言ってましたけど、そんなことがどうしてそれほど楽しみなのでしょうか」

のぼるはハゼの頭と尾をはみ出させてにぎったまま、見当はずれにも私を詰問した。

私は重い気分のまま、また妙な女だと思ったが、つとめて注意深くおだやかに、

「病人の気持ちは別でしょう」

「どう別ですの」

そこで私は作りごとを話した。

「僕の知っている男は、やはり療養所で、主食をきっちり十日おきに代えていましたよ。パン、うどん、米、じゃがいも、といったふうにです。その男の気持ちが僕にはよくわからない。あなたにだって、わかりっこない。しかしまあ、ご主人の甘露煮のほうがまだ無難に思えますね。それにしても、あなたは正直な方だ」

「どうしてですの」

「ハゼの甘露煮なんて、暮れになればいくらだって買えますよ」

「あら、そうでしたわね」

のぼるは初めて私に笑顔を見せた。だが、それを笑顔と言えたかどうか。笑顔だとしても、自嘲めいた笑いを目先にちらっと見せただけだった。

のぼるがそれで、甘露煮を買う気になったのかと思ったら、そうではなかった。意外にもこうきいた。

「あたし明日もきますけど、あなたは？」

「僕だってきますよ」

今度は私のほうが、よほどそっけない口調になった。私は親切心からではなく、なんだったら僕が釣って上げましょうか、と言おうと思っていたから、先手を打たれてあわて、同時に緊張したためだったろう。

秋の空がすみわたったままで暮れかけていた。

あくる日、のぼるはこう言った。

「ひらひらと釣れてくる様子は、どこかさびしそうで

すわね」

真実そう感じているとは、どうしても思えない口ぶりであった。

「いや、なかなか愛嬌がありますよ」

「そうかしら」

のぼるは前日の自分のことばを忘れていた。いや、それはわからない。が、ともかく前日よりは話がはずんだ。

黒羽修造が市内で喫茶店を経営していること。発病前に支店を出したのが失敗で、療養所でもあせっていること。のぼるは現在一人住いで、子供がないこと。そんなことを聞かされた。そして、のぼるのそっけない口調は持前のものであるらしいことを知った。

その日、のぼるは彼女の自宅に寄って行けと言った。私はむろん承知した。

帰途、のぼるは自宅近くの八百屋で、しょうがを一束買った。その束ねた葉先のするどさが、私のめりこむような心を突き刺した。

玄関のわきに、八ツ手がたくましく葉をひろげていた。その右手に鶏頭が三本、まるで陰うつな人間の感じで立っていた。

その後、その鶏頭にしみつくような秋の入日を見た。また、そのいただきに陰雨が降りそそいでいることもあった。そして、十月がすぎた。私は成行きにまかせた。

十一月になると、八ツ手が緑色のつぼみを持ち始めた。徐々に真白なたんぽぽの毬に似た花の形になっていく。それにつれ、たくましかった感じが、なんとなく優しいものに変っていった。そのような日、のぼるが死にたいと言った。そのことばはまるで一滴の雨だれのように、私の心にポタリと落ちた。私は反対する気もなかった。

十二月に入って、初めて霜のおりた日、無数にむらがり咲いていた鶏頭の小花が、いっぺんに枯れてしまったのを、私は見た。

そうして、のぼると共に睡眠薬を飲んだ。魚船の帆綱にからんでいた小さな月を思い出すだけだ。

桜の造花の下で、私は黒羽修造に言った。

「僕もあんたに会いたくなかった」

「どうしてだ」

「あんたが僕に会いたくないだろうと、想像していたからだ」

疲れた足を投げ出すように、私はただ思いつきを投げ出した。黒羽がそれを真に受けるはずもなかった。栄養過多の白っぽい顔が、なんだが煙のようにぼやけて見えた。私はそれほど酔っているとは思えなかった。

「フン。男の心もよくわかると言うのか」

「いや、女の心もわからない」

黒羽の顔が今度はいびつに見えた。そんな顔が、またフンと言ってから、

「気取るな。会った以上はききたいことがある」

「きいてくれ」

「あんたほんとに死ぬ気でのぼるを愛していたのか」

「死ぬ気で愛していた？　僕は生きている」

私はその証拠を見せようとでもするように、頭をぐるぐる回転させた。首筋がひどくこっていた。頭上の桜の造花を見た時、おれはやはり生きてはいないな、造花みたいなもんだ、死んでるんだと半ば死人の気持ちで、声を出さずにつぶやいた。

「はっきり言えば、ほんとに死ぬ気があったのか、ということだ」

黒羽は私が怒るのを警戒するように、いくらが私より離れて、上体をはすかいに向け直し、私の反応をたしかめるような目つきをした。私は怒らなかったし、おそらく目だった表情の変化すら示さなかったはずだ。

一層、投げ出すような口調で、

「僕は死にたかった。いまでも死にたい」

この返事を黒羽がどう受取ろうと勝手だった。私は私自身にたしかめていた。それはもう何度もやったことだし、何度もやることは慣れるということだ。でも、自分の死に慣れるなどは、はずみをなくした私の心でもひどく面倒なことだった。

黒羽はおそらくすでに、のぼるの死には慣れていたであろう。それが私との出会いでくずれた。私に対する殺意まで出てきたようだ。私はまた半ば死人の心でそう考えていた。

「だったら、何故一人で死ななかった」

その答えは、これまたあまりに親しみすぎて、つまるところどんな種類の答えであろうと同じことのように思えていた。だから、

「鶏頭の花だ」

「なんだ?!」

「いや、二人のほうがにぎやかだ」

「ばかやろう。だったら、戦争でもおっぱじめろ」

黒羽はからかわれていると思ったに相違ないし、そし

てそれは当然でもあったが、口調はことばの荒っぽさとは反対だった。しかし、右手の小指で耳をかきながら、ななめに私を見た目に、憎悪はあらわだった。私はそれに反撥する気もなく、

「そう怒るものじゃない。あんたはまたきれいな奥さんをもらった」

「ふざけるな。お前さんがいまでも死にたいというのはほんとうだろうな」

「ほんとうだ」

黒羽は右手のにぎりこぶしで、カウンターの上をひとつなぐった。そのこぶしがばかに大きいので、私は何故ともなく感心した。

黒羽は私を隅のボックスにつれて行った。

そこは熱帯魚を入れた平べったく大きな水槽で仕切られていた。いずれはそれぞれもっともらしい名前のある魚どもであろうが、珍奇な形態と鮮麗な色彩を誇示しながら、気ままな姿勢で泳いだり止ったりしていた。

隣のボックスのテーブルにのった黒猫が、水槽の中の魚を狙うかっこうを見せていた。黒猫という、ありきたりな名前のバーであったから、本物の黒猫を店におくことで、ありきたりさをごま化そうとしたのでもあろう。だが、その思いつき自体、やはりありふれていた。

私は黒羽の肩越しに、そんな黒猫に目をやりながら、猫は本気で熱帯魚を狙っているのだろうか、と思っていた。

黒羽はいらだたしげな声で言った。

「おい。そんな深刻な顔をするな。いまでも死にたいのなら、何故死なないのだ」

「きっかけがない」

「また心中か」

「そのほうがいい」

「人一人殺しておいて、また殺したいのか。さっさと一人で死ぬがいい」

「いずれそうなると思う。あせるな」

「あせるな？　大体のぼるを殺したことに罪悪感を覚えないのか」

私はまた黒猫を見ていたので、罪悪感を大悪漢と聞き違えた。おれは大悪漢か。それはそういうことになるかも知れないが、だったら黒羽修造は中悪漢か。そいつは似合いだ。そう思ったら、すべてがばかばかしく思えた。黒羽が何か言うのを待っていただけだ。

黒羽はそんな私を誤解したらしく、

「さすがに黙っているな。一人で死ねなかったら、おれが殺してやってもいい」

その声は中悪漢らしい作ったような重みを出していたが、目は意外なほどの正直さと真剣さを見せて、私の返事を待っていた。

私は酔っていなかったわけではないが、やはり正直に本気で答えた。

「それでもいい。しかし、あんた刑法にひっかかる」

「遺書を書け。遺書を。それをいつも身につけているんだ。お前さんの気がつかないうちに殺してやる。自殺と思われる方法でな」

「だったら、遺書を書いてくれ」

私は前にも遺書は書かなかった。

「自分で書くからこそ値打ちがある」

「黒羽修造に手助けしてもらって死ぬ、と書いてもいいか」

黒羽はまたからかわれていると思ったに相違ない。仕方がないのだ。何も酔っているせいではない。

それにしても、黒羽がふくらんだ自分のほほを、自身の右手のにぎりこぶしでなぐったのは、どういうわけかわからなかった。あるいは、はげしい感情を押し殺したのでもあろうか。その右腕を突出すと、

「そういう不真面目な考えで、のぼると心中したのか」

「不真面目で死ねるか」

「だから、生き返ったんだ」

「そうか。なるほど、不真面目な奴は生きている。僕だとかあんただとか」

「おれがどうして不真面目だ」

黒羽は何か思い当るフシがあったはずだ。半ばギョッとしたように、私を見つめ直した。その目つきは、これはやはり中悪漢のものだ、とにぶく思いながら、私はもう全く黒羽に飽きていた。いや、私自身に飽きていた。

ともかく、黒羽修造は遺書の手本を書いてきてやると約束した。明日またここにこいと言って、カウンターの前に帰って行った。怪談のつづきをやるつもりだったのだろう。

私はブランデーのグラスを前にして、結局黒羽修造を待つかっこうになっていた。私は約束に忠実な男ではない。しかし、死んだほうがいいと思っていることはほんとうだ。

黒羽はやってきた。私を見ると、目でしさいらしく合

図を送ってから、隅のボックスに行った。

私が黒羽の前に腰をおろすと、彼は上着の内ポケットから折りたたんだ一枚の便箋を取出し、ひそめた声で言った。

「約束のものだ」

私はそれを受取り読んだ。おどろくほどの達筆で、こう書いてあった。


　私はのぞみをなくしたから死にます。のぼるを一人で死なせてしまい、生きているのに堪えられなくなりました。毎日が苦悩の連続です。のぼるのところへまいります。

　皆さんご機嫌よう。


私は読み終えて、声をたてて笑ってしまった。頭がすっきりしたような気がした。

黒羽が気を悪くしたのはもちろんだろうが、むしろあきれ顔になると、厚い唇を思い切りゆがめてから、また舌を必要以上に強く使う声で、

「何がおかしい。だからお前は不真面目だ」

そうでもあろう。死んだほうがいい、と思っていること自体、すでに不真面目だ。だけど、私は真面目に死んだほうがいいと思っている。それにしても、と考えかけたら、黒羽の中悪漢らしい重みのある声が、私の考えを押しつぶした。

「ほんとうに死ぬ気があるのか」

「ある。しかし、これはひどいと思わないか。のぼるのところへまいります。これはひどすぎる」

「のぼるさんと言え」

「のぼると書いてある。それに、皆さんとは一体、だれのことなのだ」

「おれだとか、お前の肉親友人、いろいろあるだろう」

「いや、ない」

「じゃ、皆さんとのぼるはやめてもいい。だけどな、そんなに文句をつけるのなら、自分で書くがいいじゃないか」

「書けないから頼んでいる」

「書けないくせに笑うな。よし、もう一度書いてきてやる。その通りに書くな」

「わからない」

「書くと言え」

「書く」

こうして、私はまた清書させられた。不愉快だともこっけいだとも思わなかった。

さらにもう一度書き直させてやった。私自身の遺書ではないか。その結果、こうなった。

　遺書がないと自殺かどうかわからないから、遺
　書を書く。
　ともかく死ぬことにした。あとはよろしく。

以上の遺書を二通書いて、一通は念のために黒羽に渡した。彼はそれをつくづく眺め、お前さんは全く字が下手だ、とあわれむような目で私を見た。その後二度と、そのような目つきの彼を見たことはなかった。

「どうだ、例のもの持っているか」

黒猫で会うと、黒羽はきまってある意味ありげな表情を作りながら、私の耳元にささやくのだ。

私は心臓の上あたりを右掌で押えてみせる。黒羽は必ず、よしと言う。いたって満足そうに見えるし、楽しそうにさえ見える。

私もきまってきく。

「いつやるのだ」

「秘密だ」

「酔って正体のなくなっている時がいい」

「条件をつけるな」

私は陰気なゲームでも楽しむ気分になることがあった。私と黒羽は、私の死を共通の関心事として、なんとなくなれ親しみ、それをつまみにビールなど飲んだ。

黒羽の私に対する憎悪心、さらに復讐心がなくなったなどとは思っていなかった。私はむしろ、それに期待していたわけだ。

ある夜、黒羽はまた私の耳元に、妙に暖い息を吹きかけながら、例のささやきをした。私もまた例の仕草をしてみせた。それを見届けてから、はばかるようなひそめ声で、

「これをブランデーに入れて飲め」

そう言って、カウンターの下で小さな紙包みを手渡した。手さぐってみると、それは粉薬の正式な包み方をしてあった。

いよいよきたか。とっさに私の目に浮んだものは、枯木にあらわにかかっている鳥の巣だった。どこで見たのだろう。思い出せないまま、私はしばらくその包みをにぎりしめていた。黒羽がひじで私のわき腹をこづいた。彼の顔を見やると、正面を向いたふくらんだ顔はいつもの通りで、その表情から何かを推察することは不可能であった。

私はその包みをカウンターの上に出し、ゆっくりひらいた。きめのこまかな純白の粉末がそのあまりの白さの故に死とは結びつきにくかった。

やたらに好奇心を見せる女給が近づくと、

「あら、それなんのおまじない？」

「ほれ薬だ」

「へーえ。あなたようやくあたしにほれてくれる気になったのね。うれしいわ」

私は気分が滅入った。死を怖れる気持ちが全然なかったわけではないが、こういう女性を相手に酒を飲んできたことが、なんともむなしくやり切れなく思われたからだ。

黒羽が言った。

「この男は死人にほれてるんだ」

その声音のねばりつくような敵意にハッとした。いまさら敵意におどろいたわけではない。私がハッとしたのは、そのような敵意から、これは本物の毒薬だと感じ、このような場所と方法で自殺するという、いかにも荒っぽい思いつきをした黒羽の頭脳の働き方に対してだった。

私は黒羽にひけ目など感じてはいなかったが、いまさら方法がどうのこうのと言えたものでもないと思い直し、その粉末をグラスに落した。それは乳白色に溶けながら、末ひろがりに沈んでいった。グラスを手に取ると、ゆっくりゆすってから、私はひと息に流しこんだ。かすかな苦味が舌の奥をかすめた。

「ねェ、それほんとに効くの」

胸のあたりのくぼみをちらつかせながら、女はひどく生真面目な目つきで、私をのぞきこんだ。

「いまにわかるよ」

私はそう言って、じっと待った。人生には待つということがいくらでもある、などとぼんやり思いながら、私は当然、女同様ひどく生真面目な顔つきをしていたに違いない。女はそのような私の表情に慣れていなかったのだろう。

「ほれた男って、ほんとにそんなふうな顔をするものよ」

そう言ってから、彼女の初恋物語を話し始めた。私は真面目な顔して、しかしうつけた心で、私には二度目の、彼女自身には何度目か見当もつかないその話を聞いていた。

黒羽はマダムをつかまえてしゃべっていた。ひどく機嫌のよさそうな声の張りだった。

「市会議員の清野一太郎を知っているか。とんでもない男さ」

そのとんでもなさを、くどくど述べたて始めた。私は両方の話を、やはりうつけた心でぼんやり聞いていた。

だしぬけに、黒羽が私に言った。

「あんたはあの男を知らないだろうけどな」

「いや、知人だ」

「ふーん」

黒羽は疑わしそうに、そしていぶかしそうに私を見たが、いきなり声をたてて笑った。私はそんな黒羽を、初めて会った男のような気分で見返した。

私が市会議員の知人だったらおかしいのか。もっとも、笑うという生理現象は何もおかしい場合だけでもなさそうだ。

私はたしかに、当三田村市の市会議員清野一太郎と何日か寝食を共にしたことがあり、名刺を交換し合ったくらいだ。だがそれは、病院の病室でであった。私は病気をしたわけではない。心中をして……。

病室のベッドで意識を取戻した私が、事態をはっきりのみこむと、隣のベッドで市会議員清野一太郎が、五十男の好奇の目をにぶく光らせていたのだった。空き室がなかったから、清野としては心外でもあったろうが、おかげで私は、相当に結構な知人を持つことになった。

彼は短軀ながら七十キロを越す体重の持主で、一体どこに病気があるのかと不思議に思えたのだが、その後たんのうに石をためこんでいるらしいということを知って、私は何故ともなく、もっともだという気がした。同時に、なんとなく気落ちした。そうして、窓から冬の庭を眺めやったら、いろいろの菊がただ一色に枯れ、山吹が風におよいで力なく枯れかかっているのが見えた。そうだ。その時、枯木にあらわにかかっている鳥の巣を見たのだ。

清野一太郎は私のいきさつをはっきり知ると、女性について種々貴重な忠告をしてくれた。私はそれをすべて忘れた。彼は親切な男であったが、身勝手な男でもあった。だから、その親切さにも多分に身勝手な押しつけがましさが、その底に見えすいていた。

たとえば、私は彼の強引なすすめで、とうとう朝鮮人参のせんじ汁を飲まされた。からだに効くからということであったが、からだのどこにどう効くのか一向に要領を得なかった。その味までも要領を得ないもので、なまぬるく喉を流れて、とりとめもなかった。退院してから調べてみたら、強壮薬として古来有名、とあった。有名なものを手に入れるとか、気に入らないものをやっつけるとか、そういうことに惜しみなく金を使う男のようであった。

女性に対する忠告を一つだけ、それもひどく具体的なものを思い出した。

病院で二日ほど私につきそってくれた清子という女性がいた。彼女は私が意識を取戻してから、最初に見た顔であった。それは晴れた朝であったらしく、冬の日がかがやいて彼女の眉のあたりにあった。あるいは、錯覚であったかも知れない。

清子はその眉をひそめ気味に、

「どうしてなの」

と、半ばとがめ半ば不思議そうにささやいた。

「いいんだ。いいんだ」

私はそんなふうに言っただけだった。

清子は実にまめまめしく、しかもつぼを心得たやり方で私の世話をしてくれた。はた目に夫婦と見えたとしても当然であったろう。しかし、私は心中をしそこなったのだから、これは奇態な夫婦だったに違いない。だからこそ、清野一太郎は清子に対しても、並でない好奇心を示し、彼女が室を出た時、

「立派な奥さんだ」

「いや、ただの知合いです」

「うむ」清野はむしろ腹をたてたように私をにらんだ。

「ほんとにそうか」

「あの人にきいてみたらいいでしょう」

「ただの知合いが、どうしてこれだけかいがいしく世話をしてくれるのかね」

清野にはそういう人間関係が解しかねるようであった。もっとも、解し得たのは私と清子だけだったのかも知れない。

「きっと、病院とか病人とかが好きなのでしょう。ほんとうは、看護婦になりたかったんじゃないのかな」

私としては、それ以外に言いようもなかった。

「とぼけるんだな。それもよかろう。ただひとこと言わせてもらえば、あの女性は美人ではあるが、水商売らしいし、どうも人相に険がある。近づけないほうが身のためだな」

「人相もやるんですか」

「そりゃ君、君とおれとじゃ人生経験が違うからな」

清野は石をためこんだ腹を右手でさすりながら、陰謀家めいた笑いをもらした。

私は思い当るところがないではなかったから、市会議員ともなればなかなかやるものだ、と感じ入った。そのためというわけではないが、退院以来私は清子に一度会ったきりだ。

山茶花の花びらをのせた初氷を見た日、私は退院した。清野一太郎はどういうつもりか、困ったことがあったらいつでもやってこい、と言ってくれた。私もお礼心で、使い走りでも必要な時は連絡してくれ、と答えた。そして、名刺を交換したのだった。

そのようなわけで、私は退院以来、二度ほど清野一太郎に会っていた。そこで、黒羽修造に言ってやった。

「僕は清野さんとは何日間か、同じ屋根の下で同じ釜の飯を喰ったことがある。立派な人物だ。彼の政治的力量と声望は相当なものさ。第一、押出しがいい。識見もある。その上、その女性観などは傾聴に値するものだ。あんたも一度、その女性観を聞く必要がある」

言い終えて、私は後頭部ににぶい痛みを感じ、同時に重い疲労感におそわれ、そんな気分で毒薬を思い出し、死ぬとはこういう心持ちか、と顔をしかめた。黒羽もいやな顔をして黙ってしまった。

私は肉体の反応を待った。むなしく酔っている感じ、そして後頭部のにぶい痛み、それ以外になんの異常感もなかった。

朝、と言っても十時すぎ、私は自宅の庭に出た。荒れた庭でも季節はあった。私は楓がその葉陰葉陰に小さな暗紅色の花をつけているのを発見した。この花は実ほどには美しくない。そのためでもあるまいが、すぐに翅のような実になってしまう。私はしばらくその花を見上げていた。

その夜、私はひどく酔った。深夜、人通りのないアスファルトの上を、ゆらゆら歩いて行った。月は黄色っぽくゆがんでいた。清子が仲居をしていた料亭の門口の柳は老いていた。私は酔った心で思い出した。もう大分前だが、その料亭の前から、市会議員清野一太郎と清子とが、ハイヤーにのったのを見たことを。その時の私はやはり酔っていたが、清野一太郎の人相学もいい加減なものだとあきれたものの、なるほどもっともだ、という気持ちが裏側にあった。清子が私について何か清野に話しただろうということは、後になってわかった。清野は私に会った時、清子については何も言わなかった。私もきかなかった。

私は歩きつづけた。飾窓の中ではただかのマネキン人形が、死相をあらわしていた。もう全くダメなようだな、と私はつぶやいた。

その時、後ろからほとんど音もなく疾走してきた乗用車が、ひどく荒あらしいような運転で、私の右側をかすめた。私は何か大声でどなったようだ。車は物すごい音をたてて急停車した。停ってからライトをつけたようであった。

私はゆらゆらと近づいて行った。

停車した車の窓から、男が顔を出していた。私はようやく、その顔がふくらんだ黒羽のものであり、しかもニヤニヤ笑っている顔であることに気がついた。

私は車体をけりつけると、

「車、買ったのか。景気よさそうだな」

黒羽はそれには答えずに、

「あれ持っているか」

私は不意に不機嫌になると、右手の人差指で心臓の上を突いた。

「よし。見せてくれ」

私は上着の内ポケットから、封筒に入れた遺書を取出すと、そのまま黒羽に突きつけた。黒羽は便箋を引っぱり出して調べ終えると、それを私に返しながら、

「感心だ。立派な心掛けだ」

「ほめるな。いつやるんだ」

黒羽はまたそれには答えないで、

「送って行ってやろう」

私はだらしなく黒羽の車にのりこんでしまった。不機嫌さは消えて、私のために乾杯してくれ、という意味のどこかの国の民謡を大声で唱ってから、どこかで飲もうとしつこくからんだ。

黒羽はただ無言で頭をふるだけだった。

門の前で私をおろすと、何も言わずに行ってしまった。

玄関の扉を引いた時、後からすがりつくように、ライラックの匂いが私の足を止めさせた。私は突然、のぼるの軽いわきがを思い出した。それは瞬時、私を奇妙な陶酔状態にした。


庭の樫の木の陰がもう居間に届かぬようになっていたから、五月も半ばの頃であったろう。私は黒羽修造に誘われて、彼の車で日帰りの小旅行をすることになった。

黒羽は私の自宅まで迎えにきてくれた。私は手ぶらでのりこんだ。どこへ行くとも言わなかったし、私もきか

なかった。

国道に出ると、スピードをぐんぐん上げた。私はスピード感などに興味もなかったから、

「出しすぎやしないか」

「自殺する男が余計な心配するな」

それには違いなかったが、黒羽は聞き取れないことを何かぶつぶつ言いながら、正面を向いたまま、ハンドルにしがみつくようなかっこうをしていた。私はそんな黒羽を横目で見ながら、どこかへ激突させるつもりなのだろうか、と思った。しかし、彼が私と心中するつもりがあるとも思えなかった。第一、そんな目的のために乗用車を買うばかはいない。それから、二人は無言だった。

一時間半ほど走ったろうか。

二人は海っぷちの崖の上に立っていた。

「あれ、持っているだろうな」

黒羽がそうきいた時、後ろの細い道を越した向うの林から、松蟬があのややゆるい調子で、シャンシャンというように鳴くのが聞えた。私はすでにもう習慣化した仕草をしてみせた。黒羽は、お前とのつき合いももう飽きた、といったように私を見ただけだった。

海に向って二人ならんで腰をおろした。なんのためにこんなことをしているのだろう、と私はふっと正気にでも返ったように考えた。そうしたら、変に物悲しく、そしてこっけいで、その上ひどくばかばかしかった。

黒羽がポケットびんから注いだウィスキーを差出した。私はほとんどためらわずに、それを飲んだ。黒羽も飲んだようであった。

また松蟬が鳴いた。私は陰気にめりこんでいく心にさからおうともせずに、ウィスキーでないとすると、ここから突落すのか、とはるか下に露出している黒々とした岩に激突する自分を想像した。恐怖はなく、ただ空ぞらしくむなしい心持ちだった。

黒羽は別のことを考えているように、何やらぶつぶつ言っていた。

三十分近く腰をおろしていたろうか。黒羽が突然に言った。

「おい、面白くないな」

「ああ、面白くない」

「帰ろう」

「ここから突落す予定だったんじゃないのか」

黒羽は答えずに腰を上げると、さっさと歩き出した。とんまなドライブだ、とより言いようもなかった。

熱帯魚の水槽のわきで、黒羽修造は心にひっかかるものを押しのける口調で、

「頼みたいことがある。明日、午後六時に家にきてくれ」

私はいろいろに考えた。真実何か頼みたいことがあるのか。それとも、いよいよ実行する気になったのか。しかもあの家でか。私はあらためて、黒羽の顔を見直した。疑問に答えてくれる顔ではなかった。

黒羽は私がためらっていると思ったのか、

「考えるな。おれの家は元の所だ」

元の所。あの家。私は当然考えた。

あの家で私はのぼるから手拭を借りたことがあった。そのま新しい手拭に紅のような秋海棠の花の色がしみついていた。そのあざやかな色を思い出していた。

私は承知した。

約束の六時よりいくらか早く、黒羽の家に着いた。玄関におかれてある鉢菖蒲のとがりそろった葉先のするどさが、私の胸にこたえた。

出てきた黒羽の妻は私を見ると、口をあけたなり顔を上体ごとそらすと、両掌でセルの襟元を、その甲が白くなるほどにぎりしめた。その手はふるえているように見えた。

彼女は入院中の私をかいがいしく世話してくれた清子であった。私は黒羽修造と清子の結婚を知っていた。清子は黒羽から、私と黒羽の奇妙ないきさつについて、何も聞かされてはいなかったのだろう。それにしても、それほどおどろくことはなかろう。私は退院後、一度しか清子には会っていない。清子が結婚後も清野一太郎と関係があったかどうか、そんなことは知らなかったし、知ろうともしなかった。私は清子については、黒羽に何もしゃべってはいなかった。清子のそんなおどろきようを、内心うなずく気持ちがないではなかったが、私はむしろ無関心だった。

清子はようやく私に顔を近づけると、おびえた目で私のネクタイを見つめながら、

「三代川さん、あなただったのね……」

「おどろかしてすまなかったけど、黒羽さんが何か僕に頼みたいことがあるそうで」

「頼みたいこと?」

清子のおどろきはまた戻って、視線はとりとめもなく動き回った。

私とすれば正直に、ただ自殺しにきただけだ、と言えばよかったのだろうが、そうも言えず、また言ったところで信用されるはずもなく、仕方なしに、

「どうせ大したことでもなさそうだし、それにあんたに関係したことでもない」

「主人はあなたとあたしのことを知っているのじゃないかしら」

「あんたがしゃべらない以上は、知っているはずがない。僕は黒羽さんとバーで偶然知合っただけだ。あんたがおどろいたり心配したりすることは何もない」

「そうかしら。でも、何を頼むのかしら」

清子はようやく私の目をじっと見つめた。その目はすでに、おどろきより疑惑がかっていた。私はほとんど無表情だったのだろう。清子は頭を軽く左右にふり、ホッと息を吐くと弱く言った。

「ともかくどうぞ。主人いま入浴中ですの」

私は座敷に入った。

清子は茶を持って帰ってくると、卓を間にして、なおこだわりを見せながら、

「主人、ほんとに知らないでしょうね」

「知るわけがない。あんたが心配することは何もない。あるはずがない」

「でも、何をあなたに頼むのかしら。頼まれれば、あなたは何でもやるのでしょう?」

こういう大ざっぱなきめつけ方をされたのは初めてだった。だが私は腹をたてるでもなく、苦笑するでもなく、ただわずらわしさをふりはらうつもりで、

「僕はね」死にたいんだと言おうとしたが、やめにして「黒羽さんやあんたに何の興味も持ってないんだ」

清子は面喰った表情で、目をせわしげにまたたかせた。そんな清子の顔は、険があるどころか、ひどく無邪気に見えた。しかしそれはもちろん、そう見えただけのことだ。

その時、黒羽修造が入ってきた。

「やあ。六月だというのに、ばかに暑いじゃないか」

そうは言ったが、黒羽は別に暑そうでもなく、ふくらんではいるがいつもよりさっぱりした顔つきで、屈託なげに見えた。

そんな顔で、黒羽は私と清子をそれぞれ紹介した。私と清子は黙って頭を下げ合っただけだった。

「ちょっと、君」

黒羽は右手の人差指を立てて合図すると、私を座敷の

隣の一段ひくくなった洋間につれて行った。庭に面して二人並ぶと、彼は例の声できいた。

「あれ、持っているか」

「持ってる。あんたの書いた見本も返そうと思って持ってきた」

「そうか。それはあとでもらおう」

私も黒羽もただ習慣的に話し合った。

黒羽はほんとうにやる気があるのだろうか。私はそう思い、勝手にしろと内心でつぶやきながら庭を眺めたら、去年も見た桐の木が二本、枝の先に筒状のあわい紫色をした花をつけていた。私は桐の花を初めて見たのだが、すでに見飽きた感じがしていた。

座敷に戻ると、清子が疑惑をかくそうともせずに、素早く私と黒羽を見くらべた。その目つきから、私は市会議員清野一太郎を思い出していた。清子はすぐに愛想のよさを必要以上に見せると、そうすることで内心の乱れを押えようとするのか、声まではずませ、

「お酒にしますか、おビールにしますか」

「とっておきのあれがいい」

黒羽は無造作に言った。

私は立って行く清子の両肩に、内心のふるえを感じ取りながら、とっておきのあれか、とぼんやり考えた。

黒羽がつづけて、

「ジョニーウォーカーの黒があるんだ」

「ふーん」私は酒など実は何でもよかった。

しばらくして、清子は大き目のグラスに入れたとっておきとつまみを、銀メッキの盆にのせて持ってきた。黒羽が言った。

「なんだみみっちい。びんを持ってこいよ」

清子は無言で卓上にならべ終えると、やはり黙ってまた立って行った。

「さあ、やってくれ」機嫌のよい声の張りでそう言うと、黒羽はグラスをつかみ、そのとっておきを喉に流しこんだ。

ウッというような声を出した。そして、それっきりだった。

黒羽修造の死は、もちろん自殺ということになった。遺書があったから。

それにしても、私には合点がいかなかったから、ある日清子に説明を求めた。こういう説明であった。

十日ほど前に、黒羽は角びんに半分ほどのウィスキーを清子に示し、これは大事な酒だからおれの承認なしに

絶対に飲んだり飲ませたりしてはいけない、とひどくきつい口調で言った。清子は日本酒は飲むが洋酒はやらない。なんとなく不思議に思ったが、もちろん手はつけなかった。そういうことがあったから、とっておきを持ってこい、と言われてすぐにあれだなと思ったそうだ。その結果が黒羽の自殺になった。

清子のその説明で、私はすべてを納得したわけではない。清子のあのおどろきよう。何故びんを最初から持ってこなかったのか。しかし、あの時の私のグラスのウィスキーを調べもしないで捨ててしまったから、何の証拠もなかった。それに、角びんのウィスキーにはたしかに青酸カリが混入されてはいた。

清子は逆に私を疑うようなそぶりを見せ、同時に口にも出した。しかも、これこそ証拠があるわけでもないし、清子としても公表できるはずもなかった。ただ、黒羽の遺書があったという、そのいきさつを納得させることは、ついに不可能だった。

黒羽が私に何かを頼みたかったというのは、どうも事実であったように思えるが、しかしたしかめようもない。

こうして、私はまた自殺に失敗した。あきれるほど手のこんだ失敗ぶりであった。

三日後、私は縁先に腰をおろして庭を眺めていた。口なしの花が日に日によごれていくように見える。何をするのもおっくうだった。その夜、私は仕方もなく清野一太郎を、松林にかこまれたその自宅に訪ねた。市会議員清野一太郎から速達がきた。

心臓のあたりに、ポコ、ポコ、という音を感じながら、それに合わせるように重く歩いて行った。明るすぎる応接間のソファーに腰をおろし、うつけた放心状態で清野を待った。

「やあ、待っていたぞ」

清野のあまりひびかないが大きな声に、私は顔を上げた。その笑顔が私にはひどく無縁なものに思えた。清野は声を落すと、

「おれはほとほと感心したよ。よくやってくれたな。文句なく自殺だ。遺書まであったとはね。にらんだ通りの腕前だ。これは約束のものだ」

清野はハンドバッグのようなワニ革のかばんから、一枚の小切手を取出すと、それを私に差し出した。受取って見ると、二百万円とあった。私は黙ってそれを上着の内ポケットに入れた。そこに、まだ入っていた私の遺書が手にふれた。私はしばらくその遺書をまさぐっていた。

心の狂っているのは私だけではないな、と思いながらなお黙っていた。

清野は勘違いしたらしく顔を近づけると、

「それでは不足か」

「いや」

「心中と見せかけてやったあの件では、清子からいくらもらった」

「知ってたんですか」

「清子から聞いた。冗談半分に言ったら、ほんとうにやってしまったとね。しかし冗談では言えないことだ。おれだって冗談であんたに頼んだつもりはない。清子は知らないはずだから大丈夫だ。ところで、いくらもらった?」

「五十万」

「なんだ。あれだけ危険をおかして、たった五十万か」

「あれはほんとに死にたかった。黒羽の場合だって……」

私は正直に言った。だが、市会議員ともなれば、単純な正直さなど信用しはしない。清野はニヤリと笑ってから、

「いいんだ。いいんだ。わかってる。そういうことにしておくよ。ところで、どういう理由から、おれが黒羽修造を殺したかったかというと」

「いいんです。わかってる」

「ほんとか」

「嘘です。ただ、いままで慣例として、理由はきかないことにしてるんです。私には何の関係もないことだから。しかし、清子の場合もそうだったけど、今度のも推察はつく。最近市会議員の選挙があったこと。海岸の埋立てについて噂があること。さらに、黒羽は支店を出してうまくいかなかったのに、近頃乗用車まで買ったこと。まあ、そんなことです」

「そうか。わかりのいい男だ。おれが黒羽にゆすられたのは事実だ。しかし、ほんとうのところは清子がほしかったからだ。清子はまだ黒羽の籍に入っていない。おれはあの女に料理屋をやらせるつもりだ」

「へーえ。うまい考えだ」私はただそう答えた。だがフッと、今度はこの清野一太郎を殺すことになるんじゃないのかな、とわけもなくそう考えて清野を見やった。

「そうだろう」

清野一太郎はすでに石のなくなった腹を左手でなでながら、声をたてて笑ったが、私の目に視線を戻すと、そ

の両眼にチラッと恐怖をのぞかせた。しかし、それは一瞬だった。

偶然自殺

ゆるく走る象牙色のルノーだったが、見たところ手入れ不充分な印象を与える外観を、運転しているピアノ調律師白戸次郎は、自分が、厚化粧がいくらかはげかかっていささかぶちになった年上の女をつれて、街中を歩く程度に気にしていた。

そのためにかえって埃の目立つ緑の多い住宅街は、同じようなたたずまいの道が、何か特別なあるいは気まぐれな法則によっているのか、合点のいかない複雑な入組み方で、目的の家を探し当てるには、心の知れない女性のハラを探ぐるに似た根気と注意深さがいった。その日の白戸にそのような根気があったのは事実だった。何もその日の仕事がそれ一件だけだったからではない。

ルノーは何軒目かの門の前に止まった。白戸は運転席横の三角窓に額を押しつけて、白ペンキがうすい肉桂色に汚れた低い門柱にかかげられている表札を見やった。横に長い楕円形の焼物の表札は、門柱にくらべいささか大きすぎ、それが頭の大きいこの家の主人を連想させたが、はっきり瀬山圭介と読めた。

白戸は隣席で首をまっすぐに立てて何事か思案中らしい目つきをしている臨時の仕事の助手であるいとこの香山ミキに、ここだ、とだけいい捨てると、車を出た。

白戸は門の前に立止り、あたりを見回した。ためらいを覚えたわけではない。ただ、この辺の家々がどういうわけからか、ほとんど槇の生垣で高く囲まれていることに、奇異な感じを持ったからだ。しばらく眺めやりながら、なぜ垣についてだけこうも皆の好みが一致するのか、その理由について考えたが、わかるはずもなかった。彼はいくらか緊張していたし、神経質にもなっていた。だから、門を入り玄関までそこだけコンクリートの上を歩きながら、右手に彼の背丈ほどの紫苑が一本、いただきを紫に染め始めており、そのあたりを黄が白に色褪せたよう秋の蝶がこまごまと飛んでいたが、気がつかなかった。

うす暗い玄関のたたきで、白戸は迎えに出た瀬山の妻早苗に会った。瀬山と早苗と白戸はある音楽学校の同窓生だった。瀬山はジャズピアノを弾いていた。したがって毎日午後から出かけていた。早苗もピアノ科だったが現在それを職業にはしていなかった。

白戸は早苗を見るとあるぎこちなさをかすかにその両眼にただよわせた。それは、昔の恋人だった女性に会ったからだけではなかった。早苗はそんな白戸の顔つきには無頓着そうに、黒っぽいワンピースにはそぐわないはなやいだ身のこなしで、両腕をややひろげ、同時にまあという形に口をひらき、目を中心に顔全体に笑いをひろげた。そんなしぐさは白戸に対するなつかしさより、むしろ持前のものであったろうし、そしてワンピースの黒が一層きわだたせてもいたろうが、ならびのよい歯をのぞかせながら、

「お久しぶりね。お元気?」

そういうと、白戸の左手の中指をちらっと見やった。第一関節から先のない中指を。白戸は何故ともなくつられるように、その指を見た。が、ほんの瞬間だった。早苗はすぐにつづけて、そっけないいんぎんさにかわり、

「お待ちしてましたわ。主人にきいていましたから」

「瀬山君、元気のようですね」

「ええ、元気すぎますわ」

「結構じゃないですか」

白戸もある白じらさでいった。早苗は突然話題をかえると、

「白戸さんは結婚したのでしょう?」

「だれとですか」

とっさにきいてしまったが、白戸はいまいましさが胸に突き上げた。

早苗は笑い声でいった。

「そこまでは知りませんわ」

当然だった。当然なことを大げさにいう癖でもあるのだろうか、早苗は大仰に声を高めた。いや、当然なことだったからこそであろう。白戸はぶっきらぼうにいった。

「まだですよ」

「どうしてですの」

そうはきいたものの言葉とは裏腹に、結婚しないのももっともだといいたげに、肉づきのよいあごを引いて、重くうなずくしぐさを見せた。白戸はやはり無愛想に答えた。

「そんなことをいちいち説明していたらたいへんだ」

たいへんだなどと彼は思っていなかった。結婚をしない理由には、結婚する理由同様に格別手のこんだものなどあるはずもなかったからだ。白戸は早苗の意地の悪そうな好奇心をはね返すように、ただ香山ミキを紹介しただけだった。


練習用のグランドピアノは、十畳ほどの三方に窓のあるむき出しの板敷きの室に、くすんだ白色の壁に寄せて置かれてあった。ピアノの反対側の窓ぎわにテーブルとイスとソファーが、ひとつのセットではなくそれぞれ勝手な色と型で、しかも桜材とブナ材、ドレープ張りとビロード張りといった具合の不規則さで置かれてあったが、それらは一種の調和をなんとなく発散させていたので、チグハグな印象はなかった。室内には飾りというものがなく、いや装飾を必要としないある特種な気分に支配されていて、それなりに落ちついていた。ひとつの例外は、三方の窓ガラスの桟によって様々な大きさと形に分けられている真中の小さな一枚が、全面にこまかな凹のある濃い緑色のガラスだったことだ。その一枚を見ながら、白戸はこれは一体どういう意味だろうかと考えた。


緑色、なぜ緑色なのであろうか。

緑色、これは槇の葉の色だ。とすると、このあたりの家は皆このような緑色のガラスを皮ガラスにはめこんでいるかも知れない。そういう考えはとっぴな考えというべきであったろうが、白戸はとりとめのない不安を感じた。


調律を終えてイスに腰をかけると、白戸はタバコに火をつけたが、緑色のガラスがまた彼の心を乱した。そんな心を持てあまして、ソファーに腰をおろしているミキに目を向けた。彼女はややはすに浅く腰をかけ、首をいくらかねじり、思うことありげな表情で、じっとガラス越しに庭を眺めていた。その視線を追ってゆくと、そこに散った花をのせているカンナの広葉があった。

藤色のえり元が浅くからだの線をはっきり見せているワンピースに着替えた早苗が、アップルパイとコーヒーを盆にのせて入ってきた。テーブルを間に白戸の前に腰をおろすと、一度目を伏せてから、ある感慨を誇張する表情と口ぶりで、

「六年ぶりですわね」その口調に芝居じみたものを感じた白戸はことさらぶっきらぼうに、

「そう、あの時……、つまり僕らが音楽学校の四年生

の九月以来だから、六年ぶりになるでしょうけど、しかし六年ぶりでも二十年ぶりでも、僕にとっては同じことだな」

そう答えたが、ことさらという点で白戸の口調もやはり芝居じみていることに彼は気がつかなかった。

「でも、あの時……」

早苗はためらいを感じたように言葉を切ると、卓上の古風な暗赤色の紫檀のタバコ入れから、右手の中指と親指で一本つまみ出し、途中で人差指と中指にはさみ替え、どこから出したのか銀色のうすいライターで火をつけた。その指の動かし方に、以前には見られなかったいい難いくずれた印象を白戸は与えられた。それはなまめかしいといえたかも知れないが、白戸は目をそらせた。

早苗は右のひじを左腕でかかえると、いくらか前かがみになり、むやみとタバコをふかすだけだった。あるいはらだたしさはあらわで、同時に何かをちゅうちょしているようであったが、足を組替えると、ようやく、

「あの時のことを白戸さんは一生忘れないでしょうね」

口調はおだやかなものにかわったが、白戸の反応を見守る目が裏切った。白戸はその言葉を待っていたような口調で、早苗の視線をはね返した。

「そうかも知れないけど、一生忘れられない経験は外にもいくらだってありますよ。何かを決心して実行したということは、たとえ結果がどうであろうと、忘れられないはずだ」

「決心?」早苗はきき返すと同時に、タバコを南部鉄の灰皿に強く押しつけてから、白戸を見つめ直した。その目にはいぶかしさと疑わしさが明らかだった。白戸はそれを待っていたのだ。早苗はつづけて、

「どんな決心ですの」

「あの時、早苗さんは僕をあんたの家に呼び、ばかに庭の広い屋敷でしたけど、それはともかく、僕の面前でピストル自殺をしようとした。そうでしたね」

「そうですわ。なぜかといえば……」

「理由はいいんです。僕は早苗さんのあの行為が僕に対する面当てだとも、別の何かの目的のための芝居だったとも、そんなことをいう気はないのです」

そうはいったが、内心では逆だった。なおつづけて、

「僕は当然ピストルをあんたの手から取上げようと、あんたともみ合った。そうして、ピストルは暴発し僕の左手の中指はダメになった。これはバイオリニストとして致命傷だ。だけど、事実はあの最中に僕はとっさに思

った。つまり、もしもピストルが発射されて、僕の左手のどれかの指がとばされるとしたら、それでもうバイオリンとは永久に縁が切れるわけだと。そのことは僕の願うところだったし、その上僕自身だけではどうしても実行できないだろうと思われていたことだったのです。だからこそ、左手で銃口をふさぎ右手で早苗さんの指の上から引金を引いた。結果は早苗さんのよく知っているとおりです。ごらんのように、中指の第一関節から先がなくなり、おかげで僕はバイオリンと手が切れたわけです」

白戸は左の掌を早苗に向けて立てると、指をむすんだりひらいたりして見せた。奇怪なしぐさではあったが、白戸とすれば精一杯の芝居だった。

早苗は意外さがあまりに強かったのであろう、放心した顔で、しかし白戸の掌は見ないで、ただ白戸の肩越しに宙を見つめる目の焦点がぼやけていた。ようやくその意外さには嫌悪が加わったようで、瞳をしきりとあちこちに走らせてから、あごをななめに引くと、上目使いに白戸を見、右手をあごに当てるとゆっくりあごを上下させた。それから突然気がついたといったふうに、嫌悪は怒りにかわったらしく、あごの運動を中止させると、あ

る神経がそこに露出しているような目つきになり、口調もそれと同じく、

「わたしには信じられません。いえ、絶対に信じませんね。いまさら、そんなことをいうのは、わたしの気持の負担をなくしてやろうという見当はずれな同情心のためか、でなかったらわたしに対する厭がらせか、どちらかとしか思えないじゃありませんの。第一、あなたがバイオリンと手を切りたかったなんて想像もできませんし、滑稽ですわ。バイオリン科であなたは……」

興奮のためからであろう、早苗はあとがつづかなかった。それをしずめるためのように、目を落としいくらか顔を伏せると、ゆっくりコーヒーをすすった。

白戸もコーヒー茶碗を持つとひと口飲んだ。やや酸味のあるその苦さがこの場にふさわしいような気がした。そして、目の前の早苗の汗ばんで白くつやのあるやや高い額を見たが、ふっとその額から早苗の体臭が匂ってきているのを感じた。その一瞬、彼はある誘いを覚え軽く興奮した。かつて何回も経験したあの誘いであった。

早苗はコーヒー茶碗を目の前に持ったままいった。

「どうしてバイオリンをやめなければならなかったんですの」

「要するに、バイオリンに自信をなくしたからです。それだけです。四年生の七月頃まではそうでもなかったけど」

早苗は音をたててコーヒー茶碗をおくと、顔を上げた。そして声を出さずに、あるいは出なかったのでもあろうが、何かをいった。口の形から判断すれば、やっぱりね、といったようであった。それから、下唇の端をかみしめておいてから、

「やはりそうだったじゃありませんの。四年生の七月頃といえば、あなたが声楽科の京子さんとおつき合いを始めた時期ですわ。バイオリンは京子さんにかわったということになるのね」

「京子さんか……」白戸はことさら無関心をあらわにした口調でいった。「あの人には関係のないことだ」

嘘は堂々ともっともらしくいうべきである。しかし、白戸はいくらかもたついていた。が、それ以上に早苗の興奮はひどかった。

「そんなことありませんわ。あなたはわたしを無視して京子さんに結婚を申込み、そしてことわられたんじゃありませんの。あとになって、京子さん自身からききましたわ」

その言葉は白戸には意外だった。そのような事実はなかったからである。ただ、指をダメにして以後、京子は白戸に近づくのをやめてしまったのだが。

白戸は言葉を探すように窓外に目をやった。風が出てきたのか、桔梗《ききょう》が青っぽい庭石にもたれかかるように咲いていた。

白戸は目を戻していった。

「あとになれば何とでもいえるでしょうけど、ばかばかしい話ですね」

「ちっともばかばかしくありませんわ。あなたがバイオリンをやめたいと思ったことの方が、よほどばかばかしいわ」

「しかし、僕としては真剣だった」

「それにしても、何も指をダメにしなくたってよかったはずですわ」

「いや、そうしなければ僕自身中途半端な気持でいつまでも苦しんだでしょう。決定的にバイオリンと手を切るためには、僕としてはやはり必要だった。しかも、バイオリンと手を切ることは、早苗さん、あんたとも縁を切るということだから、僕とすればずいぶん分考えたわけです」

白戸とすれば懸命な芝居だった。まるで、主題を吹くオーケストラのフルート奏者のような顔つきだった。

しかし、早苗にすればからかわれていると考え、腹をたてたとしても当然だった。

「わたしとではなく、京子さんとでしょう。ともかく、理由薄弱ですわ」

「早苗さんは音楽を甘くみている。ピアノを本格的にやったあんたがです」

この言葉は早苗を一層怒らせるのに十分だった。白戸はそれを期待していた。

「でしたら、なぜあの時にそういってくれなかったんですの。いまさらそんなことをいい出すのはあなたの心がいやしい証拠だわ」

早苗は早口に声をふるわせた。

「あの時、事実をいわなかったのは、おやじを初め周囲のだれかれに対して、偶然の過ちだと思わせる方が、僕にとって都合よかったからです。そんな考えは確かに卑怯だったし、自分本位でもあったでしょう。しかし早苗さんのあの時の自殺さわぎは、あれはお芝居だったはずです」

白戸は緊張して返事を待った。

「むろんそうですわ」早苗は意外な素直さで認めると、片ほおをやや引きつらせて「でも、あなたが考えているように、あなたの気持を確かめたいという目的ではありませんでしたわ。わたしもほんとうのことをお話しします」

「そうすると、僕のしゃべったことを事実だと思っているのですね」

「いいえ、思っていないからこそですわ」

いわれて白戸は緊張のためいくらか目がすわり、一見怒っているようであった。早苗はつづけた。

「あの時、わたしはむろん自殺するつもりはありませんでした。あなたのおっしゃる通りお芝居でしたわ。でも、その目的はあなたのわたしに対する気持を確かめたいとか、さらに結婚してもらいたいからとか、そんなものではなかったのです。そんなことはとっくにあきらめていましたわ。ただ、あなたの指なり手なりを、バイオリンが弾けなくなるようにできるかもしれないと考えたからですのよ。ああいう事態になれば、あなたは当然ピストルをわたしの手から取上げようとするでしょうし、そうなった場合に暴発と見せかけて、わたしの考えを実行しようという計画でした。そして、それは成功したわけです。あの時、ピストルの引金を引いたのはわたしだったのです。暴発でもなければ、あなたが引いたわけでもありませんのよ。あなたは負け惜しみの強い方ですわ」

いってしまって、早苗はホッと息を吐いたが、それでいて挑むような瞳を動かさなかった。

白戸は自分でも意外に思うほど平静だった。だが、早苗の言葉は彼女持前の強気からくるとっさの反撃であって、果たして真実かどうか、その点に危惧があった。しかし、白戸は彼女のその性格に期待して芝居をしたわけだったのだ。

白戸はゆっくりとたずねた。

「なぜ、僕の指をダメにしようと思いついたのですか」

「わかりませんの？　あなたのバイオリニストとしての生命をなくしてしまおうと考えたからですわ」

「それはどうしてかときいているんです」

「むろん、あなたと京子さんの関係に終止符をうたせたいと思ったことと、わたしとしてもそうなれば、あなたをあきらめ切れると考えたからです。落ちつくだろうと思ったからです」

「なるほど、それで落ちついたわけですか」

「ええ、落ちつきましたわ」

「だったら、そう思っていることですね」

「もちろんですわ。引金を引いたのはあなたではなく、わたしだったんです」

そういった口調は、ひょっとしたら二人が同時に引金を引いたかも知れない、と思うほどにも白戸の言葉を信用していないふうだった。

重い沈黙がやってきた。不意にサイレンが引き千切れた秋の青空がヒステリーにでもかかったように高く鋭くなった。パトカーか救急車であろう。

香山ミキがおどろいたように肩をピクッとさせてから、重い空気に耐えられないように立ち上がると、トイレに行くといい残して室を出て行った。

白戸とすれば、彼女をつれてきた目的は十分に達したわけである、つまり、早苗の話の証人にさせるためにつれてきたのだから。白戸は意識的に話題をかえていった。

「早苗さんはどうして瀬山君と結婚したのですか」

白戸は指をダメにしてから、瀬山と京子との関係を噂にきいていたからだ。早苗はひどくあっさりと答えた。

「あなたに限らず大方の人は、瀬山が京子さんと結婚すると思っていましたわ。ですから、わたしは瀬山と結婚したのよ」

白戸はあきれるよりもおどろいた。

「へーえ。今度は京子さんに対する復讐か」

そういった白戸の言葉に早苗は不愉快になったとも見えなかったが、それでもいくらか顔をしかめると、

「復讐なんていやな言葉ですわ。わたしはただ、自分自身に忠実だっただけなのよ」

早苗のような女性が自分自身に忠実に行動するとどんなことになるのか。むやみと復讐ばかりすることになるのかも知れない。そう思いながら白戸は、早苗に対する復讐を考えて、また別のことをきいた。

「ところで、瀬山君は元気すぎるそうですけど、元気すぎるとはどういうことですか」

早苗は遠回しな返事をした。

「わたしは瀬山がジャズを弾くことには反対なの。自宅でピアノの教授でもしてれば一番いいのよ」

「どうしてですか」

早苗は白戸の心を忖度する目つきでしばらく彼の目を見ていたが、ようやく自身の心にさからう口調のゆるさでいった。

「わたし自身ジャズが嫌いだというわけではありません。それに収入も自宅教授よりはよほどいいわけです。でも、あの社会では男女の関係が乱れがちです。瀬山もその例にもれませんわ」

白戸はことさら反駁した。

「あの社会が乱れがちだとは思えませんね。ただ、普通の社会にくらべて目立つということはあるでしょうけど、結局は個人の問題でしょうね」

「瀬山が個人的に特別ルーズだということですのね」

「いや、そうは思えませんね。あなたがいいたいのは、京子さんのことでしょう、彼女もクラシックはあきらめて、赤坂あたりのクラブでジャズを唱っていますからね」

早苗は急にひややかな口調になると、

「よくご存知ですのね」

「そりゃ、昔の友人もいるし、ましてこんな商売をやっていれば、あの二人がどんな関係になっているのか、わけなくわかりますよ」

白戸はことさら押えた口調でいった。しかも、そんな他人の情事には無関心だという口調で。すると早苗は冷然と、いやそう見える顔つきで、

「そんなに有名なら、かえって安心ですわ」

白戸は追い打ちをかけるように、しかし相かわらず無関心そうにいった。

「そうでしょうかねェ。あの二人は結婚するというもっぱらの噂ですがねェ」

「そうすると、わたしと離婚するわけね」

「まあ、そういったわけでしょう」

早苗は突然に声を出して笑った。そのあと、また重い沈黙がきた。白戸は窓外に目をやった。すると、香山ミキが庭を歩いているのが見えた。彼女は室内の息苦しさに耐えられなかったのでもあろう。

やがて、早苗がわざとらしい軽い口調でいった。

「あの時のピストル、あなたのところにありますわね」

「あります。あの時、早苗さんの手から取り上げて、ポケットに入れて知合いの医者に行ったのだから、いまでもあるはずです」

「でしたら、返していただきたいの」

「返しましょう。もともとあんたのものだから」

白戸は、当然彼女はピストルを使用するはずだと思い、何かに使うのかときこうとしたが、その前に早苗が説明した。

「あのピストルは兄の遺品ですの。陸軍に入りましたけど、内地の病院でなくなったんです。ですから、形見として手元においておきたいの。たったひとりの兄でしたから」

白戸はその言葉を信用しなかった。いずれだれかに向かって発射されるであろう。弾丸はあるのかときこうとしたが、さすがにためらわれた。それにしても、物騒な形見に違いはなかった。

八分通り計画はうまくいった、と思いながらも白戸はしずんだ声音で、

「じゃ、明日の午後に届けましょう」

白戸が六年間もあの事故について疑惑を持たなかったのはなぜであろうか。それはやはりショックが大きかったことと、早苗を裏切ったという感情が強かったからだ。学校では楽理科か作曲科へ移ったらどうかというすすめもあったが、白戸はことわった。しかし、卒業証書は送ってきた。まるで死人に誕生祝いを贈るようなものであったが。それはともかく、彼は人生を甘くみていた。だが、六年間の苦しい実生活で、人間心理の様々な動きを経験した。その結果、ようやく疑惑を持つようになったといえるだろう。六年目にようやく真相を確かめることができたとなると、反動的に復讐心も強くなるはずだ。

約束の日の午後、白戸は瀬山家を訪ねた。今度は八畳の日本間で卓を間に早苗と向き合った。

白戸はポケットからピストルを出すと早苗に渡して、

「押入れの奥にしまってあったけど、今でも使えるでしょう」

「何に使うんですの」

早苗はいぶかしげに眉を寄せた。

「いくら形見だといっても、こんなものとっておいても仕方ないでしょう」

「でも、形見って本人がいないから仕方なしにとっておくものじゃありませんの」

「しかし、ピストルの形見じゃねェ」

「外になければ、ピストルだって立派な形見ですわ」

白戸はなんとなく当てがはずれたような気がした。しかし、やはり早苗がとぼけているという感じの方が強かった。そこでもうひとつ押してみた。

「あんたは瀬山君と京子さんとどちらが憎らしいですか」

「そりゃ、京子さんですわ」

「そうでしょう、僕だって京子さんが憎いですね。殺してやりたいくらいなものです。僕はあんたが京子さんを殺すためにピストルを返してもらいたかったとばかり思ってましたがねェ」

白戸は殺人の共犯者になってまでも早苗に復讐したいと思っていた。

しかし、早苗はゆったりした笑顔を見せながら、半ば冗談じみた口調で、

「うまい方法でもありますの」

「そりゃ、ありますよ。彼女はいま赤坂のクラブ××に出演してるけど、帰宅する時にあとをつけるんです。もちろんタクシーで帰るけど、アパート住いで、天沼なんだけど、細い道路に面しているから、タクシーを大通りで降りるんです。ところが、僕のルノーだったら通れるから、そこで彼女のあとからゆっくり走って、あんたがこのピストルで一発やればいいわけです。逃げ道もちゃんと実地調査をやってあるから、絶対大丈夫ですね。どうですか」

「へーえ。そこまで調べたの。あきれた」

早苗はどこか茶化す口ぶりだった。だが目は真剣そうにじっと白戸を見返していた。白戸は黙っていた。

やがて、早苗はひそめた声でいった。

「あなたがそこまで考えているのなら、やってもいい

わ」

白戸は無表情に大きくうなずいた。内心ではうまくいったと思いながら。そして、もう一度計画を頭に描いてみた。まず、クラブ××の裏口の見透せる道路の端にルノーを止めて監視する。おそらく、十二時すぎに京子は出てくるであろう。そして、タクシーを呼び止める。すかさずそのあとをつける。彼女はアパートへの細道の曲り角でタクシーから降りる。そのあとをゆっくりつけて行く。アパートの手前で、早苗がピストルを発射する。すぐにルノーを最も近い交番に横づける。それでいいわけだ。


その夜すぐに実行した。すべて順調にいった。しかし、いざとなって早苗は恐怖におそわれたらしく、遂にピストルは発射しなかった。

「ご免なさい。なんとなくこわくなったのよ」

と、早苗は伏眼になってあやまった。別段あやまる必要などなかったのだが。そして、明日は必ずやると強くいった。

あくる日、白戸はまた早苗を自宅に訪ねた。そしてまた日本間で向かい合った。

「今夜は大丈夫だろうね」白戸はなじる口調になった。

「大丈夫よ」早苗はなんとなく明るく答えた。そして、ピストルを持ってきた。白戸はそれをもてあそびながら、

「まったく人生なんてつまらない」

真実そう思っている口調ではなかった。ふざけたように銃口を額に当てると、

「弾丸入ってる?」

「いいえ」

白戸は引金を引いた。弾丸は入っていたのだ。

早苗は別におどろいたふうもなかった。

奥さんの決心

私の家の西隣は空き地だった。たいして広くもなかったが、それを半分に区切って、そのこちら側に家が建ちだしたのは四月に入ってからだった。

このあたりは、市内でもはずれの海岸よりだったが、私鉄と国鉄の両方の駅に近い、という便利さがあって、住宅の建築は目立っていた。

それは赤い屋根の小ぢんまりした平家だったが、それなりにテラスがあり、それにつづいて芝生も植えられ、こういう家にはいったいどんな人たちが住むのだろうと、私はほほえましく思った。そのことを妻と話し合ったりして、二人とも完成を心待ちにしていた。


五月もなかばをすぎて、庭のスイートピーもぼつぼつ蕾をつけ始めたころ、その家はでき上がった。そうして、その月の最後の日曜日に、能登さん夫婦は引っ越して来た。

翌朝勤めに出た私は、白いペンキを塗った小さな門に、能登新太郎と横書きの表札がかかっているのを目新しい気持で見やった。

その日、奥さんが挨拶に見えたそうだが、もちろん私はいなかった。妻の話によると、やはり二人っきりの若いご夫婦で、ご主人は建築の会社に勤めているということだった。

「かわいらしい奥さんですのよ。ほんとに」

妻は目を細めて語尾に力を入れた。

「ああいう家には、憎らしそうなおばあさんなんて似つかわしくないだろう」

そう言って、私は笑った。
二、三日たった朝、私が門を出ると、奥さんがこちらに背を向けて、白い門の前に立っていた。三十メートルほど向こうの角を、能登さんらしい人が左に折れて姿を消した。
ご主人の見送りだな、と私は思った。

奥さんは門に入ろうとして、ちらっとこちらを見た。私はすぐに帽子をとるとゆっくり近づいた。そして、初対面の挨拶をした。

奥さんは化粧をしていない顔をうすく赤らめると、固くなったようなからだのこなしでしかしていねいに上体をかがめた。

二十歳そこそこくらいの健康そうな顔にはにかんだような微笑をうかべ、いくらか小柄なからだにすみれ色の半袖セーターが似合っていた。そんな奥さんは白い小さな門にもよく似合って、かわいらしいということばがやはり一番ぴったりしていた。

私はなぜともなくほのぼのとした気持になると、能登さんとは反対に右に折れて、国鉄の駅に歩いて行った。

その後、能登さんにも会ったが、スポーツでもやっていたようながっちりしたからだつきの人で、血色のよい顔に目が明るく、素直そうな青年に見えた。

そんなふうだったから、私はなかなか気持のよい隣人を得たものだと満足だったたし、妻もすっかり気にいっているようだった。

妻はちょいちょい奥さんに会っているらしく、夕食のときなどよく話題にした。そうしては、かわいらしい奥さんですわとか、幸福そうなご夫婦ですわとか、そんなことばで結ぶのがきまりのようになっていた。

私は書斎で調べものをしていた。疲れたのでお茶をいれてもらおうかと思ったが、妻はもう寝ていたので、庭に出ることにした。

月が意外な大きさでやや南の空に出ていた。それはまるでこしらえものじみて、ちょっと不気味なほどだった。

庭をぶらぶら歩いた。能登さんとの境の塀がもうだいぶいたんでいたのを思いだし、そちらへ歩いて行った。すっかり取りかえると、どの位の予算を立てればよいのかな、などと胸算用をしてみたが、見当もつかなかった。

塀越しに能登さんの明るい窓が見えた。もう十一時が近かったが、能登さんはまだ起きているようだった。

「いっそ生坦にして柾《まさき》でも植えるか」とひとりごとを言った時、不意に「ばか言うなよ」と怒ったような酔ったような声が言った。

能登さんの声にちがいなかった。私はおどろきまごついた。だが、すぐつづいて、

「海水浴なんてまっぴらだ。溺れるということだってあるんだぞ」

その口調はいっそう怒ったような荒っぽさだったから、私はやはりおどろいた。

奥さんの返事はなかった。いや、聞えなかったのかも知れない。

これは恐らく、と私は書斎に帰ってから考え直した。海の近くに来たから今年は海水浴に行きましょう、とでも奥さんが言ったのに対する返事だろう。ひどく乱暴な返事だが、ひょっとすると能登さんは泳げないのかもしれない。それで、てれかくしにあんなふうに言ってしまったのだろう。あの立派な体格で泳げないのはちょっとこっけいだな。それはともかく、若い夫婦というものは、なんでもないことで怒ったりすねたりするものだ。私はむしろほほえましく思った。

あれは六月の二十日だった。

明け方近く、門の呼び鈴を小きざみにせわしく押す者があった。それで私は目をさましたのだが、ぼんやり電報かなと思った。

妻が起きて行った。やがて、廊下を小走りにもどって来ると、うろたえた口ぶりで、

「たいへんですわ。能登さんが自動車にはねられて、今病院ですって、今しがた奥さんのところに警察から知らせがあったそうなの。一人じゃ心細いから、あなたにいっしょに行っていただけないかとおっしゃるの……」

私は起き上がると、はっきり目がさめた。

「奥さんたらふるえていらっしゃるわ。あなたいらしてあげますわね」

妻は心配そうに自身もふるえる声だった。

「死んだのか?」

私は立ち上がりながら言った。

「重傷ですって、でもわかりませんわ……」

「ふーん。まさか死ぬことはないだろう」

私ははにかんだような奥さんの笑顔を思い出しながら、洋服簞笥の前に立った。

それから十数分後、私は奥さんをかかえるようにして、駅前からタクシーに乗った。

奥さんは放心した瞳のすえ方で、運転手の頭のあたりを見つめていた。そのまま、半分は息の声でつぶやくように言った。

「だめかもしれませんわ……」

「そんなことはないでしょう」私はことさら明るく言った。「重傷だって死ぬとはかぎりませんよ。元気をお

だしなさい」

奥さんは耳に入らないふうで、ゆっくり右手で額を押さえると目をつぶった。

「それにしても」私はいくらか戸惑いながら言った。「どうして自動車なんかに……」

「主人はお酒が好きでしたの」奥さんは額の右手をずらしてほほを支えるようにした。

「酔ってふらふら歩いていたのだと思います。道路に倒れているところを発見されたそうです。今までも何度か明け方に帰って来たこともございましたの」

弱く言って膝に視線を落した。その膝はかすかにふるえているようだった。横顔は青ざめて、なんだか五、六年も一度に年をとってしまったようにさえ見えた。

赤い電灯が佐久間外科病院と書かれた看板をうき出していた。その赤さが私を落ちつかない不安な気持にさせた。

受付にいた坊主頭にしらがの目立った老人が、ぶあいそうな顔つきで出て来ると、

「能登さんですな。今、手術中ですから」

と言って、手術控え室に案内してくれた。

正面に見える上半分がすりガラスのドアの向こうが手術室のようだった。片側の黒い皮張りの細長い診察台の上に、血痕のついたレインコートが無造作においてあった。その上の棚から、老人は黒い札入れをとると、やはりぶあいそうに、

「これは能登さんのでしょうな。レインコートのポケットに入ってましたが、会社の身分証明書と定期券が入っています」

とさしだした。奥さんはそれを受けとった。そして、のろくうなずいた。老人はうなずき返すと、手術室に入って行った。間もなく出て来ると、ひくく言った。

「意識をなくされてますし、今大事なところだそうですから、しばらくお待ちください」

私もひくくきいた。

「それで、能登さんはどうなんでしょう」

「さあ」老人は奥さんをチラッと見た。その時初めて、老人の目が気の毒だというようにしばたいた。「私にはわかりませんが……」

言い残して、そそくさと出て行った。

私は奥さんを壁ぎわのソファーに腰かけさせ、私もならんで腰をおろした。

「心配することはありませんよ」

言ったものの、そんなことしか言えないことが、私にはひどくいら立たしかった。

奥さんは膝においた札入れをじっと見つめていた。

「おい、酸素吸入だ」と医師のらしい緊張した声が、ドアを通して聞えた。

奥さんはハッと顔を上げると、ドアに顔を向けた。そして、胸の前で両手をもんだ。

「奥さん」私は奥さんの背中にそっと手をやった。「じっと待ちましょう。つらいけど、待つ以外にどうしようもなさそうです」

そう言いながら、しかし私はむなしいものを感じてまたいら立った。

長い時間だった。ほとんど何も話さなかった。ただじっと待っていた。ドアの上の壁にかかった電気時計が六時半をすぎていた。

何回か看護婦が出入りした。

また不意にドアが押されると、看護婦が一人出てきた。ドアの向こうには大きな衝立《ついたて》が視線をさえぎっていた。その看護婦のあとを、同僚のらしい声が追いかけた。

「患者さんの血液はＡＢ型よ」

看護婦はなかばふり返るしぐさで、ハイと大きく返事をした。

奥さんはまたハッと顔を上げると、看護婦を見送ってから、ドアにじっと視線をこらした。まるで、そのうちにドアも衝立も透けてくるのではないか、というような見つめ方だった。同時にそれは、なにかを一生懸命に考えている、あるいはなにかをじっとこらえている、といったふうな目のそそぎ方だった。そして、全身のふるえを押さえるように、からだ全体に力を入れていた。やがて、奥さんはかすれたような声で言った。

「輸血これで二回目のようですわ。やはり駄目なのではないでしょうか。私、覚悟はできましたの」

悲しくあきらめたような口ぶりだったが、どこかある気強さのようなものをひそめてもいた。それは意外だったが、それだけに私は胸打たれて、何も言えなかった。

ほんとに長い時間だった。あるいは手術は終っていたが、危険で手が離せなかったのかもしれない。

七時をすぎたころ、刑事がやって来た。

「意識は取りもどされましたか？」

と案じ顔できいた。ほとんど同時に、手術室のドアがゆるく押されると、でっぷりした中年の医師が目鏡をひからせて出てきた。

大股に近づいて、しばらく奥さんを見おろしていたが、やがて太いが静かな声で、

「お気の毒さまでした。できるだけの手はつくしましたが……」

「まあ……やっぱり……」

奥さんはしぼり出すような声で言うと、ふらふらっと立ち上がった。そして、両腕でしっかり胸をだいた。右手がブラウスの襟元をきつくつかんでふるえた。

いくら覚悟はできたと言ったところで……私は見るにたえなかった。

「お顔をひどくやられてらっしゃるから、奥さんはお会いにならないほうがよろしくはないかと存じますが……」

医師はひかえ目な口調でいっそう静かに言うと、目で私に相談した。

私は奥さんを見た。奥さんはソファーにくずれ折れた。そして、両手で顔を覆った。

三人とも誰かが何か言い出すのを待っているようだった。そんな沈黙にたえられなくなって、私は刑事にきいた。

「ひき逃げの自動車はわかりましたか?」

「まだわかりません」刑事は自分の責任のように固い口調で言った。

「しかし、いずれ早急に判明させます」

奥さんが顔を上げた。その顔はなにかを決心したように引きしまった。口の端がピクッとすると、唇がかすかに動いて、

「その自動車わかるように思います」

「なんですって?」刑事は眉をよせて顎を出すと声を高めた。「どうしてです!」

「小見山さんの自動車ではないでしょうか」

顔をまっすぐに立てて、奥さんはゆっくりと言った。

刑事はいぶかしそうに、

「小見山?」

「ええ。主人は殺されたのだと思いますの」

奥さんはひとつ大きなまばたきをしてから、はっきりそう言った。刑事はよせていた眉を上げると、顔をそらして口をあけた。

私はとっさに、奥さんはどうかしてしまったのではないか、と思った。

「しかし……」刑事はむしろいたわる顔つきになると、奥さんをのぞきこみやさしく言った。「どうしてそう思

うのですか?」

「おれは小見山に殺されるかもしれない、と主人は自分で申していました」

奥さんは目をふせると、右手でじっと両眼の上を押えた。

「うむ。それで、小見山というのはどういう人物ですか?」

「本町通りで金物屋さんをやっています」

「ほーう。あの小見山ですか。それにしても、小見山がどうしてご主人を?」

「主人は悪いことをやっていました」

子どもっぽい言葉ではあったが、まるで自分のかくし事を告白するときのはじらいと嫌悪をあらわにした口ぶりだった。

「悪いこととはなんですか?」

「前に、主人は小見山さんといっしょに人を殺しました。八木田さんという大学の同級生でした。二人で八木田さんを夜の海水浴に誘いましたの。そして、八木田さんは溺死しました。それは事故ですみましたが、事実は二人してあまり泳げない八木田さんを……」

奥さんはつばを飲みこむと、たかぶった気持をしずめるように大きく呼吸した。

「動機はなんでした?」

刑事はようやくきびしい見つめ方に変って言った。奥さんはかえって落ちついた口ぶりで、

「主人の妹は八木田さんのため自殺してしまったそうです。そうなるまでにはそれぞれに深い事情があったのでしょうが、主人は、妹は八木田にだまされて自殺したんだ、と申しておりました。そのことについて、やはり大学でいっしょだった小見山さんもひどく腹を立てて同情しました。小見山さんは妹を好きだったのです。そして、主人は妹と小見山さんの結婚をのぞんでいました。ですから、二人にとってはたいへんなショックでした。そのあまり、二人して計画を立てて、その通り実行してしまったのです。大学四年の時でしたから、もう六年前になります。その頃の主人を私はしりませんが、結婚しましてから、お酒に酔った主人はすべてを私に話しましたの」

「そうでしたか……。それにしても、その小見山がなぜご主人を殺すんです?」

「それは」奥さんはちょっと考えてから言った。「主人は卒業して会社に勤めましたが、そこで失敗をやって辞

めさせられました。そして、失業者として小見山さんのところにお金を借りに行きました。小見山さんはそのころお父さんをなくし、自分が跡をついでお店をやっていました。市内でも一番大きな金物商ですし、お金は自由になったようで、すぐに貸してくれたそうです。ですけど、あまりたびたび借りに行くものですから、とうとう断わられました。主人はそのとき初めて脅迫者になり下がったのです。つまり、おれがやけくそになって警察に自首して出たら、一体どうなると思う、当然お前だって殺人の共犯者として刑務所行きじゃないか、とそんなことをほのめかしたようです。小見山さんはお金を出さないわけにはいかなかったんです。主人は味をしめました。その後ようやく今の会社に就職できましたが、脅迫のほうはやめなかったようです。家を建てたお金も、一応小見山さんに借りたことになっていますが、主人は返済のつもりはなかったようでした。友人を脅迫するような主人に対して、小見山さんが最後の決心をしたとしても当然ですわ。主人もそれを察したからこそ、酔ってはいましたが、小見山に殺されるかもしれない、と私にはっきり申しました。ところが、三日ほど前に、小見山と仲直りしたから二人で一杯やるんだ、と申しました。昨夜その一杯をやったはずでしたの。でも、小見山さんにはやはり主人を信用できなかったのですわ。小見山さんは自動車を持ってますし、さんざん酔わせたあとで別れてから……。主人も死んでしまいました。ほんとのことを申し上げても、もう怒らないだろうと思いますの」

奥さんはまた両手で顔を覆った。そして初めてむせび泣いた。

「そうでしたか。よくおっしゃってくれました」

刑事がそう言ったとき、スリッパをことさらすりつける音を立てながら、あわただしく入ってきた男があった。私はその男をにらみつけてやった。が、思わずアッと声を出すと、私は呆然としてしまった。

能登さんだった。寝不足らしくいつもの血色は消えて、荒れたような肌にあぶらがうき、目は血走っていた。

奥さんはおどろくというよりはげしくおびえた顔で、なかばあけた口に右手を持って行くと、そのまま口もきけずに能登さんを見返すだけだった。

「僕は無事だったんだよ」

能登さんは奥さんに笑いかけた。奥さんは右手を口から下にずらした。それは胸をなでおろしたようでもあった。ようやく言った。

「まあ……。そうすると、なくなった方は一体誰なんでしょう」

「なんだって？　小見山は死んだのか……」

「えっ！」奥さんは両手を前に出し、なにかにとりすがるようなしぐさで立ち上がった。

「小見山さんでしたの……でも、どうして？」

刑事は顔を能登さんに向けると、一歩前に出て能登さんの腕をつかんで言った。

「君は小見山とどこでレインコートをとりちがえたんです？」

「おそらく最後によったバーだったと思います。私はそこで酔いつぶれて、今朝方ようやく家に帰り、家内がいないのでおどろいてお隣でうかがい、初めて知りました。そのまますぐにとんで来たんです」

「そうですか。とんだことでしたな。しかし能登さん、そのために君はすべてを自白しなければならなくなった」

能登さんはつかまれた腕をはげしく振りはらうと、刑事をにらみつけて言った。

「自白だってばかなことを言うな」

「ばかじゃないだろう。君が死んだとばかり思った奥さんは、すべてを話した。奥さんは君は小見山に殺されたにちがいない、とまで言ったんだ」

「まさ子！」

能登さんは口の右端をつり上げて叫んだ。同時に目もつり上がると、奥さんにとびかかろうとした。しかし、刑事にさえぎられた。

連行される能登さんのうしろ姿をじっと見送る奥さんの目は乾いたように生気がなかった。やがて、ちらっと嫌悪のようなものがうかんだ。それはすぐに消えると、うつろな目になって私を見た。

私は奥さんを私の書斎に案内した。妻に熱いコーヒーをいれてもらった。

すっぱいようなほろ苦さが口にひろがると、私はようやく落ちついて、

「とんでもないことになりましたね」

奥さんはスプーンを動かしながら、なんとも言わなかった。

「ずいぶん苦しいことでしょうが、これからもたいへんでしょう」

「しかたないと思います」奥さんには意外な明るさで

言った。

「自分で選んだ結婚ですもの。でもほんと言いますと、私ほっといたしましたわ。いつまでも暗いかげのある生活をしているよりましだと思いますし、私はそれを前からのぞんでいましたの」

奥さんは重荷をおろしたというように肩を落すと、はにかんだ笑い方をした。私は、やはりそうだったのか、と思った。そこで、思い切って言ってみた。

「奥さんは知っていたのではないですか?」

「なにをですの?」

ハッとしたようにコーヒー茶碗をおくと、奥さんは目をそらした。

「いや、ご主人の血液型はなんですか?」

「O型ですの」

ささやくように言うと、目をふせた。

「そうですか。やっぱり……」

私はいそいでたばこに火をつけた。

「そうですの」奥さんはもうためらわなかった。「私、知っていました。血液型はABよと看護婦さんが言ったとき、これは主人ではない、とすぐに思いました」

「あの時の奥さんのおどろき方はひどかったですね。覚悟はできたとおっしゃったけど、あれもいま考えれば不自然ですし……」

「あまりおどろきが大きかったものですから。いえ、これはすべてを話すよいチャンスになるかもしれない、ととっさに思いつきましたらつい混乱して……。でも、お医者さんが会わないほうがよいでしょうとおっしゃったとき、私はもうすべてを話してしまおうと決心いたしましたの」

「そうでしたか……。私は奥さんの勇気に感心しました。りっぱです」

「まあ、勇気だなんて……」

奥さんはスプーンを手に取ってじっと見つめた。

「いえ、私は卑怯だったのですわ。それは、すべてを清算してあらたに出直してほしいとは何度も主人に頼みました。でも、だめでしたの。私としましては、それ以上のことはできませんでした。私の口から警察になんてとても……。私にはそれだけの勇気がなかったのですわ。でも、死んだと思ってすべてを話してしまったということになれば、いくら主人でも、私に対してそんなにひどくうらみに思うことはないにちがいない、と思えましたの。ですから……」

それなり、奥さんはじっと下を向いてしまった。泣いていたのかもしれない。

一年後の証言

牛尾刑事は学生服すがたの津久田明のあとから、玄関をあがってすぐの客間らしい部屋に入った。六畳で三尺幅の床の間もあったが、それは床の間というより物置場といったほうがふさわしかった。ガラスの人形箱の上に古雑誌が山とつまれ、その右手になにがはいっているのかブリキの大きなカンがあり、大工道具のはいった箱まであった。手前のおりたたんだ碁盤には、白っぽくほこりが目立っていた。古いが小さな家だったのに、そうじはあまりゆきとどいていなかった。だから、牛尾刑事が津久田明にまずきいたのは、かれの家族についてだった。

「家族はありません」ぶっきらぼうな答え方だった。

「父は戦死して母と二人きりでしたが、その母も去年病気でなくなりました」

「そうでしたか。それはどうも……」

牛尾刑事は気の毒そうに言ってから、ちょっとだまった。しかし、来月大学卒業と同時に就職することになっている、と聞かされて、よかったというように大きくうなずいた。

それからようやく、それが目的の、宮島一郎が殺された事件に関係して、いろいろときき始めた。

宮島一郎は津久田明の大学の同期生であり友人でもあった。かれがアパートの自室で、なに者かに手ぬぐいのようなもので絞殺されたのは、二月四日の夜だった。津久田明はそのことを新聞で読んでいた。刑事はきいた。

「宮島一郎君の父親はこのA市では一流の開業医でしょう。それなのに、一郎君はどうして別居していたのですか?」

「一流かどうか、それはしりませんが、あの病院は市内でもいちばんにぎやかなところにあるんです。ですから、夜などは特にうるさくて勉強もできなかった、と宮島は言っていました。しかし、僕の感じでは、二度目のおかあさんとうまくゆかなかったのではないか、という気がしていました」

「ほほう。二度目のおかあさんでしたか……。それにしても、どうしてH市のアパートにしたのですか。電車で三十分近くもかかるし、通学にも不便になるでしょうに」

「おとうさんの希望からでしょう。あのアパートはたしか、宮島のなくなったおかあさんの兄さんのアパートなんです。その方も開業医ですが、内職としてうら庭にアパートを建てたらしいです。別居については、宮島のおとうさんはずいぶん心配もし反対もしたようですが、けっきょくあのアパートならよいと妥協したらしいです。宮島にしたって、親類のアパートのほうがよかったのでしょう。隣室をわざわざあけてもらっておく、というわがままもできたのです。なにしろ木造の粗末なアパートですから、隣に赤ん坊のいる人にでもはいられたらたいへんだ、ということだったのです」

「なるほど。しかし、隣室にだれもいなかったというのは、かえってまずかったようですな。物音を聞いた者はだれもいない。しかも、あの部屋はいちばんはずれで、その上、廊下に出るとすぐ右手に外に出る通用口がついている。そんなわけで、犯人らしい者を目撃した者も、物音を聞いた者もいないのです。わかっていることは、犯行は二月四日午後十時から約三十分の間だった、ということだけなのです」

「三十分ですか?」津久田明はおどろいた眼つきになってきき返した。「どうしてそこまでわかったのですか?」

「それはね」牛尾刑事は笑顔になって言った。「解剖の結果が午後八時半から十時半の間となっている。さらに、宮島君はなにか本を一冊読み終ると、必ず最後のページに読了の年月日と時間を書きこむ習慣があったようです。机の上にあった本にもそれが書いてありましたよ。ベストセラーのほんやく物の小説でしたが、かれ自身の筆蹟で、34年2月4日午後10時読了、と鉛筆で横書きされてあったのです。だから、午後十時にはまだ生きていたわけです。とすれば、犯行は午後十時から約三十分の間ということになるわけです」

津久田明はひどく感心したように、だまったままうなずいた。刑事はつづいて言った。

「ところで、君は宮島君とはいつごろからの友人ですか?」

「わりと最近です。高校も別でしたし、彼は医学部で僕は経済学部ですから、顔を合わせる機会もなかったのですが、去年の夏休みに房州にある大学の寮でいっしょになって、それ以来です。なんとなく気が合いましてね」

「どういう性格の人でした?」

「内向的で、常識的に言っておとなしい男でした。内心でなにを考えているかわからない、といったところもいくらかありました。どことなく暗い感じもありましたが、案外しんは強かったようです。だから、別居などしたのでしょうが……」

「そうすると、なにか秘密のようなものを持っていて、そのために別居したというようなことは考えられませんか? たとえば恋愛問題だとか……」

「さあ……。僕にはそこまでは……」

「そうですか。交友関係はどうでした?」

「だいたい、学校の友人だけのようでした」

「うむ。それで、兄弟は?」

「幼稚園に行っている弟がひとりいます。こんどのおかあさんの子どもです」

「そうすると、家庭は複雑ですな。おかあさんて方はどんな人ですか?」

「なにしろ会ったことがありませんので……。宮島は、病院のあとはつがないで独立するんだ、とは言っていました。そんなことも、おとうさんはずいぶん心配していたようです」

「なるほど」

それなり、牛尾刑事は考えこんだ。

やがて、津久田明はようやくほっとしたのか、冗談半分のように言った。

「十時から十時半というと、あの晩僕はなにをしていたのかな」

「なにをしていました?」

牛尾刑事も笑いながらきいた。

「そうだ、あの晩は映画を見に行きました。平和座を出たのが十時頃でした。郵便局のかどまで来たら、ちょうど循環線のバスが来ましてね。それにのったのが十時をいくらかすぎたころのようでした」

「そうでしたか。いや、別に君を疑ったわけじゃないんですよ」

それをしおに、牛尾刑事は立ちあがった。

H警察署の取調室は、鉄のこうしのはまった小窓がひとつあるきりだった。だから、ドアをのぞけば、あとは全部はだかのよごれた白壁ばかりだった。その小窓を背にして腰をかけた牛尾刑事は、黒ずんだテーブルを間にして、むかいに腰をかけた津久田明をしばらくじっと見つめていた。津久田明はあごをひいて、机上の一点を見つめていた。

やがて、牛尾刑事はゆっくり言った。

「あの夜、君がA市の循環線バスにのったというのは、やはりうそだったようだな」

「うそじゃない」

津久田明は血の気のひいた顔をあげると、それを左右にはげしくふりながら、しかしひくく言った。刑事は腕をくんだ。

「しかし君、君はあの夜郵便局のかどで十時すぎに循環線にのったと言ったが、その時間は最終が通ってから三十分もたっている。さらに君は、そのときの運転手の顔をはっきり覚えているとも言った。だから、たった今あの会社の運転手全員のくび実験をすませてきたばかりだ。ところが、君はその運転手を見つけることができなかった。そうだろう?」

「……」

「こういうことになれば、だれがいったい君のことばを信用するかね。どうして君がそんなうそを言ったのか。答はおそらくひとつだ。君はアリバイを作りたかった。ということは、宮島一郎を殺したのは君だった」

「でたらめだ」津久田明は右手のにぎりこぶしで机をたたいた。「調べればすぐにわかるような、そんなばかばかしく幼稚なアリバイなど、真犯人が口にするわけがない」

「いや」刑事はおだやかに言った。「君は容疑者にさえならないだろうとたかをくくっていたのだ。だからこそ、私がききもしないのに、君のほうから勝手に言い出したのだ。冗談をよそおいながらね。私は君の家を出てから、なんとなくおかしいと感じた。私は以前A市にいたこともあった。あのバスはそんなに遅くまで走ってはいなかったはずだ、と思い出した。そこで、念のために調べてみた。その結果は、私にとってはむしろ心外だった。しかし、事実は事実だ。あの時間にまだバスがあると思ったのが君のミスだった」

牛尾刑事の口ぶりは相変らずゆったりしていた。それは自信ありげだった。あるいは、用心深さのためからのようでもあった。

「なにがミスですか」津久田明は口の端をふるわせながら、つっかかるように言った。「僕だって事実を話したまでだ。アリバイのためだったら、七時から十一時まで映画館にいた、と言うでしょう」

「そうだろうか。どうせ調べられないという前提があれば、バスにのったと言ったほうがもっともらしく聞えるじゃないか」

「悪意のある曲解だ。客だって二人いたんだ。おばあさんと若い女と。若い女は肩から毛布をはおって眠っているようだった」

「そう。こんどはおばあさんか。それより、車掌はどうなんだ?」

「かまをかけるんですね。あの線には車掌のいないバスが走っていますよ」

「そうだったな。料金箱をしつらえたバスで、前のドアからのって運転手の横の料金箱に十円入れる。そして、うしろのドアからおりる。そんなことは君は百も承知だったな。ともかく、あの夜あの時間に循環線を運転した運転手がいない以上、君の主張にはなんのうらづけもないではないか」

「いや、運転手はいたんだ。第一、僕は料金を入れる時になって、初めて自分が百円札しか持っていないのに気がついたんだ。それで、運転手に話したら、この次のった時によけいに入れてくれればよい、と言ってくれた。だからこそ、運転手の顔を覚えていたんだ」

「その運転手を君は見つけることができなかった。われわれがくび実験をしたのは、会社の運転手全員だったのだ」

「ほかのだれかが運転したんだ」

津久田明はほとんど叫ぶように言った。

「ほかのだれか?」が刑事は口もとにうすい笑いをうかべた。「会社の制服制帽をつけただれかとは、いったいだれのことかね。そのだれかはどういう目的があって、あんな時間にバスを盗み出したのかね。第一、駐車場の事務室には二人の宿直員がいたのに、かれらは異常はなかったと言った。その上、バスには鍵もかかっていたんだ」

牛尾刑事は念をおすように力をこめて言うと、じっと津久田明を見つめた。その視線をはね返すようににらみつけると、津久田明はふるえる声をたたきつけた。

「そんなこと僕がしるもんか。そういうことを調べるのが警察の仕事じゃないか。僕がしっているのは、あの晩十時すぎに、郵便局のかどから循環線のバスにのったということだけだ。客だって二人のっていたんだ」

「君はそのおばあさんを見つけ出せというのかね」

「ほかにだって、あのバスを見たという者がいるかもしれないじゃないか。あんたがその気になれば、おばあさんだって見つかるはずだ」

「それはむだだろう。会社はあの時間に循環線は運転しなかった、と証言している。われわれとしては、なぜ君が宮島一郎を殺したのか、その動機をたしかめるために全力をあげる気になるほうが自然だろう。いずれ判明するよ、君」

牛尾刑事は最初の自信をくずさずにそう言った。津久田明はことばも出ないふうで、まっ青な顔のまま、ただ眼だけをギラギラさせていた。


一年ほどたったある日、H警察署の応接間で、牛尾刑事は三十歳をいくらか出たくらいのやせた男とむかい合って腰をかけていた。

刑事はためすような眼つきでしばらく男を見つめてから、いぶかしそうに眼を細めると言った。

「そうですか、北海道からわざわざいらしたのですな。で、ご用件は?」

「実は……」男は口ごもると眼をふせた。「ちょうど去年の今頃、宮島という学生さんが殺された事件がありましたが……」

「ありました。アパートの自室で絞殺された事件でした。それがどうかしたのですか?」

「犯人はわかりましたでしょうか?」

男は小声で言うと、ためらいがちにではあったが、ひどく真剣に刑事を見つめた。

「わかりましたよ」

あたりまえだというように、牛尾刑事はそっけなく言った。男は不安そうに視線をそらすと、思い切ったようにきいた。

「犯人はだれだったのでしょうか?」

「津久田明という被害者の友人でしたよ」

「ああ、やっぱり……」

男はさっと顔をこわばらせると、胸の前で両手を強くにぎり合った。牛尾刑事はめんくらったようだったが、なにも言わなかった。

「それで、その津久田さんはどうなりました?」男は落ちつかない早い口調にかわると声も大きくなった。

「死刑ですか?」

「いや、禁固刑です。目下服役中です」

男はいくらかほっとしたようにうなずいた。しかし、すぐうわずった声で言った。

「私は……、とんだことをしました」

それなり、じっと下をむいた。肩がふるえているようだった。

「どうしたのです?」牛尾刑事は、まったく不思議だという顔で言った。「はっきりおっしゃってくれませんか」

「津久田さんにはアリバイがあったのです」

「なんだって?!」

牛尾刑事の顔がさっとひきしまった。

「あの人の言ったことはほんとうでした。バスはたしかに走ったのです。そして、あの人はのりました。運転していたのは……、この私だったのです」

男はようやく言うと、泣き出しそうな顔になって横をむいた。

「ふーん。そうか……」

牛尾刑事は腕をくむと背をそらして、天井に眼をやった。そのままのかっこうで、しかしもう落ちついた口ぶりで言った。

「だが、どういう理由であのバスを運転したのですか?」

「最初からお話しします」男もいくらか落ちついて言った。「私はあの会社を一年半ほど前にくびになった運転手です」

「なるほど、で、その理由は?」

「交通事故をおこしたからです。私は不注意だったかもしれませんが、悪いのはなにも私だけではなかったのです。でも、会社には同情なぞまるでありませんでした」

男はことばを切ると、なにかを思い出しているふうだった。牛尾刑事は眼でうながした。男はつばを飲みこんでからつづけた。

「悪いことに、しばらくたって女房がからだをこわしました。しかし、医者にも満足にかかれませんでした。子供こそいませんでしたが母はいましたし、生活は苦しくなるばかりでした。そのうち、あの夜女房の容態が急変しました。病院にはこばなければなりませんでした。私はとっさに、会社のバスを利用してやれと思いました。宿直員にわけを話して貸してもらうつもりでしたが、古い制服制帽をつけて駈けつけてみると、事務所には電灯がついていましたが、宿直員は二人ともいませんでした。どこかに出かけたのでしょう。そんなことはよくありました。だから、私は会社に返さなかった鍵まで持って行ったのです。そこで、国立病院前に停留所のある循環線のバスを運転して出たのです。私は会社にいたころ、その線を運転していました。女房を病院まではこび、すぐにひき返してまた駐車場においといたのですが、宿直員はまだ帰っていませんでした。寒い夜でしたので、酒でも飲みに行ったのでしょう」

「おそらくそうでしょう。しかし、おばあさんものっていた、と津久田は言ったが……」

「ええ、のっていました。私の母親です」

「そうでしたか。津久田の言ったことはうそではなかった」

「そうです。うそではありません。あの人にはアリバイがあったのです」

「それにしても、そういうことで運転したのなら、どうして客をのせたりしたのです?」

牛尾刑事はたんたんときくだけだった。

「あの人が手をあげるのを見て、とっさに昔の習慣が出たのと、他人に親切をしておけば女房の病気はなおるだろう、という迷信じみた気持もあって、ついとめてしまったのでしょう。ほかにお客さんは見ませんでした」

「あの男はどこでおりました?」

「郵便局のかどから、陸橋の手前までのりました、のってから、あの人は十円玉を持っていないことに気がついて、どうしようかと言いますから、どうせ私には関係ないことですし、次にのったときによけいに払ってくれればよい、と言いました」

「なるほど。その点も一致しますな。しかし、あなたはどうしてすぐ警察に申し出なかったのですか?」

「すみません。新聞で読んでしってはいましたが、女房の死で私は逆上していました」

「ほう。奥さんなくなられたのですか」

牛尾刑事はごく自然に、気の毒そうな顔をした。それほど平静で落ちついていた。

「ええ、あくる朝死にました。私は絶望的になって、すべてをのろいたい気持でした。他人のことなどをかまっておれませんでした。いえ、正直に言えば、むしろ他人の不幸をのぞんでさえいました。それに、いずれ真犯人はわかるに違いないと思えましたし、自分の不正がバレるのもいやでした。それやこれやでつい……。葬式が終った頃、北海道で材木商をやっている伯父から、トラックの運転手でよかったら来ないか、という手紙をもらいました。すぐに、北海道に行ってしまったのです。ですけど、生活が落ちつくにつれて、私は気になって気になってしかたがなくなりました。私がだまっているばっかりに、一人の男が無実の罪にとわれる。そう思うとたまりませんでした。夜などにふっと思い出すと、もう眠れませんでした。たえ切れなくなって出て来たようなわけです。遅すぎたかもしれませんが、でも今からでも遅くないでしょう。津久田さんを釈放してあげてください」

そう言うと、男はとりみだしたように、なかば腰をうかした。牛尾刑事は大きく息をはいてから、きっぱりと言った。

「そういうわけにはいきませんな」

「どうしてですか?」男はからだをのり出した。「こんなにはっきりしているのに」

「つまり、かれは犯人だからです」

牛尾刑事は、むしろ気の毒そうな口ぶりで言った。男はむっとしたようだった。

「あなたもわからない方ですね。私の説明を信用しないのですか?」

「いや、もちろん信用しますよ。これでバスの件ははっきりしました」

「だったら……」

男は口をひらいたまま、じれったそうにあとをつまらせた。刑事はゆっくり言った。

「やはり、かれは犯人でしょうな」

「どうしてです?」

はげしく言って、男は立ちあがった。

「まあまあ、腰かけて下さい。理由を説明しましょう。バスがあの時間に走っていたということは、しばらくたって、通行人の証言からわれわれにはわかったのです。もっとも、それに津久田がのっていたという確証はありませんでしたがね。しかし、そのことはもうどうでもよかったのです。なぜなら、犯行は十時から十時半の間ではなかったのです」

「えっ?!」男はこんがらがった顔になるとまた腰をうかした。「でも、新聞には……」

「そうです。最初われわれはそう思いました。机の上にあった本の最後のページに書かれた、34年2月4日午後10時読了、を信用していたのです。ところが、それはあやまりでした。あれは、津久田が宮島君からあの本を借りた際に、書き直したのです。もともとは2月1日だったのです。それにちょっと書きたして、1を4に直したというわけです。筆蹟鑑定でもわかりませんでしたが、宮島君の別な友人から〝宮島君にあの本を貸してくれと言ったら、津久田君に貸してあるという返事でした。それが二月三日でした〟という証言を得たのです。どうですか、津久田の計画的な犯行だったのですよ。事実は、九時半頃に殺してから、あの本を机の上におき、電車ですぐA市に帰って、十時以後のアリバイ作りをやったのです。最初から、バスにのってアリバイ作りをやるつもりはなかったようですが、バスを見てとっさに考えをかえたようです。十円玉がないなどと言って、自分を印象づけようとなかなかこまかなことをやったのですが、しかしバスにのったのが運のつきでした。いや、われわれには運がよかったのです。そのためにこそ、われわれはかれの動機について徹底的に調べたのですから。動機がわかると同時に、本の件も解決しました」

言われて男は、ことばもなく刑事を見つめるだけだった。やがて、ようやく言った。

「それで、動機はなんでしたでしょうか?」

「津久田の母親は去年病死したのですが、その直接の原因が、宮島君の父親のあやまった診断にあったのです。有名な開業医でも、ごくたまにそんな誤診はあるようです。母ひとり子ひとりの生活だった津久田にとって、それは大きなショックでした。まして、母親は小学校の先生をやりながら、津久田を大学にまでやったのですから。ショックのあまり、かれはふくしゅうを計画したのです。最愛の肉親をなくした気持を、宮島君の父親にも味わわせてやろうというわけです。さいわい、大学の同期生に息子がいることを発見した。そして、うまく近づいて友だちになった上でとうとう実行した、というわけでした」

「そうでしたか……」

男は放心したようにつぶやいた。

「あなたがあの時すぐに申し出ていたら、われわれは津久田を疑うことはまずなかったでしょう。だから、私はむしろあなたに感謝したいくらいの気持ですよ」

牛尾刑事はにこやかに言った。皮肉な感じはすこしもなかった。

だが、男は聞いていないようだった。

正夫の発見

「ああ、はらがへった」

正夫はただ今のかわりに、そう言って玄関から茶の間に入ってきた。はぜの入ったびくをぶらさげたまんま、茶だんすの上の四角いカンのふたを片手であけた。せは高かったが、そんなかっこうはやはり高校一年生だ。

「まあまあ、なんです。びくは台所においていらっしゃい」

ワイシャツにアイロンをかけていた母親がかおをしかめて言った。正夫はせんべいをばりばりたべながら、台所にびくをおきにいった。茶の間にもどると、カンを前にしてあぐらをかいた。まじめな口ぶりで言った。

「ねえ、おかあさん、釣りにゆくので、べんとうにコッペパンを持っていったでしょう。そのパンの中から手が出てきたよ」

母親は聞えないふうで、片手でひたいの汗をぬぐった。

正夫はもう一度言った。

「パンの中から手が出たんだよ」

「なんですって?!」アイロンを落とすようにおくと母親はじっと正夫を見た。すぐにわらいながら「またからかうんでしょう」

「からかってなんかいないさ。ちゃんとここに入れてあるんだから」

そう言って、正夫はポロシャツの胸のポケットをたたいてみせた。

「まあ……、ほんとなの？　手って……」

「手ですよ。人間の手のひら」

「うそおっしゃい。そんな……」

母親はちょっと顔色をかえた。

「うそじゃありませんよ」

正夫はポケットからなにかとり出した。

「ほら、手は手だけど人形の手さ」

正夫はそれを母親のほうへつき出した。

「まあ……、それがパンの中に?」

母親はそれでもいくらかほっとしたようだった。それは針金をしんにして綿をつめた布製の小さな人形の手だった。小さいといっても五センチほどの手のひらで、すでに茶色に変色していた。

「ほんとにパンの中から出たの?」

「そうですよ」

「それで、そのパンどうしたの?」

「おなかすいてたから、たべちゃった」

「あきれたわね。やっぱり、うそのようね。ハゼのかわりに釣りあげたんでしょう」

母親はようやくばかばかしいという顔になると、またアイロンをかけだした。

その晩、食事の時にその手は話題の中心になった。母親はパンから出たことを信用しないで「そんなものはすててしまいなさい」と言った。大学生の兄は「ふむ、これは事件のほったんだぞ」としんこくぶって言った。高校三年の姉は「かわいそうなお人形ね」と大げさにかおをしかめて言った。

父親はただにこにこわらって聞いているだけだったが、最後に言った。

「ほんとにパンから出たのか?」

「ええ、ほんとです」

「ふーん。工員のいたずらかもしれんな。とすると、製造元にしらせてやる必要がありそうだ。製造元はどこだ?」

「わからないけど、ごはんすんだら、山崎屋にいってきいてきましょうか」

正夫は意外そうに言った。

「いや、明日でいい。釣りもいいが、いくら夏休みでも夜くらい勉強するんだぞ」

「はい」

正夫はとんでもないことになったという顔で、しかししんみょうに返事をした。

正夫の父親は、この海っぷちの市の警察署に勤務する刑事だった。名刺には、××市警察署捜査係部長刑事下村英夫とあった。

正夫は父親といっしょに、人形の手を持って、戸田製パン所を訪れた。せまい事務室で待っていたら、やがてでっぷり太った五十がらみのおやじさんが入ってきた。それが主人の戸田源一だった。下村刑事は自己紹介をしてから、かんたんに説明した。

「ちくしょう!」戸田はうなるように言った。「こんなことしやがって……」

それなり、あらあらしく事務室を出ていった。しばらくすると、戸田は六十センチから七十センチもあろうかと思える人形をかかえてもどってきた。

「見てください。この人形です。休憩室においてあったのですが、このあいだ、この両手が切られているのを発見したのです。ひどいことをすると思って犯人をさがしていたところでした。パンにつめるなんて……」

戸田ははき出すように言った。

「なるほど。やはりほんとでしたな」

下村刑事はうなずいた。正夫は不服そうに父親を見た。刑事はつづけた。

「ところで、目的はなんでしょう」

「どうせ、私に対するいやがらせでしょう。せんだって、賃上げの要求をことわったのです」

「なるほど、それにしても、ばかなことを」

戸田はだまって人形の手をにらんだ。

戸田製パン所は、ほとんどが女の工員で、十人ほどいた。そのうちのだれかがやったのだろうが……。戸田が言った。

「いかがでしょう。ついでにといっちゃなんですが、ひとつおしらべ願えませんか」

「いや」下村刑事はわらって頭をふった。

「それほどのこともないでしょう」

その時、ひとりの女工が事務室に入ってきた。そして、遠慮がちに言った。

「あの……、このお人形の手を切りとったのがだれか、私、しっています」

「なんだって、だれだ一体?!」

「加地さんです。私、見ました。でも、パンの中に入れたとは思いませんでしたので、だまっていました」

「加地さん?!」

戸田はおどろきと意外さを半々に見せて叫ぶように言った。

やがて、加地政代がよばれて事務室に入ってきた。三十をいくらか出たくらいのやせた顔が、青ざめてこわばっていた。

「まあ、腰をかけなさい」戸田はおだやかに言った。

「どうしてこんなことをしたのかね。まさかあんたがこんなことをやろうとは思わなかった……」

「すみませんでした」

加地政代はひざにおいた両手をじっと見つめながら、よわく言った。

「私はあんたを信用していた。子どもさんとご主人をほとんど同時になくしたあんたを、私は同情してもいたんだ。だからこそ、あんたにだけは特別に給料をあげてやった。仕事だって、まじめに熱心にやってくれている。そのあんたが、いちばんやりそうに思えないあんたが、いったいどういうつもりで、こんなことをしてくれたのだ」

「すみませんでした」

もう一度そう言ってから、加地政代はようやく顔をあげ、ゆっくり説明した。

加地政代は二週間ほど前に、七歳になる和子というたったひとりの子どもをなくした。それも、雨の日に近くの踏み切りで電車にはねとばされて……。そして、その一週間後にさらに夫をなくした。失業中の夫はピストルのやみブローカーのような仕事をしていた。そのピストルで頭をぶち抜いて自殺した。

加地政代は言った。

「和子は傘をしっかりにぎったまま死んでいました。私はこのお人形を、日傘を持った御殿女中のこのお人形を見るたびに、死んだ和子を思い出してしかたがありませんでした。つい目がいってしまうのです。私は苦しくてたまらなくなりました。仕事も手につかなくなりました。それでつい、この両手を切りとってしまったのです」

「ふーん、そうか……。かわいそうにな」戸田はしんみりと言った。「和子ちゃんはかわいらしい子だったものなあ……。あんたも運がなかった。そうか……」

「そうでしたか」下村刑事がひくい声で言った。「しかし、それをどうしてパンの中になぞ入れたのですか?」

「私にもわかりません。夢中で切ってしまいました。仕事場に帰ってから、ハッとわれに返りましたの。そして、どこかにかくさなければ、とあわてました。つい、目の前のパンの中に入れてしまいました」

「そうすると、人形の手の入ったパンはもうひとつあるわけですね」

「そうです。すみませんでした」

「いいんだよ」戸田がさっぱりしたように言った。「わかればいいんだ。あんたの気持はわかるような気がするよ。私はいやがらせにやったとばかり思っていたが、そうではなかったので安心した。もうなにも言わないことにしよう」

「ありがとうございます」

そう言って頭をさげると、ようやくほっとしたように立ちあがり、刑事にかるくおじぎをして出ていった。

正夫は眼を大きくして、そのうしろすがたを追ってから、思わず出てしまったように、

「おどろいたなア……」

「どうだ正夫」父親がしずかに言った。「あんな気の毒な人もいるんだ」

それから、下村刑事は戸田にきいた。

「あの人のご主人はどうして自殺なぞしたのですか?」

「加地良平という男は酒のすきななまけ者で、どうしようもなかったのです。まともな職もなかったくせに、酒だけはかかさなかったようです。以前はここに勤めていたのです。経理のほうをまかしていたのですが、使いこみをやりましてね。やめてもらいました。しかし、奥さんがあやまりにきて、私も気の毒に思い、かわりに奥さんに勤めてもらうようになったのです。それが二か月ほど前でした。

大体、和子ちゃんがあんなことになったのも、あの男の責任なのです。あの男はあきれたことに、和子ちゃんに酒を買いにやらせたのです。雨が降っていたのに、それでも和子ちゃんは酒を買いにいったのです。その帰りにふみ切りで……。さすがにあの男もがく然として父親としての自分を反省したのでしょう。一週間後に自殺してしまいました」

「そうでしたか。しかし、加地良平という名前は聞いたことがあるような気がするが……」

下村刑事は考えこんだ。

「そうかもしれません。おそらく、警察にやっかいになったことくらいあったでしょう。そうだ、たしか写真があったはずです」

そう言って、戸田は机のひき出しをひいて、ごそごそさがした。やがて、一枚の写真をとり出した。それを下村刑事にわたして、

「これです。前列のまん中でわらっている男です。去年の正月に、ここの若い者があの男の家で遊んだ時のです。私はいませんがね」

「なるほど、たしかにこの男だった。酔った上でけんかして、ひと晩留置されましたよ」

「そうでしょう、そうでしょう。そんなことはめずら

しくありませんでした」

下村刑事はじっと写真の加地良平を見つめていた。正夫ものぞきこんだ。

戸田製パン所からの帰り道、正夫は父親に言った。

「加地さんのところにも、あそこにあったと同じような人形があるんだね」

「どうして?」

父親はいぶかしそうに正夫を見返った。

「だって、戸田さんに見せてもらった写真にうつっていたもの。床の間の前でうつしていたでしょう。その床の間のはしにくらくうつっていましたよ。日傘も持って……」

「そうだったかねえ……。気がつかなかった」

「たしかに、うつっていましたよ」

「ふむ。そうすると、その人形の両手も切ってしまったのかな」

父親はやり切れないような口ぶりだった。

「そうでしょう、きっと。だけど、ずいぶん不幸な人だね」

「そうだ」

それから、ふたりはだまって歩いた。


三日後の夜、下村刑事はひとりで、加地政代を下宿さきに訪ねた。加地政代は家を売りはらって、親戚の家に下宿していた。

六じょうのその部屋で、ふたりは向かい合ってすわった。

加地政代はわらいがおであいさつしたが、そのわらいはふっと消えて、いぶかしそうに眼が大きくなった。下村刑事は部屋を見まわした。なにかをさがすような眼つきだった。そして、加地政代を見なおすと、思い切ったように言った。

「人形はどうしました?」

「人形ですって?」はっとしたように視線をそらしてきき返した。「なんの人形ですの」

「お宅にも、日傘を持った御殿女中の人形があったのでしょう」

「まあ、どうしてですの?」

「私はしっているのです。ありましたね」

下村刑事はむしろやさしく言った。加地政代は答えないで、落ちつきなく眼を動かして、なにかを一生懸命考えているふうだった。

「人形どうしました？　ないようですが……」

「あ、あれは」ようやく言った。「くず屋さんに売ってしまいました」

「そうですか。やはり、両手は切り落したのですか？」

「まあ……」

加地政代はまっ青になってことばをつまらせると、胸の前で両手をにぎり合わせた。

「どこのくず屋ですか？」

「そんなこと……。そんなことしりません。いちいちきくわけもありませんでしょう」

「そうかもしれません。でも、ちょっと部屋の中をさがさせていただきましょう」

下村刑事は腰をうかしかけた。

「いけません」はげしい口ぶりで言った。

「いくら刑事さんだって、そんな勝手なことできないはずですわ」

「そうです。令状がない以上できません。私はただためしてみただけです。どうしてそんなにあわてるのです？　人形はどこかにあるのでしょう。どうしてそれを私にかくさなければならないのです？　なにか私には言えないわけがあるのですね」

加地政代はだまって刑事を見つめるだけだった。刑事はつづけた。

「私はどうもなっとくゆかないのだが……。あなたは工場の人形の手を切りとった。なくした子どもさんを思い出すので、ついわれを忘れて切ってしまった、と言われた。それはまあよいとして、その人形の手をパンの中にかくした。これがどうもなっとくゆかなくなったのです。はっと気がついてとっさにやってしまったと言われたが、それにしても、あまりに大げさすぎやしませんか」

「はたから見れば、あるいはそうかもしれません。ですけど、私は夢中でしたの」

「しかし、あなたはいちばんなっとくのゆかないかくし方をした。なにもそんなにあわててかくさなければならないほど重大なことではなかったはずです。なにか別にわけがあったのではないか、と私が思うようになったとしても、これは当然ではないでしょうか？」

「別にわけなんてありません。でも、どうお考えになったとしても、それは自由ですわ」

「そうですか。では、私の考えをはっきりと言わせていただきましょう」

そう言って、下村刑事はちょっとすわりなおした。加地政代はなかば放心したような目つきで、まばたきをしなかった。

「あなたが工場の人形の手を切りとったのは、あれは八月十二日でした。そうでしたね。しかし、あのパンを調べた結果、あのパンは十二日に焼いたものだということがわかった。とすれば、あの手は十一日に入れてなくてはならない。ところが、あなたは十二日に切りとっている。したがって、あなたがパンに入れた人形の手は工場の人形のものではなく、お宅の人形のものだったのです。あなたはもちろん、お宅の人形の両手も切りとっているはずです。その事実をあなたは私にかくす。これはいったいどういうことですか?」

加地政代はことばも出ないふうで、かすかに口をひらいたまま、宙を見つめていた。

「私はこう思うのです。ご主人は自殺ではなく、あなたが殺したに違いないと。なぜ殺したのか。失礼な言い方かもしれませんが、あなたのご主人は、勤めに出れば使いこみをやる。酒ばかり飲んで家族のことなどかえりみもしない。勤めさきをくびになると、法律をくぐって、ピストルのブローカーをやる。あげくのはてに、たったひとりの子どもさんを、あんなふうに殺してしまった。加地良平という人は、夫としても父親としても、なんのとりえもない人でした。こんなご主人に対して、あなたが絶望したとしてもおかしくない。あなたはそれだけがのぞみのたったひとりの子どもさんをご主人のためになくされた。その点については、私だって同情をおしみません。それはともかくその殺人に人形の手が使われたことはほとんど確実だと思います。

犯行当日のことを思い出してください。階下の茶の間でピストルの音がした時、あなたは茶の間のちょうど上の二階にいた。その二階の窓のすぐ向こうに、隣家の二階の窓があった。その窓ごしに、あなたは隣家の下宿人と話し合っていた。しばらく話し合ってから、お互いに窓をはなれた。そのとたんに階下でピストルの音でしたね。だからこそ、あなたは全然うたがわれずに、ご主人は自殺と断定されたのでした。それも、まあ当然でしたろう。しかし、事実はそうではなかった。

その事実の中で、人形の手がどんな役わりを果たしたか。おそらく、相当な役わりを果たしたはずです。とすれば、人形の手は重要な証拠品です。あなたがそれをしょっちゅう身につけていたとしてもおかしくない。それをパンの中に入れたのは八月十一日でしたが、その日警察の者があの工場を訪ねています。あなたはそのことを見たか聞いたかしてしった。そして、これは自分を取り調べにきたのだろう、と思いこんだ。恐怖のあまり身につけていた人形の手を眼の前のパンの中にかくしてしまったのです。だが、警察の者があの工場にいったのはなにもあなたを取り調べるためではなく、あらたにあの工場から警察にパンを入れてもらうことになったので、その打ち合わせにいったのです。

あなたは人形の手を入れたパンが発見され、その犯人があなただとわかった時の口実をいろいろと考えた。その結果、似たような人形が工場にもあったので、翌日その手を切りとり、それを入れたのだと思わせようとした。そして、その口実も一応もっともらしく考えておいた。あなたは他人の同情を逆に利用しようとした。これは実にうまい考えでしたが、目撃者がいようとは、その上お宅にも似たような人形があることをわれわれがしろうなどとは、あなたは夢にも思わなかったことでしょう。あなたはあまりに考えすぎたのです。工場の人形の手など、わざわざ切りとったりすることはなかった。しかしまあ、犯罪というものはそうしたものでしょう」

「でも」加地政代は歯をくいしばるようなかおで言った。「どうして私に主人が殺せたのでしょう。お人形の手の役わりとおっしゃるのを説明していただきたいと思いますわ」

「説明しましょう。これは私がいろいろと考えた結論ですが、大してまちがってもいないと思いますね」

そこで、人形の手の役わりについて、下村刑事はゆっくりと説明した。

「どうだった、おとうさん」

正夫が玄関にとび出して父親を迎えた。父親はむずかしいかおで、だまって茶の間に入った。

「どうでした?」

こんどは、正夫の兄がきいた。姉と母親は心配そうな顔をだまって向けた。

「やっぱりそうだったよ。かわいそうな人だ。でもしかたがない」

父親は重い口調で言った。みんなはじっと父親を見つめた。やがて、正夫が言った。

「それで、やっぱり人形の手は使われたのですか?」

「そうだ、使われた。あの人は子どもさんがなくなったことで、ご主人をひどくなじった。ところが加地という男は反対に腹をたてて、あの人が大切にしていたお母さんのかたみの人形の手を切ってしまった」

「そうでしたか」正夫の兄が言った。「それはちょっと意外でしたね」

「意外だったが、本人が切ったというのはどこか不自然だったな。しかし、あとはだいたいそうぞうされたとおりだった。

あの人はもうすっかりだめだと思った。夫を殺して自分も死のうと思った。さいわいというかつごうよくというか、加地はピストルのやみブローカーをやっていたので、自宅にピストルがひとつあった。切られた人形の手を見ているうちに、その手を使って殺してやろうと思いついた。人形の手にはしんに針金が入っている。その指をまげて、ピストルの引き金にかける。一方、二階のたたみをずらしてゆか板を一枚くらいはずしておく、そしてその下の階下の天井のすきまから、一本の糸をたらす。その糸を人形の手にむすびつける。そうすると、ピストルは二階から茶の間につりさげられたかっこうになる。そういった用意をととのえたうえで、加地に睡眠薬の入った酒をのませる。加地が茶の間に寝てしまうのを待って、ピストルをつりさげる。ちょうど、その下に加地の頭をもってくる。そして、二階にあがり隣の下宿人と窓ごしに話し合った。話し終って窓をはなれたとたんに、なにかにとめてあった糸のはしを急に力を入れてひっぱった。当然ピストルは発射された。あのピストルはほとんど反動のないものだったから、計画どおり加地の頭をぶち抜いてしまった。いろいろな小道具をすべて始末してから、お隣りにかけこんだというわけだった」

「そうでしたか」正夫の兄が言った。「しかし、それでよく命中したものですね」

「それはあり得ることだろう。それにしても、この事件では正夫がいちばん殊勲者だな。なにしろ、加地さんの家にも人形があるのを発見したのは正夫だったからな」

「そうですよ」正夫は得意そうに言った。「ぼくもやっぱり、おとうさんのように刑事になろうかな」

「やれやれ」父親はにがわらいして言った。「なにになるにしたって、勉強が第一だぞ」

「釣りにいったのも殊勲でしたよ」

正夫はまじめくさったかおで言った。

そこでみんなは声を出してわらった。

乙女の祈り

土曜日だった。信一はれいによって、午後いっぱい大学のコートで、テニスをたのしんで帰ってきた。秋の六時はもうくらかった。

尾花さんの門の前で、自動車にのろうとしている尾花さんに会った。信一は挨拶した。

「お出かけですか」

「やあ、信一君か。いそがしくてね。これからまた会議でね」

「そうですか。たいへんですね」

「いや。きょうはゆり子の英語の日だったね。君も二年になっていそがしいだろうけど、よろしくたのみますよ」

でっぷりふとった尾花さんは、せかせかした口ぶりで言った。車はすぐに走りだした。

尾花さんは水あめを製造している尾花工業株式会社の社長で、市会議員でもあった。

その会社は二百人近い従業員がいたが、最近労働争議がおきて、それはまだ解決されていなかった。尾花さんがこのごろとくにいそがしそうにしているのは、そのためだった。

ゆり子さんは尾花さんのひとり娘で、三年前におかあさんに死なれた。だから、今では女中をいれて三人暮しだった。尾花さんはたったひとりの子どもであるゆり子さんをずいぶん可愛がっていたが、ゆり子さんはからだが弱く、三か月ほど前に結核専門の療養所からもどってきたばかりだった。そんなふうだったから、ゆり子さんは信一とおない年であったが、正式に高校を卒業していなかった。信一はそんなゆり子さんにたのまれて、週二回水曜と土曜の夜に英語の家庭教師をやっていた。

夕食を終えた信一は、二階の自分の部屋で机に両ひじをつきあごをささえて、どこか心配そうな顔つきで、窓外を眺めていた。道路をへだてて正面に尾花さんの大きな家が黒々とうき出ていた。

信一はちらっと腕時計を見た。もう七時が近かった。七時になったら、ゆり子さんがピアノをひく。それがもしモーツァルトのトルコ行進曲だったら、信一はすぐに家を出て、すぐそこに見えている尾花さんの裏木戸を入る。庭を回りテラスからゆり子さんの部屋にあがる。そうしていっしょに英語を勉強する。

しかし、もしもゆり子さんのひく曲が乙女の祈りだったら、つごうがわるいから勉強は中止する、ということになっていた。ところが、この頃はどうもトルコ行進曲よりは乙女の祈りのほうが多かった。信一が心配そうな顔つきをしているのもそのためだった。

勉強好きで頭のよいゆり子さんに英語を教えるのは、信一にとってほんとにたのしいことだった。それだけに、信一は残念で、からだのぐあいでもわるいのかと心配するのだが、ゆり子さんはただつごうがわるいからと言うだけだった。

信一はあいかわらず両ひじをついたまま、トルコ行進曲を待っていた。そのうち、おやとつぶやくと、なかば腰をうかして、下の道路を見やった。ひとりの男が尾花さんの裏木戸の前をいったりきたりしている。レインコートのポケットに両手をつっこんで、何かを待っているように、ゆっくりと歩いている。

そうだ、と信一は考えた。水曜日にもやはりこんなことがあった。あの時の男と同一人に違いない。あの時は大して気にもならなかったし、そのうちトルコ行進曲が聞えたので、すぐに階下におりて、玄関からサンダルをつっかけて門を出た。その時もう男のすがたは見えなかった。

信一は男を目で追った。男はたしかに何かを待っているようだ。何を待っているのだろう。わからなかった。

そのとき、ゆり子さんのピアノがなった。どこかぞんざいなひき方のようだったが、信一の待っていたトルコ行進曲ではなくて、乙女の祈りだった。信一はがっかりした。

だが、次におこった意外なことで、信一はハッとすると、立ちあがった。

あの男が尾花さんの裏木戸から内に入っていったのだ。

ふーん、信一は腰をおろすと、腕をくんで考えた。あの男はゆり子さんが乙女の祈りをひきだすのを待っていたようじゃないか。いったい何者だろう。顔はわからなかったが、若い男のようだ。これはもしかすると、ゆり子さんはぼくに英語を教わることがいやになったのかもしれない。女なんていくら頭がよくたって、やっぱり気まぐれだ。ぼくのかわりにあの男を家庭教師にしたのだろう。急にぼくをやめさせるのもへんだから、徐々にぼくに対する回数をへらしてゆくつもりだろう。乙女の祈りはぼくへのことわりの合図だが、あの男には反対なのだ。そして、トルコ行進曲があの男に対してはつごうがわるいというしるしなのだ。だからこそ、水曜日にはあの男は帰っていったんだ。それに違いない。

信一はなかばカッとなって、それからいやな気持になった。そのうち、自分の考えをたしかめたいという気持にかわっていった。そこで、すぐに階下におりると、母親に散歩にいってくると言いのこして家を出た。

こんどは、信一が尾花さんの裏木戸の前をいったりきたりした。どうするつもりだろう。あの男に話してたしかめようとするのだろうか。それにしても、少なくとも一時間半は待たなければならないのに。信一はすっかり頭が混乱していたのかもしれない。

ところがおどろいたことに、思いもかけず男は出てきた。信一は立ちすくんだ。男は信一に気づかず、足早に歩いてゆく。それはまるで、忘れていた用事を思い出して、あわてて引き返すような歩き方だった。

とっさに信一はそのあとを歩き出した。混乱した頭でまた考えた。どうしたのだろう。どうしてあの男は帰るのだろう。ゆり子さんはほんとうにからだのぐあいがわるくなったのだろうか。そうかもしれないぞ。ぼくとあの男と両方をことわるピアノ曲はまだきめてなかったのだ。

男はバス通りに出ると、いくらかゆっくりした歩き方にかわった。そして、うしろをふり返った。だが別に、信一に注意をはらうようなそぶりは見せなかった。そのまま、男はもう二度とふり返らなかった。

やせてせの高い男で、左肩が目立ってさがっていた。また一段と歩調をゆるめた。そのうしろすがたは、信一には何かを一生懸命に考えているように見えた。

十五分も歩いただろうか。いつの間にか、市の中心街にきていた。男は突然立ち止まった。そして、喫茶店に入っていった。

信一はしばらくその喫茶店のドアの前に立っていた。やがて、思い切ったようにドアを押した。入ると、むっとあたたかかった。スタンド式の喫茶店で、五、六人の客がいた。

「いらっしゃいませ」

ウエイターが大きな声で言った。信一はゆっくりといちばん奥にいって腰をかけた。そして、小声で紅茶を注文した。

ひと口すすってから、何気ないようにあたりを見回した。あの男の横顔がすぐに眼に入った。鼻とあごがとがって、唇がうすかった。その唇をゆがめるようにして、隣の男に言った。

「しかしまあ、あわてることはない」

「そりゃそうだ。こうなれば根くらべだ」

角ばった顔の男はそう答えた。

「うん。やるだけやるさ」

「今のところは順調だな」

「しかし、これからがむずかしい、ということも言えるんだ」

「まあいい。明日は期待してもいいだろう」

「そうだな」

「さて、それじゃ出かけるか」

そこでふたりの男は立ちあがった。

信一は全身を耳にして聞いた。だが、なんのことかまるでわからなかった。

どうしよう、信一はまよった。ふたりは出ていった。だが、決心がつかなかった。そして、ふたりを見送ってしまった。

あの会話はまるでわからないが、しかしあのふたりはどう見てもただ者ではないようだ。信一は思い切って、自分とおない年くらいのウエイターにきいてみた。

「あのふたりはちょいちょいくるの?」

「たまに見えますよ」

「どういう人たちなんです?」

「さあ……わかりませんが……」

「なんの話をしていたんだろう?」

「なんでも、どこかの女の子に会いにいったけど、その結果はうまくなかった、というような話でしたよ」

「ふーん」

信一はどきっとしたようにあごを引いた。

ゆり子さんはぼくをことわって、あんな妙な男に会ったりしているけど、ひょっとすると悪党にねらわれているのではないのか。信一は別な心配におそわれた。

今のところは順調だと言ったが、いったい何が順調なのだろうか。そしていったい、何をやるだけやるのだろう。いっこうにわからなかったが、しかし信一はわるい予感がした。ばかなゆり子さんだ。どうしてあんな連中とつきあうのだろう。忠告すべきだ。

信一はそう心にきめて、その喫茶店を出た。おのずと早い歩き方になった。あのふたりは、ゆり子さんに対して何かわるいことをたくらんでいるのは確実だ。ゆり子さんのような人が、どうしてそのくらい見抜けないのだろう。しかし、しかたのない点もある。あの人は家の中だけで生活している。外に出ることはほとんどない。世間というものをしらないのだ。この広い世の中には、どんな男がいて、どんな考えからどんな行動に出るのかわかりゃしないのだ。そんな事をゆり子さんはまるでしりやしない。

信一は、ひどくこうふんしながら、家に帰った。

翌日、散歩から帰った信一は、顔色青ざめた母親からまったく思いもかけなかったことをきかされた。

「信一、たいへんよ。ゆり子さんがゆうべ、だれかに殺されたのよ」

「なんだって?!」

信一はそれっきり、ことばが出なかった。

「なんでも、ゆうべの七時ごろらしいってことなの」

「七時ごろ?!」

「そうなのよ。おとう様はお出かけで留守だったし、女中さんもちょうど田舎に帰っていて、だれもいなかったのよ。お部屋でピアノをひいている時に、うしろから頭を棒のようなものでたたかれたらしいって……」

「そうか……。あの男だ!」信一は叫んだ。「よし、ぼく尾花さんに話してこよう」

信一はすぐにかけだした。

尾花さんの門の前には、自動車が三台とまっていた。

信一はまっすぐ玄関にむかって歩いた。やっぱりそうだった。ぼくの予感はあたった。しかも最悪の結果になった。信一はほおを引きつらせた。あの男があの時ひとりでやったか、でなかったら喫茶店を出たふたりが、あれからまたやってきたのだろう。

信一は夢中で玄関に入った。そのとたんに、息がつまるほどおどろいた。

見舞い客らしい三人の男が、尾花さんに見送られて出てきたところだった。その三人のうちひとりが、ゆうべのあの男だった。

「この男だ!」信一は人さし指を男の胸につきつけて、ふるえる声で叫んだ。「ゆり子さんを殺したのはこの男だ！」

皆はそれぞれにおどろいた顔つきで、じっとそんな信一を見つめた。信一はつづけた。

「しってるんだ。ぼくは見たんだ。この男がやったんです」

言われて男は、はっきりと顔をこわばらせると、おどろきが怒りにかわった眼つきで、信一をにらみつけた。しかし、何も言わなかった。尾花さんがようやく言った。

「信一君、いったいどういうことなんだ？」

「ゆうべぼくはゆり子さんにことわられたんです。そのかわり、かどうか、この男が裏木戸から入ってゆきました。ぼくは二階で見ていたんです。この男がゆり子さんに対して、何かをたくらんでいたのは確実です。ぼくは証拠をにぎっているんです」

「ふーん」尾花さんはその男を見すえた。

「ほんとか、野口君」

野口とよばれたその男は、ちらっと尾花さんを見てから、また信一をにらみ、はげしい口調で言った。

「ばかなことを言うな。君はいったいなんだ。ぼくがどうしてゆり子さんを殺さなければならないんだ」

「ずうずうしいことを言うな。それじゃきくけど、なんの目的でゆうべゆり子さんを訪ねたのだ？」

「ふん。そんなことを君から質問されるおぼえはないぞ」

「なぜ言えないのだ。はっきり言ったらいいじゃないか」

ふたりははげしいことばを投げ合った。

尾花さんはちょっとあきれたような顔をしたが、すぐにおちついて言った。

「ともかく、こんなところで言い合っててもなんだから、応接間にゆこう」

そこで、皆は応接間に入った。野口のつれのふたりもいっしょに入ろうとした。

「あんた方は帰ってください」

尾花さんがふたりを手で制した。ふたりは無言で顔を見合っていたが、やがて黙ったままうなずき合うと出ていった。

尾花さんと野口はむかい合って腰をおろした。信一は尾花さんの横に椅子を持っていって腰をかけた。尾花さんが信一に言った。

「ところで、信一君。もう一度くわしく説明してもらえんかね」

信一はこの野口という男は尾花さんとどういう関係にあるのだろうと思ったが、もう一度くわしく説明した。

「そうか……」尾花さんは大きくうなずいた。「たしかに、ゆり子のひくなんとかいう曲を聞いたのだね、信一君」

「聞きました。乙女の祈りです。ちょうど七時でした。それを待っていたように、この野口という男は裏木戸から入っていったのです。ほんと言いますと、ぼくはゆり子さんがぼくのかわりにこの男を家庭教師にしたのではないか、と誤解して腹を立て、それでそれをたしかめようと思って、外に出たのです。すると、五分もたたないうちに、野口はあわてたように出てきました」

それから、野口のあとをつけて喫茶店までいったこと。そこに別の男が待っていて、どんなふうな会話がかわされたか、信一はくわしく説明した。

「そうか……」尾花さんは天井をあおいでからまっ正面に野口を見すえた。「野口君、君はどうしてゆり子に会いにきたのだ?」

「話しましょう。しかし、私は犯人ではありません。私がゆり子さんを殺すわけがないでしょう」

野口はおだやかな口ぶりにかわって言った。尾花さんはただくり返した。

「どうして、君はゆり子に会いにきたのだ?」

「情報をもらいにきたのです」

そう言って、野口は子どもっぽいしぐさでぴょこんと頭をさげた。

「なに、情報だ? なんの情報だ?」

「もちろん、こんどのストライキに関しての会社側のいろいろな対策なり、方針なりについての情報です」

尾花さんの顔が赤くふくらんだようだった。ふくらみきると、ばく発するようにどなった。

「ばか者!」

信一はおどろいた。そうだったのか、野口という男は尾花さんの会社の従業員だったのだ。そうすると、あの喫茶店での会話は……。尾花さんがいくらか声をやわらげて、

「それでわかった。どうもおかしいと思っていた。こちらの打つ手が必ず事前に組合側にもれている。いくら用心してもだめだった。ゆり子はこんどの争議について、ばかに熱心に関心をみせたから、わしもよろこんでいろいろと説明してやったが……。そうではないかと疑ったこともあった。それできのうも」

そこでことばをきると、尾花さんは大きく息をはいた。それから、つづけた。

「野口君、君は療養所でゆり子といっしょだった。一年以上もいたのだが、その間君はゆり子にとんでもない教育をやってくれたもんだ。君がどんな主義主張を持とうとそれは君の勝手だ。しかし、それをゆり子にまでふきこむことはなかったろう。そんなこととはしらないわしは、ゆり子があまりうるさくたのむので、つい君をわしの会社で使う気になった。ところがどうだ、君は入社と同時にたちまち組合をリードし、そしてこんどのストライキだ。君はわしを裏切ったばかりでなく、ゆり子にまでわしを裏切らせた。その上、そのゆり子を殺してしまった。おそらく、ゆり子は自分のやっていることがこわくなって、君の要求をことわったのだろう。それで君は……」

「ちがいます」野口はいくらか声を大きくして言った。「私はゆり子さんを殺しません。第一、こんどのことはゆり子さんから言いだしたのです。私の要求をことわるもことわらないもありません。いくら親子でも、考え方の相違はしかたないでしょう。私だってあなたに恩義は感じています。でも、それとこれとは別です。ともかく、ゆり子さんは、乙女の祈りをひくときには情報がある時だから、裏木戸から部屋まできてくれ、と言ったのです。私はほとんど毎晩、裏木戸のあたりで待っていたのです。ゆうべもそうでした。ところが、乙女の祈りをひきだしたのです。私はすぐに裏木戸から入って、いつものようにテラスからゆり子さんの部屋をのぞきました。その時すでにゆり子さんはピアノにうつ伏していました。私はおどろいて、すぐに部屋にあがりましたが、ゆり子さんはもうなくなっていました。私はとっさに逃げだしたのです」

「ばかな。そんなばかなことがあるか。子供だましのようなことを言うな。ゆり子の死亡時間はゆうべの七時前後だ。そしてそのころピアノをひいた。なりだしてすぐに君は裏木戸から入った。とすれば、犯人は君よりほかに考えられないじゃないか。警察に電話しよう」

尾花さんはあらあらしく言って立ちあがった。つられたように信一も立ちあがった。野口は腰をおろしたままだった。

信一にとって、ゆり子さんの死は大きなショックだった。数日間、勉強も手につかなかった。野口はずっと警察のとり調べをうけていた。

一週間後の土曜日、信一は散歩に出た。

いくら考えても、犯人は野口としか思えなかった。しかし、その動機となると、なっとくのゆく説明はつけられなくなってしまう。尾花さんの言ったとおりかもしれない。しかし、ゆり子さんという人は、意志の強い人で、自分のやっていることがこわくなって途中からやめてしまう、というような人だとは思えなかった。父親を裏切るということはずいぶん思い切ったことだが、それだけにやる以上は相当な決心もあったのだろうし……。

いつの間にか、いつかのあの喫茶店の前にきていた。信一は重い足取りで入っていった。そして、いつかの時と同じようにいちばん奥に腰をかけると、同じように紅茶を注文した。

「やあ、ひさしぶり」

信一はとなりの男から声をかけられた。おどろいて、その男を見た。それはまったく意外にも野口だった。信一はまごついた。なんと返事をしてよいのかわからなかった。

「君はゆり子さんを好きだったんだろう?」

無遠慮にそう言うと、ゆっくり笑顔になった。その顔に悪意はぜんぜんなかった。しかし、信一はだまっていた。野口は言った。

「ほんとにいい人だったが、がんこなおやじさんをもってかあいそうだった」

信一は急に腹立たしくなってきた。

「何を言うんです。白々しいことを言わないでください」

「君はまだ誤解してるね」

「誤解? そんなことより、あんたはどうしてこんなところで、のんきにコーヒーなんか飲んでいるんです。飲みおさめでもしてるんですか?」

「そうこうふんするな。犯人はぼくじゃないさ」

野口はおちついておだやかに言った。

「じゃいったい、だれなんです?」

「だれでもない。まあ、無理にあげれば、あのがんこなおやじさんだろうな」

信一はまじまじと野口の顔を見つめた。野口はゆっくり説明した。

「尾花さんは情報がもれているらしいことをしった。ようやく、どうもゆり子さんがおかしいということを感づいた。それで、あの晩ゆり子さんの部屋で、ゆり子さんをいろいろと問いつめた。しかし、ゆり子さんは話さなかった。あの人は意志の強いりっぱな人だ。尾花さんは時間がきたのでしかたなく家を出た。あの晩は、会社の首脳部の会議が料理屋であったからだ。それが六時ころだった。一時間近くもきただされたゆり子さんはすっかり疲れて、そのあまり貧血をおこして倒れた。うしろに倒れたのだが、運わるく丸テーブルの端に後頭部をしたたかに打ちつけて、気絶してしまった。それが致命傷だった。だが、一時間後に、ぼんやりと意識をとりもどした。あの人は責任感の強い人だ。どうしてそんな力があったのか不思議なくらいだが、残された力をふりしぼってピアノに近づき、そしてあれをひいた。乙女の祈りだ。だけど、もうとても最後まではひけなかった。あの人が乙女の祈りをひきながら死んでいったというのは、これはいったいどういうことだと思う?

しかし、君は気がつかなかったのか? あの時のピアノが右手だけで不規則にひかれていたのを」

「そうか……。そうでしたか……」

信一はなんだか深いところにおちてゆくような気がして、じっと目をつぶった。

奇妙な靴

三木先生はいつもの週日のように、七時半に自宅を出た。ちょっと歩いて立ちどまると、いぶかしそうに自分の靴に視線を落した。それは黒皮のありふれた型の靴だった。

どうも妙だな、という顔つきで右足をもちあげて、その底を見やった。新しい半張りが新しいという以外になんのへんてつもなく、まん中あたりに砂がこびりついていた。二、三度力をいれて足ぶみをしてから、もう一度じっと靴を見つめたが、やがて顔をあげて歩きだした。

三木先生はA県の高校通信教育の主事だった。三十六歳にしてはかみがうすかったが、十人近くいる先生の長としてはふさわしかった。

その日午後、A市の県立高校内にある通信教育の部屋で、よわい冬の日差しを背中にうけながら、三木先生は大きな机にむかって、生徒からの手紙を読んでいた。

通信の生徒はほとんどが勤めや仕事をもっていた。それでもなお、いろいろな理由からどうしても高校の教育をうけたいと思っている者ばかりだった。そのような若者たちにとって、現実の社会、自分の環境、あるいは自分自身に対する苦しみ、なやみ、そしてうたがいといったものは、全日制の生徒以上にある真剣さと切実さがあった。そのようなことを手紙でうったえ、そして指導を求めてくることはよくあった。その返事はすべて、きちょうめんで仕事熱心な三木先生が書いた。

その手紙、森元はる子というA市から二〇キロほど南のS市のある医院に看護婦見習として住みこんでいる十七歳の少女からのものだったが、それを読み終えて、三木先生はじっと考えこんだ。

あらまし次のような意味の文面だった。

わたしは両親がなく、兄とたったふたりでお互いにはげまし合いながら仕事も勉強もしてきました。兄はS市のベアリング製造会社に勤め、その寮生活は楽しいものではなかったようですが、大学の通信教育をうけながら一生懸命に勉強をつづけていました。

わたしはこの兄と、そしてここの奥さんのおかげで今まで勉強をつづけることができました。ところが、たったひとりの身近な肉親であるその兄が、突然死んでしまいました。それはわたしにとって、この上ないおどろきであり、悲しみであり、そしてくやしさでもあります。兄はだれかに殺されてしまったのです。あの兄がどうして殺されなければならなかったのか、それはだれに殺されたのだろうかという以上に、わたしにはわかりません。もう勉強をつづける気もなくなりました。

わたしは心の支えをなくしてしまいました。やさしい兄でした。仕事にも勉強にも熱心で自分の将来というものに自信と希望をもっていました。そんな兄はわたしにとって、大きなよろこびでありなぐさめであり、そしてはげましでありました。その兄をなくしたわたしは、わたし自身の心の中のいちばん大切なものをむしりとられてしまったようで、もう生きていてもしかたがないような気持におそわれます。

三木先生はつづけて三回読んだ。


茶の間で夕食後のみかんをたべながら、三木先生は奥さんに言った。

「気の毒な生徒がいるんだ。自殺のおそれも多分にある。それで、あしたS市に行ってその生徒に会ってこようと思うんだが……」

そして、森元はる子についてはいろいろ説明した。

「成績もよいし、なかなか熱心な子だが……」

「まあ、そうですの」奥さんはおどろいたように言った。「お会いになったことありますの？」

「スクーリングで会っているはずだが、顔は思い出せないね。しかし、会えば思い出すかもしれんな」

「でも、まさか自殺なんて……。あの年頃の少女って、そういうことを大げさに表現したがるものじゃないかしら」

「そうかもしれないが、しかしね、通信の生徒というものは、皆それぞれに苦しみやなやみをもっているんだ。それに負けて途中でやめるものが非常に多い。無事に卒業するだけでもたいへんなんだよ。自殺しないにしても、あの調子では通信をやめてしまうかもしれない。ぼくはひとりでも多く卒業させてやりたいと思うし、そう努力することがぼくの仕事だとも思っている。難しいけどやりがいのある仕事だよ。そう思わないか？」

「それはそうですわ」奥さんはあわてたように言った。「わたし別にその子に同情していないわけではありませんのよ」

三木先生はだまってうなずいた。それから、思い出したように言った。

「そうだ。修理に出したあの靴ね、きょうはいて行ったけど、どうもなんだかぼくの靴じゃないような気がする。外見はそっくりだけど……」

「あら、どうしてですの？」

「感じだから、はっきりと言えないが、どうも違っているようだ」

「だって」奥さんは笑いながら言った。「かかとを直して半張りを張ったんですもの、そりゃ感じだって、今までとは違ってきますわよ」

「そうかねえ」

「そうですわ。三好屋さんのとなりにできたあの小さな靴屋さんですけど、まさか間違えるなんてことありませんでしょう？」

「それはそうだろうが……」

三木先生はあくびをひとつした。今度は奥さんが思い出したように言った。

「その子のにいさん、Sベアリングに勤めていたとおっしゃったわね」

「そう」

「それじゃ、啓介と同じ会社ですわ」

奥さんの弟の小野寺啓介はやはりSベアリングに勤め、寮に入っていた。

「そうだったな。この頃さっぱり顔を見せないね。時間があったら寄ってみよう」

「そうですか。多分元気でしょうけど」


あくる日、三木先生はS市に出かけた。駅前通りの野方内科医院はすぐにわかった。

横手にまわって玄関のベルを押した。

三木先生は応接間で、奥さんにあいさつし、かんたんに自己紹介をした。

「まあ、そうでございますか。わざわざありがとう存じました。おかげさまでようやく意識もかいふくしかけております。もう安心だと、主人も申しておりました」

中年をすぎた奥さんはひそめた声でそう言った。三木先生はハッとしたように右手で胸を押えると、じっと奥さんを見返した。とっさにことばが出ないふうだった。

「それにいたしましても、どうしておわかりになったのでしょう?」

「なにがですか?」

「あの子が自殺を……」

「ああ、やっぱり……」

三木先生の声はふるえた。

森元はる子は昨夜睡眠薬を多量にのんだ。悲しい遺書をのこして。

しかし、発見が早かったので、いのちはとりとめた。無心な顔でただこんこんと眠っているだけだった。

応接間に引き返して、三木先生はまた奥さんといろいろ話した。三木先生はきいた。

「……それにしても、あの子のにいさんはどうして殺されたのでしょうか?」

「それがわかりませんの。十日近くになりますけど、犯人もまだわかりません。あの人、健一さんといいましたが、わたくしもなん回か会っていますけど、まじめで意志の強そうな人で、それにとても妹さん思いでした。だれかに殺されるような人ではありませんでしたの。それなのに……」

奥さんは声をつまらせた。

森元健一はその晩、同室の者に散歩に行ってくると言いのこして、七時半頃ひとりで寮を出た。そのまま帰って来なかった。そして翌朝、近くの公園の戦争中に建てた忠霊塔のうらで、死体となって発見された。なに者かに絞殺されたのだが、犯人はひとりのようだった。足跡がはっきりとのこっていたから。

奥さんはホッと息をはいてから言った。

「いずれ犯人も判明するに違いありません。そうすれば、はる子さんも、いくらか落ちつくのではないかと、そんなふうに思ったりしておりますの。ほんとに気立ても頭もよい子でございまして、その上うちは男の子ばかりですので、わたくしも情がうつって、できるだけのことは……、と申しましても大したことでもございませんが、いろいろとめんどうを見てあげておりました。それがこんなことに……」

奥さんは目をふせると、右手で両目を押えた。

ほどなく、三木先生は野方医院を出た。その足で、Sベアリング製造会社に、義弟の小野寺啓介をたずねた。

応接間でしばらく待たされたが、やがて緑色っぽいうわっぱりのようなのを着た啓介があわただしく入ってきた。

「やあ、にいさんどうしたんです?」

手にもった計算尺を大げさにふった。

「ばかにいそがしそうだね」

三木先生はゆっくり笑った。

「たいへんなんですよ」啓介は目を大きくしてから早いまばたきをした。「森元というやっぱり資材課の男が殺されたんです。その上今度は資材の横流しが発覚して大さわぎなんです」

「ふーん。そうすると、森元君が横流しをやったのかい?」

「いや、そうじゃありませんよ」と言ってから啓介はちょっと考えた。「しかし、わかりませんね。だけど、にいさんは知ってるんですか、森元を?」

「会ったことはないが、つい今しがた森元君の妹さんに会って来た」

「へーえ」啓介はびっくりしたようにあごをあげた。

「妹がいたんですか」

そこで、三木先生は説明した。

別れしなに、三木先生は言った。

「この頃さっぱり顔を見せないって、ねえさん心配してるぞ」

「すみません。今度の日曜にうかがいます」

そう言って、計算尺で頭をかいた。

三木先生は大八木靴店と看板の出ている小ぢんまりした店の前に立った。ちらっと自分の靴に目をやってから、その店に入った。

声をかけると、白っぽい前かけをつけた、四十がらみの男が出てきた。主人だった。さぐるような目のくばり方をしてから、急に笑顔を見せると、いらっしゃいませと言った。

「実はね。この靴なんだが」三木先生は右足をもちあげた。「二、三日前にお宅で修理してもらったのだが……」

「ああ、そうでした。三木さんですね。奥さんがおもちになりました。それが?」

「ここで別の靴ととり違えなかったかね。どうも、違っているような気がするんだが……」

「ごじょうだんを」主人は笑って右手をふった。「なにしろ開店したばかりでして、まだお客さんはそんなにありませんし、絶対そういうあれはございません」

「そうかねえ」

三木先生はうかない顔でまた靴を見た。主人は奥さんが言ったと同じようなことを言ってから、むしろ心外そうにきいた。

「なにか目に見えて違っているところでもありますか?」

「いや、外見が違っているということはないがね……」

「二、三日おはきになれば、すぐになれますでしょう」

ばかばかしいというように笑った。

三木先生は首をかしげてだまっていた。感じなどというものは目に見えないものだし、ちょっと口では表現できないもどかしさのようなものがあったのであろう。

しかし、靴屋にはっきりとそう言われてみれば、それ以上言い張ることはできなかった。


あくる日、三木先生は市内のはずれにある刑務所に出かけた。刑務所前というバスの停留所でおりて、すぐ左におれると両側に桜の古木がならんだりっぱな道で、そのまっ正面にいかめしい鉄ごうしの門があり、左右に赤れんがの高く重々しい塀がのびている。

三木先生は月になん回かこの道を通った。肉親のだれかが刑務所に入っていたからというわけではなくて、囚人の中に通信教育をうけている者がいたからだ。これは三木先生の努力が実った結果だったが、所長もよろこんで協力してくれたし、いろいろな方面にひょうばんもよかった。それでなおさら、三木先生は熱心に努力した。

所長室で、でっぷりふとってつやのよい所長と話していた時、せの高い作業課長が所長に用事があって入ってきた。

部屋を出しなに、作業課長は三木先生に言った。

「どうですか、また靴でも作りませんか?」

「そうだ」三木先生は思い出したようにうなずいて言った。「ここで作っていただいたこの靴ですけど、最近近くの靴屋に修理に出したのですが、直ってきたのがどうも以前のと違っているようなんです。ここで作ったものかどうかは、見ればわかりますか?」

そう言って、両足をそろえて、テーブルの下から横に出した。作業課長はおどろいたようなあきれたような顔でもどった。

「わかります。ちょっと拝見」

ぬがせた靴を手にとると、しき皮をめくってじっと見つめた。すぐに言った。

「うちで作ったものです。かかとにちょっとしたマークが入れてあるのです。間違いありません。しかし先生、どうしてです?」

「いえ、感じがどうも違うものですから、なんとなく気になりましてね。それで、修理をたのんだ大八木という靴屋にまで行ってみたのですが……。どうも、ちょっとしたことが気になるたちなのでしょう」

三木先生はてれくさそうに笑った。しかし作業課長は反対にひどくきまじめな口ぶりできき返した。

「大八木という靴屋ですな。大八木なんというんです?」

「さあ、そこまではしりませんが……」

「場所はどこです?」

「わたしの家の近くですから、あそこはやはり汐見町でしょう」

「そうですか。やはりそうだ」

そう言って、作業課長はためらうように所長を見た。所長がゆっくりと言った。

「実は、その大八木という男は最近ここを出ましてね。なんでも兄貴の世話とかで、汐見町にちいさな靴屋を開いた、とあいさつに来ました」

「そうでしたか」三木先生は眉をよせると所長と作業課長をこうごに見て言った。「それで、どういう犯罪で入ったのですか?」

「傷害致死でしたが、なかなか成績もよく、仮しゃくほうで出ました」

「そうすると、だれかを殺したのですね」

三木先生はハッとしたように声が高くなった。そして、窓の外に目をやりながら小きざみにうなずきつづけた。なにかを一心に考えているふうだった。やがて、またきいた。

「大八木の実家はどこですか?」

「たしか、S市でした」

「そうでしたか……」

「どうしたのです?」

「やはり、わたしの靴はあの大八木という男にとり変えられたような気がします」

「まさか……」

所長はおだやかに笑った。しかしすぐに、いぶかしそうに三木先生を見つめた。

三木先生は森元はる子を、S市の野方内科医院にたずねた。応接間でふたりだけで会った。いくらかやせて、まだ青白い顔のはる子は、両手をきちんとひざにそろえて、じっとうつむいた。三木先生はやさしく言った。

「ほんとに、よかったね」

はる子はうわ目がちに三木先生を見ると、だまったまま口元で笑った。いたいたしくさびしそうな笑いだったが、黄色のセーターはよく似合っていた。三木先生は紙包を出して、

「クリスマスも近いし、これは君へのプレゼントだ。大したものじゃないけど、君の再出発を祝うためもあるんだよ」

「すみません。ご心配をおかけして……」

うなだれるようにして小声で言った。

話はおのずと殺されたはる子のにいさんにうつっていった。はる子はようやく、はきはき答えるようになった。

「……ところで、君は大八木という靴屋さんをしらないかな?」

「さあ……」はる子は首をかしげて考えた。

「しりません」

「にいさんの口から聞かなかった?」

「聞かなかったように思います」

「そうか……」

しばらく沈黙がつづいた。やがて、三木先生が言った。

「ぼくの義弟がにいさんの勤めていた会社にいるんだが、小野寺啓介といってね」

「あら」

はる子はおどろいたように顔をあげた。

「しってるのだね」

「ええ」いくらか青白い顔にかすかに血がのぼると、はる子はこまったようだった。

「どうしてしってるの?」三木先生はまごついたようだったがすぐにきいた。「にいさんといっしょにここに来たことでもあるの?」

「いいえ」

「にいさんを寮にたずねて、それで会ったことでもあるの?」

「いいえ」

「それじゃ、どうして?」

三木先生はじっとはる子を見つめた。

はる子はうつむいたまんま、しばらく顔をあげなかった。

日曜日、小野寺啓介は約束どおり三木先生の家にやって来た。奥さんはよろこんで弟を迎えた。三木先生は朝からずっとふきげんで奥さんがなにを言っても、返事もしなかった。啓介の顔を見て、いっそうふきげんになったようだった。それでも、三人はこたつに入ってみかんをたべた。啓介はひどく陽気そうだった。三木先生は腕をくむと言った。

「啓介君、君は殺された森元君に妹がいたことを知らなかったようだが、妹のはる子さんは君のことを知っていたよ」

「えっ、ほんとですか?」啓介ほむしろポカンとした顔で言った。「そんなはずありませんよ」

「もっともだな。それはそうと、こないだの資材の横流しはどうなった?」

「それが、……犯人不明でまだごたごたしています。なかには、あの森元君がやったんじゃないかって……」

「ばかな!」三木先生ははげしくさえぎった。「君がそういうことをぬけぬけ言うならはっきり言うけど、あの犯人は君だ。しかもその事実をしった森元君の好意からの忠告をうけて、君はその森元君を殺したのだ」

言われて、小野寺啓介はハッと息をのみこむと、ちょうど手にもっていたみかんをにぎりつぶしたまま、なにも言えなかった。

「まあ……」奥さんがこわばった顔をゆがめた。「あなたは、そんな……」

「いや、たしかにそうだ。いいか啓介君。森元君は妹のはる子さんにこう言った。うちの会社の小野寺という男は会社の資材をひそかに横流ししている。いずれ発覚することはわかりきっている。今のうちにこっそりと忠告するつもりだ。と、そう言ったのだぞ。だからこそはる子さんは君の名まえを知っていたんだ。おそらく、森元君はそのとおりを実行したのだ。ひそかに君を公園にさそい、そして忠告したはずだ。そんな森元君には善意以外になにもなかった。ところが君は忠告されてカッとなり、その上発覚をおそれて、とっさに森元君を殺してしまった。はる子さんにだって思いもつかなかったことだ」

「しかし、にいさん」啓介は目をギラギラさせてにらんだ。「なにを証拠にそんな……」

「証拠? まだそんなことを言うのか。想像だけでこんなことが言えるか。あの犯行の証拠と言えるものは、現場にのこされた足跡だけだった。ところが、君は君の三木先生はまた啓介に目をやると、いくらかおだやかに言った。

「啓介君、君はとんでもないことをしてしまった。だが、考えてもごらん。そのために君はもうひとり別の人間のいのちまでうばいかけたんだ。どうだ、自首するな」

啓介はじっと下をむいたままだった。そのまま、ため息のような声でひくく言った。

「そうします」

三木先生はだまって啓介の肩に右手をおいた。

奥さんはなにかをいっしょうけんめいにこらえているように目をつぶっていたが、やがてこたつに顔をふせた。


靴とぼくの靴をとりかえた。これが証拠でなくてなんだ。あの靴は刑務所で二足いっしょに作ったものだ。一足は君にやるつもりでだ。そして事実一足を君にやった。すっかり同じものだったがおそらく、びょうの数か位置がかわっていたはずだ。だからこそ、君は証拠をなくすために、あの靴を修理に出す直前にここに来てとりかえたんだ」

啓介はちょっと胸をそらしてから、がくんとうつむいてしまった。奥さんはおろおろとふたりを見くらべていたがようやく言った。

「どうしましょう。すみませんでした。こないだ啓介が遊びに来て、靴の底がすっかりいたんだけど、ちょうど小遣いがないから、あなたの靴ととりかえてくれとたのむものですから……あの日あなたは別の靴をはいて行きましたし、あなたのはまだそんなにひどくいたんでいませんでしたので、それでつい……ですからすぐに修理に出しましたの」

「ほんとだな。なにもしらなかったのだな」

「そうです。わたしなにもしりませんでした」

「そうか……。ぼくはおまえがしっていていてとりかえてやったのではないかと、それが心配だった……」

ある死刑執行人

須本家の女中が、あるじである須本源太郎からのていちょうな招待状を持って、わかりにくい私の家にまでわざわざやって来たとき、私はちょっととまどった。だが、須本家のひとりむすこであり私の教え子でもあった須本洋太郎が死んでからちょうど二年になることを思い出し、同時にその死が事故死だったのか、殺されたのか、あるいは自殺だったのか、いまだにはっきりしていなかったことも思い合わせ、色は黒いがはきはきとりこうそうなその若い女中にきいてみた。

「洋太郎君をしのんでの夕食会とありますが、どういう人たちが集まるのですか?」

「先生のほかに、あのときの四人の方々に招待状をおとどけするようにいわれています」

「あのときの四人に。ふーん……。だったら、あの四人だけでよさそうだが……」

「先生には特にご出席していただきたいと申しております」

「どうして?」

「いらしていただけばわかります。これ以上は申しあげられません」

女中は怒ったような口ぶりで言った。緊張していたからかもしれなかった。

私はしばらく考え、そして承知した。

浪人中だった須本洋太郎は、二年前に死んだ。それは、海っぷちの遊園地に、高校時代の友人四人と遊びに行ったときだった。

ひろい遊園地だが、ま冬の週日の寒い午前中だったので、人はまばらだった。

遊ぶためのさまざまなしせつやしかけが、子どもの天国のようにならんでいた。そのなかに、あれは正式にはなんというのかしらないが、部屋全体が大きなドラムカンを横にしたようになっていて、そのなかに入ってわん曲した側面にむかって歩くと、ドラムカンに似た部屋自体がガラガラと回転するしかけになっているのがあった。

　須本洋太郎は四人の友人といっしょに、そのなかにはいった。めいめいかん声ともどなり声ともつかない大声をあげながら、力いっぱい回転させた。回転はだんだん早くなり、それにつれてガラガラいう音もはげしくなり、その音はなかの人間を奇妙にこうふんさせるへんてこな魅力があった。

　ドラムカンは金属製ですべりやすかった。まして回転が早くなると、ころばずにそれに歩調を合わせるのはたいへんだった。いったんころぶと、なかなか立ちあがれないということも、おもしろさのひとつだった。

　窓や電灯などはなかったから、内部は暗く、そのうえ話し声などはてんで聞こえなかった。

　だれもがただもうわあわあ言いながら、なんどもころび、起きあがりかけてはまたころび、そしてようやく立ちあがって夢中で足ぶみをつづけた。

　どのくらいやっていたのか、ようやく疲れて汗をふきながら、だんだん回転をおとしはじめた。音もしずまり、そして回転はとまった。

　しかし、須本洋太郎だけはころんだまんまだった。死んでいたのだ。とび出しナイフで心臓をさされて……。そのナイフは洋太郎自身のものだった。いろいろなことが考えられた。

　第一は、洋太郎がおもしろ半分にナイフをとり出したときに、ついころんであやまって自分自身をさしてしまった。

　第二は、洋太郎がだれかを殺そうとしてナイフをとり出したが、やはりあやまって自分自身をさしてしまった。

　第三は、だれかが洋太郎のポケットからナイフをとり出して、それで洋太郎を殺した。

　第四は、洋太郎は自殺した。

　いずれにしても、証拠はなにもなかった。なにしろ、お互いにわざとつきとばしてころがしたり、となりの奴にしがみついておりかさなって倒れたり、起きあがろうとするのをそうはさせまいとじゃましたり……、そんなふうなことが暗いなかで、しかもガラガラいうはげしい音につつまれてつづいた。

　四人の証言はいずれも、まるで気がつかなかった、ということで共通していた。

　自殺にしろ他殺にしろ、動機がまるで見あたらなかった。だから、警察は事故説にかたむいて、そのまま二年近くたってしまった。

私があの女中に案内されて、須本家の客間にはいったときには、すでにもう四人はテーブルにむかって腰をかけていた。四人はおどろいたように、しかしだまったまま私を見た。

やがて、須本源太郎がはいってきた。

須本さんはある相互銀行のA市の支店長だった。二年前にくらべ、しらがが目立ってふえていた。

須本さんは私の正面に腰をおろすと、すぐに言った。

「みなさんよくいらしてくださいました。こんばんは死んだ洋太郎をしのびまして、とくに仲のよかった高校時代の友人と、そしてやはり高校時代の恩師である大場先生にお出をねがいました。思い出など話し合いながら、どうかくつろいでください」

だが、部屋の空気はくつろぐというにはほど遠く、四人の連中もかたい表情でだまって頭をさげただけだった。

四人とは、小学校の先生をやっている得田と、小さな鉄工所を父親といっしょに経営している松沢と、県庁に勤めている難波と、そして医学部の大学生である山田だった。

四人とも私の教え子で、死んだ須本洋太郎もふくめて、それぞれに特徴のある生徒で、あまり似かよったところもなかったが、ただ高校の映画クラブでいっしょだった。

色が黒いがりこうそうな女中が、カーテンのむこうの食堂から、次々と料理をはこんできた。だが、私がおぼえているのは、羊肉の料理だけだった。私は羊肉をはじめてたべたからだが、それはどこか皮革のにおいがして、あまりおいしいものだと思えなかった。

さいごにコーヒーがはこばれた。それを合図のように須本さんは立ちあがった。

「みなさん、こんばんはどうもありがとう存じました。死んだ洋太郎もよろこんでいることでありましょう。あの子は陽気なことの好きな子どもっぽい男でした。不良を気どるのがなかでもいちばん好きだというばか者でありました。だからこそ、とび出しナイフなどをポケットにしのばせていたりしたのです。それがけっきょくいのちとりでした。みなさんにはずいぶんとご迷惑をおかけいたしました」

ちょっとことばを切って、かるく頭をさげた。あげた顔がきゅっと引きしまり、口元に力が入りすぎたように、その右はしがふるえた。そしてさらに須本さんはつづけた。

「だが、もういちど、そしてこれがさいごのご迷惑だと思ってお集まりいただきました。

じつは、私といたしましては、洋太郎の死が過失だったとはとても思えませんでした。と申して、あなたがた四人のなかのだれかに殺されたのだとも思えませんでした。しかし、どちらであるかということは五分五分なのです。とすれば、これは一応あなたがたをうたがわなくてはなりませんでした。警察の考え方はともかくとして、私は父親としてはっきりとつきとめたかった。この二年間、私は私のできるかぎりのことをやってみました。その結果、ごくさいきんになって、私はようやく確証をつかんだのです。洋太郎はやはり、ここにいるみなさんのうちのひとりに殺されたのです。

それがだれであるかは私の口からは申しません。しかし、いまテーブルにはこんだこのコーヒーですが、犯人の前のコーヒーには毒薬が入れてあります。それを飲めば、犯人のいのちは十分間ともちますまい。だが、もしも犯人にほんのちょっぴりでも良心というものがあるなら、ひと思いに飲みほしてください。私の目の前で……」

須本さんはひとわたりみなを見やってから、ゆっくりと腰をおろした。

私はあまりの意外さに、四人に目をやるよゆうもなく、あわてて須本さんにきいた。

「それはほんとうですか？」

「こんなことで嘘がつけますか」

「でしたら、どうして警察にとどけないのですか？」

「私もはじめはそう考えました。しかし先生、それでは手ぬるいと考えなおしました。なぜかと申しますと、私の胃は癌におかされています。信用できる医者の診断によれば、私のいのちはあと一年もてば見つけものだとのことです。警察にとどけ、そして正式の裁判になれば、私のいのちがあるうちに、犯人に対する刑の確定はおぼつかないでしょう。私が死んでから、たとえ死刑の判決が確定したとしても、私にとってそれがなんでしょう。つまりは、無罪になったのと同じことではありませんか。私は私の手で犯人に対する死刑を執行したかったのです。

ひとりむすこをあんなふうに殺された父親の気持、おわかりいただけましょうな」

からだをのり出すようにして、テーブルごしに、須本さんはじっと私を見つめた。

私はぎょうてんしながらも、そうかと思った。私はこの奇妙な死刑執行の立会人にえらばれたのだ。

私はことばが出なかった。なんと言ってよいのかもわからなかった。県庁に勤めている難波が目がねを右手でもちあげながら、青ざめた顔で怒ったように言った。

「気持の問題ではないと思います。そりゃもちろん、同情はひといち倍もっているつもりです。ですけど、あなたは自分で勝手に裁判をし、その上死刑まで執行しようとしている。つまりそれはリンチというものです。法律で禁じられているはずではありませんか」

「わかっています」須本さんはおだやかに答えた。「だが難波さん、あと一年もおぼつかないと医者に宣告された人間にとって、法律がいったいどれだけの意味と価値があるのです？　さあみなさん、どうかお飲みください」

難波はくちびるをかみしめると、無言のまま須本さんをにらみつけた。

私はそのとき思った。須本さんのコーヒーにも毒が入っているのではないのか。犯人の死を見とどけてから、須本さんは自殺するつもりではないか、と。

父親と小さな鉄工所を経営している松沢が心配そうに声をひそめて言った。

「しかし須本さん、あなたが感違いをして、犯人ではない者を犯人だとひとりぎめしていたとしたらどうします？　その可能性は十分すぎるほどあると思います。そうとしたら、これはたいへんなことです。こんどは、あなたが殺人犯人になるわけではありませんか」

「その心配はご無用です。余命いくらもないからだでも、頭だけだったらあと五十年はもつでしょう。私は冷静に考え、しかも落ちついて行動しています。犯人でもないかたに毒をもるなどということは絶対にありません。さあみなさん、犯人以外のかたは安心してお飲みください。犯人は内心あわてふためいていることでありましょう。しかし、顔には出さない。そこがやはり犯人たるところでもありましょう。だが、飲むだけの勇気がなかったら……、それはそれでしかたないでしょう。無理に飲ませるわけにもゆきません。そんなひきょうな人間に殺された洋太郎が不幸だったとあきらめましょう。それとも、飲むだけの勇気がありますか？」

須本さんは挑戦するような、皮肉そうな笑いを口元にうかべて、四人をじゅんぐりに見ていった。しかし、だれもコーヒー茶わんに手を出す者はいなかった。

医学部の大学生である山田がたまりかねたような早い口調で言った。

「あきらめるとおっしゃったが、でしたらいまあきらめたらどうですか。同じことではありませんか」

「いや、そうはゆきませんよ。やるだけのことをやるのが、洋太郎に対する父親のつとめではありませんか。君はだれが犯人だったのか知りたくないのですか？　それとも、犯人は君なのですか？」

「ばかな」山田は問題にしないように言った。「知りたくないとは言いません。しかし、このようなやり方で知りたくはありません。みんな反対のようではありませんか。なんのために警察があるのです？　あなたのためにも、こんなことは賛成できません。それに、こんなことよりも、胃癌の手術のことでも考えたほうがよくはないでしょうか？」

「ご忠告はありがたいが、手術をするにはすでに手おくれです」

「そうですか……。でも、大学の病院でもういちど診察をうけたらいかがですか？」

「そのことで、君のさしずはうけません」

須本さんははじき返すように言った。

こんどは、小学校の先生である得田が、つっかかるようなはげしい口ぶりで言った。

「私もだんこ反対します。こういう非常識なことがゆるされるわけはない。そりゃ、われわれのなかに犯人はいるかもしれない。いや、そんなものはいないでしょう。われわれはだんことして反対します。こんなものが飲めますか」

難波と松沢と山田の三人がほとんど同時に言った。

「われわれは飲みません」

つづいて、得田がいっそうはげしく、

「こんなばかなことがあるもんか。あなたは検事でもなければ判事でもない。まして、死刑執行人でもない。銀行の支店長だ。そして、むすこを事故でなくした、その父親であるというだけだ。そんな人は世間にいくらだっているはずだ。あなたはもうそうにとりつかれているんだ。正気の人間にこんなことができるはずもない。あなたはこんな妙なことを思いつく前に、精神病医の診断をうけるべきだった。われわれは団結して反対します」

「私はなにもあなた方と団体交渉をしているわけではありません」須本さんはつめたい目つきでじっと得田を

見やった。「私のたったひとりのむすこは殺された。しかも、あなたがたのひとりによって……」

なんとも言いようのない重くはりつめたような空気が、じっとのしかかってくるようだった。それをふりはらうように、松沢が、

「あくまでそうおっしゃるなら、その証拠をお話しください。それがなっとくゆくものでしたら、飲まないでもないでしょう。しかし、犯人が飲むかどうかはわかりませんが……」

「証拠は話せません」

「どうしてですか?」

「あなたがたが信用しないと言えば、それっきりですからね」

「それほどあやふやな証拠ですか?」

「そうではない。確実な証拠です」

「だったら話すべきではありませんか」

「もし話して、それで犯人がコーヒーを飲まなかったら、どうなると思いますか? 私は犯人に対してその証拠の言いわけを考えさせるに十分な時間をあたえるだけになります」

「うむ」松沢はむしろあきれたようにうなった。「あなたの頭はまったくあと五十年はりっぱに働くでしょう。それなのに、胃癌とは運がなかったですね。あなたのひとりむすこと同じように」

松沢の口ぶりはなんとなく皮肉なものにかわっていた。須本さんも皮肉そうに応じた。

「あなたのそんな言い方は、まるで私のむすこの死をよろこんでいるようですな」

「私はだれかの死をよろこんだことはいちどもありませんよ。しかし、あなたが死ねばよろこぶかもしれませんがね。気ちがいがひとり、この世の中からへるのはよろこぶべきことじゃありませんか」

「そうですか。あなたはまるで、あなた自身が犯人であるような言い方をしますな」

「くだらないことを言うな。だから、気ちがいだと言うんだ」

私はおどろき、そしてまごついた。

「犯人ではないとおっしゃるなら、コーヒーを飲んだらどうです」

須本さんは落ちついて言った。相手を怒らせてまで、なんとかひとりひとりにコーヒーを飲まそうとしているようでもあった。

松沢は視線を須本さんから、自分の前のコーヒー茶わんに落した。しばらくじっと見つめていたが、やがて顔をあげた。ある真剣さをはっきりと見せて、きっぱりと言った。

「うたがわれるのはいやだから飲みましょう。犯人については絶対にまちがいはありませんね」

「だいじょうぶ、安心してください」

「では」

私はハッとした。得田がなにか言いかけたが、声は出ないで、ただ手だけをはげしくふって見せた。だが、松沢はあっというまに、ひといきにコーヒーを飲みこんだ。みんなはただ息をひそめて、そんな松沢を見守った。

松沢はけいべつしたようにだまって須本さんを見やっただけだった。

「どうですか、松沢さんは飲みました」須本さんはへんにあかるい声で言った。「しかし、なにごともないでしょう。松沢さんは犯人ではなかったからです。さあ、みなさん飲んだらどうですか」

だれもなにも言わなかった。得田が言った〝団結〟はやぶれてしまった。そのためだろう、得田はにくしみをこめた目つきで松沢をにらみつけた。松沢はしらん顔をして腕をくむと、じっと天井に目をやった。

部屋の空気はいっそう重く、それにもまして、私の心は重く、私はなにも言えなかった。やがて、松沢が言った。

「もう十分間たったようです。安心しました。私はこれで失礼します。だれが犯人であるかなどということに興味はありません」

言うなり、松沢は立ちあがった。

そのときだった。カーテンで仕切られた食堂から、あの女中がとび出すように入って来た。そして、歩き出そうとする松沢の前に立ちはだかった。右手に札たばをにぎりしめ、目は大きく見ひらき異様にひかっていた。

「松沢さん」ふるえながらもたたきつけるような声で言った。「この十万円はお返しします」

松沢はギョッとしたように上体をそらすと、口をパクパクさせながら、両方のてのひらを自分の胸の前に立てた。まあまあ、というしぐさに見えた。だが女中はつづけた。

「うけとってください。あなたは私を十万円でむりに買収して、だんな様のこんどの計画を私からきき出したのです。ですから、あなたは、すべてのコーヒーに毒など入っていなかったことを、そしてこれはただなんとか犯人を見つけ出したいというだんな様の思いついた計略であることを、その上だんな様が胃癌なんかにかかっていなかったことも、そういうことをすべて知っていたんだわ」

みんなは棒立ちになった。女中は大きくいきをはいてちょっと須本さんを見てから、

「あなたはこんどのこの招待について、どうしてああもしつっこく私からきき出そうとしたのです？　私はだんな様からうかがって知っていましたから、つい犯人がわかったらしいと口走ったのですわ。あなたは顔色をかえてだれが犯人だったと私につめよったわね。私は知らないと言って、あの日帰って来たけど、あなたはあの翌日すぐに私に電話をかけてきたわ。だんな様がお出かけになれば、この家は私だけになることを知っていたからだわ。私はその電話でも、知らないと言ったのに、あなたはすぐにここにまでやって来たわね。そしておどろいたことに、あなたは十万円の現金を出して、だれが犯人か教えてくれと、さいごは私を脅迫したじゃありませんの。私は十万円ほしかったからではなくて、もしも言わなかったら、なにをされるかわからないとおそろしくなったので、それでしかたなくだんな様の計略を話したんだわ。あなたはそれをきくと、なんだ、と、さもほっとしたような安心したような顔で大笑いしたわね。そして、十万円はいらないと言うのに、むりにおいていったじゃないの。だんな様やほかのだれにもだまっていてくれと、私をすごい顔でにらみつけて……。

どうしてあんなことで十万円も出さなければならないのか、まったくふしぎではありませんか。その上、あなたは犯人なんかに興味はないと言って、逃げ出そうとしたわ。犯人に興味がないなんて、そんな不自然なこともありませんわ。つまり、あなたが犯人だったという、りっぱな証拠じゃありませんの」

おしまいは泣き声になりながらも、女中はきっぱりと言った。松沢の顔がゆがんだ。

「私の計略は失敗したが、しかしこれではっきりしたようだ」須本さんは松沢に近づきながら言った。「犯人はやはり君だった。それにしても、どうして洋太郎を殺したのだ？」

さすがに、須本さんの声はいくらかうわずった。

松沢はたたきつけるように言った。

「貴様だって人殺しじゃないか」

「君こそ気でもくるったのか?」

「おれの兄貴は貴様に殺されたんだ。千野耕平という名まえをまさか忘れてはいないだろう」

須本さんは無言で目をそらした。それは千野耕平という男を知っているためのようだった。松沢はほとんどわめくようにつづけた。

「おれは養子にいったから姓はちがうが、あれはおれの兄貴だ。兄が自殺をしたのは商売上の失敗がもとで、破産してしまったからだが、しかしあのとき、貴様の銀行は、いや貴様は、立ちなおりは不可能と認めるなどと冷こくなことを言って、約束をやぶり兄に対する融資をことわったじゃないか。あの融資さえ約束どおり実行してくれたら、兄貴は立ちなおれたし、自殺にまで追いつめられることもなかったのだぞ。貴様は兄を殺した。これが殺人でなくてなんだ。これでわかっただろう。お互い様ということだ」

松沢の目はむしろうつろになって、ひかりをなくしていた。須本さんは右手をひたいにもってゆくと、そのまましじっと目をつぶった。しばらくして、よわく言った。

「やっぱりそうだったか……。私はさいきんになって、君が千野さんの弟さんだということをしった。あるいはこれが動機かもしれないと思ったから、それで……。しかし、君は誤解しているようだ。銀行の支店長はたんなる使用人にすぎないのだ。おとくい様も大事だが、もっと大事な人はいくらでもいる。そしてその人の命令はどうしようもない。百万円以上の融資は本店のそういう人たちの許可がいるんだよ」

その言い方は、なかば自分自身に言いきかしているようでもあった。

疑惑の影

多美は兄の耕一とふたりで、ひっそりと夕食をとっていた。両親に死別して兄妹ふたりだけのくらしにとって、六じょうの茶の間はひろすぎるようでもあったが、家自体はせまくて、あと六じょうと四じょう半があるだけだった。

こういうふうにふたりそろって夕食をとるのは、日曜日の夜だけだった。というのは、多美は市内のある証券会社につとめながら、夜は定時制高校に通っていたからだ。

耕一もでんぷん工場につとめながら、大学の通信教育を受けていたが、その工場が二か月ほど前につぶれてしまった。それで、現在は失業保険をもらっていたが、伯父さんの世話で、四月になったら県庁につとめられるはずになっていた。だから、耕一も多美も悲しんだり失望したりはしていなかった。ただ、多美にとってちょっと残念なのは、これでオルガンが買える日がいくらかのびた、ということだった。そのために、多美は毎月わずかずつ預金をしていたのだが、それがつづけられなくなっただけではなく、いくらかおろしさえした。だが、あと二か月のしんぼうだった。

耕一はいつもの癖で、ごはんをたべながら新聞を読んでいた。多美がそのことについてなにかもんくを言いたそうに顔をしかめたとき、とつぜん耕一が叫ぶように言った。

「たいへんだ。吉井君が殺された!」

多美はおどろいた顔になると、だがとっさに吉井という人を思い出せなかった。耕一は手に持った茶わんを音をたてておくと、

「ゆうべ会ったばかりなんだ」

「まあ……」多美もつられたように茶わんをおいた。

「だけど、吉井さんて?」

「ほら、高校時代の友だちだよ。たしか、ここにも遊

びに来たことあったじゃないか」

そう言われて、多美は思い出した。目がねをかけて背がひくかったが、そのわりに顔の大きな人だった。

「そう、そう。思い出したわ。あの人が?」

「そうなんだ。きのう久しぶりに会って、さそわれていっしょに酒をのんだんだ。香取って店だったけど、そこを出たのがもう十一時ころだったかな」

「あきれた。それでゆうべ遅かったの、友だちと喫茶店で話をしていたなんて……」

多美はほんとうにあきれた顔をしてから、にらむ目つきをした。

「いや、失業中に酒をのんだなんてことは、お前にわるいような気がして言えなかったんだよ」

耕一はあわてたようにべんかいした。多美はちょっと顔を赤らめると、早い口調できいた。

「それで、どうして殺されたの?」

「彼は家具や洋服の月賦販売会社の集金をやっていた。その日集めた金はあくる日会社に入金することになっていたわけだけど、カバンの中のその金がなくなっているそうだ。五万円以上はあったはずだと出ているけど、その金が目的で殺したらしいよ」

「どこで殺されたの?」

「あいつの家は春日町なんだ。それで、駅のむこうの陸橋を通って帰るわけだ。こっちから行くと、あの手前の右側は道路からそうとうひくい畠だろう? その畠の中で発見されたんだ。さびしいいやな所だ。あいつはひどく酔っていたし、犯人はきっと後からつけて行ったのかもしれないな。絞殺だそうだよ」

「ひどいわねえ。そうすると、犯人は吉井さんがお金を持っていることを知っていたのね」

「そうだろう、多分。ぼくと別れてから、どこかでまたのんだのかも知れないな。犯行は十二時から一時頃までの間らしいよ」

そう言って、耕一はまた新聞に目をやった。それから、ふたりはてんでになにかを考える顔つきになって、あまり話もしなかった。

食事を終えて、多美が台所であとかたづけをしていると、玄関に来客があった。

それは耕一のでんぷん工場時代の同僚の佐渡だった。多美も二、三回会ったことはあったが、話すことがなんでも大げさで、あまり好きにはなれなかった。

耕一と佐渡は茶の間で話し合った。

多美はつならなそうに下くちびるを出して茶わんを洗い終えた。しかし、それでもしかたがないので、お茶をいれて持って行った。

耕一が思い出したようにこう言った。

「ぼくの高校時代の友だちが殺されてね。吉井という男だけどね」

「ああ、あれか。たった七万円で殺されるなんて、まったくばかばかしいな」

佐渡はつまらなさそうに言うと、たばこの煙を目で追った。それから、出されたお茶をひと息にのみほした。

耕一は目でわらいながら言った。

「自動車強盗なんて、五千円でも殺すものなあ」

「そうだな。殺されるほうもばかばかしいけど、犯人もよほどばかなやつだよ」

「それはそうと、佐藤君はもう就職きまったのかい?」

耕一はでんぷん工場時代のもうひとりの同僚のことをきいた。

「さあ、全然会ってないんでね。しかしきみなんか幸福だよ。あの工場がつぶれたほうがかえってよかったじゃないか」

「そうでもないさ」

「そうだよ。それに、多美さんがしっかりしてるし」

そう言って、笑顔で多美にうなずいて見せた。多美はだまっていた。

三十分ほどして、佐渡は帰って行った。

多美は耕一にきいた。

「あの人なにしに来たの?」

「すっかり忘れてたけど、前にね、あいつに二千円貸したことがあったんだ。それを返しに来たんだ。あいつも案外まじめだ」

「まあ、そうなの?」

多美もやはり意外に思い、同時にそっけなくしたことが、ちょっとくやまれた。

「建築会社の外交員になったそうだよ。仕事はおもしろいと言ってた」

「あの人だったら、そういう仕事うまくいくかもしれないわ」

「うん。はりきってるよ」

それから、耕一はふろ屋に行くと言って、出かけて行った。

多美はスカートにアイロンをかけた。

ついでににいさんのズボンにもかけておこうと思った。

そこで、となりの部屋から、耕一のズボンを持ってきた。そして、そのポケットの中のものをとり出した。

まず、ハンケチ。それはうすよごれてくしゃくしゃになっていた。つづいて、うす茶色のレーザーの小銭入れ。中を見たら、三百五十円入っていた。それから、映画館の切符の片がわ。パチンコの玉がひとつ。それをつまみながら、多美は「まあ」と言うように口をかるくあけた。だが、目はわらっていた。さいごに、名刺くらいの大きさの一枚の紙片をとり出した。

それは市内の京屋デパートの買上票だった。上に京屋とあり、中段に日付けと金額があり、その下に御買上票NO12とあった。

多美はいぶかしそうにじっとそれを見つめた。わらいの消えた目が大きくなり、まばたきをしないで見つづけた。

その金額は二万円だった。そして、日付けはきょうだった。

多美は考えこんだ。にいさんはきょう散歩に行くと言って出かけたけど、京屋デパートに行って二万円の買い物をした。それはこのレシートがはっきりと証明している。それだのに、にいさんはそれらしい物は持って帰らなかった。いったいなにを買ったのであろう。そして、それをどうしたのであろう。それよりも、二万円といういまのわたしたちにとって大金を、どうしてにいさんは持っていたのであろう。その上、このことについて、にいさんはどうしてわたしに話さないのであろう。

そこまで考えたとき、多美はハッとして、右手で胸をおさえた。吉井さんを殺した犯人はにいさんではないのか。

多美は目をつぶると、はげしく頭をふった。だが次のしゅんかん、耕一が昨夜なん時ごろに帰宅したのか、じゅく睡していて知らなかったことを思い出していた。

あくる日、会社に出た多美はつやのない青い顔で、仕事が手につかなかった。

耕一にじかにきいてみたいと思ったが、おそろしくてそれはできなかった。ただ、買上票をデパートに持って行けば、ひょっとすると耕一がなにを買ったのかわかるかも知れないと思い、それをこっそりと手帳にはさんで持ってきていた。

午後、銀行に行く用事を言いつかった。ついでに、デパートに行こうと思った。

だが、銀行を出たとき、多美はくらくらっと目まいがした。あわててドアにもたれた。

しばらく喫茶店ででもやすんで行こう。コーヒーでものめば、いくらか元気も出るだろうと思えた。

まわり道にはなったが、前に耕一といっしょに行ったことのあるプランタンに行った。

午後二時のプランタンは、おそらく大半は学生であろう若い人たちで立てこんでいた。

多美はつきあたりの左のすみに腰をおろすと、ほっと息をはいた。

多分それが当店自慢であろうすばらしいハイファイが、ハイドンかモーツァルトのクワルテットを流していた。

だが、多美のたかぶった神経には、それはひどく耳ざわりで、こんな店に来たことをすぐに後悔した。しかたなさそうにふかぶかと背中をもたせかけると、じっと目をつぶった。そうすると、いくらか落ちついた。

ウェイトレスが水の入ったコップを持ってきた。コーヒーを注文した。

しばらくして。そのコーヒーを持ってきた。そのときだった、耕一が入ってきたのは。それも、若い女の人といっしょに。

耕一は多美には気づかずに、すぐ左手の席にこちらに背をむけて、女の人とむかい合って腰をおろした。

女の顔はほとんど真正面によく見えた。会ったことも見たこともない顔だった。

多美はまじまじと見つめた。うすい口紅以外に化粧の目立たないその顔は、健康そうで若々しかった。と言っても、多美よりはもちろん年上だった。多美には、はたち前後に見えた。その目元がやさしくわらって、耕一になにか話しかけている。

多美のほうは見もしないで、そのわらい顔はひどく楽しそうだった。そして、アズキ色のツウィードのようなオーバーがよく似合っていた。

あれはいったいだれなのだろう。なにを話し合っているのだろう。

多美はいぶかしさとおどろきと、そして不安がごっちゃになった気持で考えた。

にいさんの顔は見えないが、にいさんだってきっと楽しそうな顔つきで話しているにちがいない。心配したりおそれたりしているのはわたしだけなのだろうか。それにしても、にいさんにあんなに楽しそうに話しているあの人は、いったいだれなのだろうか。またそう思ったと

き、多美はハッとして、

「あのオーバーだわ。あの襟だわ」とつい口走った。

あれは京屋デパートの婦人服売場にあったあのオーバーではないか。デパートに行くたんびに、買うのだったらこういうオーバーが買いたい、となん度思ったかしれなかった。

にいさんの二万円の買い物はあのオーバーだったのだ。そしてそれをあの人にやったのだ。あの人はにいさんの恋人だ。

多美はまた目まいにおそわれた。あわてて目をつぶると、じーんと底の知れないふかみに落ちて行く感じで、同時にからだの中の血液がさあーっと足のほうにさがって行くようだった。そうして、たった一度しか会ったことのない吉井さんのあの目がねをかけた顔がふっとうかんだ。

多美は両ひじをテーブルにつくと、まっ青になった顔を両手でおおった。

その日、会社がひけても、多美は学校には行かなかった。

手さげカバンを右手にぶらさげたまんま、夜の町をあてどもなく歩いた。家にも帰りたくなかった。耕一と顔を合わせるのがおそろしかった。

あの女の人がたとえにいさんの恋人だったとしても、失業中でお金もないのに、二万円もするオーバーをどうして買ってやらなければならないのだろう。そう思う多美の耳もとに、ゆうべ佐渡が耕一に言ったことばがよみがえった。

「殺されるほうもばかばかしいけど、犯人もよほどばかなやつだよ」

もしかしたら、にいさんはあの女の人にそそのかされて、それでつい吉井さんを殺してしまうようなことになったのかもしれない。そうとしか考えられない。それでなくてどうして、にいさんが友だちを殺したりするだろう。わるいのはあの女の人だ。ひょっとしたら、にいさんはただ利用されているだけかもしれない。

あの人はやさしそうにわらっていたけど、それは見せかけだけなのだ。にいさんは人を殺すような、そんなにいさんではない。あの人がやらせたのだ。なんという人だろう。

「あの人は悪魔だ」

多美はとうとう、そんなことばを口走った。そんな多美のそばを、運転手が顔を出してなにかどなりつけながら、トラックが走りすぎた。気をつけろ、とでも言ったようだったが、多美はうつろな目つきで見送っただけだった。

それでも、家には帰った。もう十時をすぎていた。しばらく門の前に立っていた。

思い切ったように、門の戸を引いた。同時にギョッと立ちすくんだ。右足を内に入れようとなかば持ちあげたまんまだった。

玄関の前にだれかが立っていた。

その黒いかげがじっとこちらを見た。それから、こちらに歩いた。多美は思わず、右足を門の外に出した。

男はゆっくりと言った。

「沖さんですね」

「そうです」

多美はふるえる声でこたえた。

「警察の者だが、沖耕一さんはるすのようですな」

「まあ……、警察……」

多美は手さげカバンを胸にかかえるように持ちなおした。それは胸のふるえをかくそうとしているようだった。

男はぶっきらぼうにつづけて言った。

「妹さんですか?」

「はい」

「にいさんにつたえてください。あした午前中に署の捜査係まで来てもらいたいと」

「は、はい。わかりました」

多美はいくらおさえようとしても、息のはずむのをどうしようもなかった。

だが、警察の男は言うだけ言うと、さっさと帰って行った。

多美は胸にかかえた手さげカバンを下に落とした。しばらく、そのままじっと立っていた。

耕一はふろ屋から帰ってきた。

台所にいた多美はビクッと肩をふるわすとまだ青い顔のまま、追いかけられるような口調で言った。

「警察署から、あしたの午前中に来てもらいたいと、言いに来たのよ」

「ふーん、そうか。吉井君の事件でなにかききたいのだろう。どうせひまだから、行って来よう」

耕一がどんな表情をして言ったのか、多美にはわからなかったが、その口ぶりはほとんどいつもとかわらなかった。

覚悟をしているからかもしれない。多美にはそう思えて、それ以上なにも言えなかった。

ふたりは茶の間で、みかんをたべた。

おいしそうにたべる耕一の顔は、ふろあがりでつやがよく、そんな顔からその心の中をおしはかることはむずかしかった。

多美はだまったまま、にいさんといっしょにみかんをたべるのも、これが最後かもしれない、と思った。

耕一が兄らしい思いやりをこめた口ぶりで言った。

「顔いろがわるいじゃないか」

「そうかしら……」

「つかれてるんじゃないのか。つとめながら学校に行くのはむりかもしれないな。こんどぼくがつとめ出したら、会社のほうはやめてもらうよ」

多美はなんとも返事のしようもなかったので、口もとでわらっただけだった。

こんどつとめ出したらなんて、どうしてそんなことが言えるのだろう。わざとそんな言い方をして、安心させようとしているのだろうか。多美はそう思うと、なんだか涙が出そうになった。

涙をこらえながら、多美はあの女の人がたまらなくにくらしくなった。あの人のためにこうやってきょうだいがいっしょにみかんをたべることも、もうおそらくできやしない。そうして、わたしはたったひとりぼっちになって、いろいろな苦しみや悲しみや、そんなもののために、いっそう顔いろもわるくなって、もう一生その顔いろはなおらないであろう。

多美はひとりで泣きたいと思った。それでもう眠いからと言って、自分の四じょう半に立った。


あくる日、多美は会社に出たものの、だんだん落ちつきをなくして、それにつれて顔いろも青ざめていった。課長が心配そうな顔で声をかけたが、多美は、ただ「なんともありません」と弱く言っただけだった。

会社がひけると、また右手にカバンをぶらさげて、あてもなくノロノロと二月の夜の町を歩いた。そんな多美の顔つきやすがたは、ちょっと注意すれば、だれだっていぶかしく思ったにちがいない。しかし、人々はただ自分自身のことだけを思ってるように、他人のことなどかまっておれないというように、いそがしそうにすれちがったり追いこしたりした。そんな人たちはだれもかれもすべて、自分の家や部屋に帰るのであろうが、しかし多美はもう家には帰れないと思った。

もうどのくらい歩いたのだろうか。酔っぱらってどなるような声が聞こえると、急にネオンサインがチカチカと目にしみる通りに出た。

「ちょっと、きみ、きみ」

多美は男の声によびとめられた。しかし、多美は歩きつづけた。

「おい、きみ」

はげしい言い方にかわると、男は多美の前に立ちはだかった。

多美はハッと顔をあげて立ちどまった。それは制服の警官だった。

「どこへ行くんだね」

いくらかやさしい声になると、警官はのぞきこんだ。

多美はだまっていた。

「どこへ行くんだね」

警官はこんど度は注意ぶかそうに、もう一度おなじことをきいた。

多美はハッと身ぶるいすると、

「家へ帰るんです」

「家はどこ?」

「新田町です」

「新田町? まるで反対じゃないか。名前は?」

「沖です。沖多美です」

「新田町の沖さんね」

警官はちょっと考えた。

「そうです。新田町の沖です。兄は耕一と言って、人殺しをしました」

とつ然、多美はそう言った。だが、その口ぶりは落ちついていた。

「なんだって?!」警官は多美の肩に両手をおくとおどろくよりあきれた顔でいっそうのぞきこんだ。「だれを殺したのだ?」

「吉井さんという友だちをです。こないだ新聞に出ていました」

「ばかなことを言いたまえ。あの犯人はもうたいほされた。しかも、きみのにいさん耕一君のおかげでだ。それをきみは……」

警官はいくらか心配そうな顔つきにさえなっていた。

多美は警官を見つめるだけで、なにも言わなかった。言えなかったのだろう。

「犯人は耕一君の友人の佐渡という男だった。耕一君が佐渡にあの事件のことを話したとき、佐渡は、七万円で殺されちゃばかばかしい、と言った。ところが、とられた金が七万円だったという事実はどの新聞にも出ていなかった。それをどうして知っていたのか。あの男にはそのべんかいができなかった。

佐渡は会社のお客さんからあずかった金を使いこんでいた。その穴うめのためにやったのだが、しかしもうたいほされたのだ。きみはどうかしてやしないか?」

多美は警官のうでに倒れかかった。

耕一は茶の間でいらいらしながら、多美の帰りを待っていた。

「多美のやつ、自分の誕生日をわすれたのかな。せっかく伯父さんがオルガンを贈ってくれたのだから、早く帰って来ればいいのに」

耕一はひとりごとを言った。そうして、壁ぎわにおいてあるま新しいオルガンを見やった。ようやくいらいらが消えて、その顔にうれしそうなわらいがうかんだ。警察に手助けしたことなどわすれている顔だった。

この親切な伯父は、きょうだいのなくなった母親の兄だった。耕一はその親切さをいっそう効果的にしようと、デパートからの配達をわざわざきょうにしてもらった。

そのことが、多美にどれほどの苦しみをあたえる結果になったのか、耕一はまるで知らなかったし、プランタンででんぷん工場時代の同僚だった青木とも子と久しぶりでしゃべり合ったのを、多美に見られたことも、同じように知らなかった。

死へのまじない

三月にしては寒い夜だった。

喫茶店コスマはあたたかかったが、空気はよどんでいるようで、うす暗かった。

奥のかたすみで、ふたりの若い男が顔をくっつけんばかりに向かい合い、ひそめたような声でなにやら話し合っていた。

その声ははっきりと、ある用心深さをあらわしていた。からだの構えや目の動かし方にもそれはでていた。だが同時に、あるさり気なさを見せながら、ときどきあたりをすばやく見回したりもした。

肩がはってがっちりしたからだつきで浅黒い顔の男、取手鉄夫がおしつけるように言った。

「……、そういうわけだが、どうだ、きみいっしょにやってくれるな」

青ざめてつやのない顔をふせると、小岩昇一はだまっていた。取手鉄夫はいっそう声をひそめながらも、たたきつける口ぶりで、

「どっちみち、もうだめなんだ。今月の末になれば決算と同時に本店からの会計かんさがあるんだ。そうなれば、われわれの二百万流用はどうしてもバレてしまう。その結果、われわれがどうなるか、きみだって……」

「そんなこと言ったって、あのとき、きみは絶対にだいじょうぶだと言った。ぼくはそのことばを信用した。だからこそ、しってて しらん顔をしてやったんだ。それをいまさら」

「同じことばかり言うなよ。東洋光学の株は絶対だったんだ。ところが、会社首脳部の贈賄事件が発覚して、そのために株は暴落してしまった。これはもう不可抗力だ。だがな、うまくいった場合には、きみだってもうけの半分をうけとるつもりだったじゃないか。りっぱな共犯者だ。とすれば、きみだって、これからどうすべきかを考えるべきだ」

取手鉄夫は内心のいらだちをおさえる口ぶりで言うと、小岩昇一をにらんだ。

小岩昇一は目をそらすと、よわく言った。

「まったく、ぼくはばかだったよ」

「よせよ、そんな言い方は。ばかなことをしてしまったなどと。ただじっとしていたら、それこそばかのうわぬりだ。やるだけのことはやるべきじゃないか」

「しようがない。その計画ってのを話してみてくれよ」

「よし。三好屋デパートをおそうんだ」

「なんだって?!」

小岩昇一はピクッと顔をあげると、かん高い声をだしておどろいた。取手はあわてて、

「そんな声をだすなよ。だまってきくんだ。われわれはどうしたって、今夜あのデパートをねらわなければならない。あそこの四階には、宝石売場と時計売場がある。目的はそれだ。そこで、まず目をつけたのが、三好屋デパートのとなりの町田ビルだ。あのビルは夜の十二時まで、横の通用口をあけておく。だから町田ビルに入る」

「しかし、あそこにはちゃんと受付の部屋があって、なかに守衛がいるはずだ」

「もちろんだ。守衛はふたりいる。それがこうたいで、あの部屋で宿直をすることになっている。だけど、そのひとりの本堂というおやじさんを、おれはしっているんだ。じゅんびのために、もう四、五回そのおやじさんをおれはわざわざ夜に訪ねている。

そんなわけだから、まずおれがあの受付の部屋に本堂を訪ねて、ストーブにでもあたりながら、おやじさんと世間話でもする。同時に背中であの受付の窓をさえぎる。そのとき、きみはかがみながら通用口から入ってしまえばいいんだ。わかるだろう?」

「なるほど。それから?」

小岩昇一はようやく決心したような口ぶりにかわった。

取手鉄夫は熱をおびて、

「入ったら四階まであがる。デパートと同じように四階までしかないが、その四階のどの部屋も夜は使っていないから安心していい。その四階のデパート側は廊下だ。そこの窓のすぐ前にデパートの窓がある。手をのばせばすぐとどく。その窓ガラスを切るんだ。そこから手を入れて鍵をはずす。ここにガラス屋の使うガラス切りがある。ドライバーもある。これを使えばかんたんにできるはずだ。

だが、その前に注意をしなければならない。大事なこ

となんだが、あのデパートの警備員は一時間おきに地下の警備員室からでて各階を回って歩くんだ。しかも、地下室をでるのが、七時、八時、九時というようにいつもきまっている。はんぱな時間にはでない。十一時にももちろんでる。そうすると、四階にくるのがだいたい十一時二十分ころだ。だから、窓ごしに見ていて、それをはっきり見とどけてから実行にうつるんだ。あの連中は懐中電灯をもっているからすぐにわかる」

小岩昇一はうめくような声をだした。取手鉄夫はかまわずにつづけた。

「次の巡回まで一時間あるわけだから、落ちついてゆっくりとやれる。無事にデパートに入ったら、そのまままっすぐに歩く。つきあたって右におれる。また歩くと、そのつきあたりだ。そこにドアがある。そのドアの鍵がこれなんだ」

そう言って、背広の上着の内ポケットから、しんちゅうの一本の鍵をとりだした。それを小岩の手ににぎらせて、

「苦労してロウで型をとったのだ。それをもとに金物屋をずいぶんさがした。とうとう見つけたよ。そのくらいの努力をしなければいっかく千金はのぞめないさ」

「しかしな」小岩昇一は自分の手のなかの鍵を見つめながら言った。「その部屋にほんとに千金があるのか?」

「もちろんだ。それがいちばんの問題じゃないか。そこにぬかりがあるもんか。四階には前に言ったように、宝石売場と時計売場がある。それはきみだってしっているだろう?」

「そうだったかな?」

「たよりないこと言うなよ。どうせそんなことだろうと思った。ともかく、間違いなくあるんだ。宝石なんてものはそうやたらに大量はおいていない。まして地方都市の小さなデパートだからなおさらだ。指輪なんかといっしょに、二メートルほどのガラスの商品ケースに入れてある。それから、腕時計も金のはる高級品はやはりそんなケースにひとつだ。それでだよ、閉店になると、そのふたつのケースはそのままあの部屋に入れてしまうんだ。だから、あの部屋に入っちまえば、あとはわけはない。袋に手あたりしだいにつめこんでくればそれでいい」

「袋だって?」

「そうだよ。袋も懐中電灯も、必要なものは全部もってきている。きみが心配しなけりゃならないことはなに

ひとつないわけだ」

取手鉄夫はじれったそうな早い口ぶりで言った。それから、思いなおしたように、

「ともかく、おれは十二時まで受付の部屋でねばってるよ。きみは終りしだいおれのアパートにいってくれ」

だが、小岩昇一はだまっていた。

「だめだなきみは」取手鉄夫はまたじれったそうに口をまげた。「いったいなにを考えているんだ？　おれたちは追いつめられているんだぜ。おれはひとりでやっつけようと思った。しかし、ひとりじゃどうしても不可能だということがわかった。きみはどっちみち公金横領の共犯者だし、そのきみがまたデパート強盗の共犯者になったって、これはとうぜんじゃないかと思ったんだ。それなのに、きみはばかなことをしてしまったなんかと言っているくらいだから、まだ自分の立場をつきつめて考えていない。そんなものじゃないだろう。自分の行動のあとしまつは、自分自身で解決するしかないんだぞ。それが責任だ」

「へんな責任だな。だったら、きみひとりでやればいいじゃないか」

そう言って、口元の右側をつりあげて皮肉そうに笑った。

「よせよ、そんなへんな笑い方をするのは。おれはきみのそんな笑い方が気に入らないよ。いま話し合っているのは、おれときみとふたりの問題で、おれだけの問題ではない。おれはなにも無理を言ってるわけじゃない。もしもきみがこの計画を拒否するのだったらかわりの計画を立ててもらおうじゃないか。おれはよろこんでしたがうよ。どうだ？」

「わかったよ」小岩昇一はやけくそのように言った。「やってみよう」

「やってみせると言えないのか？」

ねばりつく口ぶりになった。

「やると言ったらやる。いちいちうるさく言うな」

はねかえすようなはげしさを、小岩昇一ははじめてみせた。

「そうだ、その元気だ」

取手鉄夫の浅黒い顔にはじめて笑いがうかんだ。それをにらんで小岩昇一は言った。

「じゃ、でかけよう」

「ばか言うな。まだ十時だ。もう一杯コーヒーをのんで、計画をけんとうしてみよう。念には念を入れてな」

それから、ふたりはまたコーヒーを注文した。そして、相かわらずひそめた声で、おそらくけんとうをつづけたのであろう。

十一時二十分前になった。

小岩昇一はなかば腰をうかして言った。

「もういいだろう」

「ちょっとまて」取手鉄夫は右手をあげて、すわれという手つきをした。「こんなことを言ったら、きみは笑うかもしれないが、こんな場合のおまじないをしっているか?」

「おまじないだって? きみがそんなことを言いだすとは思わなかったな」

「そうか。そうだろうな。しかし、こういうことをばかにしてはいけないのだ。つまり、あらゆる手をつくしておくことは決してむだではないし、後悔をしないですむということにもなるんだ。もしだよ、計画が失敗して、泣きっつらでまじないをしておけばよかった、などと思ったって、もう手おくれだ。

別の言い方をすれば、おれたちの計画は絶対にかんぺきなものだし、そのとおり実行すれば成功はうたがいないだろう。だから、これ以上なにか考える必要があるとすれば、まあまじないくらいなものだ、ということなんだよ。わかるだろう?」

「わかるよ。きみは生れつきの犯罪人だ」

小岩昇一ははきすてるような言い方をした。だが、取手はおだやかに言った。

「おたがいにおたがいを非難し合う場合じゃないだろう」

「非難じゃない。感心しただけだ。それより、いったいどんなおまじないだ?」

「きっとやるな」

「やる」

「よし、話そう。まずな、デパートに窓から入るときは、目をつぶって右足から床におりる。かんたんなことさ。それから、目的のドアの鍵があいたら、やはり目をつぶってドアをそっとひいてみる。ドアがひけたら、目をつぶったまんま、また右足から思い切って部屋に入る。それだけのことさ」

「それがおまじないなのか?」

「そうだ。目をつぶったまんまな。忘れないでくれ」

「うむ」

「じゃ、でかけよう」

ふたりは立ちあがった。

計画どおり、小岩昇一は町田ビルにしのびこんだ。

四階の廊下の窓ぎわにしゃがみこみ、目から上を窓にだし、じっと前方を見つづけた。まぶたが緊張のためかしきりにふるえた。

そんな姿勢が二十分近くもつづいただろうか。やがて、前方にキラッと懐中電灯のらしい明りが、早い速度で右から左に走った。

警備員だ！

その明りは直線的に左右にゆれながら、ゆっくりと近づいてきた。

小岩昇一は息をひそめて、まじまじと見つめた。明りはいっそう近づいた。たまらなくなったように、さっと顔をかくした。そして、二、三回大きく呼吸をした。気持ちをしずめようとしたのであろう。

ようやく顔をだしたとき、明りはだんだん遠ざかっていっていた。あいかわらず左右にゆれながら。

ふいに、その明りは闇のなかにきえた。

いまだ！　小岩昇一は立ちあがった。足がちょっとふるえた。それをおさえるように、かるく足ぶみをした。

両方の目は必死さのためか血走っていたが、顔全体はいっそう青ざめて、それは決心のかたさをあらわしているようだった。

窓をあけてからだをのりだすと、両手がす早く動いた。細い指が目だった。

ガラスはわれた。その破片を向こう側に落した。腕をのばして窓の鍵をはずした。

ガラス切りやドライバーをスプリングコートのポケットにしまいこむと、こちらの窓わくに乗った。大きく息を吸ってから、左足をのばして、デパートの窓わくに移した。

右足をひきつけると、目をつぶってそのままゆっくりと床におりた。

ためていた息をホッとはいた。懐中電灯をとりだすと、そっと足元をてらした。赤っぽいカーペットが敷きつめられていた。

そのとき、ずっと前方で人の話し声が聞えた。ハッと懐中電灯をけすと、そのまま立ちすくんだ。動けなかった。だが、ようやく床にからだをふせた。そうすると、心ぞうがはげしくうっているのがよくわかった。

しばらくそのままでいたが、二度と話し声は聞えなかった。あたりはまっ暗で、小岩昇一はなかなか起きあがらなかった。

そのまま四つんばいのかっこうになると、長い足をひきずるように、手さぐりで進みだした。

ようやくつきあたった。右におれて、またのろのろと進んだ。

つきあたると、そこで立ちあがった。両手でさわってみた。たしかに、ドアだった。

これだな。そこで懐中電灯をつけて、す早く鍵穴をさがした。すぐ右手にあった。

懐中電灯をけし、鍵をとりだすと、手さぐりで鍵穴に入れた。

ほどなく、カチッと鍵ははずれた。そっとノブを回してみた。

目をつぶるとさっとドアをひき、思い切ったように右足をふみこんだ。

「アッ‼」

叫び声というより、空気を吸った音だった。小岩昇一はほうりだされた人形のようなぶざまなかっこうで、まっさかさまに下のコンクリート目がけて落下していった。

頭からつっこむと、肉体をたたきつけるにぶい音が、深夜の空気をかすかにふるわした。そうして、それっきりだった。

二日後、市の警察署のせまい一室で、取手鉄夫は机を間に私服の部長刑事と向かい合っていた。部長刑事はおだやかにきいた。

「きみは小岩とはいつから友だちだったのですか?」

取手は注意深そうな目つきで答えた。

「いっしょに会社に入ったときからですから、もう三年になります」

「どういう性格の男でした?」

「そうですねえ」ちょっとためらいながら考えた。「わりとおとなしい男でした」

「会社の金を二百万も使いこむような男には見えなかったという意味ですか?」

「いや、そういうわけでもありません」

「使いこみを発見したのはきみだそうだが、そうすると、なんかおかしいと思うようなことでもあったのですか?」

「ありました。おとなしい男でしたが、最近はなにかをおそれているように、いっそう口をきかなくなりました。それでいて、どこか落ちつきがなくなり、ひとりでなやんでいるふうでした」

「なるほど、それできみは小岩のちょうぼをしらべてみたのですね」

「そうです。それに今月の末には本店からの会計かんさもあるはずですので……」

取手鉄夫はスラスラ答えながらも、目つきだけはいっそう注意深そうになった。

「ちょうぼをしらべる前に、きみは小岩にきいてみなかったのですか?」

「きいてみました」取手は思い切ったように言った。「でも、なにも言いませんでした。いえ、なんでもないんだ、とばかり言ってました。ですが、おとといの夜だけはちがっていました」

「おとといの夜? あの夜じゃないか」

部長刑事の顔がひきしまった。

「そうです。会社がひけてからふたりで映画を見て、それから喫茶店コスマでコーヒーをのみました。そのときはじめて、金がほしいと言いました。しかし、その理由はなにも言いませんでした」

「それではっきりした。だれかといっしょにいったらしいということはわかっていた。小岩のスプリングコートのポケットに喫茶店コスマの三月中のレコード演奏のプログラムが入っていましたのでね」

「わたしももらいましたよ」

「そうでしょう。ところが、そのプログラムのうらに、三好屋デパートの四階の見取図のようなのが書いてあったのですが、小岩はきみにそれを見せてなにか言わなかった?」

取手鉄夫はまごついたようだったが、すぐに右手をひたいにもってゆき、そのまま、

「万年筆をだして、なにか書いていることは書いていました。ですが、別になにも言いませんでした。ただ、喫茶店をでてからも、わたしは彼のようすがおかしかったので、散歩しながらいろいろききました。彼はなにも言いませんでした。ただ、三好屋デパートの前にきたとき、このデパートにはうらの非常ばしごから入れるのだ、ということを言いました。わたしは気にもしないで、非常口のドアの鍵さえあればね、と言いました」

「なるほど。それからどうしました?」

「それから、わたしは町田ビルの守衛さんをしっていたので、ちょっと会ってゆこうと思い、彼にそう言ってわかれました」

「そうでしたか。そのことは守衛の本堂さんからもききましたよ。きみが本堂さんと話し合っているすきに、小岩は町田ビルに入りこんだのでしょう、おそらく」

「そうだと思います。前にも一度そういうふうにわかれたことがありましたから、小岩はきっとその機会をねらっていたのでしょう」

「ところで、小岩の死は自殺とは思えませんか？」

「さあ……。そうとは思えませんね。袋まで用意してしのびこんだのに」

「袋のことをどうしてしっているのです？」

「だって」取手鉄夫はふしぎだという顔をみせて言った。「新聞にでていましたよ」

「そう。そうでしたね。しかし、途中で気がかわったということは考えられませんか？」

「だったら、しのびこむ前に気がかわっていたでしょう、きっと。そういう男です」

「そうするときみは、小岩の死はなにが理由だったと思いますか？」

「やはり過失だったと思います。しのびこむのは町田ビルを利用した。しかし、逃げる口はあの非常口だときめていて、そのために合鍵まで用意していたのです。しのびこんでまず逃げ口のドアをあけたのです。そして、なんの気なしに一歩前にでたのでしょう。ところが増築のために、鉄の非常ばしごはとりはずされていたのに、彼はそれに気がついていなかったのです。あれはたしか四、五日前にとりはずされましたから、小岩がしらなかったとしても、あたり前のように思われます」

「それはわれわれの見方と同じですね。やはり新聞で見たのですか？」

取手は返事のしようがないようにだまっていた。すると、部長刑事は全くあらたまった口ぶりでつづけた。

「ところで、きみのしらない事実を話そう。小岩は四、五日前に遺書を書いていた」

「なんですって?!」

取手鉄夫の浅黒い顔にさっと青味がさした。部長刑事はいくらか早口になると、

「おどろくことはない。もちろん自殺をするつもりでだろう。だが、小岩の死は、さっききみが言ったように自殺ではない。それはともかく、なんと書いてあったと思う？」

取手はすっかりろうばいした。部長刑事はそんな取手をぐっと見すえて、

「きみが公金横領の共犯だったと書いてあったのだぞ。きみはぼくに対して、図々しくペラペラと勝手なことをしゃべったが、小岩は小心な男だった。死ぬ決心をしたのだ。

ところが、きみときたら、うたがいを受けることをさけるために、ぎりぎりのところまでほんとうのことを話そうと決心してやってきた。だからよくしゃべったが、そのあまり嘘を言った。第一に、喫茶店コスマの三月中のレコード演奏のプログラムに見取図が書いてあったと言ったら、きみはこう答えた。小岩が万年筆をだしてなにか書いていることは書いていたと。しかし、あれは万年筆で書かれていたのではなく鉛筆でだ。死体には万年筆はなかった。きみはそんな事実を見ていなかったはずだ。おそらく、きみが便所にでもいった間にでも書いたのだ。きみからきかされたデパートの四階のもようを忘れないためにだったろう。第二に、きみはデパートの非常ばしごが四、五日前にとりはずされたことをしっていたと言った。にもかかわらず、小岩が、このデパートにはうらの非常ばしごから入れるのだ、と言ったとき、きみはドアの鍵さえあればね、と返事をしたそうだが、おかしいじゃないか。とりはずしてあるから入れないと答えるべきだったじゃないか。これはつまり、そんな会話はなかった証拠だし、きみはきみ自身がデパート強盗に関係していなかったと、いんしょうづけたかったのだ。そのための嘘だった。きみはデパート強盗に関係していたはずだ。公金横領はふたりでやった、という点からだけでも、それは十分に考えられる。だが、その関係の仕方が問題だ。ただたんに盗むつもりだけでふたりで計画し、そして小岩が実行したとしたら、どうして逃げ口を非常口にしたのか？　きみは鉄ばしごがとりはずされていたのをしっていたのだからね。きみは小岩に対して殺意をもってその事実をだまっていたのか、あるいはもっとあくらつな手段で、小岩があのドアから落ちるようにしたのだろう。なにしろ、小岩を殺せば、公金横領の罪はすべて小岩になすりつけることができたのだからな。

これで、われわれのほんとうの見方はどうやらうらづけされたようだ。だから、さいごに言ってやるが、遺書があったというのは嘘だ。そんなものはなかった。きみが嘘を言ったから、それでぼくも言ったのだ」

茶色のボストンバッグ

　A市のはずれのC駅の待合室はわりとこんでいた。ぼくはおじさんと下りのディーゼルカーを待っていた。それは四時半発だったから、まだ三十分以上もあった。

　おじさんといっても大学の四年生で、ぼくは高校の二年生だったから、おじさんよりもにいさんの感じのほうが強かった。おかあさんの末の弟で、S市のぼくの家からA市の大学に通っていた。

　春休みのその日、おじさんは映画をオゴッてやると言ったので、A市にまで見にきたのだけど、西部物ではなかったのでいくらかがっかりした。それから大学をひとわたり案内してもらった。その帰途だった。


「そうだ」おじさんは思い出したように言って立ちあがった。「ちょっと本屋をのぞいてくるから、正夫君はここで待っててくれよ」

「本屋だったらいっしょに行くよ」

「いや、すぐに帰ってくるから待っててくれよ」

　ぼくは、あわてたように言うおじさんを見あげながら、ちょっとおかしかった。

　おじさんが行くのは本屋ではなくて、パチンコ屋に違いないと思った。だけど、映画をオゴッてもらった手前もあったし、ぼくは承知してやった。おじさんは肩がはってがっちりしたうしろ姿を見せながら、待合室を出て行った。

　おじさんは大学でラグビーをやっていた。レギュラーメンバーには入っていなかったけど、四年になったら入ると言っていたから、こんどきっと入るのだろう。

　ひとりの男がおじさんのあとに腰をかけた。かすかに流れのにおいがした。駅の裏手は五百メートルほどで余那川の川口だった。

　その男は黒っぽいももひきに、やはり黒の丸首のセーターを着て、足にはゴム長をはいていた。顔は日にやけて、ひざの上のボストンバッグの上にのせた手はゴツゴツしていた。

ぼくは考えることもなくぼんやりと、改札口の上の大きな時間表をながめたりしていた。その下の大時計が三時五十五分だった。

となりの男が小声で、

「便所に行ってくるから、これあずかっててくれないか」

突然そう言われて、ぼくはちょっとまごついたけど、ひとつうなずいて、そのボストンバッグをうけとった。

男はゆったりした歩き方で出て行った。

ところが、それがながい便所で、四時十五分になっても、その男は帰ってこなかった。

ぼくはだんだん心配になった。

そのボストンバッグは茶色の皮製だったが、まるで十年間も押入れのすみにでも入れておいたかのように、固くてひびわれがしていた。とめ金をはずして、中を見てやろうかと思ったが、他人のものをこっそり見るのはよくない、と思いなおした。

男は四時二十五分になっても帰ってこなかった。これはおかしい、便所に行ってみよう、そう思って立ちあがった時、おじさんがむずかしい顔をして帰ってきた。

パチンコはだめだったな、とっさにそう思ったけどだまっていたら、おじさんはいっそうむずかしい顔つきで、あごでボストンバッグをさしながら、

「どうしたんだ、そんなもの?」

そこで、ぼくは説明した。

「ふーん」おじさんはボストンバッグをにらみつけた。「よし、ぼくが便所に行って見てきてやろう」

言いのこすと、かけ出した。

やがて帰ってくると、ふしぎそうに、

「そんな男はいなかったぞ。ほんとに便所に行くと言ったのだな?」

「そうだよ。はっきりそう言ったよ」

「おかしいな」

おじさんは腕をくんで考えた。

その時、下りのディーゼルカーがホームにごう然と入ってきた。おじさんは舌打ちをひとつしてから、くんだ腕をほどいて言った。

「しょうがない。次の列車まで待とう。便所ではなかったのだ。用事でも思い出したのだろう。あまりながい時間だとあずかってもらえないので、それで便所だなどとうそをついたんだ」

ぼくはそうかなと思った。

だが、次の列車は五時半だったから、一時間も待たなければならなかった。ぼくはうんざりした。おじさんもふきげんそうにだまっていたが、やがてまた本屋に行くと言った。

ぼくはおもしろくなかったから、おじさんに言ってやった。

「おみやげ買ってきてくれるね」

「よし、チョコレートがいいだろう」

やっぱりパチンコじゃないか。ぼくはようやく笑い顔になると、おじさんのうしろ姿を見送った。

そのうちぼくはいらいらしてきた。いつまでたっても、あの男は帰ってこなかった。

五時二十分ころ、おじさんは意気揚々といったふうな顔つきで帰ってくると、おみやげだと言って、百円の板チョコを四枚さし出した。だが、となりにおいたボストンバッグに目がとまると、

「なんだ、まだなのか」

「うん」

ぼくはなさけなさそうに答えた。

おじさんは目をつりあげて怒った。そのままの顔では
き出すように言った。

「子どもだと思ってばかにしてやがる。これ以上待ってやる必要ないぞ。そのボストンバッグは持って帰ろう」

「だって……」

ぼくはそれはちょっとひどいような気がした。でも、これ以上待つのもいやだった。

「いいんだ。告知板に書いておいてやる」

「なんて?」

「ボストンバッグをあずけた人へ。あした午後一時にここで返します。とね」

「そうか。それで、あしたおじさんもいっしょにきてくれるんだろうね?」

「もちろんだ。とんでもない奴だから、すこしとっちめてやる」

おじさんはひどくしゃくにさわったように言うと、自分でボストンバッグを持ち、さっさと告知板の前に行った。

列車の中で、ぼくはそっとおじさんに言った。

「なにが入っているか、見てみようか?」

「いや、見るな、見るな。他人のものは見るんじゃな

い」

おじさんはなにか考えごとをしているような気むずかしそうな顔を左右にふった。


夕食後、ぼくとおじさんはふたりの部屋で、ボストンバッグを間にして、あぐらをかいていた。やがて、おじさんが言った。

「さて、なにが入っているか拝見するか」

「他人のものは見るなと言ったじゃないか」

「そうさ。ああいう場所で見てはいけない。なにが入っているかわかりゃしないからな。もしかすると、その男はなにか妙な目的があって、わざとこれをあずけっぱなしにしたのかもしれないじゃないか」

おじさんは真剣な顔でそう言った。

ぼくはドキッとしながら、あの男の顔を思いうかべ、それからボストンバッグを見つめた。おじさんはボストンバッグを手にとると、たんねんに見回しなで回し、それから首をかしげると、鼻に近づけてにおいまでかぎ回った。

ようやくとめ金をはずすと、ゆっくりとひらいた。ぼくはのぞきこんだ。洋服のようなものが見えた。


おじさんは右手を入れて、それを注意深そうに引っぱり出した。それは背広の上着だった。青っぽいホームスパンで、まだ新しそうだった。

おじさんはそれを両手でかざした。背中一面に黒っぽいものがついていた。そのまん中あたりがさけていた。

おじさんは顔を近づけた。

「うむ。これは血のようだ」

「えっ?!」

ぼくはおどろいて、ひざで立った。

おじさんはそれをたたみの上にひろげた。

その血はもうどす黒くかたまって、そこのところだけ生地はつっぱったようにはっていた。おじさんはその上を右手でそっとおさえながら、また顔を近づけて、

「ばかにかたくごわごわしてるけど、人間の血はこんなになるのかな」

それからそっと裏を見、また表を見た。そして、ポケットを調べた。

「なにも入っていないな。商標はA市のデパートのだ」

ひとりごとのように言うとまた右手をボストンバッグに入れた。

「これだけだ」と言って出したのは、葉書をいくらか

細長くしたくらいの紙のたばで、五センチほどの厚みがあり、輪ゴムでたばねてあった。

「うむ。これは新聞紙を切ったものだ」

わからないという顔でそれもたたみにおいた。それから、腕をくんで、じっとそのふたつを見くらべた。

やがてあげた顔が青くひきしまって、

「その男はどんな男だった?」

「黒いももひきにやっぱり黒い丸首のセーターを着て、ゴム長をはいていたよ。日にやけた顔で、年は四十くらいかな」

「商売はなんに見えた?」

「そうだなア」ぼくはしばらく考えた。「そうだ。なんとなく海のにおいがしたようだったよ」

「海のにおい?」

前にもいったように、A駅の裏手は五百メートルほどで、余那川の川口だった。そこらあたりは貸舟屋がずらっとならんでいた。

「それで、その男が切符を買うところは見たのか?」

「さあ……」

ぼくはよく思い出せなかった。それで、ぼくは別のことをきいた。

「あの男が、この背広の人を殺したのだろうか?」

「うむ。わからないな。ともかく、一応あした一時までにA駅に行こう」

そう言って、おじさんはじっと考えこんだ。

ぼくとおじさんはあくる日A駅に行った。告知板の文字はもう消されていた。

ボストンバッグはふろしきにつつんでぼくが持っていた。一時まで待ったけど、とうとうあの男は姿を見せなかった。

一時半になった。おじさんがたまりかねたように言った。

「どうせこないだろうとは思っていた。しかし、万一ということがあるから、正夫君はここで待ってろ。ぼくはちょっと出かける」

「どこに?」

「舟を借りてちょっと調べてくる」

「だけど、もしあの男がきたらどうする?」

「返してやればいいさ。それから、こっそりあとをつけるんだ。できるだろう?」

「できる」

ぼくはついそう言ってしまった。だが、一生けんめいで、どうせ来やしないんだ、と自分自身に言いきかせた。

二時になり、そして三時になった。男はこなかった。だが、おじさんも帰ってこなかった。こんどは、おじさんのことが心配になった。舟など借りていったいなにを調べるのだろうか？　ぼくにはわからなかった。

三時半になった。おじさんはようやく帰ってきた。ぼくはホッとしたが、おじさんの顔はひどくきんちょうしていて、おし殺したような声で言った。

「やっぱりこないな。そうだろう。さこれから警察に行くぞ」

ぼくはあわてて立ちあがった。わけがわからなかったけど、足がふるえた。

警察署の一室で、おじさんとぼくはテーブルを間にして、松本という刑事と向かい合った。おじさんはくわしく説明して、ボストンバッグ中のものをテーブルに出した。

松本刑事の浅黒い顔が引きしまった。その顔を見ながら、おじさんははっきりした口調で言った。

「それで、ボストンバッグをあずけっぱなしにした男は、ぼくの考えでは、貸舟屋のおやじか、貸舟屋にやとわれている船頭じゃないかという気がするのです」

「どうして？」

「服装とか、日にやけた顔とか、それに正夫君の話では、海くさいにおいがしたそうですし、そんなことから、ともかく川口近くに住んでいる男だと思います。です。

それから、このボストンバッグですが、よく見ると底の方に、火であぶってこげたようなあとがあるんです。しかも、こげくさいにおいがしました。これはごく最近火にあぶった証拠です。同時に、潮くさいようなにおいもしました。その上、よく見ると水にぬれたようなしみもあります。

そこで考えられることは、あの男はこのボストンバッグを川でひろったのではないか、ということです」

「うむ。だったらどうして、正夫君にあずけっぱなしにしたのだろう？　警察にとどければ、それですむのに」

「それなんですが、ぼくはこう思います。あの男ははじめこれをネコババしようとしたのです。それで、ボストンバッグを火であぶってかわかした。だけど、血のついた上着が気になって、これはなにか大へんな事件に関係があるようなふうに思えてきた。そこで、駅前の交番にとどけようという気になった」

「しかし、とどけなかった」

「そうです。その理由は、この新聞紙を切って作ったたばです。これはちょうど千円札か一万円札くらいの大きさです。さぎの事件などによく使われるじゃありませんか。上に本物の千円札なり一万円札を一枚か二枚のせて、それで全部本物だと思わせるテです。おそらく、このたばの上にも本物があったのではないかと思うのです。あの男はそれをネコババしたのではないでしょうか?

それでつい気がひけて、交番の前まで行きながら、交番に入る勇気がなく、反対に駅に入って、それであんなふうなやり方で、このボストンバッグを始末したのではないでしょうか?」

「なるほど、考えられるな。そうすると、なにかさぎ事件に関係して、この上着の持ち主は傷をうけたというわけですね」

「そうだろうと思います。しかも、どこでその傷をうけたかということが、だいたいわかったような気がします」

「なんだって?! どうして?」


松本刑事は信じられないというように、おじさんを見つめた。おじさんは落ちついて、

「この上着の血のあとですが、一面にひどくかたくなっています。血液がぎょう固したという以上に、妙なかたさでつっぱっています。ところが裏はそうではないのです。これはふしぎです、注意して見ると、背中一面に白っぽい粉のようなものがついたあとがわかります。ぼくの考えでは、おそらくセメントです。上着を着ていた男は背中をさされて、セメントの上にでも倒れたのではないかと思うのです。でなくて、上着の表だけが、こうもカチカチにつっぱっているわけはないと思うのです」

「うむ」

「それで、傷の手あてをするために上着をぬいで、それをボストンバッグに入れた。それがどういうわけか川に落ちた。落ちたボストンバッグはちょうど引き潮にのって川口まで流れ、どこかにひっかかっていたのを、あの男が朝ひろったのではないでしょうか。

ですから、犯行はもちろん夜で、その場所は川っぷちのセメントのある所ということになります。それで、ぼくは舟にのってずっと余那川をさかのぼってみました。建築現場とかセメント置場とか、そんなふうな所が川っ

ぷちにないかと思いましてね」

「あったのですか?」

「あったようです。古い倉庫ですが、近くの人にきいてみたら、セメントの倉庫だったけど、いまは使っていないようだとのことでした。その上、その倉庫の川に面したところには窓もありました。ボストンバッグはその窓から落ちたのかもしれません。ともかく、あの倉庫の中で、だれかが血を流すような事件があったことは確実でしょう」

「わかりました。その倉庫に案内してください。すぐ行きましょう」


松本刑事ともうひとりの刑事と、おじさんとぼくは警察の自動車にのった。おじさんは運転手のとなりにのって案内した。

とまった所は半分こわれたような工場の前で、それはガランとして人かげはなかった。そのとなりに古ぼけたモルタル造りの倉庫のようなものがあった。

われわれ四人はその倉庫の入口の前に立った。左右にひらく木造のとびらだったが、鍵がかかっていた。

二人の刑事はからだごととびらにぶっつかった。三回目に右側のとびらがはずれた。そのすき間から松本刑事を先頭に入った。

「あまり動くな。足あとがあるぞ」

松本刑事がどなった。よく見ると、コンクリートの床一面にセメントがつもるように散りしいていた。

「ふーん。足あとは三人だぞ」

松本刑事がうつむきながら言った。

右手にはセメントの袋が五つほどつまれてあり、そのとなりにドラムカンが二本立っていた。左手の川に面した方には窓があって、その鍵はこわれていた。床を熱心に見回していたおじさんが、大声で言った。

「ほら。血がかたまっていますよ」

どす黒くセメントがかたまって、それがずっと窓の方まで散っていた。

「殺人があったかもしれんぞ」

松本刑事はドラムカンの方に歩いて行った。ドラムカンをのぞいて言った。

「一本だけコンクリートがつまっているぞ」

その時、顔をあげたおじさんが突然叫ぶように言った。

「その中だ。きっと死体があるぞ」

四人はそのドラムカンの回りにあつまった。口を切ったドラムカンの上までコンクリートがつまり、上部はほとんどかわいていた。

それから四人は無言のままそれを横に倒し、それからさかさにしてコンクリートを出そうとした。ずいぶん困難な作業だった。

ようやくうまくいった。だが、とてもくわしく書く気にはなれない。顔をそむけたくなるようだった。胸から上はすでにかたまったコンクリートの中で見えなかった。胸から下は、それはまるで汚れた大きな人形のようだった。松本刑事がうなるように言った。

「ひどい奴だ。しかし、この被害者は上着をつけているようだ」

「あの上着はきっと犯人のでしょう」おじさんが死体から目をそらして言った。「足あとは三人だから、犯人は二人ですね。しかし、ドラムカンが二本あるところから見れば、殺された男が二人を殺そうとしたのかもしれませんね。それが失敗して反対に殺されてしまった。いずれにしても、あのインチキ札たばが原因なのでしょう。そして、コンクリートがかわいたところで、ドラムカンを川の底にしずめるつもりだったのでしょう。おそろしいことですね。それにしても、あのボストンバッグは被害者のかな？　それとも犯人のかな？　いずれにしても、犯人の方のひとりも傷ついたのですね。それが上着をぬがせて、それをボストンバッグに入れた。そうとうひどいかくとうをしたので、セメントがもうもうと立ちのぼって息苦しいので窓をあけて、ついでにボストンバッグも窓の上においた。その時、被害者が息を吹き返して最後の反げきをこころみたのでしょう。そのひょうしにボストンバッグは川に落ちた。だが、そんなことにかまってはおれずに、犯人は被害者にとどめをさしたのでしょう。

そういうことではありませんか？」

「そのとおりだろう、君」

「ともかく、犯人はいずれまたここにやってきます。コンクリートがかたまったら、ドラムカンを川に投げこむでしょうから」

「そうだ」松本刑事はもうひとりの刑事に言った。「すぐ署に電話してくれ」

二日後の夜、二人の犯人大戸五郎と増田一雄は倉庫でたいほされた。

事件のあらましはこうだった。

倉庫の持ち主鈴木好助は事業に失敗して、金にこまった。まとまった現金を手に入れるために殺人を決心した。密輸入の腕時計がまとまって手に入ったが、だれかそれを買いとる者はいないか、とそれとなく仲間にふいちょうした。そのうちに、買おうという男があらわれた。それが大戸五郎と増田一雄だった。話はまとまって、とりひきは時計をかくしてある倉庫でやろうということになった。もちろん時計などはなく、鈴木はふたりを殺して、二百万の現金をうばおうとした。だが、大戸と増田もニセの札たばを見せて安心させ、時計をうばおうとした。

たがいに相手を殺す計画だったのだが、殺されたのは鈴木だった。理由はかんたんだった。用意していたピストルが不発だったからだ。そこで、三人いりみだれてかくとうとなった。

ふたりにひとりではどうしようもなく、鈴木は気をうしなった。大戸も背中に傷をうけた。増田は大戸の上着をぬがせて手あてをした。だがあまりセメントの粉が立ちのぼって息苦しいので窓をあけて、大戸を窓の下につれていった。そして、その上着をボストンバッグに入れて窓の上においた。その時、息をふき返した鈴木が、増田におそいかかった。ボストンバッグは下の川に落ちた。

それから、鈴木は殺された。ボストンバッグをひろった男も見つかった。

すべてはおじさんが推理したとおりだった。

おじさんは警察からひょうしょうされた。ぼくもほんとにうれしかった。それでつい言ってしまった。

「おじさん、また映画を見に行こう」

「ボストンバッグはもう出てこないぞ」

こわい顔で、おじさんは言った。

母と子

「あの高校生らしい男の子、見てごらんなさい。なんだかあやしいようですわ」

警視庁防犯部少年課補導係の大泉婦警は、ひそめながらも落ちついた声で、同行の吉村刑事の注意をうながした。デパートの書籍売場だった。

パトロールに出た大泉婦警と吉村刑事は、銀座のXデパートに立ちよった。顔見しりの保安係員と話しあったあと、各階を回って、七階の書籍売場までやって来た。

土曜日の午後で、平日よりこみあう客の中に、高校生らしいすがたもいつもよりは多かった。

大泉婦警のさりげなさそうだが注意深い視線につかまったその高校生は、制帽をかぶりレインコートを着ていた。そして、一冊の本を両手にとって立ち読みをしていた。だが、よく見ていると、少年は時々その本から目をあげ、うかがうようにチラッとす早くあたりを見やっていた。

大泉婦警の大きなすんだ目は、もうその少年を直視してはいなかった。三十度ほど左手を見ていたが、視線のはずれで少年をつかんではなさなかった。

吉村刑事がようやくあわてたように、高い声できいた。

「どれだ、どれだ」

吉村刑事は気がつかないようだった。

「だめよ」

大泉婦警は顔をしかめてひくく言うと歩き出した。少年のずっとななめうしろまで行った。そして書棚のかげに入った。

「あの子よ」大泉婦警は目だけ出して少年のうしろすがたを見た。「万引しそうですわ。監視していましょう」

「あれか」吉村刑事はようやくわかって少年をにらんだ。「そうとは見えなかったがね。まじめそうに見えたけどね」

「いいえ、さっきのそぶりはふつうではなかったわ。

きっとやりますよ」

大泉婦警は自信をこめて言った。

そこでふたりはふた手に別れて、両方から少年をはさむようにして、それとなく監視をつづけた。少年は本を読みつづけていた。

大泉婦警の目はやはりきびんでくるいはなかった。やがて少年はもう一度あたりを見てから、持っていた本を置くような手つきをしたが、それをそのままレインコートの中に入れてしまった。その時、左手はレインコートのポケットの中に入れられていた。その左手で本をつかんだのであろう。

それにしても大だんなやり方だった。しかし、大泉婦警にはまったく子どもだましとしか見えなかった。

少年は歩き出した。大泉婦警はあとをつけた。目で吉村刑事のふとったからだをさがしたが、見あたらなかった。しかたなしにひとりであとをつけた。でも、こういうことにはなれていたし落ちついていた。

階段をおりかかった時、少年の肩に手をおいてふつうの口調で言った。

「ちょっとお待ちなさい」

「なんですか」

少年はギクッとふり返ると、その声はいくらかふるえていた。

「あたし警視庁の者です」

そう言って、大泉婦警はこいようかん色の警察手帳をちょっと見せた。

少年はそれを見ると、いっしゅん赤くなった顔色がすぐに青くなった。そして、なにも言わずにうつむいた。からだは大泉婦警よりよほど大きくがっちりしていたが、うつむいた横顔はまだ子どもっぽかった。

「保安係の部屋まで行きましょう」

大泉婦警はささやくように言うと、少年をうながして歩いた。

保安係の部屋ですぐに吉村刑事にれんらくをたのんだ。それから少年に本を出させた。少年はおそるおそるというように、レインコートから本を出した。それはほんやくものの小説だった。

やがて吉村刑事がとびこんで来た。汗をふきながらあわてていた。大泉婦警はわらいながらきいた。

「どこにいたのですの」

「いや、ちょっとね、最近の少年の読書けいこうはどうかと思って、店員さんにいろいろきいていたところだ」

吉村刑事はふとったからだをちぢめてきょうしゅくしていた。

ふたりは少年をもよりの警察署に連行した。

補導係の部屋で大泉婦警と吉村刑事は机を間に少年と向かいあった。

大泉婦警が言った。

「××高ですね」

少年はおどろいたように顔をあげた。

「帽子の記章を見ればわかるのよ。制服制帽でなかなか勇かんだったたようね」

少年はまた顔をふせた。

「なん年生なの」

「一年です」力のない声で答えた。

「名前はなんていうの」

「小島一郎です」

「住所は」

「世田ケ谷区弦巻町一の五六九九です」

小島一郎はすなおに答えた。こんなすなおな少年がどうして万引などをするのだろう。というように大泉婦警はじっと小島を見つめた。その目には、もちろんあるきびしさがあったが、その底には母親のような愛情がはっきりと出ていた。

学生証を調べると、やはりそのとおりであった。財布を調べると五百三十円あった。

「ちゃんとお金を持っているのに、どうしてそんな気になったの」

だが、小島一郎はうつむいたままだまっていた。吉村刑事が言った。

「こんどがはじめてではないだろう」

「はじめてです」

顔をあげてはっきり言った。

「うそを言ってもだめだ。調べればすぐにわかることだからね」

「うそじゃありません」

むきになったように顔が赤くなった。

「それは信用しましょう」大泉婦警がおだやかに言った。「それで、おとうさんはなにをしているの」

「父はいません」

「なくなったの」

「そうです。ぼくが二歳のときです」

「おかあさんは」

「母もいません」

「やはりなくなったの」

「いいえ、都内にいるようですが、どこにいるのかしりません」

「そう……。そうするといまはだれといっしょに生活しているの」

「祖父と女中さんの三人暮しです」

「おじいさんはなにをしているの」

「前には役人をしていましたが、いまはなにもしていません」

小島一郎はかなしそうな顔つきになったが、しかしはっきりと答えた。

大泉婦警の表情がくもると、しばらく天井を見た。それから、もとの顔つきになって言った。

「おじいさんにこのことを話したら、おじいさんがっかりするでしょう」

「いいえ、ひどく怒るでしょう」

「あなたはおじいさんがきらいなのね」

「好きではありません」

「でも、おとうさんもおかあさんもいないのだから、おじいさんに話すよりほかないわね」

「はい」

そんなことはどうでもいい、というような返事の仕方だった。

「だけど、もしあなたの言うようにこんどのことがはじめてだったら、学校には話さないでおきましょう」

「話してもいいです」

なげすてるような言い方で言った。

大泉婦警の大きな目が、あきれたようにいっそう大きくなった。が、すぐにそれはいぶかしそうに細められた。そして言った。

「どうしてそんなことを言うの。もし学校に話したら、あなたは退学になりますよ」

「なってもいいです。なったほうがいいです」

ほんとにそう思っている言い方だった。

「退学になったらどうするつもりなの」

「はたらきます。おじいさんだってきっとぼくを家から追い出すでしょうけど、ぼくはよろこんでどこにでも行きます。そしてはたらきます」

「まあ」大泉婦警はさすがに腹をたてたようだった。

「はたらくと言って、高校を一年で退学になったような人をどこで使ってくれますか。仕事をさがすということは、あなたが考えているほど簡単なことではありませんよ」

「でも、ぼくは自分でなんとか見つけます」

決心をしているような言い方をした。

大泉婦警は吉村刑事と顔を見あわせた。それから、きびしい口ぶりにかわって言った。

「あなたはいったい、どういうつもりで万引などしたの」

小島一郎はそれには答えないで、こうきいた。

「このことは新聞に出るでしょうか」

「発表はしません」

大泉婦警はきっぱりと言った。

「どうしてですか」

小島一郎はがっかりしたように言った。

「あなたは新聞記事になりたいの。ばかなことをきくものではありません。あなたの将来を思ってのことじゃありませんの」

「将来なんかどうなってもかまいません。新聞に発表してください」

こんがんするように言ったから、大泉婦警はすっかりあきれてなにも言わなかった。

吉村刑事が怒ったように言った。

「君はどうかしているな。どうして発表してもらいたいのだ。たとえ発表したとしても、小説を一冊万引した高校生などは新聞記事にはならんよ」

「そうですか。そうすると、どういうことをしたら新聞記事になるのでしょうか」

まったく意外なことばだった。

大泉婦警はあきれながらも注意深い目つきになるときいた。

「へんなことを言うのね。どういうわけで、それほど新聞に出してもらいたいの」

小島一郎はしばらく考えてから、思い切ったように言った。

「もしもぼくのことが新聞に出たら、ひょっとすると母がそれを読むかもしれません。おどろいてきっとぼくにれんらくしてくれるかもしれません。ぼくは母に会いたいのです。母に会いたいから万引をしたのです。そういうふうな記事が出たら、母だって手紙くらいくれるだろうと思ったのです」

ひといきに言って、またじっとうつむいてしまった。

大泉婦警は胸をつかれたようだった。吉村刑事も、うむとうなった。

「あなたはおかあさんに会いたいばっかりに万引をしたと言うのね。なんてことをするのでしょう。そんなにおかあさんに会いたいの」

「ええ。会いたいと思います」

「そう……。それで、あなたはいくつの時におかあさんと別れたの」

「三つの時です」

「顔をおぼえている」

「いいえ、全然おぼえていません」

「そうでしょうね。なぜあなたのおかあさんは、あなたと別れてしまったの」

「よくはしりませんが、祖父の話では、祖父とけんかをして家を出て行ってしまったそうです」

「その時おとうさんはいなかったの」

「はい。もう死んでいませんでした」

「おかあさんの名前は」

「三浦よし子です」

「都内にいると言ったけど、どうしてそのことをしっているの」

「いつか祖父がそう言いました。池袋で喫茶店をやっているようだって」

「そう。そこまでわかっているのなら、なにも万引などしなくたって、ここに相談に来れば、いくらでも調べてあげられたのに」

「しりませんでした。新聞に広告を出そうかと思いましたが、そんなお金はありませんでした。それでいろいろ考えたすえに……」

小島一郎はようやくホッとしたようにあたりを見回した。

大泉婦警と吉村刑事はいろいろ調べたが、小島一郎の言っていることはほんとうだった。そこで、都内で喫茶店を経営しているはずの三浦よし子の住所を調べた。

一週間後に、それはわかった。三浦よし子はたしかに池袋で喫茶店をけいえいしていた。

吉村刑事がいちおう会ってこようというので、その喫茶店に出かけて行った。

帰ってきた吉村刑事はあわてたように、ひたいの汗をふきながら、せきこんで言った。

「とんでもないことだ。喫茶店はすぐにわかったがね。

三浦よし子は殺人のようぎで、いまここに留置中だ」

「なんですって」

大泉婦警はいっしゅんふに落ちない顔で立ちあがった。それから、とんでもないことになったというような顔つきで、じっとちゅうを見つめていた。


小島一郎の母親三浦よし子は女手ひとつで喫茶店をけいえいして、その二階にひとりで住んでいた。

喫茶店のけいえいは大へんな仕事だが、まして女ひとりではいっそう大へんな仕事だった。つい借金をした。それも銀行などではなく田端という高利貸しからだった。利息だけでも月に一割近くとられた。思うように返せなくてもあたり前だった。とうとう期限は切れてしまった。田端はしつっこくもんくを言いに来た。なん度目かにやって来た午前中だった。いつものとおりさんざんいやみを言った。その日はよほど腹を立てていたのであろう、おどしもんくをならべ立ててから、乱暴にも窓ガラスをわったりした。その上、三浦よし子をつきとばし、いまにもなぐりかけようとした。おどろいた三浦よし子は思わず、よろめいて茶だんすの上にあったブロンズの馬の像をつかむと、それを力まかせに田端の頭の上に打ちおろした。

三浦よし子は自首をして出た。

あらまし以上のような事件だったが、これは大泉婦警にとっても実に意外なことで、そのような母親に小島一郎を会わせてもよいかどうか、なかなかはんだんがつかなかった。というよりも、会わせないほうがよいように思われた。それは、さがしていた母親がたとえどのような事情からにせよ、人殺しをしたという事実をしれば、小島一郎はショックのあまりその時こそなにをしでかすかわからないように思えたからだ。ところが吉村刑事は反対して言った。

「いや、ぼくは会わせたほうがよいと思う。一時はショックをうけるだろうが、かえってそれで落ちつくはずだ。このままほうっておいたら、母親こいしさのあまり、それこそ家出くらいしそうだ。なにしろおじいさんには異常なほどの反感をもっている」

「でも、あまりかわいそうじゃありませんの」

「いや、長い目で見たら、会わせるべきだ」

「同情がないのね」

「そんなことない。同情をもつからこそ会わせるべきだ、と言うんだ」

ふたりの議論ははてしがなかった。

そこで、ふたりは係長の横沢警部に相談した。警部はうでをくみ目をつぶってしばらく考えたが、やがて言った。

「やはり会わせるべきだろう。現実は現実としてしらせたほうがいいようだ。そのあとで、われわれが責任をもって見守るということにしたらどうかな」

警部の意見はもっともだった。

大泉婦警もようやく思いなおした。警部はさいごにこうつけたした。

「大泉さんは子どもがいないからわからないだろうけど、男の子はそのくらいきびしく育てたほうがいいだろう。だいじょうぶだ、すぐに立ちなおるよ」

大泉婦警は補導係の部屋の自分の机にむかって、落ちつかない気持ちで時計ばかり見ていた。小島一郎が来るはずになっていた。

いったい、なんと言って説明したらよいだろうか。さっきからそればかり考えていた。

だが、小島一郎が四時頃にひとりでやって来た時、大泉婦警はもう落ちついていた。

「わかったのですか」

小島一郎はせきこむようにきいた。

「ええ。なんならきょうここで会わせてあげましょう。だけどがっかりなんかしたらだめよ」

小島一郎はなんのことかわからないといった顔つきでだまっていた。

大泉婦警は注意深くゆっくりと説明した。

小島一郎はガクンと頭を落とすと、そのまま顔をあげなかった。

大泉婦警はやさしくしかし力づけるように言った。

「でもね、あなたのおかあさんのやったことは、あれは正当防衛というものよ。裁判にはなるでしょうけど、きっと刑務所には行かなくてすむようになるでしょう。だから、あんまり考えすぎてはだめよ」

小島一郎はだまってひとつうなずいただけだった。大泉婦警はようやくホッとすると、

「やはり会いたいと思う?」

「はい。会わせてください」

小島一郎はようやく顔をあげると、決心をしたように言った。

そこで、大泉婦警はすぐに電話をかけて、留置場から

三浦よし子をつれて来るようにたのんだ。

　吉村刑事はずっとだまっていたが、やはりそう大したことではなかったではないか、と言うように大泉婦警を見た。大泉婦警はうなずいた。

　ほどなく、三浦よし子はひとりの刑事につれられて部屋に入ってきた。小島一郎は一心にドアを見つめていたが、そのしゅんかん、

「おかあさん」

　叫ぶように言って立ちあがった。

「一郎」

　三浦よし子は半分泣き声で言った。


　一週間たって、大泉婦警はまた小島一郎を警視庁によんだ。

　小島一郎をまちながら、大泉婦警はひどくきんちょうした顔つきで、吉村刑事と話しあっていた。吉村刑事もひどくきんちょうしていた。小島一郎がやって来たのは、四時をいくらかすぎたころだった。

　三人はすぐに補導係の部屋を出て、別の小さな部屋に行った。そこには母親の三浦よし子が、捜査一課の刑事といっしょにいた。


テーブルをかこんで五人は腰をかけた。三浦よし子は青い顔で一郎を見たが、ふたりともだまっていた。

　ちょっと重くるしいちんもくがつづいたが、すぐに吉村刑事が口をひらいた。

「きょうはちょっとききたいことがあるのでわざわざ一郎君にも来てもらったのです」

　三浦よし子と小島一郎はほとんど同時に、じっと吉村刑事を見つめた。ふたりのその目には、ある不安がはっきりと出ていた。

　吉村刑事はひたいの汗をふいてから、小島一郎に言った。

「小島君、君は前からおかあさんに会っていたね」

　小島はハッとしたようにあわてて母親に目をうつした。すると、母親がきつい口ぶりではげしく言った。

「そんなことはありません。一郎とはこのあいだここで会ったのが、別れてからはじめてです」

「そうではないだろう」吉村刑事は落ちついて言った。「あれは三回目か四回目のはずだ。どうだ一郎君」

　だが一郎は返事をしないでうつむいてしまった。それを見た母親はいっそうはげしく、

「そんなことはあり得ません」

「だったらきくけど、このあいだここで会った時、一郎君はおかあさんの顔は全然おぼえてないとはっきり言った。だが、あなたが入って来るのを見たしゅんかんに、すぐおかあさんと叫んだ。あの部屋にはいろいろな人が出入りしていた。その中にはなん人かの婦人もいたはずです。にもかかわらず、一郎君にはあなたがすぐにおかあさんだとわかった。これはおかしいじゃないですか」

「おかしくありません。親子ですものすぐにわかりますわ。それに、写真も見てしっていたはずですわ」

「一郎君のおじいさんは、あなたの写真はすべて焼きすてたと言っていました。それに、一郎君はあなたが喫茶店をやっていることをおじいさんからきいたと言ったけど、おじいさんはそれを否定したのですよ」

「それは一郎のかん違いだったと思います。そうでしょう、一郎」

だが、一郎はうつむいたまんまだった。

しばらくちんもくがつづいた。

とつぜん小島一郎が顔をあげると、声をふるわして言った。

「田端を殺したのはぼくです。母ではありません。あの日ちょうど母を訪ねました。ドアの外で、田端が母にひどいことを言っているのをききました。どうしようかと思っているうちに、田端は部屋の中であばれはじめたようで、母の悲鳴がきこえました。ぼくは夢中で部屋にとびこむと、茶だんすの上のブロンズの馬の像で、あの男の頭をなぐりつけました。気がついたら、死んでいました。母は自分がやったことにすると言いました。そして、万引をやって母をさがしていると言えばもうぜったい安心だからと言いました。

犯人はぼくです」

それっきりまたうつむいて、両手で顔をおおってしまった。

大泉婦警はホッと大きく息をはいた。だまされたなどという気持ちはないらしく、同情のこもった目が、母と子を見くらべた。

かわいい目撃者

築地警察署は六月のある金曜日に、銀座を中心にかん内のいっせい補導を行なった。とくに、夜間の補導におもな目的をおいていた。

警視庁防犯少年課の補導係にせきをおく大泉婦警と吉村刑事もおうえんのために加わった。

グレーのスーツの私服すがたの大泉婦警と、やはり私服の背広を着た吉村刑事は、いつものようにいっしょにパトロールをした。

有名なロカビリー喫茶店で、三人づれの少年を補導してから、その店を出た。もう十時をすぎて、銀座のうら通りのネオンは、美しいというより毒々しく、その下を半分は酔ったおとなたちが歩きまわっていた。

大泉婦警と吉村刑事はゆっくりと歩いていた。

「あら」

とつぜん、大泉婦警がそう言うと、一点を見つめた。

吉村刑事は婦警の視線を目で追った。そのつきあたりに、あるバーの入口があって、そのわきに花売りらしい少女が立っていた。それだけならよく見かけることだが、その少女のとなりに、四、五歳の小さな女の子がならぶように立っていた。

大泉婦警はしっかりした早い足どりになると、少女に近づいて行った。ふとった吉村刑事もからだをゆすりながらあとを追った。

少女はバーの入口ばかりを気にしていた。バーから出てくるお客さんに買ってもらうつもりのように見えた。かみの毛を長くして、青っぽい半そでのセーターを着、右手に花たばをかかえていたが、左手は小さな女の子と手をつないでいた。

「ちょっと」

ふたりは少女のすぐ横に立った。

大泉婦警が声をかけた。少女は首をよじってふり返った。

「花を売っているのね」

「はい」

素直そうにうなずいたが、両方の目がいぶかるように大きく見開かれると、吉村刑事に視線をうつした。それからこんどは、うたぐるように大泉婦警を見直した。

「この子はあんたの妹さん?」

「はい、そうです」

どこかうわずった声で言うと、花たばをぎゅっとだきしめた。

「どうしてこんなに小さな妹さんをいっしょにつれているの?」

大泉婦警の言い方はおだやかだったが、少女は返事をしないで、女の子に目を落とした。花をかかえた手がふるえているようだった。吉村刑事が重々しくきいた。

「警察の者だけど、きみの家はどこ?」

少女はハッとしたように吉村刑事を見つめると、とっさに返事ができないふうだった。

吉村刑事はまたきいた。

「名前はなんというの?」

少女ははっきりとあわてていた。だが、小声でようやく答えた。

「南すみ子です」

「そう。それで、家はどこ?」

少女はやはり答えなかった。女の子が不思議そうな顔で吉村刑事を見あげた。

築地警察署の少年係の部屋で、南すみ子はようやく話した。

南すみ子の自宅は杉並区の清水町にあった。ところが、三日前に家出をして、銀座のある喫茶店に行って、使ってくれとたのんだが、もちろんことわられた。だが、その喫茶店に親切なウエイトレスがいて、自分のアパートに泊めてくれたばかりか、花売りの仕事まで世話をしてくれた、ということだった。「まあ……」大泉婦警はこんなことにはなれているはずだったが、やはりあきれたように言った。

「でも、どうして家出なんかする気になったの? こんな小さな妹さんまでつれて……」

南すみ子はなにか言いかけたが、やめてうつむいた。細い首すじに品のよいくぼみができて、それはいかにもたよりなげだった。

大泉婦警は吉村刑事を見た。刑事はうなずいてから、南すみ子にきいた。

「まだ学校に行っているね」

「はい。高校一年です」

うつむいたまま弱く答えた。

「家族は？」

「母だけです」

「おとうさんは？」

「死にました」

「そうか……。それにしても、どうしてきょうだいふたりで家出なんかしたの？」

吉村刑事はのぞきこむようにして、やさしくきいた。

そのとき、女の子がとつぜん言った。

「おねえちゃんをいじめないでよ」

大泉婦警と吉村刑事は顔を見あって苦笑した。女の子は子どもながらにひどく心配そうな顔で、三人の顔をじゅんぐりに見た。


南すみ子の母親の南よし子が、れんらくをうけて築地警察署にやってきたのは、一時間ほどたってからだった。案内されて部屋に入ってくると、青ざめた顔をふるわせてはげしく言った。

「すみ子、あんたはいったいどうしたの？」

すみ子は顔をあげたが、ほとんどなんの感動も見せないまま、すぐにまたうつむいた。南よし子は小さな女の子に気がつくと、おどろきのあまりのようにかすれた声で、

「まあ、のり子ちゃんまでつれて……。これはどういうつもりなの？」

南よし子はいっそうこうふんした。

大泉婦警は、やれやれといった顔でゆっくりと言った。

「おかあさんですのね」

母親はようやく気がついたように、大泉婦警と吉村刑事にあいさつをした。それから、いくらか落ちついた口ぶりで言った。

「ほんとにわけがわかりませんわ。よそ様のお子さんまでつれて家出なんて……」

「あら」大泉婦警はおどろいた。

「妹さんではありませんの？」

「いいえ。のり子ちゃんはご近所のお子さんですの。すみ子はひとりっ子ですので、こののり子ちゃんをずいぶんかわいがって……。のり子ちゃんもおねえちゃんおねえちゃんとしょっちゅう遊びにきてましたの」

「そうでしたか」

大泉婦警はわからないというように、すみ子とのり子を見くらべた。そう言われてみれば、すみ子とのり子に似ているところはどこにもなかった。しかし、すみ子は母親にも似ていなかった。

別の部屋で、大泉婦警は母親だけと話し合った。

「ご主人はいらっしゃらないそうですね」

「それが」南よし子はくらい顔つきになるとためらうように言った。

「一週間ほど前に、アトリエで自殺しました」

「まあ、そうでしたか。すみ子さんはそのことは言いませんでしたけど、それがショックで家出をするようなことになったのではないでしょうか」

「そうかもしれません。わたくしはあの子のほんとうの母親ではありません。でも、ほんとうの親娘のようにうまくいっていましたし、あの子との間に、気まずいようなことはなにもありませんでしたのに、わかりませんわ」

だが大泉婦警はそれでわかったというように大きくうなずいてから言った。

「あの年ごろの少女の気持ちはわかりにくいものです。それにしましても、ご主人はどうして自殺など……」

「主人は画家でしたけど、わたくしが外出中にアトリエで首をつりました。帰宅してはじめてしったのですが、遺書もなく理由ははっきりわかりませんが、最近ノイローゼ気味で製作のほうも思うようにいっていないようでしたので……」

南よし子は放心したような目つきになった。心労につかれはてているように見えた。

「そうでしたか……。でも、のり子ちゃんもいなくなったことをごぞんじなかったのですか？」

「ええ。のり子ちゃんのおとうさんは日雇いのようなことをやっていて、とてもお酒のみで、夫婦げんかがたえなかったようです。最近も奥さんが実家に帰って、それでのり子ちゃんもいっしょだとばかり思っていましたの」

「それでわかりました。のり子ちゃんは家に帰りたいなどとは思っていないようですわ」

「これからどうしたらよろしいでしょうか。わたくしには見当もつきませんの」

「あまり特別なことはしないで、ごく自然に接するようになさったらよろしいのではないでしょうか。もしまたなにかありましたら、相談にいらしてください」

大泉婦警は、あたたかく言って、名刺をさし出した。

あくる日の午前中、大泉婦警はすみ子を世話したウエイトレスを渋谷のアパートにたずねた。すみ子の言ったことはほんとうだった。ウエイトレスはすっかりきょうしゅくして、

「花売りを二、三日やったら、里心がつくだろうと思いました。そうしたら警察にれんらくしようと思っていました。でも、あのふたりはきょうだいだとばかり思っていましたの」

そう言って、すみ子が持ち出したトランクを押入れから出した。

そのトランクを持って、大泉婦警は警視庁に帰った。

その日の午後、大泉婦警は受付から電話で南すみ子が面会にきたと告げられた。机のわきにおいたトランクをチラッと見ながら、部屋にくるようにとつたえた。

やがて、紺の制服を着た南すみ子はためらうようにして部屋に入ってきた。大泉婦警はえ顔で迎えると、机の前に腰をかけさせた。

「トランクをとどけようかと思っていたところなのよ」

「すみません」

チラッとトランクを見たが、すみ子はそれについてはなにも言わなかった。

「もう落ちついたでしょう」

大泉婦警はいたわるように言った。

「いいえ。落ちつけません」

思いつめたような口ぶりで言うと、すみ子は泣き出しそうな顔をした。

「どうしてなの？　おかあさんとの生活がそんなにいやなの？」

「……」

「ほんとうのおかあさんでないということは聞きました。あなたはおかあさんをきらっているのね」

「いいえ。きらいだといえば、おとうさんのほうがきらいでした」

「どうしてなの？」

「とてもがんこでした。でもおかあさんはやさしくて好きでした」

「わからないわね。でしたらどうして家出なんかする気になったの？」

大泉婦警の口ぶりはやさしかった。だが、目は注意深そうにすみ子の目を見つめた。

すみ子は目をそらすと、別になにを見るというふうでもなく、大きくひとつため息をした。そんなすみ子は心の内に大きななやみを持てあましているようだった。それを引き出そうとするように、大泉婦警はわざと明るく言った。

「さあ、話してごらんなさい。そのためにここにきたのでしょう」

「ええ」すみ子はちょっと考えてから大泉婦警に目をもどした。その目はなにかを決心したようにまばたきをしなかった。

「おとうさんは自殺ではありませんでした」

大泉婦警は意外だというようになかば腰をうかすと、しかし落ちついてきいた。

「だれかに殺されたと言うの？」

「はい」

「いったい、だれに殺されたの？」

「母にです」

きっぱりと言うと、急に目まいでもしたように両手で顔をおおった。

「まあ……」大泉婦警はまじまじとすみ子を見つめ直した。

「どうしてそんなこと言うの。おかあさんがそんなことするわけないじゃありませんか」

「わたしもそう思っていました。でも……」

泣き声になると、顔をあげ涙をふこうともしなかった。

「あなたは見たの？」

「わたしは見ません。でも、のり子ちゃんが見たんです」

大泉婦警はだまったままかるくうなずくことでさきをうながした。すみ子はホッとしたようにあとはすらすらと話した。

「のり子ちゃんはわたしにこう言ったのです。おばちゃんがおじちゃんを天井からぶらさげていたって。のり子ちゃんはいつものようにわたしのところに遊びにきたのですけど、わたしはまだ学校から帰っていませんでした。そのとき、庭からガラス戸ごしに見てしまったのです。わたしはおどろきました。それから、のり子ちゃんがだれかに話すのではないかと心配になりました。わたしはおかあさんが好きでした。それで、のり子ちゃんをつれて家出をしたのです。おかあさんがきらいで家出したのではありません。好きだからでした。だけど、ほんとうのことはやはり話さなければいけないと思い直しました」

「そう。のり子ちゃんがそう言ったのね」

すみ子はだまってうなずいた。

「ちょっとまっててね」

大泉婦警はきんちょうした顔で言うと、席を立った。

捜査一課の刑事は荻窪署と協力して、のり子にいろいろときいた。だが、それは困離な仕事だった。のり子はただ、

「おばちゃんがおじちゃんを天井からぶらさげたの」

と言うだけで、それ以上なにをきいてもわからなかったし、しまいに泣き出してしまった。刑事はすっかり手をやいた。

死体はすでに火葬にふされていた。だから、解剖してこまかくしらべることはできなかった。しかし、殺された南英介は小柄でやせていたから、殺してから天井のハリにぶらさげることは、女の手でもぜんぜん不可能だとは考えられなかった。そこでのこされた手段は、南よし子のアリバイをしらべることだった。だが、アリバイはあった。死亡時刻は六月一日の午後三時前後ということだったが、その日の二時半から三時半まで、南よし子は自宅の近くの美容院にいたことが証明された。いずれにしても、四歳の子どものことばをそのまま信用することはできないということで、これはやはり自殺だろうというのが、捜査一課の結論だった。それを聞いた大泉婦警は吉村刑事に言った。

「なんだかおかしいようだわ」

「そうだな。ひょっとすると、これは南すみ子の仕組んだ芝居ではないかな」

「どういう意味ですの?」

「つまり、母親に対する反感から、のり子ちゃんを使っていやがらせをやったのではないかとも考えられる」

「そんな。……そんな子ではありませんわ」

大泉婦警はうかない顔を左右にふった。

「そうでもない。ぼくはだいたい最初に、南すみ子は客の同情をひくためにのり子ちゃんをつれて花売りをやっていると思った」

「前にそんな事件はありましたわ。花売り娘が客の同情をひくために小さな女の子をゆうかいしたのでしょう。でも、あの子はちがいます。あの子が花売りになったのはほんの偶然からでしたわ」

「ともかくおかしな事件だ」

「のり子ちゃんはほんとに見たのかしら」

大泉婦警はじっと考えこんだ。

大泉婦警は次の日曜日に、ひとりで南家をたずねた。気になって仕方がなかったからだけれど、それはなにも吉村刑事のようにすみ子をうたがってのことではなかった。むしろ親娘を心配してのことだった。

アトリエがいまでは応接間にかわっていた。壁にたくさんの絵のかかった明るいその応接間で南親娘に会った。

母と娘ほおたがいになんとなくよそよそしく、ふたりの間には目に見えないつめたいカーテンがたれさがっているようで、大泉婦警はくらい気持ちになった。だが、ふたりとも大泉婦警にはやわらかい笑顔を見せた。それで元気づけられて、大泉婦警は思い切ったようにすみ子に言った。

「あなたはのり子ちゃんのことばを、いまでも信用しているのですか」

「いいえ」

そう言ったが、わらいは消えてしずんだ顔つきになった。かるくうなずいてから、大泉婦警は母親にきいた。

「ご主人はだれかにうらまれていたようなことはなかったでしょうか」

「さあ……」いくらかうんざりしたような顔で考えた。

「別に心あたりございません」

「そうですの」

「だれかに主人は殺されたと、思っていらっしゃるんですの?」

「ええ、そんな気がします」

大泉婦警ははっきり言った。

「のり子ちゃんのことばを信用していますのね」

そう言った口ぶりは、むしろかなしそうだった。

「すべて信用しているわけではありませんが、まるでウソを言っているとも思えません」

「そうでしょうか」

そう言って、南よし子はチラッとすみ子に目をやった。すみ子は両ひざに手をおいて、その手さきに目を落としていた。

「あの日、だれかここにたずねてきた人はありませんでしたでしょうか」

「そのこともきかれましたけど、わたくしにはわかりませんし、目撃者もいなかったようですわ」

「でも、だれかがきたのだと思いますわ。のり子ちゃんはその人をあなたとま違えたのではないでしょうか」

「まあ……」南よし子はさっと青ざめた。「わたくしとま違える……。でしたら、わたくしの妹しかおりませんわ」

「妹さん……」

「そうですの。一つ違いの妹ですの。よく似ていると言われます。でも、妹が……」

南よし子ははげしく頭をふった。すみ子がハッとしたように顔をあげた。その顔を見て、大泉婦警もドキッとしたようだった。その妹が南よし子のかわりにアリバイを作ったかもしれないと思ったのかもしれなかった。

重くるしい空気がただよった。三人がそれぞれなにかを一生懸命に考えているようだった。その重くるしさをやぶるように、大泉婦警は立ちあがって、壁にかかった油絵を眺めた。

しばらくして、棚の上にあったスケッチブックに目をやり、それからそれを一枚一枚めくって見た。だが、それはただめくっているだけで、描かれたものに関心は見せていないようだった。

だが、とつぜん、

「あら」

思いがけない大きな声で言うと、大泉婦警はじっとスケッチブックの一枚を見つめた。

それには女のすがたがスケッチされてあって、左下に—6.1—と書かれてあった。

「これはご主人が六月一日に描いたものですわね」

そう言って、スケッチブックを親娘の前にさし出した。そうしてつづけた。

「ごらんなさい。あの日に女の人がここにきているではありませんか！」

「まあ……」

南よし子は口を半分あいたまま、じっと見つめた。すみ子も顔をよせて見つめた。

大泉婦警はそんなふたりの顔を注意深く見おろしながら、

「これがだれだかわかりますか」

「さあ……」

南よし子はなおじっと見つめた。

すみ子がさけぶように言った。

「モデルの吉野さんだわ。ほら、この着物の模様。これはいつかおかあさんが吉野さんに、派手になったからと言ってあげた着物じゃありませんの」

「そうだわ」

南よし子はむしろつぶやくように言った。それからゆっくり顔をあげた。その顔はおどろきとうたがいをごっちゃに見せながら、口びるがふるえていた。

一週間後の日曜日に、大泉婦警はまた南家をたずねた。

「不幸の中のさいわいでしたわね」

「おかげ様で」南よし子はていねいに頭をさげた。「保険金もいただけました」

「保険金ですか?」

「ええ、生命保険ですけど、契約して二年以内に自殺した場合はいただけないというきまりですが、おかげ様でいただきました」

「まあ」大泉婦警はあきれたようだった。

「どうしてそれを早くおっしゃらなかったのですか。そうすれば、あなたがうたがわれることはありませんでしたのに」

母と娘は顔を見合ってそうかというようにちょっとわらった。

吉野静江の主人も画家だった。というより画家志望の青年だった。そしてもうなん度も、南英介が幹部である××会に出品したが、いつも落選した。その理由をどこから聞いたのか、南英介が反対するので入選できないのだと思いこんだ。妻の静江もそう思いこんだ。そしてあの日、思い切ってそのことを南英介にただした。それを聞かされて南英介はひどく腹をたてた。そのあまりわるいことに、南英介は持病のテンカンの発作をおこした。おこしながらも静江に手をあげた。おどろいた静江は反対に南英介をつきとばした。南英介は気絶した。それを静江は死んだものとばかり思いこんで、とっさに自殺と見せかけることにした。

のり子ちゃんがその静江を南よし子と見ま違えたのは、無意識のうちに着物の模様をおぼえていたからであろうが、うしろすがたしか見ていなかったのも事実のようであった。

消えた靴磨きの少年

七月に入ってから初めての日曜日だった。

太陽はギラギラとすでに高く、もう九時も近いころ、日比谷公園の立木の中に、ひっそりところがっていた男の死体が発見された。

検死の結果は心臓マヒということだったが、身元はわからなかった。

三十歳前後のその男は、くたびれたグレーのズボンに、よごれたブルーのスポーツシャツという身なりで、所持品といったら風呂敷包以外になにもなく、その中にはゴミ箱からひろってきたといってもおかしくないような、ゴム底の男物サンダルが一足きりだった。

引きとり手のいない変死人。これがその男のすべてのようであった。

その日曜日の午後、警視庁少年課補導係の大泉婦警は買い物のために、銀座に出た。もちろん私服のスーツを着ていたが、それは制服と同じようによく似合っていた。

買い物が終えコーヒーを飲んでから、国電で帰宅するために有楽町駅まで歩いた。

駅に着いたとき、近くのガード下で靴みがきをやっているはずの小島一郎を思い出した。

大泉婦警はその小島少年を、別の少年のある事件から知ったのだが、普通でないからだや不幸な家庭状況にもめげずに、あかるく素直な性格が好きだった。小児マヒのために左足が不自由だった。父親が病気で寝ていたので、母親が日雇いに出ていた。だが、十六歳になる小島一郎は毎日せっせと靴をみがいていた。

ガードの下には五人ほどの靴みがきがならんでいたが、どういうわけか小島一郎のすがたは見えなかった。

大泉婦警はいぶかしく思いながら、いつも小島一郎のとなりで靴をみがいている少女の前に立った。そして声をかけた。

「小島クンはお休みなの？」

その少女、山本よし子はなにか考えごとをしているように、じっと目をおとしていたが、おどろいたように顔をあげた。ようやく大泉婦警だとわかると、ハッとしたように目を大きくしながら立ちあがった。その顔に、大泉婦警はやわらかいわらい顔できいた。

「どうしたの？　そんな顔して……」

「へんなのです」

山本よし子はつばを飲みこむようにして言った。

「なにがなの？」

「小島さんつれてゆかれてしまったんです。お客さんからあずかった靴をまちがえて別のお客さんに渡してしまったんです。それで、怒ったお客さんがつれていってしまったんです」

「それ、いつのことなの？」

「きのうです。きのうの午後です。それっきり帰ってこないのです」

「もっとくわしく話してごらんなさい」

大泉婦警はおどろいたが、それは顔には出さず、落ちついた声でやさしくうながした。

きのう午前中、ひとりの若い男が「みがいておいてくれ」と一足の黒靴を持ってきた。小島一郎はそれをあずかった。そういうことはよくあったし、とくにその若い男は三日に一度くらい、そのように靴を持ってきてあずけていった。彼自身の靴ではないようだった。近くの会社の社員が、上役にたのまれて持ってくる、というふうに見えた。一時間か二時間すると必ずうけとりにきたが、それはきまって別のもっと若い男だった。そのふたりが反対になるとか、あるいは別のだれかがくるということは一度もなかった。

その靴は黒皮のありふれたものだったが、きのうはそれと似たような靴を、みがいておいてくれ、と言ってあずけていった男がもうひとりいた。

それは三十歳前後の顔色の悪い、やせたからだのどこかに病気を持っているのではないかと見える男で、サンダルをつっかけていたから、おそらく自分の靴であったろう。

「よくみがいておけよ。あとでとりにくるからな」

しゃがれた声でそう言った。

小島一郎はよろこんで承知した。ところが、一時間ほどして彼が駅の便所にいった留守に、その男はそそくさとやってきて、小島一郎のいないことなぞまるで気にしないように、すでにみがきあがっていた自分の靴を手にとると、となりの山本よし子に、五十円玉をあずけて、さっさと立ちさった。

やがて帰ってきた小島一郎は山本よし子から五十円玉をうけとったが、靴をまちがえて持っていったなどと思うわけもなかったろう。

その直後に例の若い男がやってきて、いつものように、

「青木さんの靴できたか」と言った。

小島一郎はだまって靴を渡した。

「やあ、すまん、すまん」

男はおうようぶった言い方をしてから、これまたいつものように百円玉をポイと投げて立ちさった。

だが、三十分もしないころ、男は血相をかえてといいたいほどの顔つきをしてもどってきた。靴が違っているとかみつくように言った。小島一郎はとほうにくれたようだった。が、言いわけじみたようなことを、ひかえ目にしゃべった。しかし、男はなっとくしなかった。山本よし子は、自分の責任だと言おうとしたが、男のあまりにはげしい剣幕に、つい言いそびれた。

男は最後に、お前の口からじかに社長に話してくれ、と言った。小島一郎はしかたなさそうに承知した。

山本よし子は心配しながらふたりを見送ったが、それっきり小島一郎は帰ってこなかった。

聞き終えて、大泉婦警はしばらく考えるような目つきで、山本よし子の目を見つめていたが、やがて言った。

「あなたはその会社がどこの会社かしらないの?」

「しりません。この近くの会社なのでしょうけど……」

山本よし子はすまなそうに弱く答えた。

「そんなにしょっちゅうきてたのにしらないの?」

「ええ。いつもうけとりにきていましたし、届けたことはなかったんです。それで……」

「いつも百円くれたの?」

「そうです。いいお客さんだって、小島さんよろこんでいました」

「いつごろから持ってくるようになったの?」

「三か月くらい前からです」

「毎日じゃないのね」

「ええ。一週間二回くらいです」

「それで、まちがえて持っていった人は見覚えないの?」

「ええ。はじめて見た人でした」

「そう。それにしても、そそっかしい人もいるものね。

自分の靴をまちがえるなんて」

大泉婦警はそんなふうに言ったが、しかし内心の不安、疑問を、はっきりとあらわした目つきになって、またしばらく考えた。

やがてあかるく言った。

「もしかしたら、小島クン家に帰っているのかもしれないわ。これから小島クンの家に回ってみるから、あなたはあまり心配しないでいらっしゃい」

言い残して、大泉婦警は歩き出した。

しかし、月島のいつもしめっているような露路の奥にある小島の家では、父親と母親が、一郎はどうしたのだろうか、と本気に心配し始めていたところだった。


あくる日、大泉婦警は出勤すると、すぐに吉村刑事に相談した。だが、結論が出ないまま、ともかくもう一度たしかめることにして、吉村刑事は小島一郎の家を訪ね、大泉婦警は山本よし子に会ってみることにした。

だが、小島一郎はいぜん行方不明だった。そして、靴をまちがえていったと思われる男もあらわれなかった。

そこで、母親に丸の内警察署に一郎の捜索願いを出させ、あらためて大泉婦警は吉村刑事と相談した。


一時間後、大泉婦警はひとりで、ガード下にまた山本よし子を訪ねた。

ひそめた声でしばらく話し合ってから、半紙をたてに三枚はって長くしたものを渡して、それをうしろの壁にはっておくように言った。それからさらに、なにかをこまごまと説明した。山本よし子はうなずきながら、しんけんな顔で聞いていた。

やがて、大泉婦警は立ちさった。山本よし子は紙をうしろの壁にはった。

紙には次のように書いてあった。

靴をまちがえられた人に――

まちがえた人がわかりましたから、すぐに申し出てください。

そのはり紙のきき目は、午後になってはっきりした。いつも靴を持ってくる若い男が、山本よし子の前に立つと、

「それほんとか」

と、せきこむように言って、とがったあごではり紙をさした。

「ほ、ほんとです」

山本よし子はハッとしながらも、はっきりと言って、ゆっくり立ちあがった。両手がきつくにぎりしめられていた。

「じゃ、もらってゆこう」

「ここにはないんです。その人の会社に案内します」

「ふーん」男はあごを引いてしばらく考えてから「よし、案内してもらおう」

山本よし子はホッとしたように肩をちょっと落とすと、だまって歩き出した。男もだまって歩いた。

近くのビルに入った。エレベーターで五階までいった。そこの受付で、靴のことで後藤さんに会いたいと言った。応接間のような部屋に案内された。しばらくすると、別のドアがあいた。

入ってきたのは私服すがたの大泉婦警だった。山本よし子は表情もかえなかった。

大泉婦警は男に言った。

「あなたですの、靴を間違えられたかたって。後藤さんてほんとにそそっかしい人ですわ」

それから、おもしろそうにわらった。男はニコリともしないで早い口調で言った。

「靴を返してもらえませんか」

「それが、だめですの」

「なんだって?!」

男は意外なほどのはげしさを見せて言ったから、大泉婦警の顔からわらいが消えた。

「後藤さん仕事で出かけてますの。あなたの靴をはいて。四時頃にもう一度おいで願えませんか」

「そうですか」

男はいくらか落ちついたように見えた。

「そのとき、後藤さんの靴も持ってきてくださいますね」

「そうしましょう」

男は用心深そうな目つきでじっと大泉婦警を見返したが、しかし見破ったふうはなかった。

山本よし子は、棒のようにからだを固くして、息をつめたようにふたりを見くらべるだけだった。十六歳の少女のそのきんちょうした顔は、子供っぽさと大人びた分別くささを半々に見せていた。

十分後、大泉婦警ののったタクシーは、男ののったタクシーのあとを走っていた。婦警はからだをのり出すようにして、前を走る車から目をはなさなかった。男はあとをつけられているなどとは夢にも思わなかったらしく、一度もふり返らなかった。

タクシーは国電新宿駅の前でとまった。男は車からおりて歩き出した。せかせかとした歩き方で、いくらかうつむきかげんに三越の裏手の方へと足を運んだ。

やがて、大きなスマートボールの店に入っていった。大泉婦警もためらわずにその店に入った。ひやっとするほど冷房がきいていて、その中をジャズが流れていた。満員の客はそれぞれ腰をかけて、奇妙なしんけんさで白い玉をころがしていた。

男はあいている台をさがすふうはなく、まっすぐ奥へ歩いた。大泉婦警はそのうしろすがたを目で追った。

ふいに、男のすがたが消えた。

大泉婦警はいくらかあわてながらも、さり気ない顔でゆっくり奥へ歩いた。

地下室への階段があったのだ。それは幅のせまい階段で、下はうす暗く男のすがたはもう見えなかった。そしてそこには、通行おことわりと書いた立札が立っていた。

大泉婦警はためらいを感じながら、しばらくまよっていた。だが結局、地下にはおりなかった。しかし、階段口がうまく見とおせてしかもあまり目立たない場所にまでさがると、ひとりの客の肩越しに台の上に目を落としながら、視線のはずれでは注意深く階段口を見はっていた。

十分たち、二十分たった。だが、地下からはだれもあがってこなかった。

三十分たった。いくらかつかれを感じた大泉婦警は、うしろの壁によりかかろうと一、二歩さがった。だが、ちょうどそこにドアがあり、しかもそのとき中からだれかがそのドアを引いた。

大泉婦警はよろめきながら、部屋の中に入ってしまった。ほとんど同時に、

「アッ、婦警さん」

と、叫ぶように言った者があった。

大泉婦警はギョッとして首をねじると、声の方を見た。小島一郎がこわばった顔におどろきと安心の両方からか、引きつったようなわらいをうかべていた。

「ふーん。あんたは婦人警官だったのか」

そう言った男は、あとをつけてきたあの男だった。大泉婦警はとっさにことばが出なかった。なんとなくあたりを見回した。

小さな部屋で、地下への階段があるきりだった。

もうひとりのでっぷりとした五十前後の男が、ゆっくりと言った。

「ほーう、あなた警察の方ですか。ちょうどよかった。ちょっとお話ししたいことがあります。私の部屋までいらしてください」

ていねいな口ぶりだったが、アクセントがおかしかった。日本人ではないようだった。

大泉婦警は素早く考えをまとめようとしたが、なんとも判断のつかないまま、また小島一郎を見た。小島一郎はだまって横をむいていた。

「お話ってなんですの?」

大泉婦警はようやく落ちつくと、用心深くきいた。

「いや、ここでは失礼ですから、私の部屋にどうぞ」

男はにこにこと言った。そのわらい顔に悪意はないように思えたので、大泉婦警は承知した。

四人は地下におりた。

うす暗い廊下のつきあたりの部屋に入ったとき、いつの間にか小島一郎と若い男はいなかった。

八畳くらいのりっぱな部屋で、赤いカーペットが豪華な感じだった。

丸テーブルを間にして、大泉婦警と男は腰をかけた。

大泉婦警はきいた。

「小島クンはどうしたのですか?」

「小島くん?」男はふしぎそうにきき返したが、すぐに言った。「ああ、あの子ですね。見てきましょう」

すぐに立ちあがると、部屋を出ていった。

それっきり、いくら待っても帰ってこなかった。大泉婦警はいらいらと待った。いらだちが不安にかわると、立ちあがってドアに歩いた。だが、ドアには鍵がかかっているらしく、押しても引いてもびくともしなかった。

力いっぱいドアをたたいた。しかし、むだだった。不安よりも怒りのほうが強くなると、青ざめた顔をまっすぐに立てて、腕をくむと部屋の中を歩き回った。

男が部屋にもどってきたのは一時間もたってからだった。

大泉婦警はきびしい口調でたたきつけるように言った。

「あなたは、小島クンを監禁したように、私も監禁しようというのですか」

「とんでもありません」

男は大げさに手をふった。

「あの子はここに遊びにきたのです。それだけです」

「でしたら、あの子をここに呼んでください。直接きいてみましょう」

「もう帰ったようですよ。あんな子どもをなんの必要があって監禁などするのですか？」

男はゆったりと落ちついて反問した。

「小島クンがまちがえた靴というのはあなたのでしょう？」

「靴？　さあ、そんなことはしりません。なんのことですか？」

「あなたは自分の靴を三日に一度くらい、小島クンのところにみがきに出したのです。新宿から有楽町にですわ。その理由を説明していただきましょう」

そう言った大泉婦警の顔からはもう怒りの表情は消えて、両方の目が冷静そうにすんでいた。

「こまりましたな。あなたは誤解しているようです」

ほんとにこまったような顔をして、右手をひたいに持っていった。

「いいかげんにしてください。あなたは私をここにとじこめておいた一時間ほどの間に、いろいろと善後策をねったはずですわ。あの靴がどうしてそんなに大事なのです？」

男は返事をしないで、じっと大泉婦警を見ていたが、やがてためすような目つきになり、へんなわらい方をすると、ズボンの腰のポケットから一万円札のたばをとり出した。それは三十枚くらいもあるようだったが、それを大泉婦警にさし出して、

「私としましてはなんともご返事のしようがありません。失礼ですが、これでお引きとり願えませんでしょうか」

大泉婦警の顔にありありと怒りの表情がうかんだ。だが、つめたい声で言った。

「誤解しているのはあなたのようですわね。これはどういう意味ですの？」

それからしばらく男は根気よく大泉婦警をなだめたりすかしたりした。だが、それがむだだとしると、とつぜん荒っぽい口調で、

「あなたは自分の立場を承知しているのですか。この部屋でいくら音を立てようと、叫ぼうと、外部にはぜったいにもれない。あなたはそういう部屋にいるのだ。ともかく、しばらくこの部屋にいてもらいましょう」

それから、ふたりは無言のままにらみ合っていた。

大泉婦警は冷静に考えた。自分のやり方が失敗だった

かもしれないと思った。やりすぎたと思った。じょじょに不安がつのった。

男が立ちあがった。そして、部屋を出てゆこうとした。大泉婦警はパッと立ちあがると、男のあとを追った。

ドアの前で無言のままもみ合った。だが、いくら婦人警官とはいっても、女性の力ではどうしようもなかった。つきはなされて、赤いカーペットの上に両ひざをついてしまった。その目の前で、ドアは荒々しくしめられた。

だが、どういうわけか、男はすぐにもどってくると、落ちつかない顔でドアをふり返った。

そのとき、ドアが外からけとばされたように内側にあいた。

まっさきに入ってきたのは吉村刑事だった。ふとったからだを左右にゆさぶりながらとびこんできた、といったほうがよかった。

大泉婦警は全身の力がぬけてゆくような気がして、ふらふらと立ちあがった。

吉村刑事は大泉婦警を見ると、ホッと安心したようだったが、ニヤッとわらって見せただけだった。その吉村刑事のあとから、警視庁保安課の刑事が三人つづいて入ってきた。

その中のひとり、松本刑事が男を見ると言った。

「あんたは張福全だね」

男はおびえたような目で松本刑事を見つめるだけだった。松本刑事はつづけて言った。

「麻薬の密売で逮捕する」

男はいくらか落ちつくと、それでも胸をはるようにしてきき返した。

「証拠は？」

「あんたは神戸の麻薬ブローカーからヘロインを仕入れていた。それを様々な方法で都内の末端ブローカーに流した。例えば、銀座のブローカーには、靴のかかとをくりぬいて、その中に十グラムずつ入れて、銀座の靴みがきにみがいておいてくれと渡す。そのあと一時間から二時間ほどして、銀座のブローカーの手先がその靴をうけとりにゆく、といったふうにだ。ところが、一昨日その靴を自分の靴とまちがえて持っていってしまった男がいた。あんたはそれを聞いてあわてた。そのあまり、靴みがきがあやしいと、とんでもない見当違いをして、その結果小島一郎をここにつれこんで事実をしゃべらせようとした。だが、ここにいる大泉婦警の計略にひっかかって、小島一郎はなにもしらないと判断して、口止め料に十万円渡して帰そうとした。そのことはついさっき、別の部屋で本人から直接きいた。あんたは大泉婦警の出現で、また小島一郎を監禁しようとしたし、この大泉婦警までそうしようとした。そうだろう？」

言われて、張福全はなにも言わなかった。

大泉婦警は吉村刑事にきいた。

「どうして私がここにいるとわかったの？」

「山本よし子が心配して、ずっときみのあとをつけていたんだ」

「まあ……」

「今回のきみはたしかに無茶だったよ」

ふたりは苦笑した。吉村刑事は思い出したようにつけ足した。

「靴のことはね、日曜日の朝日比谷公園で男の変死体が見つかった。腕には注射のあとがあり、どうも麻薬中毒者らしかった。風呂敷包の中にきたないサンダルを一足持っているきりで身元が不明だったのだが、その男の靴のかかとからヘロインが発見された。

つまり金のなくなった中毒患者が、ヘロインの運搬法をかぎつけて、うまいぐあいに横取りしたというわけだ。だが、すでにからだの弱っているところに、相当多量のヘロインを服用したらしい。それで心臓マヒをおこしたということだ」

ある兄妹

警視庁少年課補導係の大泉婦警は、七月中ごろのある午前早くに、三上咲子の訪問をうけた。大泉婦警が初めて咲子を池袋で補導したのは、去年の秋で、そのとき咲子は中学の三年生だった。

咲子の家庭はめぐまれたものとはいえなかった。父親はすでになく、日雇いをやっている母親とふたり、池袋のドヤ街といわれるかたすみのバラックに住んでいた。洋一というタクシーの運転手をやっている兄がいたのだが、その洋一は母親とけんかをして家を出てしまっていた。

去年の秋、咲子は修学旅行の費用をなんとかしてもらえないだろうか、とおそるおそる母親にたのんだ。そんな金があるはずもなかったが、母親はただだまってうなずいた。そのあくる日、母親はなんとか旅行費を手に入れたいと、とうとう警察に留置されてしまうようなことをしてしまった。ひと晩留置されてから帰ってきた母親に、咲子はなにもいわなかったし、母親もそうだった。その夜、母親を取調べた刑事が、母親に同情してわざわざ三千円持ってきてくれた。母親は涙を流した。だが、咲子はとうとう修学旅行には行かなかった。それだけでなく、それ以来学校にもほとんど行かなくなって、なにかを爆発させせなければおれないというように、そしてまた自分のことは自分でやるのだというように、池袋のはんか街をうろついた。

ちょうどそんなころに、大泉婦警は咲子を補導したのだが、咲子のふてくされたような反抗心にはほとほと手をやいた。だが、大泉婦警はあきらめなかった。咲子のすさんだ心の中に、ある素直さのあることを敏感に感じとって、それだけにたよって、いろいろと気長にめんどうをみてやった。

咲子の心は氷がとけるように立ち直った。そうして、今春無事中学を卒業すると、大泉婦警の世話で、新宿のある喫茶店にウエイトレスとして就職した。

ちょうどそのころ、母親が心臓マヒでなくなった。そこで大泉婦警は兄洋一のアパートをさがしてやり、ようやく兄妹ふたりの生活が始まった。それはどうやらうまくいっているようで、大泉婦警もようやくひと安心といった気持ちになり、ふたりの前途に明かるいものを感じるようになっていた。

その三上咲子がめずらしく訪ねてきたので、大泉婦警はいぶかしく思いながらも、やさしいわらい顔を向けて、

「なにか用事なの？　まあ、おすわりなさい」

咲子はかたい顔つきで机の前に腰をかけた。大泉婦警はそんな咲子をじっと見て、

「どうしたの？　そんな顔して……」

咲子は口ごもるように口をひらいた。

「あの……、ちょっとご相談したいことがありますの」

「そう。話してごらんなさい」

大泉婦警はおだやかにうながした。咲子はそれでもためらうように婦警の目を見たが、ようやく話し出した。

「わたしたちのアパートの大家さんが、突然にへんなことをいい出したのです」

「へんなことって？」

「まい年七月の部屋代はいらないし、その上七月には五千円ずつくれるというのです」

「まあ……」大泉婦警はめんくらったようにからだをそらして咲子を見返した。「どうしてなの？」

「それがわかりません」

「大家さんは理由をいわなかったの？」

「兄にはいったかもしれませんが、兄はただ、くれるものはもらっておこう、なんてのん気なことをいってますの」

「それはあなたがただけに対してなの？」

「そうです。そんなことをしてもらう心当たりはまるでありません」

「それで、部屋代はいくらなの？」

「三千円です」

「そうすると、まい年八千円もらうことになるけど、いつまでくれるというの？」

「兄の話ですと、あのアパートにいる間はずっとくれるそうです」

「その大家さんて、いくつ位の人なの？」

「五十位です。わたしはあの人きらいなんです」

「どうして？」

「なんだか、悪い人のように思えるんです」

「そう思うだけなのね。そういうことは当てにはならないわ」

「でも、悪い人に違いないって気がします」

咲子は強情と思えるほどのはげしさで頭をふった。大泉婦警は微笑をうかべて、

「そういうことはちゃんとした根拠がなければだめよ。悪い人がそんな親切といってもいいほどのことをするわけないでしょう」

「ですから」咲子はからだをのり出すように目を大きくした。「兄がなにか悪いことにまきこまれたような気がするんです。そして、そのお礼としてお金をもらうのではないかと思えます。つまり、あの大家さんといっしょに、なにか悪いことをやったのです。それでなかったら、大家さんのなにか悪いところを見つけて、それで脅迫したのではないかとも考えられます。どっちにしても、兄はやはり悪いことをしたのではないでしょうか」

大泉婦警は相かわらずやさしい表情をくずさなかったが、そのうちだんだん大きくすんだ目が、じっと考える目つきにかわると、ゆっくりとしかしはっきりした口調で、

「わかりました。その大家さんの名まえと住所を教えてちょうだい」

咲子は大家の名まえと住所を教えた。

渋谷区桜が丘町××番地、岸本五郎。大泉婦警は手帳にそう書きこんだ。

大泉婦警は吉村刑事に相談した。じっと聞いていた吉村刑事は、ふとったからだをちょっとゆさぶって肩をすくめると、

「ひどくあいまいな話だな。少女の感じだけでわれわれがいちいち動くとすれば、からだがいくつあったって足りやしないさ」

まるで問題にしない口ぶりだった。だが、大泉婦警は、かんたんにそんなふうにいい捨てるのはいけない、と熱を入れて説明してから、

「わけもなくまい年八千円くれるというのはおかしいではありませんの」

「もちろん、わけはある。だけど、それをすぐになにか悪事に関連させるのは、やはりひやくというものだ」

大泉婦警はしばらく考えた。それから、そうだというように両手を合わせて、

「もしそれが悪いことでなかったら、それはよいことになりますわ。それならそれで、善行を発見してそれを世の中に発表することだって、われわれのつとめですわ」

「なるほどね」

吉村刑事は苦笑をうかべて、やられたというような口ぶりだった。すかさず大泉婦警はたのんだ。

「お願いしますわ」

「よし、やってみよう。ぼくは岸本五郎について調べてみる」

「すみません。わたしは咲子さんのにいさんの洋一君について調べてみます」

大泉婦警は渋谷にある株式会社太平タクシーの営業所に出かけて行った。だが、洋一は勤務中でいなかった。れんらくする手だてもないので、営業所長にいろいろときいてみることにした。

「三上洋一さんの成績はどうですか?」

「そうですなァ、まあ普通というところでしょう。まじめな男です」

「最近なにか、かわった様子はないでしょうか?」

「さあ……。別にないようです」

「今まで事故などはおこさなかったでしょうか?」

「ありません。どちらかといえば、用心深い男です。酒も飲みませんし、金使いがあらいようなこともありません。とびぬけてよい成績も上げないけど、しかし安心しておれるという点で、会社にとっては、三上君のような人が一番よいようですな」

営業所長はニコニコとそういった。

大泉婦警は立ち上がった。そのとき、営業所長は思い出したようにいった。

「そうそう、これは事故とまではいえないでしょうけど、今月の初めころ、前のタクシーに追突して、ちょっと車に傷をつけて帰ったことがありました」

「そうですか。それを今でも運転していますの?」

「そうです。大したことはなかったものですから」

「車の種類はなんでしょう?」

「ルノーです」

大泉婦警はお礼をいいながら、ルノーのあの小型な車体を思いうかべた。

吉村刑事は午後になってようやく帰ってきた。待ちかまえていた大泉婦警はすぐにきいた。吉村刑事は、ちょっと待てというように右手を上げてから、顔にしたたる汗をふいた。それからゆっくり説明した。

岸本五郎は赤ら顔の大きなからだの男で、アパートを四つほど持って、割合のん気そうに暮しているようだが、どうも金貸しをやっているような様子もあった。家族は奥さんだけで、子どもはなかった。いや、二十歳になる娘がひとりいたのだが、その娘は先月自殺をした。そのことを岸本は非常に残念がっていたが、自殺の理由はなにかときかれて、

「いや、ばかな娘ですよ。それがどうも失恋からのようでして……」

と、力なくいった。

三上兄妹に同情をしたのは、そのことがきっかけのようであった。兄妹ふたりで仲よく働いている様子に心うたれて、それで同情がああいう形をとったのだ、ということであった。吉村刑事はつづけた。

「七月というのは別に大した意味はなく、ただ七月に思いついたからだそうだし、八千円にも別に根拠があるわけではなく、その程度がちょうどだと思ったからだそうだ」

「そうですの。そうすると、美談のほうでしたわね」

「そうなるね。しかし、特別とり上げるほどの美談でもなさそうだ。なにしろ金貸しをやっているような男だしね。そうかといって特に悪人だという感じはなかったな」

「それにしても、咲子さんはどうして岸本五郎にあれほど悪い感情を持ったのかしら」

「少女特有のけっぺき感かもしれないな。よくあることだ」

「でも……」

大泉婦警はうかない顔で、別のことを考えているふうだった。

一日おいた午前中、大泉婦警はまた咲子の訪問をうけた。

咲子はうったえるような口ぶりで、

「岸本さんがとても怒って、お金をくれることはやめにした、といいました」

「なぜ怒ったの?」

大泉婦警は吉村刑事を目でよんだ。吉村刑事はやってくると、咲子をのぞきこむようにして、

「へんだね。怒ることはなさそうだが」

「警察なんかにどうしてしらせたのか、ということらしいのです。警察官なんかにいろいろきかれて不愉快だから、もうやめたといいました」

「うむ」吉村刑事は腕をくんで天井をにらんだ。「それはおかしい。怒る必要はなにもないはずだ。あの男は警察をおそれているな。これはなにかありそうだぞ」

「でも」大泉婦警はひかえ目にいった。「自分の気持ちを誤解されたと思って、それで怒ったのかもしれませんわ」

「いや、ぼくはそんなふうなきき方はしなかったつもりだ。こういう美談があるそうだが、くわしくきかせてもらいたいと、やわらかくおだててきき出した。あの男はいくらか得意そうに話した。にもかかわらず怒ったというのは、これはやはりなにか警察をおそれているからだ」

「そうらしいわ」大泉婦警は初めからそう思っていたように、あっさり同意した。「もう一度調べなおす必要があるようですわ」

「そうしよう」

吉村刑事は自信をこめていった。大泉婦警は咲子にいった。

「できるだけ調べてみますからね、あなたはおにいさんになにもいってはだめよ」

咲子は青白く緊張した顔で大きくうなずいた。

あくる日の午後、吉村刑事がふとったからだをころがすようにして、補導係の部屋に帰ってくると、汗もふかずに息をはずませて、大泉婦警にいった。

「われわれの考えは間違っていなかったぞ。岸本五郎についてこういう事実がある」

そこまでいって、吉村刑事はひとつ大きな深呼吸をした。大泉婦警はじれったそうに、

「どういう事実ですの?」

「七月一日の夜、といってももう二日になっていたころだが、岸本五郎は友人の並川真六という、やはり五十歳前後の男と、渋谷で酒を飲んでひどく酔って、というのは並川真六がだが、ふたりして大和田町の裏通りをぶらぶら歩いていた。ところが、そこへ相当なスピードで走ってきたタクシーに、アッという間に並川がはねられて、ほとんど即死だった。タクシーはそのまま逃げてしまった。この事実をどう思う?」

「まあ……」大泉婦警は立ち上がった。「それはだれか

目撃者がいましたの?」

「いや、岸本五郎だけだ。もちろんタクシーはわからない。しかし、岸本五郎の証言では、なんでもヒルマンだったということだ」

「ヒルマン……」

大泉婦警はつぶやくようにいって、窓の外をしばらく見ていた。

それから、ふたりは真剣な顔つきで、なお話し合った。


渋谷警察の取調べ室だった。部屋のまん中のテーブルの向こう側には、岸本五郎と三上洋一がならんで腰をかけていた。岸本はへんに落ちついていたが、洋一はこわばった顔で、目に落ちつきがなく、なにかをおそれているこことははっきりしていた。そのふたりに向かい合って、テーブルのこちら側には、渋谷署の捜査主任を中心に、大泉婦警と吉村刑事が腰をおろしていた。

捜査主任がさきほどからのつづきのように口を開いた。

「ところで岸本さん、並川真六とあんたは、もちろん表面上は友人だった。しかし、あんたは並川真六にはげしいうらみを持っていたようですな」

「そんなことはない」岸本五郎はやはり落ちついたまま頭をふった。「想像で妙なことをいわれても困ります」

「想像ではない。はっきりいおう」捜査主任は自信をこめていった。「あんたが並川真六にうらみを持った理由は、あんたのひとり娘が並川真六の長男に失恋して自殺をしてしまったということにある。なぜ失恋したかといえば、並川真六がふたりの結婚に反対をしたからだ。並川は商売上の打算から、取引先の娘との結婚をのぞんで、無理にそうさせた。並川の長男はおとなしいというか、ふがいないというか、あるいは親孝行者というか、ともかく父親のすすめる娘と結婚してしまった。そんな並川真六にあんたがはげしいうらみを持ったとしたって、それは当然だ。どうだね?」

岸本五郎はほとんど無表情な赤ら顔をまっすぐに立てて、主任の頭ごしにドアを見つめるだけだった。主任はつづけた。

「そのはげしいうらみのあまり、あんたは並川真六に殺意を持った。いろいろと殺人方法を思いめぐらしたが、とどのつまり、並川をひどく酔わせて、走ってくるタクシー目がけてつきとばす、という方法にきめた。さらにその方法をかんぺきなものにするため、タクシーの運転手を買収して共犯にしようと思いついた。目をつけたのが、自分のアパートにいる三上洋一だった。それとなく持ちかけて、ついに金で承知させた。時間と場所をあらかじめ打合わせておいて、そして実行した。計画どおり成功したので、ひき逃げした車はヒルマンだった、とうその証言をしたわけだ。いっぽう、約束の金はまい年分割してはらうことにしたのだが、その一回目をはらったところで三上洋一の妹さんにうたがわれた。警察にしられたあんたは、あわててわざわざ金をおくることはやめにした、と妹さんにつげた。だが、それはもちろん、うらでこっそり三上洋一にやることにしたのだろう。しかし、それがかえってわれわれの疑惑をまねいたのだ」

　捜査主任はことばを切って、こんどは三上洋一に目をうつした。三上洋一はいっそう青ざめた顔で、口びるを引きつらせていた。その顔にぶっつけるように主任はいった。

「三上君、そうだろう」

　だが、洋一はことばも出ないふうで、やたらに目を大きくして、主任を見返すだけだった。主任はきびしい声でまたいった。

「どうだ、三上君」

　三上洋一はつばを飲みこむような顔をしてから、なにかいおうとした。そのとき、わきから岸本五郎が口を出した。

「無茶ですよ。へんなことをいわれたので、三上さんはおどろいて声も出ないじゃありませんか。それほど気の小さい人です。そんな男が殺人の片棒などかつげるわけはないでしょう。ばかばかしい」

「あんたはだまっていたまえ」主任ははげしい口調できめつけてから「三上君、なんとかいったらいいだろう。妹さんは心配しているのだぞ」

「ハ、ハイ」洋一はおびえた目つきでふるえ声を出した。「お話の半分はほんとうです」

　ようやくいった洋一に、岸本がどなった。

「ばかなことをいうなよ。ここは警察なんだ。でたらめをいわれたら困るのはおれだけじゃないか。第一……」

　そこで、捜査主任ははげしくさえぎると、洋一に向かって、

「三上君、半分は事実だとはどういう意味なのかね?」

「話します」三上洋一はなにかを決心した顔つきにかわった。「わたしは岸本さんから、八万円でやってくれないかとたのまれました。そのときは、やるつもりにな

って承知しました。しかし、当日になって、わたしは考えなおしました。わたしだって人間ですから、八万円は魅力でしたが、しかしやはり同時にとんでもないことをやるのだと気づきました。ことに妹のことを思ったら、とてもそんなことはできないという気になりました。それで、あの夜わたしは約束した場所には行きませんでした。わたしはやりません。別のタクシーだったのでしょう」

いい終えてホッとしたのか、洋一はうつろな目で、吉村刑事を見て、大泉婦警を見、それからうつむいた。

捜査主任は注意深い口ぶりで、

「そういうことだったら、どうして岸本から金をうけとったのかね」

「一時のでき心でした」といってあげた顔はいくらか落ちついていた。「岸本さんはわたしがやったものとばかり思いこんで八万円はまい年分割ではらうようにしてくれといいました。わたしはなんとなく承知してしまったのです。すみませんでした。金は返します」

岸本五郎は三上洋一をにくにくしくにらみつけ、たたきつけるように、

「三上さん、いまさらなにをいい出すのだ。自分だけいい子になろうたって、そうはいかないぞ。思っていたより図々しい男だ。すべてをおれに押しつけようなんて、そうはさせないぞ。きさまを信用したのが悪かったが、しかしね、おれは念のためにちゃんとあんたが共犯だったという証拠をのこしておいた。写真だよ。あのとき、ちょっととまったあんたの車を、後からすぐに写真にとっておいた。なにしろ夜でぼんやりしているが、しかしバックナンバーがわかる程度にはとれているんだ。いまさらじたばたするな」

そういって、あざわらうように三上洋一を見やった。

大泉婦警はハッと息をのむと、あわてたように洋一を見やった。洋一は放心したように岸本を見つめていた。

その翌日、大泉婦警は警視庁にまた咲子の訪問をうけた。咲子は泣きわらいのような顔でかけよった。

大泉婦警はそんな咲子をはればれとした顔で迎えると、はずむ声でいった。

「よかったわね。わたしも初めはずいぶん分心配したのよ。まさか写真が出てくるとは思わなかったわ。でも、それがかえってよかったのね。あれがあったおかげで、洋一さんの無罪は証明されたわけですからね。そして、ほん

とうの犯人もわかったわけよ」

「でも、あのタクシーの運転手さんは犯人というわけではないのでしょう?」

咲子は気がかりそうにきいた。

「そうだったわね。岸本がつきとばしたのだから、岸本の単独犯てわけね。でも、それがどうして気になるの? あなたはあの運転手をしっているの?」

咲子はしばらく考えてから、思い切ったようにいった。

「わたし、あの運転手さん、河口さんをしっていました。よくお店にきて、眠気ざましにコーヒーを飲みました。それで、友だちになったのですけど、河口さんはいつか、大和田町で人をはねとばしたといいました。わたしは警察にとどけるようにと、ずい分すすめましたがききませんでした。それより前に、わたしは兄が岸本さんから相談をうけているところを、アパートで聞いてしまいました。でも、わたしはひとりでおろおろと心配するだけで、なにもできませんでした。その後、新聞記事や兄の態度やそして河口さんの話から、並川さんをはねとばしたのは、兄ではなくて河口さんだということをしってホッとしました。ところが兄はお金をうけとってしまったのです。


それでとうとう婦警さんに相談しようと思いついたのですが、やはりほんとうのことはいえませんでした。すみませんでした。わたしはもっと早く、婦警さんに相談しなければならなかったのですが、こわくてできませんでした」

いったなり咲子はうつむいた。そして、右手で涙をぬぐった。

公開録音

警視庁防犯部少年課補導係の大泉婦警は、そのとき警視庁から自宅へ帰る途中だった。婦警の自宅は国電の阿佐ケ谷駅から歩いて十分ほどだった。駅を出ると、あたりはもううす暗く、いくらかはだ寒い風の中を、人々は黙々と歩いた。だれも他人などに関心は持っていないように。

大泉婦警が堀内耳鼻科医院の前まで来たとき、その医院の玄関からひとりの高校生らしい少年が出て来た。黒いズボンに灰色のセーターを着ていたが、大泉婦警の注意をひいたのは、その表情だった。何かを思いつめたようなかたさがはっきりと見てとれた。そしてそれは、怒りとか悲しみとか、そういったはげしい感情をあらわしているように見えた。ともかく普通ではないようだった。

大泉婦警はいつでも、少年や少女の普通でない態度や表情や服装に敏感だった。その敏感さは職業意識というようなものではなくて、少年や少女に対する愛情からだったろう。

じっと少年を見つめたが、少年は大泉婦警には目もくれず、いくらかうつ向きかげんに、どこか追いかけられているような歩き方ですれ違った。そのうしろすがたを見送ってから、婦警は医院のしょうしゃな建物に目を移した。道路からすぐに四、五段の階段があり、そのつきあたりにドアがひっそりとしていた。大泉婦警は立ちどまってしばらく考えた。それから、思い切ったように、階段に向かって歩いた。

ドアを押して内に入った。せまい玄関で、靴とげたが一足ずつあった。だが、右手の待合室らしい部屋にはだれもいなかった。正面の壁に鏡がぶらさがり、左手の奥が診察室のようで、話し声が聞こえた。

声をかけようとしたとき、左手から患者らしい女を送って看護婦が出てきた。その患者があいさつをして玄関から出て行くのを待ってから、婦警は看護婦に言った。

「ちょっとおうかがいしたいことがありますが、先生にお目にかかれませんでしょうか。警視庁の大泉と申します」

看護婦はいぶかしそうに大泉婦警を見たが、だまってうなずくと、すぐに診察室の方に行った。

やがて、白衣を着て背の高い堀内医師がいくらか緊張したような顔で出て来ると、

「堀内ですが、どういうご用件ですか」

「たいしたことではありませんが、さきほどここを出て行った少年がいましたけど、あの少年は患者だったのでしょうか」

堀内医師はちょっと考えてから、ああ、あれか、というように笑顔でうなずくと、しかしけげんそうにきいた。

「そうです。患者です。彼がどうかしたのですか」

「いいえ、別にどうしたというわけでもありませんが……」

大泉婦警は言いよどんだが、しかしあの普通でない表情を思いうかべて、またきいた。

「どういう病気なのでしょうか。ひどいショックをうけたような顔で出てきたものですから……」

「そうですか」堀内医師はおかしいなというように首をひねった。「しかし、それほどひどいものではありません。簡単に言えば、声帯をいためたのです。専門的に言いますと、謡人結節と言いまして、声帯に結節ができるのです。歌手だとか教師だとか、あるいは牧師だとか、職業上声を多く出す人にできるものでしてね、歌手なんかに割合多いようで、歌手結節とも言います」

「声が出なくなるのですか」

「まあそうです、とくに、高い声が出にくくなります」

「なおりにくい病気でしょうか」

「そうでもありません。ひどくなれば手術で結節をとることもあります」

「彼の場合はどの程度のものですか」

「初期のかるい症状ですから、十日ほどなるべく声帯を使わずに安静にしておればなおると思います。毎日通って、薬を塗布すればよいと、彼にもそう言ったのですが……」

「そうでしたか」

大泉婦警も堀内医師も、ふたりともフに落ちないといった顔つきで、しばらくだまっていた。

大泉婦警はこう考えた。あの少年はもしかしたら歌手志望なのではないだろうか。そのための無理な勉強がた

たって、その結果声帯をこわしてしまったのかもしれない。それでこの医院にやって来たのだが、不安のあまり医師のことばも信用できないで、それで絶望的な気持ちにおそわれたのではないだろうか。でなくて、どうしてあんな表情になるのであろう。ひょっとすると、自殺くらいしかねないのではないか。

大泉婦警はそんな暗い気持ちを追いはらうように、ことさら明るい表情を作ると、少年の名前と住所をきいた。

住所は杉並区阿佐ケ谷××番地。年は十七歳で、小阿久津比呂志というかわった姓だった。あまりかわった姓なので、変名かなと思ったほどだったが、すぐにその姓の代議士がいることを思い出した。

あくる日の日曜日、大泉婦警は昨夜から重くのしかかって来るようないやな気分をはらいのけるために、思い切って、小阿久津比呂志を自宅に訪ねてみようと思った。それはもちろん好奇心などというものではなく、ひとりの少年に対する愛情深い不安からだった。

その家はすぐにわかった。石の門柱にある大きな表札には小阿久津正とあった。それはやはり代議士の名前に違いなかった。だがそのことで、大泉婦警は別に気おくれもしなかったし、そうかといって、こうふんもしなかった。

ごうせいな応接間でしばらく待たされた。主人の代議士も母親も留守のようだった。

しばらく待つと、やがて小阿久津比呂志がきのうと同じ服装で入ってきた。女中に渡した名刺を右手に持ったまま、イスにすわろうともしないで、ドアを背に立ったなり、ひどく真剣な顔つきで、

「なんの用事でしょうか」

そう言った声はいくらかかすれていた。

「ちょっと気になったものですから」

大泉婦警はやわらかくほほえんだ。

「なにがですか」

比呂志は警戒するような目つきになって、声はいっそうかすれた。

「立っていないで、腰をおかけなさいよ」

大泉婦警はやはり微笑をうかべて言った。

比呂志はかたい表情はくずさなかったが、それでも腰をおろした。婦警は言った。

「あなたは喉をいためたのですね」

比呂志はおどろきをはっきりと顔一面に見せながら返

事をしなかった。婦警はつづけて、

「あなたは歌手になるつもりですの?」

比呂志は頭をふることで返事をした。

「そうすると、どういうことかしら」

大泉婦警はおだやかな、しかし考え深そうな目でじっと比呂志を見やった。

比呂志はつばを飲みこむような顔をしてから、ようやく言った。

「○○放送のジャズ学校に出ることになっていたのです。それで、猛練習をしたのですが、それが度をすごして声帯をいためてしまったのです」

「そうでしたの」大泉婦警はホッとしたように言った。

「つまり、ノド自慢ね」

「そうです」

「歌うのがそんなに好きなの?」

「きらいではありません」

比呂志は素直ではないような言い方をした。

「別に悪いことではありませんわ。ノド自慢に申込むような人は、みんな好きだから申込むのでしょう?」

「でも、ぼくの場合は、ぼく自身が申込んだのではありません」

「まあ……。そうすると、だれが申込んだのでしょう」

「しりません。きっと、学校の友だちのだれかが面白半分にやったのだろうと思いますけど、よくわかりません」

比呂志はようやく笑顔を見せた。

「そうでしたの。罪のないいたずらというわけですわね」

大泉婦警も思わず笑った。それは、自分の不安が解消された安心の気持ちからでもあった。

比呂志が不思議そうにきいた。

「ぼくが喉をいためたことをどうしてご存知だったのですか」

「きのう堀内医院を出てきたあなたを見たの。あのときのあなたの顔がひどいショックをうけたようなふうに見えたので、堀内医院であなたについてきいたのですけど、いっそう不安になって、それできょううかがってみたの。でも、安心しましたわ」

「そうでしょうか……。ぼくはほんとにおどろいてしまいました。警視庁の方がなんの用事かと思って……。喉をいためたのは残念ですけど、そんなにショックではありません」

そう言う比呂志の顔は、最初入ってきたときとは見違えるほどの明るさだった。

大泉婦警も明るい口調で、

「おとう様はお留守ですの？」

「ええ、父は毎日ほとんど留守です」

いやなものを吐き出す言い方で答えた。それが大泉婦警には意外だったが、すぐに別のことをきいた。

「それで、ノド自慢にはもう出ないのね」

「ええ。でも、それまでになおるかもしれません」

「いつですの？」

「あさっての夜、公開録音なんです」

「そう。それまでになおればいいわね。でも、無理をしないほうがよろしいわ」

やさしく言って、大泉婦警は立ち上がった。

ジャズ学校の公開録音は、夜七時から有楽町の××ホールでひらかれた。小阿久津比呂志は大泉婦警のことばを無視して、ちゃんと出席していた。

比呂志は五人目に出ることになっていた。司会者がおどけた口ぶりで言った。

「はい、お次の方どうぞ。小阿久津比呂志さんですね。小阿久津とはめずらしいお名まえですな。代議士にこのお名まえの方がいるようですが、ご親戚ですか」

「父です」

比呂志はひどくぶっきらぼうに答えた。

「ほーう。おとうさんで、そうするとあなたはむすこさんだ」

数百人の観衆が笑った。そのしずまるのを待って、司会者はつづけた。

「このジャズ学校に出るについて、おとうさんはなんと言いました？」

「父には秘密です」

観衆がまたドッとわいた。

そのとき、前から二列目にいた黒縁の眼鏡をかけた男が立ち上がると、大声でどなるように言った。

「ガンバレ、女たらしの息子」

司会者がきっとその若い男をにらんだ。

比呂志はハッとしたように、やはりその男をにらんだ。だが、男はかまわず、いっそう声をはり上げて、

「帰ったらおやじによく言っとけよ。女房を追い出して、別の女を女房にしようなんてヤツは、ロクなことにならないってな」

会場はざわめいた。あちこちから、バカ野郎とか、出て行けとか、そんなふうな荒っぽい声がとんだ。

これでは録音はできない。係員が二人あわてたようにわめいている男に近づいて、なんとか制止しようとした。だが、男はかまわずさらに、

「皆さん、小阿久津正は悪党だ。あんな好色漢に政治はまかせられません」

二人の係員はようやく男を場外につれ出した。

比呂志は青ざめた顔でじっとうつむいた。司会者もなにを言ったらよいのか、ちょっととまどったように、ただそんな比呂志を見ているだけだった。

やがて顔を上げた比呂志は言った。

「きょうはやめます」

その声はふるえていた。

それなり、くるっと背を向けると、控え室になかばかけこんだ。

人々はアゼンとしたように、そんな比呂志を見送っただけだった。

そんなさわぎのあったちょうどその時刻の前後と推定される頃に、工藤愛子は池袋のアパートの自室で絞殺された。死体が発見されたのはあくる朝だったが、犯人らしい人物を目撃したものはだれもいなかった。

工藤愛子はあるデパートの婦人服のデザイナーをしていたが、近く渋谷に自分の店を出す予定のようだった。その程度のことしかわからなかった。

大泉婦警は次の日曜日に、またなんとなく小阿久津比呂志のことを思いうかべた。あの少年の持っている暗い陰が気になってしかたがなかったからだ。それはいままでの経験からの感じで、最初彼に持った不安とは別の不安が胸をいためた。それで、もう一度比呂志を訪問しようと思って家を出た。

応接間でまた比呂志と向かい合った。

比呂志はどこか疲れたような表情で、むっつりとしていた。大泉婦警はことさら明るい口ぶりで、

「ノド自慢は出なかったのでしょう?」

「いいえ、出ました」

比呂志はすみませんというような笑い方を見せた。

「そう。やっぱり出たかったのね。それで、結果はどうでしたの?」

「歌いませんでした」

「まあ……、どうしてなの?」

大泉婦警は公開録音でのさわぎをしらなかった。

そこで、比呂志はそのいきさつを説明した。大泉婦警は意外だという表情でうなずきながら聞き終えると、

「そんなことは気にしないことよ」

「でも、父についてのことは事実ですから」

このことばはいっそう意外だった。だが、大泉婦警は落ちついて言った。

「選挙が近いから、いやがらせをやったのでしょう。反対派の悪宣伝よ」

「そうだとしても、ぼくの母はたしかに、父に追い出されたのです」

「まあ……、そういうことばは注意して使わなければいけないわ」

「しかし、事実ですからしかたありません。ぼくも母といっしょにこの家を出たかったのですが、ぼくはひとりっ子だったので、父がぼくを離さなかったのです。ぼくは母を同情していますし、父をにくんでいます。ですけど、多勢の前であんなことを言われて、ぼくはカッとなりそして恥しかったのです。歌うどころではありませんでした」

そう言って目をふせると、大きくひとつ息を吐いた。

「おとう様にはあなたに話せないいろいろな事情があるかもしれませんわ。あまり考えないことよ」

大泉婦警はおどろきながらも用心深くそう言った。だが内心では、一度も会ったことのない、写真でしかしらない小阿久津正というかっぷくのよい代議士に、怒りに近い気持ちをいだいた。

「それは無理です」比呂志は目を上げるとはっきり言った。「考えたくなたって、考えざるをえません。ほんとうのことを言われたのでぼくはカッとしたのです。でたらめなことを言われたのでしたら、それほど感じなかったと思います」

大泉婦警は比呂志の表情にあるくらい陰の理由がわかったと思った。堀内医院から出てきたときのあの表情も、あれはいつもの表情に近いものだったのだろうと思い出された。

「元気をお出しなさい。おとなの考え方はおとなになってからでないとわかりにくいわ」

「そうでしょうか。そうすると、子どもの気持ちもおとなにはわからないわけですね」

別に皮肉な口ぶりではなく、真実そう思っている言い

方だった。だからなおさら、大泉婦警はなんとも返事のしようもなかった。

比呂志は内心のなにかを押えるように、むっとだまっていたが、やがてあざ笑うように口をまげると、

「工藤愛子というデザイナーが殺されましたけど、父はあの女と結婚することになっていたのです」

「なんですって、ほんとですか?!」

大泉婦警はめずらしくこうふんを見せて、その声は高くなった。それにつられたように、比呂志の声もうわずった。

「ほんとです。ぼくはあの女から父あてに来た手紙を読みました。父はそのことについて、ぼくにはなにも言いませんでしたが」

だが、言ってしまってから、比呂志は、しまったというように右手を口に持ってゆき顔も青ざめた。


池袋警察署の取調室だった。

捜査主任の町田警部補は机を間にして、ひとりの男と向かい合っていた。ジャズ学校の公開録音の会場で、比呂志の父親小阿久津正についてわめきちらしたあの男だった。


「野上一郎君といったね」

「そうです。年齢は二十八歳で、商業デザインをやっています」

野上一郎はきかれもしないことまで、早い口調で言った。

「君は殺された工藤愛子の恋人だったそうだね」

「そうです」

野上はいらいらと荒い口調だった。

「ところが、その工藤愛子は代議士の小阿久津正と結婚することになっていたそうだが、もちろん君はしっていただろうね」

「ほんとですか」野上はからだ全体でおどろきを見せて叫ぶように言った。「いや、そんなバカなことはないでしょう」

「いやそれは事実だ。恋人であった君がそれをしらなかったのはおかしいじゃないか」

「おかしくありませんよ。そんな事実はなかったのだから」

「そう。しかし、君は、○○放送のジャズ学校の公開録音の会場で、小阿久津正の息子の比呂志君が出たときに、小阿久津正について、相当ひどいことをどなったそ

うだが、なぜあんなことをしたのだ。第一、なぜ君はあの会場に行ったのだ」

「ぼくは小阿久津正という男がきらいだったのです。彼についての知識は友人の新聞記者から聞きました。奥さんを追い出して別の若い女性と結婚するようだとか、ある利権にからんで相当あくどいことをやったとか、その外いろいろです。しかし、その相手が工藤愛子だとはしりませんでした。信じられません。それから、公開録音の会場に行ったのは、あの夜九時に仕事のことで有楽町の喫茶店で友人に会う約束があったのですが、それまでの時間つぶしに入ったのです。ところが意外にも、小阿久津正の息子が出場したので、ついどなってしまったのです。それだけです」

「君はきらいな男については、あたりかまわずどなりちらす主義なのかね」

町田捜査主任は皮肉そうに言った。野上一郎はむっとしたようにそれには答えず、

「工藤愛子の殺人については、ぼくはむしろ被害者だということははっきりしています」

「君にはたしかにアリバイはある。犯行はあの夜七時から八時の間だ。その間君はあの会場にいたからね。それに、比呂志君の証言もある。ついさっき、比呂志君に君を見てもらった。間違いなく君だったそうだ」

「ふーん」

野上一郎はうめくような声を出した。


大泉婦警は町田捜査主任を案内して、小阿久津正の自宅を訪問した。

小阿久津正はやはり留守だった。しかし、会いたかったのは比呂志であって、その比呂志は相かわらずくらい顔つきで応接間に入ってきたが、町田捜査主任を見てドキッとしたようだった。

町田捜査主任が言った。

「比呂志君、はっきりさせたいと思うが、君は前から野上一郎をしっていたね」

「しりません」比呂志ははげしく頭をふった。「しっているわけはないでしょう」

「だけど、君はきのう野上一郎と新宿の喫茶店で落ち合って、ひどく真剣そうになにか話し合ったね」

「そんなことはしません。人違いです」

だが、比呂志の表情はことばとは反対なものをはっきりと見せた。大泉婦警はホッと息を吐くと、そんな比呂

志の顔から目をそらした。町田捜査主任はうなずいてから言った

「われわれは野上一郎に尾行をつけた。その結果わかったのだが、その事実から、君がなにかをかくしていることははっきりした。野上一郎は自分の恋人を君のおとうさんにとられたので、君に近づいて、君からおとうさんを説得してもらおうと思ったに違いない。しかし、それも失敗した。そこでついに工藤愛子に殺意を持った。そのアリバイ作りに君は手をかしたわけだ」

「そ、それは違います」比呂志はようやく言った。「ぼくは野上さんが殺人をするなどとは思っていませんでした。野上さんの計画では、公開録音の席上で野上さんがああいうことをどなって、そしてそれが放送にのれば、父のこんどの選挙にとっては相当な痛手になるだろうということだったのです。ぼくは母を同情していましたし、ああいう父は代議士になる資格などはないと思っていましたから、それで野上さんの計画に賛成して、野上さんに申込みをしてもらったのです」

「そうすると、君は野上に利用されたことになる」

「そうかもしれません。ぼくはあの殺人をしって、とっさに犯人は野上さんで、あの会場でどなったのは、野上さんの弟さんが眼鏡をかけて身替りになったのだ、と思いました。でもぼくはだまっていました。嘘をつきました。すみませんでした。母がかあいそうだったからです」

それなり比呂志はうつむいた。大泉婦警は前より一層大きな吐息をもらした。

親と子と

天気予報が雪になるかもしれないと報じた、寒さのきびしいクリスマス前の夜だった。日本橋の裏通りのちょうど松田産業株式会社の裏口のあたりで、難波千吉という六十歳になる男が、ひたいにピストルをうちこまれて即死した。

日本橋警察署に捜査本部がおかれ、すぐに捜査は始まった。だが、ピストルの音をきいた者も目撃者もなく、捜査は初めから難行した。

警視庁防犯部少年課補導係の大泉婦警は事件をしると、すぐに捜査本部に連絡した。

半年ほど前だった。大泉婦警は受付からの電話で、難波健一が訪ねてきたことをしらされた。婦警は頭の中で人名簿を、いや少年簿をす早くめくった。すぐにわかった。

当時、難波健一は中学の三年生で、父親の千吉とふたりきりで、深川のこわれかけたようなアパートに住んでいた。その父親千吉は定職がなく、大きな麻袋をかついで各地の競輪場に通っていた。レースがどうなろうとそんなことには無関心で、ただ場内に捨てられた車券を手当たり次第に袋につめこんだ。それを持ち帰って、あくる日一枚一枚たんねんに調べる。一万枚に一枚は当たり券があるという確率だった。気の遠くなるような話だが、その当たり券を三日以内に主催者に届けると、配当金にかえてくれる。それが大体月に一万五千円になると言って、千吉は大泉婦警をおどろかした。千吉がひとりで競輪場通いをしているうちはよかったが、そのうち健一に学校を休ませていっしょに連れて行くようになった。だから、大泉婦警が健一を補導したのは後楽園の競輪場であった。しかしそれは、健一を補導するよりも父親の千吉を補導しなければならないというやっかいな状態であった。千吉は商売に失敗した者特有のひねくれたがんこさがあって、なかなか婦警のことばをうけ入れなかった。そういう困難さが大泉婦警をいっそう熱心にさせた。

なんとかあまり学校を休ませずに卒業させせると、就職先まで世話をしてやった。健一は素直によろこんでくれたが、千吉はお礼も言わなかった。

そんなことがはっきりと思い出された。

婦警の机の前に腰をかけた健一は、十七歳であったが、もう一人前の青年だった。一年以上も会わなかった大泉婦警は目を細めて健一を見やり、にこやかに言った。

「立派になったわね。おとうさんはお元気?」

「ええ」

「相かわらず競輪場に通ってるの?」

健一ははにかむようにうなずいた。

「そう。でも、あなたはまじめにやっているようね。仕事のほうはどうなの?」

「その仕事のことについてなのですが」健一はためらうように言った。「実は、あそこやめたいと思うんですが……」

「どうしてなの? 何かあったの?」

「別にあの会社がどうこうというわけではありません。ただ、父がもっと月給のいい別の会社を見つけてくれたのです」

「今の会社がそんなに給料悪いの?」

「悪くはありません。友だちなんかにきいても、よいくらいです」

「だったら、少しくらいの違いでお勤めをかえるのは賛成できないわ」

「それが、少しくらいの違いではないのです。二万円くれるっていうんです」

大泉婦警はおどろいた。十七歳の少年に二万円も出す会社があるであろうか。それに、父親の千吉が見つけたということも心にひっかかった。何か悪事に関係のある仕事か、さもなければ非常に危険な仕事なのではないかと思えた。その心配をはっきり見せた表情で、

「どういう会社なの?」

「松田産業株式会社っていう鉄鋼関係の商事会社だそうです。そこの社長が父の昔の友だちで、なんか父の世話になったことがあるそうです。それで、特に二万円くれるっていうんだそうです」

「そうなの」言ったものの大泉婦警はやはり納得できなかった。「それで、どういう仕事をやるの?」

「営業部に入って、見習いからやるんです」

大泉婦警はしばらく考えた。だが、はっきりと結論の出ないまま、

「今の会社にはまだ何も話していないのね」

「ええ」

「だったら、ちょっとしばらく待ってもいいわね」

「かまいません」

それから、松田産業の住所をきいて、二三日たったら連絡するからと、健一を帰した。


あくる日の午後、松田産業について調査をたのんだ吉村刑事が帰ってきた。大泉婦警はすぐにきいた。

「どうでした?」

「社員が百名くらいの会社だけど、別にいかがわしいようなこともなさそうだ。社長の松田徳一に会ったけど、彼はいわば立志伝中の人物だ。若い頃は屑鉄屋をやっていたようだけど、相当な努力で今の会社にまでのし上がった。小柄で頭の大きなぬけ目なさそうな男だったけれど、商売以外のことは何もあの頭にはなさそうだ。最近、不動産部までもうけなかなかいそがしそうだった」

「そうですの。それで、難波千吉さんとはどういう関係ですの?」

「昔、同業者だったらしい。ところが、松田徳一は着々と成功し、難波千吉はだめになるいっぽうで、三十年という年月は恐ろしいもんだ。お互にもう忘れていたのが、最近偶然に競輪場で出会った。松田は自家用車をのりつけ、難波は麻袋を肩にうすぎたないなりで車券ひろいというあまりの違いようだったので、松田はことばもなかったそうだけど、心配して自分の会社に勤めたらどうかと親切に言った。ところが、難波は勤めなどというしばられる生活はごめんだと言った。さらに、自分のかわりに息子を使ってくれと言った。松田社長はすぐに承知したというわけだ」

「それにしても、どうして二万円もくれるのかしら」

「同業者でやっていた頃、金を借りたりして相当世話になったらしい。その恩返しだと言っていたな」

「商売しか考えないような人だと言ったのに、こんどは人情にも厚い人なのね」

別に皮肉のつもりで言ったわけではなかったが、吉村刑事はいやな顔をすると、

「成功するような人間はやっぱり両方持ってるさ。ともかく、ぼくは健一君が松田産業に勤めるのは賛成だな」

「そうですわね……。そういうことでしたら、そのほうがいいかもしれないわ」

そこで、大泉婦警は健一の会社に電話して、やはり松田産業に行ったほうがよさそうだと伝えた。健一ははずんだ声で、そうします、ありがとうございました、と言った。

以上のようなことを、大泉婦警は捜査本部に行って、捜査主任に説明し、最後に難波千吉はもしかすると松田産業に行くつもりではなかったのだろうか、とつけたした。

捜査主任は大泉婦警をつれて、すぐに松田産業に松田徳一を訪ねた。

青いカーペットを敷いた三階の社長室で、これまた青いソファーに腰をかけると、捜査主任はすぐに言った。

「あなたは殺された難波千吉とは古くからのしり合いだったのですね」

「そうです。全くおどろきました。それも、ここのすぐ裏で殺されたのですから」

松田徳一は小柄なからだ全体でおどろきを表現した。

「難波千吉の息子さんを使っているそうですね」

「ええ。なかなかまじめな青年で、よくやってくれます。こんどのことでも、できるだけのことはやってやるつもりです」

「そうですか。ところで、難波千吉はあの夜ここに来るつもりではなかったでしょうか」

「おそらくそうだったでしょう」松田徳一はあっさりと言った。「あの日午後、難波千吉君から電話があって、息子のことで相談したいことがあるから、ここに私を訪ねて来るということでした。しかし私は仕事で出かけるところでしたので、自宅にと思ったのですが、遠い所を大変だと思い直して、七時頃にここに来てくれるように言ったのです。帰ってきたのがちょうど六時頃で、それからずっと九時まで待ったのですが、とうとう来ませんでしたので、守衛にもし難波という男が来たら、あしたの午前中に来てくれるように言ってくれとたのんで、自宅に帰りました」

「息子さんのことで、何を相談したかったのでしょうか」

「さあ……、それはわかりません。電話では言いませんでした。健一君にきいてみようかと思いましたが、彼は仕事で外出中のためにきけませんでした」

捜査主任は大きくうなずいてから、あらたまったような口調で、

「あなたはあの夜、七時から九時までこの建物の中にいたわけですね」

「そうです。この部屋にいました」

「外にだれがいたのですか」

「中本という守衛がひとりだけでした。彼はちょうど泊り番だったのです」

「だれかがこっそりこの建物に入っていたということは考えられませんか」

「そんなことはなかったでしょう。六時になると、表口も裏口も鍵をかけます。もっともそれ以前にだれかが入っていたとしても、一階は裏通りに面して窓はないのです。二階三階にはありますけど」

「なるほど。難波千吉はひたいを正面からうたれている。ところで、ここにいらして、ピストルの音をききませんでしたか」

「それらしい音は気がつきませんでした」

「そうですか。もしかすると、守衛さんはきいているかもしれませんね」

「さあどうでしょうか。呼びましょうか」


そう言って返事も待たずに、松田徳一は電話で守衛を呼んだ。やがて、制服らしい紺のダブルを着た中年すぎの男が、ひどく緊張した顔で入ってきた。中本という守衛だった。

捜査主任はかたい表情の守衛を見上げながら、相手の気持ちをやわらげる口調で、

「ご苦労さん。あんたにちょっとききたいのだけど、事件のあった夜七時頃、あんたはこの建物の中のどこにいたのかね」

「はい。守衛室でラジオをきいていました。社長さんが帰っていらっしゃるまでラジオをきいていました」

「表口も裏口も鍵はかかっていたのだね」

「はい。六時になると一応鍵をかけることにしています。社長さんは九時頃表口から帰りになりました。でも、裏口はあくる朝までずっと鍵をかけてありました」

「難波千吉が来ることは知っていたのかね」

「社長さんからお客さんが来るからとはきいていました」

「それでも鍵をかけたのだね」

「きいたのは七時頃で、もう鍵をかけてありましたし、それに、ベルがありますから」

「なるほど。それで、七時から八時までの間に、ピストルの音をきかなかったのかな」

「さあ……、何しろラジオをきいていましたし、そういう音はききませんでした」

「あんたは難波千吉をしっていたのかね」

「一度くらい会社に来たかもしれませんが。記憶はありません」

中本守衛ははっきりと答えた。それ以上きくこともなかったので、ひきとってもらった。その肩のはったうしろすがたを見送ってから、松田徳一がひかえ目ではあるが、どこか自信ありげな口調で言った。

「難波千吉君の死んでいたこの下の裏通りは、両端がTの字になっている五十メートルほどの細い道ですから、どちらかのつき当たりにある建物の窓からピストルがうたれたのではないでしょうか。どちらとも貸事務室のようですが」

「そのことはもちろん考えました。すでに捜査を行なっています。ピストルの弾の入りぐあいから見て、うった場所はおそらく一階だろうと推定されます。しかし、音をきいた者がまだ発見されないようです」

「そうすると、どこからか死体を運んできたのかもしれませんな」

「その点も考えました。しかし、あの時間にはちょっと不可能なように思えますね。いずれにしても、どうも動機がはっきりしません。何か心当たりでもありませんか」

「さあ……、別にありませんな」

やがて、捜査主任と大泉婦警は立ち上がった。

吉村刑事が太ったからだをゆさぶりながら、あわただしく部屋に入って来ると、大泉婦警の机に近づき、やはりあわただしい声で、

「新事実判明だ」

「なんですの？　いったい」

顔を上げた大泉婦警はたしなめるような口ぶりできき返した。

「実はね」吉村刑事はいくらか声を落とすと、それにつれてあごも落とした。「難波健一は会社の取引先から集金した二十万円ほどを使いこんだらしい」

「なんですって?!」大泉婦警は立ち上がった。「そんなことは考えられません」

「いや、事実のようだ。それを父親が感づいて、その

ことを社長に相談しようとしたのだ。健一君はそれを知って、せっぱつまったあげく、ああいう方法で……」

「まあ」大泉婦警はむしろ怒ったようなきつい表情になった。「そうすると、健一君が犯人だというのね」

吉村刑事は大泉婦警のはげしい口調に、かえってびっくりしたように肩をすくめると、だまったままうなずいた。婦警はつづけて、

「それで、健一君はいまどこにいますの」

「会社だ。まだ直接本人は調べていない。裏づけ捜査をやっている」

「私、健一君に会ってみます」

投げつけるはげしさで言い捨てると、そのまま部屋を出た。

吉村刑事はからだをゆさぶって追いかけた。ようやく大泉婦警の前に回ると、

「そんなことをしたら捜査に支障をきたす。捜査本部に連絡してからにしたほうがいい」

大泉婦警はそう言われて、ようやく落ちつくと、それはそうだと思った。

ふたりはいっしょに日本橋署の捜査本部に行った。

ところが、取調べ室ではすでに健一の取調べが始まろうとしていた。ふたりは取調べ室に入った。入口に向かって捜査主任と対座していた健一は、大泉婦警を見ると、ハッと息をのんだようだが、すぐにうつむいた。

捜査主任は大泉婦警に目でイスをさしてから、すぐに健一にきいた。

「君は会社の金を二十万円ほど横領したね」

「はい」

健一はうつむいたまま、しかしはっきりと答えた。

「どうしてそういうことをしたのだ」

「道子さんがかわいそうだったからです」

意外なことばをゆっくりと言った。

「道子さん？　だれだね、その人は」

「社長のお嬢さんです」

そのことばはいっそう意外であったので、大泉婦警は健一の顔を下からのぞきこんだ。

捜査主任はいぶかしそうに大泉婦警を見た。顔を上げた大泉婦警は、わからないといった表情で首をかしげた。主任はまた視線を健一にもどすと、

「道子さんにたのまれて横領したのか」

「いいえ。道子さんは何も知りません」

「君は道子さんと友だちなのか」

「いいえ。ただ、何回か会っただけです」

健一はそう言って、ようやく顔を上げた。

「どこで?」

「社長に用事をたのまれて、社長の家に行った時にです」

「ふーん。それで、その道子さんはいくつなのだ」

「ぼくと同じくらいです。ですから、高校の二年生でしょう」

「道子さんがどうしてかわいそうなのだ。そして、それがどうして二十万と関係があるのかね」

健一はまたうつむくと返事をしなかった。

大泉婦警はたまりかねたように、しかしさとすような口調で言った。

「あなたはおとうさんを殺したという容疑をうけているのですよ」

健一はハッと顔を上げると、大泉婦警を見たが、ことばが出ないようで顔が青ざめた。

大泉婦警はつづけた。

「あなたの横領を感づいたおとうさんは、そのことを社長さんに相談に行った。だけどあなたは、そのことを知って、発覚をおそれるあまり、とうとうおとうさんを殺した……」

「違います」健一ははげしく右手をふった。「ぼくは父を殺しません。それは誤解です」

言いながら、目に恐怖が走った。

「でしたら、なんでも話したらいいじゃありませんの」

それでも、健一はなかなか話さなかった。だが、やがて決心したように話した。

それはこういうことだった。

道子は松田徳一のたったひとりの子どもだったが、実子ではなかった。松田徳一の弟の子どもだった。その弟松田二郎は道子が生まれてまだ一年もたたない頃、自分の妻を殺した。その上、彼自身は警察署の留置場で自殺してしまった。彼がなぜ自分の妻を殺したのか、それは健一も知らなかったが、しかしそのことは事件とは関係のないことだ。

子どものなかった松田徳一はすぐに道子をひきとって自分の籍に入れ、いままで育ててきた。もちろん道子はそんなことはしらず、松田徳一も細心の注意でその事実をしらせない努力をし、その可愛がりようはちょっと異常なほどだった。健一もそんなこととはしらず、初めて道子に会った時から、やさしくて親切できれいな人だと思った。そして、用事で社長の家に行くのが楽しみだった。そういう健一の心を恋心と言うなら、そう言ってもよかっただろう。

ある夜、健一は父親から、二十万円ほど会社の金をゆうずうできないか、一か月たったら間違いなく返すから、と言われた。しかし、健一は二十万円もの金を何に使うかはわからなかったが、そくざにことわった。すると父親は、道子についての秘密を説明し、もしもおれのたのみをきかなかったら、おれはお前の尊敬している道子にその秘密をバラしてやるぞ、とうすら笑いをうかべながら脅迫した。健一は父親に対する憎悪よりも、おどろきのほうが大きく、さらに道子に対する同情の気持ちのほうが大きかった。あの道子が自分の両親の秘密を知ったら、いったいどうなるであろうか。健一はそう思うだけで正しい判断をなくし、つい承知した。父親の計略はうまく成功したわけだ。

それから、一か月たたないうちに難波千吉は殺されてしまった。

うむ、と捜査主任はうなるように言った。しばらく沈黙がつづいた。

吉村刑事が言った。

「そうか。なるほど。それでわかった。難波千吉は息子の横領が発覚しても、それをなんとか事なくすまそうと、こんどは社長を脅迫するつもりだったのだ」

「うむ」

捜査主任はもう一度うなるように言った。

松田産業の三階の社長室だった。

捜査主任と大泉婦警ともうひとりの刑事が、松田徳一を前に腰をおろしていた。

捜査主任が前からのつづきのように、

「健一君が二十万横領したのは、そういう理由からだったのです」

「そうでしたか。私もそんな男ではないと思っていましたが……」

松田徳一はおどろきがしずまって、くらい表情でつぶやくように言った。

「あなたは難波千吉から、道子さんについての秘密を道子さんにバラすぞと、脅迫されていたのではないですか」

「いや、そんなことはありません」

松田徳一はある必死さを見せて否定した。

「そうでしょうか。第一、健一君に常識はずれの二万円という月給を出したことは、脅迫されたからではないですか」

「それは違う。昔、あの人に世話になったそのお礼のつもりだったのです」

「あなたは健一君が二十万横領した事実を、警察に届けることに反対したそうですが、それはどうしてですか」

松田徳一は答えなかった。

「やはり脅迫されていたのでしょう。あの夜難波千吉がここに来たのは、いや裏口まで来たのは、図にのった彼がさらに大金を脅迫し、それをうけ取りに来るはずになっていたからではないですか」

松田徳一はふんぜんと頭をふって言った。

「あなたは、この私が難波千吉を殺したと言うのですか」

「動機は十分にあった」

「動機なら健一君にだってあったはずだ。その外にだっているはずだ」

「しかし、健一君にはアリバイがあった」

「私にだってアリバイはあった。あの夜、六時から九時まで、私はここにいた。ピストルは正面からうたれている。しかもひたいをだ。ここは三階だし、ここの窓から下を歩く人間のひたいはうてない。しかも、一階には裏通りに面して窓はなく、入口は表口も裏口も両方とも鍵がかかっており、その鍵は守衛が持っていた」

「しかし、こういうことが考えられますね。あなたは三階かあるいは二階の、裏口のちょうど真上にあたる部屋の窓から、じっと下の道路を見おろしながら、難波千吉の来るのを待っていた。やって来た時に小声で彼を呼ぶ。彼はオヤと思って上を向くでしょう。その顔を目がけて消音ピストルをうつ。正面からでなくたって、ひたいをうつことはできたはずだ」

松田徳一は放心したような目つきで窓外に目をやった。

大泉婦警はそんな松田徳一の顔から目をそらした。すると、健一の顔が目にうかび、そして会ったこともない道子のことが思われて、ほんとうの解決はこれからだ、という気がした。

架空座談会　名探偵登場！

（司会）　アルセーヌ＝ルパン
（出席者）
シャーロック＝ホームズ　メグレ警部
エラリイ＝クイーン　銭形平次
ヘンリー＝メリベル卿　ペリイ＝メイスン
明智小五郎

ルパン　フランス生まれで産みの親はルブラン。天才的な怪盗として、全世界の読者より喝采を博している。

ホームズ　コナンドイルにより創造されたロンドンの名探偵。天才的推理力により名探偵の名を独占している。

メリベル卿　密室派の大御所ディクスン＝カー（カーター＝ディクソン）が生みの親でふとっちょの毒舌家。

クイーン　アメリカ生まれ。同名の小説家（実は二人の人物の合作）になる。父親の警部を助けて、才能発揮。

明智小五郎　わが国推理小説界で、大正の昔から活躍。江戸川乱歩により生命をふきこまれた代表的名探偵。

メグレ警部　フランスの作家ジョルジュ＝シメノンが産みの親。地道にこつこつと捜査して、動機を発見する。

銭形平次　野村胡堂によって、江戸時代に活躍させられた捕物名人。投げ銭が得意。子分が有名なガラッ八。

メイスン　アメリカのみならず、全世界の人気者。ガードナーに見出され、法廷で痛快に検事をやっつける。

☆　探偵のおもしろさ

ルパン　このたび、高校時代編集部のご好意あるとりはからいで、ホームズ先生をはじめそうそうたる諸先生のお集まりをいただきまして、座談会を開くことになりました。その司会を私が仰せつかったのでありますが、これは私が探偵もやれば犯人にもなるという特殊技能の持主であり、いわば犯罪の裏表に通じているからだろうと、ひそかに自負しているのであります。

ホームズ　うむ。君はうわさどおりダンディで、しかも気取り屋だな。（笑声）

ルパン　（むっとしたように）ダンディでは司会はつとまらないとおっしゃるのですか？

平次　まあまあ、ルパン君そうこうふんしてはぶちこわしだ。私はいんたい以来、皆さんの活躍した事件をいろいろと読んで知っているのですが、ルパン君はある事件でホームズ先生とやり合って、しかもルパン君がホームズ先生に勝ったことになっているが、あれはどうも感心しませんな。ホームズ先生だって、あれは納得できないでしょう。

ルパン　ああ、あれですか。私だってホームズ先生とやり合うというのは本意ではありませんでした。私自身納得いかないのです。（笑声）

平次　そうでしょう、そうでしょう。ああいうことは第一人者であるホームズ先生に対して失礼です。

ホームズ　いやいや、平次親分こそ江戸開府以来の捕物の名人だそうじゃありませんか。

平次　それは大げさです。私以前に半七親分というもっと有名な親分がおりました。

ルパン　平次親分は典型的な江戸ッ子ですから、なかなかけんそん家です。ところで、これまた典型的なロンドン子で、ベーカー街二二一番Bにお住いのホームズ先生におうかがいしたいのですが、先生はどうして探偵の仕事に興味を持つようになったのですか。

ホームズ　それはやはり、あの有名な〝黄金虫〟の事件を知ったのが直接の動機でしょう。同時に、エジンバラ大学医学部教授のジョウゼフ＝ベル博士が実にするどい推理力の持ち主で、この博士からのえいきょうも多分にあった。私がある事件で、手を見ればその人の職業がわかり、ズボンのひざを見れば靴屋はすぐにわかる、という意味のことをいったのは、実は博士のことばをいただいたのだ。

ルパン　最初の事件はいつごろでしたでしょうか。

ホームズ　あれはたしか、今から八十年ほど前の一八八七年の〝緋色の研究〟だった。〝モルグ街の殺人事件〟の四十六年あとということになるな。

ルパン　どういう事件が一番興味をひかれますか。

ホームズ　それはなんといっても、謎の面白い事件ということになるね。謎が奇妙で不可解であればあるほど、私は一生懸命になる。したがって事件もスムーズにほどけてゆく、というわけだ。

ルパン　そして最後に意外な解決ということになるわけですね。この意外性がなかったら、やはり面白くないでしょうね。

ホームズ　それはそうだ。まず最初にとびきり面白い謎があって、それを解決してゆく途中にハラハラするような、いわゆるサスペンスがあってそして意外な解決という、この三つの要素がなければ面白くない。

ルパン　そこで、クイーン探偵さんにおうかがいしたいのですが、あなたの手がける事件はすべて本格物といわれるものばかりですが、その本格物というのはどういう意味なのでしょうか。

クイーン　ちょっとむずかしい問題だが、本格的といわれるのは何も私にかぎったことでなく、ホームズ先生だってもちろんそうだし、その外たとえばあの有名な〝僧正殺人事件〟を解決したフイロ・バンス君などはもっとも名高いでしょう。それでその本格物だが、簡単にいえば、物理的証拠にもとづく謎解きの論理とでもいえましょう。そしてその論理はジグソー・パズル（はめ絵遊び）の面白さにたとえられるでしょう。バラバラに散らばっている真相への材料を探偵は正しい位置に配列してゆくわけですが、かならずどこかに当てはまるはずであるのに、さてどこへはめたらよいのか、一見なかなかわからない。それを論理的に考えて正しい位置にはめてゆくのが探偵の役目になるわけです。

ホームズ　その通りだ。そういう科学的推理にかけては、ソーンダイク博士が一番するどいと思う。あの人などはそういう証拠の組立てには抜群の才能があったようだ。探偵が顕微鏡などを使ったら面白くないとはよくいわれることだが、しかし顕微鏡を使って面白く推理してみせたのがソーンダイク博士だったな。私の推理には蓋然性はあっても必然性はない、などと悪口をいわれるがね。

ルパン　そんなことはありません。先生の場合は事件にまつわる物語も非常に面白く、しかも人間洞察の深さや強い正義感という点などからも、やはり第一人者です。

ところで平次親分いかがでしょう。あなたの活躍した時代と現代とをくらべて、犯罪の傾向などやはり違っているでしょうか。

平次　それはもうなんと申しましても、あのころは一般にのんきな時代でして、あまり悪ラツな事件というのは少なかったようです。人情にからまる単純な事件がほとんどでした。日本の家屋は解放的ですし、手のこんだ密室などというものはありませんでした。

☆　密室について講義

ルパン　なるほど。密室といえば、これはメリベル卿の得意とするところですが、密室についてひとつお話し願えませんか。

メリベル卿　私はやはり密室の事件に一番やりがいを感じますが、私の親友であるフェル博士の密室について の講義をかいつまんで説明しましょう。

明智　〝三つの棺〟の事件でフェル博士が講義した、有名なあれですね。

メリベル卿　そうです。

ホームズ　ふーん。そんな講義があったとは知らなかった。これはおどろいた。密室といえば〝モルグ街の殺人事件〟が最初で、私の〝まだらの紐〟の事件などもそうだったが、ともかくその講義を聞きましょう。

メリベル卿　では簡単に申し上げましょう。密室についてはいろいろの型があるわけですが、第一に、殺人ではなくて偶然の一致がかさなって殺人に見えるものです。いわば偶然の事故です。その部屋に錠がおりていないうちに、強盗か、襲撃か、負傷か、または家具の破損などがあって、殺人のかくとうがあったことを暗示するわけだ。その後に、被害者が密室で偶然に死ぬか気絶する。そこでこのいろいろなでき事がみんな同時に起こったように思われてしまう。この場合死の方法は普通頭部の強打で、鈍器によるものと推定されるが、ほんとうは何かの家具にぶっつけたものです。

ホームズ　私のあつかった〝かたわの男の冒険〟がそうだったな。

メリベル卿　そうです。あれはたしか炉の鉄格子だったのですが、あれ以来炉の鉄格子がもっともポピュラーになったのです。

第二は、殺人ではあるが、被害者がやむなく自殺するか、偶然の死にぶっつかるようにさせられる。暗示によって幽霊の出る部屋の効果を使ったり、もっと普通には室外からガスを入れたりする。ガスまたは毒薬で被害者は狂暴になり、部屋中をメチャメチャにして、かくとうがあったように思わせてから、ナイフをからだに突きさして死ぬ。

第三は、あらかじめ部屋の中に細工をして、家具の中などに見つからぬように機械的な装置をしておいて、それで殺す。

第四は、……えーと、なんだったかな。この日本の暑さはどうも物を忘れさせるようだ。（笑声）

明智　それでは私が申し上げましょう。第四は殺人のように見せかけて、密室の中で計画的に自殺をするのです。この方法は私の友人である金田一耕助君が〝本陣殺人事件〟であつかっております。

第五は、錯覚と変装のために難問となる殺人です。つまり、まだ生きていると思われた被害者が実はすでに部屋の中で殺されていたというものです。その部屋のドアはだれかが見はっている。被害者に変装しているか、あるいは後姿が被害者と見まちがえられる犯人が、急いでドアから入る。急にサッとふり返って変装をとると、すぐに自分の姿になって部屋から出て来る。すると、犯人は部屋から出て来ながら被害者とすれ違ったただけだというふうに、見ていた人間は錯覚する。とすると、犯人にはアリバイができる。なぜなら、後で死体が発見されると、この殺人は変装の被害者が部屋に入ってしばらくたってから起こったものと推定されるからだ。

第六は第五と正反対の効果による殺人です。つまり、被害者はほんとうの死亡時間よりずっと前に死んだものと推定される場合です。被害者はたとえば、密室の中で眠り薬でものんで、ぐっすりと寝こんでいる。ドアをノックしても目がさめない。そこで犯人は、どうも被害者は死んでいるようだとインチキのさわぎを始める。そして、ドアを押し破る。まっさきに部屋に入って、睡眠中の被害者を刃物で刺すかして殺しながら、他の見はっていた連中にはなにか見ないものを見たように暗示する。という方法です。
　第七は、犯行後室外に出てから、ドアか窓の錠を細工を使ってかけておく。あるいはカンヌキを落としておくという方法です。大体そんなものだったと思いますが、密室からの脱出ということもありますね。ルパン君にもあったじゃないですか。
ルパン　そうそう私も一度脱獄をしたことがありましたからね。それにしても、こういうふうに徹底的に分類をされてしまっては、もう密室の犯行はできなくなりますね。
メグレ警部　そういうことになる。密室以外にだって、犯人の使うトリックというものは、ほとんどもう新しいものはなくなるでしょう。よほどの天才でないと新しいトリックは思いつかないだろうな。
ホームズ　いや私はそうは思わないね。私の後で活躍したブラウン神父を見たまえ。私はいろいろな犯罪にぶっつかったので、もう新しいトリックなどないはずだと思っていた。ところが、ブラウン神父のあつかった事件はどれもこれも、すべて新しいトリックのものだった。それから見ても、新しいトリックというものは当然あるはずだよ。
ルパン　それはそうかも知れませんが、しかし犯人があまりに悪がしこくなるのも困りものです。超人的なトリックを使われたのでは、それを解決する探偵がそれ以上に超人的でなくてはなりませんから、そうなれば探偵は神様でなくてはつとまらなくなるでしょう。
（一同苦笑）

☆　凶器としての氷

ルパン　そこで話題をかえまして、メリベル卿などは日本の暑さにすっかりまいっているようですから、兇器としての氷についてお話し願えませんでしょうか。
メリベル卿　なるほど、それは思いつきだ。私のあつかった事件にこういうのがあった。電気冷蔵庫の小さな仕切りのある製氷函の中に毒薬を入れて氷を作る。その氷をとり出して、被害者の目の前でシェーカーに入れてカクテルを作る。すぐに自分が一口飲んでみせる。その時はまだ毒氷がとけていないので何事も起こらない。話にまぎらせてしばらく時間をたたせて毒氷がまったくとけた頃に、グラスについで被害者に飲ませる。これを第三者に目撃させておけば、犯人は一口飲んでいるのだから嫌疑をまぬかれるというわけだ。からのグラスの中にだれかが毒薬を入れておいたのだろうと判断される。そういう事件があったな。

ホームズ　イギリスでこういう事件があった。不治の病気でもうとても助からないという男が、他殺のように見せかけて自殺をし、その罪を友人にきせようとした。その自殺の方法にツララ型をしたとがった氷を使った。彼はよくトルコ風呂に行ったのだが、いつも魔法びんを持って行って、それを多くの人に見せびらかしておいた。風呂ではひどく喉がかわくので、つめたいお茶を入れておいて、時々飲むためという口実だった。そうしておいて、ある日その魔法びんにとがった氷を入れて持って行き、友人に風呂の近くをうろつかせておいて、その氷で自分の心臓を刺して死んだのだ。氷はすぐにとけてしまう。名探偵のほかは、だれもこの魔法びんをうたがうものはいなかった。

クイーン　氷をピストルの弾丸の形にけずってピストルに入れ、手早く発射するという方法がある。するどい氷片は被害者のからだに入り、体内ですぐにとけてしまうわけだから、これは犯罪ではないが、これは幽霊弾丸ということになる。

明智　これは犯罪ではないが、次のような事実があった。夏の日中にはんか街の人道で人が倒れて死んでいる。胸に弾丸のあとがある。しかし調べてみても近くにピストルなどを持っていた者はいない。解剖してみると、貫通していないにもかかわらず、からだの中に弾丸はない。マカ不思議の事件として当局をなやませたが、判明したところによると、それは意外にも氷をつんだトラックのいたずらだった。つまり、氷をつんだトラックが通りすぎて、一個の氷を道路の上に落とした。そのあとから重い荷物をつんだトラックが走ってきて、そのタイヤが氷の上を通ったために、氷がこなごなになり、そのするどい破片のひとつが、弾丸のように通行人を倒したということだった。もうひとついわせてもらえば、ある男が庭のすみに倒れて死んでいた。頭を鈍器でなぐられていた。だがなぐられたと思われる時間の前後に、その場所に近づいた者はだれもいなかった。またその近くに兇器らしいものも発見できなかった。ひじょうに不思議な事件だが、しかし名探偵の目は、死体の近くに落ちていた夏草の花を見逃がさなかった。探偵はこの花から冷房用の花氷を思った。死体は隣室の三階建ての洋館のうらに倒れていたのだ。もしその三階の窓から、だれかが被害者目がけて、大きな花氷を落としたとすれば。そこで探偵は隣家を調べた。はたして事実はそうだったのだ。

☆　複雑怪奇な犯罪の動機

ルパン　これでいくらかすずしくなったと思いますが、そこでまた話題をかえまして、きょうお集まりの皆さんの中ではメグレ警部が一番の心理派だろうと思いますので、メグレ警部に犯罪の動機についておうかがいしたいのですが。

メグレ警部　いや私はそれほど心理派ではないが、しかし犯人は人間ですから、人間の心に対する洞察は必要だとかねがね思っております。動機というものは種々雑多ですが、これを大別すれば、第一に感情の犯罪でしょう。これは恋愛とかしっととか、あるいはにくしみとか復讐といったものです。第二は利欲の犯罪で、これは物慾、野心、秘密の保持といったもの。第三は異常心理による犯罪で、これは殺人狂とかの異常な性格によるもので、私のあつかった〝ある男の首〟の事件などもその中に入ると思います。さらに第四には信念による犯罪で、これは思想、信仰、政治などに関係して起こるものだ。まあそんなふうに分類できるわけだけど、社会生活がいろいろと複雑になり、それにつれて人間関係もいろいろとこみ入ってくれば、とっぴょうしもない動機が出てくることになるし、異常心理などもますます多くなるだろうと思う。そのあげくに、動機のない犯罪なんていうのも出てくるかも知れないでしょう。

明智　動機がないというのはちょっといいすぎで、常識では判断できないという動機でしょう。イギリスで〝動機のない殺人〟の事件というのがあったようですが、やはり動機はあった。つまり、あるびんぼうな貴族がとなりの金持ちの男にそそのかされて、ある青年の発明をぬすむ。そして、その発明の製造によって大金持ちとなる。その貴族が老年になって、自分のやった悪事に苦しみ出して、それはとなりの金持ちに対するにくしみになり、ついにその金持ちを殺してしまう、というような事件でしたが、疑うべき動機がまるで見当たらなかったので動機のない殺人といわれたのでしょうが、しかしこの動機は、自責の思いを他人にてんかしようという、手におえない利己主義というべきでしょう。

メグレ警部　利己主義といえば、利他のための犯罪というのもありますね。

クイーン　そうそう、イギリスにそれのひどくかわった事件があった。長わずらいの老人が突然に死んだ。医師が死因に疑いを持って調べてみると、毒薬を飲まされたことがわかった。結局、犯人は満七歳になる老人の孫だったことがわかるのだが、その孫の母親が何かの理由から自殺をしようと毒薬のビンを持っていた。それを孫が何かときくと、母親は、これを飲んだらだれでも楽になれるのだという。そこで孫はその毒薬を病気で苦しんでいるおじいさんに飲ませてしまった、というような事件だった。これは犯人が幼児だったということで、あの〝Yの悲劇〟に似ているが、代表的な利他の殺人でしょう。

メリベル卿　異常心理では、やはりイギリスの有名な詩人探偵ゲイルのあつかった事件でこんなのがあったな。犯人は狂的な自由主義者で、あらゆるものを解放しなければおれないという人物だ。彼はまず鳥籠の中から小鳥を解放する。だが、小鳥はたちまち大きな鳥に殺されてしまう。次には金魚鉢の中の金魚に自由を与えなければならないと、金魚鉢をたたき割ってしまう。もちろん、金魚はすぐに死んでしまう。彼のそんな行動を知った探偵は、そのうちに恐ろしいことが起こるだろうと予言する。はたして、この自由狂は彼の家にとじこめられている人々に自由を与えるのだと称して、その家を破壊するために自分で放火をしてしまう。そうして、人々を解放したのだと信じているのだ。

メグレ警部　それなどは一種の気違いでしょうが、しかし殺人を犯すような人間はいずれ気違いでしょうから、動機の問題はますます複雑になっていくことでしょう。

☆　探偵は人情を重んずべし

ルパン　まったくそうですね。ところで、メイスンさん、あなたはテレビにまで顔を出して、一番の売れっ子のようですが、それはともかくとして、あなたはどちらかといえばいわゆるハードボイルド派の探偵に近いのではないかと思うのですが、しかし絶対に暴力をふるいませんね。これには何か理由があるのですか。

メイスン　いや、特別に理由というものはないのですが、しかし私は弁護士だから、すべてを法律にまかせます。といって、なんでもかでも法律一点ばりでしゃくしじょうぎにやるのではなく、それはやはり人間性というか人情というか、それを第一にしてるつもりだな。

平次　同感ですな。こういう商売はやはり人情を重んじなければいけない。

ルパン　なるほど。平次親分はお静さんという美しい奥さんがいるので、一層人情深くなるのでしょうね。

（笑声）

平次　からかっちゃいけません。私はまだテレビは見たことはないが、メイスンさんは現代の英雄というところですな。

メイスン　いやいや。私は依頼人に忠実な一介の弁護士ですよ。

ルパン　そういうけんきょなところに人気の秘密があるのかも知れませんね。行動的で正義感が強く人情に厚いあなたが、風変りな客から、奇妙なしかし一見それほど重要とも思えない事件を依頼される。それを調査していくうちに、背後に、過去に起きた大事件がひそんでいることが明らかにされて、やがて、新たな殺人事件にまで発展する。そのために思わぬ危機に立った依頼者を、あなたはあなた独特の奇手をふるって、最後の法廷で救い出し、そして真犯人をあばく。こういうやり方はあなたが初めてですね。

メイスン　そうかも知れません。

平次　私はね、メイスンさんが真犯人とチエくらべをするところも面白いが、しかしなんといっても、検察側とチエくらべをするところが一番面白いな。

ルパン　そうですね。法廷技術だけがただひとつの武器であるメイスン弁護士が、強力な権力を相手にたたかう痛快味こそ、最大の魅力でしょう。

ホームズ　私はいま流行のハードボイルドといわれるものにも相当興味を持っている。たとえば、アメリカのスペイドとかマーロウといった探偵だけど、彼等はやはり一流の探偵だと思う。彼等は虫目鏡で物的証拠を集めるような探偵はもう古くさくなって、今日では証拠というものは、犯罪現場に落ちているワイシャツの切れっぱしとか、ガラスの破片などにあるのではなく、人々の行動そのものから引き出されなければならない、と思っているようだが、メイスン君はどうかな。

メイスン　私も昔はそういうふうに考えたこともありました。しかしやはり、それだけでは面白くないと思っています。さきほど、本格物についていろいろとお話がありましたが、私もああいうふうに推理するように心がけています。ただ私の場合、事件そのものが非常なスピードで展開してゆくものですからその点からハードボイルドふうな感じを与えるのかも知れません。

ホームズ　なるほど。いわば本格物とハードボイルドのせっちゅう主義が成功しているのだな。

ルパン　ところで、あなたの美しくて聡明な秘書であるデラ＝ストリート嬢や、俊敏であなたの手足のように動く私立探偵ポール＝ドレーク君は元気ですか。

メイスン　ええ、元気です。私の成功する半分はあの人達のおかげです。きょうも一緒にきたいようなことをいっていましたが、それはあきらめてもらいました。

（笑声）

ルパン　では、時間がありませんので、このくらいで。どうも皆さんありがとうございました。

随筆篇

入選の感想

やはり感激しています。

ミステリーの魔力にとりつかれたものの一人です。書いたこともありました。それでいながら、どういうわけか読んだものといえばドイルだけでした。それが、一昨年ある事情から職をはなれ、あせっても仕方がないと、読みだしたのがミステリーでした。

まず、世界のベストテンと称されるようなものから読みだしたのですが、最初の一冊であらためてその強烈な魅力にすっかり押しつぶされました。ブームといわれるほど、目ぼしい作品はすべて出版されている現状です。ただもう熱病にとりつかれたように、何も手につかず二百冊近くを夢中で読んでしまいました。その結果、ミステリーというものに見当はずれな考え方を持って勝手な感違いをしていたことを痛感しました。

今はそうでもないのですが、なんとも不思議な読書欲でした。まるで十代の末期のあの熱っぽい読書慾がまた帰ってきたようなもので、自分でもどうしようもないほどでした。目ざす本を本屋の書棚に発見した時のあの一種言い難い興奮というものはまた格別で、あんな経験はもう出来ないのじゃないかと思っています。魔力たる所以です。

二百冊近く読んだ後に今度の作品を書いたというと、いかにも大げさないい方で、それにしちゃ……と首をかしげる方もいらっしゃるでしょうが、つまりわたしにとって、ミステリーはそれほど魅力があるというわけです。

独特の計算の上に、創造され完成されるあの美しさは、無類のものだと思っています。

その美しさに今更何をつけ加えることがあるのか、と思えば書く手も重くなりますが、同時に、ミステリーの短い歴史の、歴史の御多聞に洩れないあの多様な移り変りを見れば、どこか片隅でひとり興奮しながらつたない筆をとったとしても、これは仕方がないかもしれません。

大正十年十月六日生

昭和二十三年中央大学法学部卒
役人、銀行員を経て、現在無職。

略歴ほか

●略歴
昭和14年、県立千葉中学校卒業。昭和23年、中央大学法学部卒業。
その間、軍隊の生活を送り、卒業後は、国家公務員、銀行員、会社員等。
住所／千葉市汐見丘町24
●好きな外国作品
樽
ユダの窓
そして誰もいなくなった
マルタの鷹
ガードナーのメイスンもの
●好きな外国作家

クロフツ
クリスティ
ウールリッチ
ガーヴ
チャンドラー、そしてダール

今後の目標

推理小説は大変面白いものだと思いますし、また面白いものを書きたいものです。楽しく読んでいただくことが出来れば、この上なくうれしいことと存じます。

探偵小説と落語

　私は落語が好きで、ラジオなどでもよく聞くし、ときに寄席に出かけたりもする。

　面白いと思われるのは、やはり古典の方に多いようで、新作はおおむね味にとぼしいような気がする。

　先代の柳好が好きで、私はほとんど崇拝していた。だから、彼の死を知ったときには、大きなショックを受けたほどだ。

　それはともかく、落語と探偵小説ではずいぶんへんてこな取合わせのようだが、しかし落語にだってミステリー的なものはあるような気がする。

　大体、落語にはサゲがあり、それはミステリーにしばしば使われるある種のオチと、あらわれ方は違うだろうけど、どこか共通するものがあるように思う。

　怪談じみたものが落語のやはりミステリー的なものだろうけど、怪談とユーモアをあれほどうまく表現することは大変なことで、先代柳好の十八番だった「野ざらし」などの作者は、おどろくほどの才能の持ち主だったに違いない。もっとも、中国あたりに原典はあるのかも知れないが、私はよく知らない。

　幻想的なミステリーではよく夢を使うけど落語にも夢はたびたび出てくる。そのひとつである「カゲキヨ」を文楽で聞いたのだが、文楽の芸の力もあったのだろうが、夢をあつかったものでは一番面白いと思う。

「芝浜」では夢を見ないのに、あれは夢だったのだと思いこまされるわけだけど、夢の使い方がまるで逆なところが変っている。

　殺人を直接あつかった落語はないようだけど、死体が登場するのはいくつかあるようだ。例えば「らくだ」などもそのひとつだろう。

「らくだ」は可楽が一番うまいように思われるけど、もしもあのらくだが、フグの中毒で死んだのではなくて、だれかに殺されたとすれば、これは風変りな探偵小説になりそうだ。らくだは荒っぽい人物で、家賃の催促にきた大家さんをマキザッポを持って追いかけるというふうだから、長屋中のきらわれものだったはずだ。だから、らくだに対して殺意を持った者が二人や三人いたっておかしくない。

　らくだよりもっとものすごいあの弟分というのが探偵役をやって、大家があやしいなどと、例の気の弱いくず屋を使って死体をかつぎこませたり、いろいろやるがわかるはずもない。会う人物すべてはらくだの死をよろこんで、これは長屋中の共犯だなどともっともらしく考えこむ。仕方もないから大家からせしめた酒をくず屋といっしょにのむ。酔うほどに弱気のくず屋はがぜん気が大きくなり、とんでもないことをしゃべり出す。なんと、犯人はくず屋だった、ということになれば意外性だって充分だ。

　化かしたり化かされたりするのは、相当あるようだけど「王子の狐」が一番あざやかではないだろうか。狐に化かされているのを承知の上で、反対に狐をだましてしまうわけだが、それが狐ではなく人間同志だったり、探偵小説にもあるのではないだろうか。

　題は忘れたけど、さる大店の主人がお妾さんの気持ちをためすために、心中を持ちかける。お妾さんは今更いやだとも言えず、心ならずも承知する。そして、吾妻橋あたりから隅田川にとびこむわけだがそのあと次々とたたみこむような意外な展開はあれはまったく探偵小説のドンデン返しを思わせて面白い。

　しかし、探偵小説と落語はやはり全く別物かも知れない。

多岐川さんの人柄

多岐川さんはおだやかな人で、だれかと話をするときも、自分自身に言いきかせるような声や態度で、静かにしゃべります。相手を強引に説きふせるなどということは好まないようです。同時に、成行き上つい心にもないことをしゃべってしまう、ということもやらない人のようです。

多岐川さんのそのような人柄は作品にもあらわれているように思われます。自分自身に言いきかせそれをたしかめるように小説を書いて、読む人に何かを見せびらかし、それを無理に押しつけるようには書きません。そこのところが私は好きなのです。

真夏の夜の夢

からだの調子を悪くして、おまけにこのむし暑さで閉口しております。海に行って思い切り泳いでやろうかとやけっぱちに思ったりしますが、自殺行為になりかねないのでやめています。氷を使った殺人をいろいろ思い出し、それで涼しくなるかと言えば、やはり扇風機の方が涼しくて、そんなわけですから気のきいた夢などとても望めようもない現状です。

私の近況

からだの調子を悪くして、その上この暑さで閉口しています。

海の近くですので、海に出かけて犬かきなどやったらさっぱりするだろうと思うのですが、それも出来ず、友人からあずかったステレオで、夜などもっぱらモーツァルトを聞いています。

暑さとモーツァルトと探偵小説。愚にもつかない三題噺というわけです。

昭和37年をふり返つて

腹膜炎の手術で五十日近く入院して最近退院したばかりですので、まとまった感想の書けないことをお許し下さい。

体力恢復次第三回目の手術を行う予定です。病気ばかりしていた悪い年でした。ただ元気になりたいと思うばかりです。

解題

横井司

1

江戸川乱歩が『宝石』の編集に乗り出してから台頭してきた新人作家を集めて開かれた座談会「新人作家の抱負」（『宝石』五九・八）で、談たまたま同年の『宝石』四月号に一挙掲載した竹村直伸の作品三編に及んだ際、乱歩は「タロの死」が「一番評判よかつたんじやないですか」と述べている。乱歩は何を根拠に「タロの死」が「一番評判よかった」と言ったのかと思っていたところ、『エラリイ・クイーンズ・ミステリ・マガジン』一九五九年五月号に載った匿名批評「反対訊問」（執筆者の署名はM・O・S）の評が目に入った。専門誌に載った批評でもあり、おそらくこれではないかと思われる。以下に該当部分を引いておく。

> 《宝石》四月号には、竹村直伸という新人の短篇が三つ並んでいる。乱歩さんが褒めているほどではないが、わりに新鮮だ。鷲尾三郎や楠田匡介より、確かに文章もうまい。いや、小説の文章としては、まだうまいというに程遠いが、素直なところが、新鮮さを感じさせるのだろう。『タロの死』『似合わない指輪』『霧の中で』の三つの中では、『タロの死』がいちばんいい。あとの二つは全面的に書直させるか、没にするべきだつた。もつとも『タロの死』にしても、もう一度、文章を直させてから、載せるべきものだ。素直だという

ことは、良くなりうるということなのだから、もっと編集者が叩いたらいい。いまのところは、育てうる素材という感じだ。『タロの死』は子どもが犬を貰ってきたことから、殺人が発覚するという話で、アイデアは悪くないが、いかにも小味である。

　ぼくにはどうも、この人の印象が、多岐川恭のそれと、ダブってしかたがない。二人とも確かにこれまでの新人よりも、日本探偵小説の過去の泥をつけてはいないし、文章もすなおだが、なんとなく小味で、ひよわで、読者をひきずりまわす力が、着想にも、文章にも欠けているような気がする。つまり奇妙な話を考えても、どこか常識の域を出ないのだ。もっと着想にも、凄味のある新人が出ないものだろうか。

ここで多岐川恭と並べて評しているのが興味深い。M・O・Sが持ったような印象は特別なものではなく、『宝石』一九六〇年一一月号の二大中編一挙掲載企画で、竹村が多岐川と共に掲載されたことからも、二人に対する同時代の認識のありようがうかがえよう。

ちなみに右の中編一挙掲載の際、同誌のグラビア・ページ「今月の横顔」に、お互いがお互いについて書いた短いエッセイが掲載されている（竹村による「多岐川さんの印象」は本書に収録）。多岐川恭による竹村の印象記「ミステリアスなムードの持主」を、参考までに以下に引いておこう。

　竹村さんは、人中へ顔を出すことが、あまり好きではなさそうだ。月一回のわれわれ仲間の会合にも来たりこなかったりだ。住所が千葉なので、わざわざ愚にもつかぬ（？）ダベリ会につき合うのがおっくうなせいもあるだろうが、やってきた時には楽しそうである。

　竹村さんのもっているムードはわれわれのうちで最もミステリアスに思える。彼は「過去」をもった人、「悲しみ」を知っている人、という印象を与える。彼の笑顔は無邪気で、しかも何か深みがある。それは竹村直伸のジミで、くろうと好きする作品に似ている。

ここで多岐川が書いている「月一回のわれわれ仲間の会合」というのは、多岐川恭、佐野洋、樹下《きのした》太郎、河野《こうの》典生《てんせい》、星新一、水上勉、結城昌治、そして竹村直伸を発足メンバーとする「他殺クラブ」のことである。もともとは、ニッポン放送で書き下ろしのラジオ・ドラマをやる企画が持ち上がり、それに参集したメンバーが中心となって結成され、後には、笹沢左保、大藪春彦、新章文子、都筑道夫、高橋泰邦、三好徹、生島治郎、梶山季之、戸川昌子、佐賀潜らが加わった。結城昌治との対談で、「他殺クラブ」の思い出を語る多岐川恭は「都筑道夫さんなんかは、せっかく集まって、くだらない話ばかりしているのはいやだと言って、来なくなったんじゃなかったかな。竹村直伸さんもそうだね」と話している（「ミステリー対談／多士済々の〝他殺クラブ〟交友録」『小説推理』七六・二）。

同じ座談会の中で、当時の推理文壇の状況が語られている。竹村が活躍したころの同時代状況がうかがえて興味深いので、以下に該当個所を引いておこう。

結城　（略）ところで、そのころの推理作家にとっての状況というか、つまり作品の発表舞台というのはいまに比べるとずっと狭かったでしょう。いわゆるクラブ雑誌を除けば、「オール読物」と「小説新潮」しかなかったんじゃないかな。推理小説の専門誌では「宝石」だけだったでしょう。

多岐川　「探偵クラブ」「探偵実話」というのがあった。

結城　だけど、それは専門誌といえないでしょう。むしろクラブ雑誌の感じだったんじゃないかな。

多岐川　ちょっと下がった感じね。でも、あのころの推理作家はそういう雑誌に主として書いていたんです。それが、あの人たちに不利に働いていたというか、そういう事情もあったと思うんですよ。他に発表舞台がなかったんですよ。

結城　しかし、そのお蔭で、みんなそのころ書き下ろしをやっていた。（略）雑誌が少なかったから、別冊なども含めて、年に五、六篇も書けばいい方だったですよ。それに週刊誌も少なかったから、いきおい書き下ろしをせざるを得なかったね。（略）

多岐川　そういえば、あのころは書き下ろしブームみたいなところがあったな。

出版史を繙けば、時代状況の正確なところは、また違ってくるのかもしれないが、当時、ブームの渦中にあって活躍していた作家の証言だけに、一端の真実を伝えていると考えてもいいだろう。

こうした書き下ろしブームに竹村直伸はついに棹さす

ことがなかった。島崎博のインタビュー「孤独と悪女と竹村直伸と」（『幻影城』七九・二）は、東都書房から書き下ろしの依頼があったことを伝えているが、自分には向かないとして断ったという経緯を伝えている。竹村は、右の島崎インタビューや鮎川哲也のインタビュー「『宝石』三編同時掲載の快挙――竹村直伸」（『ＥＱ』九〇・七）において、健康を害して執筆意欲を失ったことが断筆の理由だと述べているが、基本的には短編作家であり、書き下ろしブームの波についに乗れなかったことも影響しているのかもしれない。

本書『竹村直伸探偵小説選』第二巻は、第一巻に引き続き、一般雑誌に発表された作品を収めた他、ジュブナイル雑誌に連載した十五編にも及ぶ短編を全編収録した。編集の便宜上、ジュブナイル作品は一括して本巻にまとめたが、ジュニア向けであっても質を落とすことなく、中には珠玉の出来映えを示しているものもある。江戸川乱歩によって「日本サスペンス派」と呼ばれ、期待された作家の真価が伝われば幸いである。

2

以下、本書に収録した各編について解題を付しておく。作品によっては内容に踏み込んでいる場合もあるので、未読の方は注意されたい。

〈創作篇〉

「白い標的」は、『推理ストーリー』一九六二年四月号（二巻四号）に掲載された。単行本に収録されるのは今回が初めてである。

「危険な人生相談」は、『週刊大衆』一九六二年九月二二日号（五巻三八号）から一〇月二〇日号（五巻四二号）まで、五回にわたって連載された。単行本に収録されるのは今回が初めてである。

本作品は「花形新鋭推理小説コンクール」という、一編につき五回の連載をあてた企画の一貫として、加納一朗「停止線」、山村正夫「落日の墓標」、郡順史「一向聴」、日影丈吉「午前二時に逢いましょう」の後を受けて発表された。さらに河野典生「わが名は、プレイボーイ」、池波正太郎「台所の日本人」と続いたようだ。

「**濁った知恵**」は、『エロチック・ミステリー』一九六二年一〇月号（三巻一〇号）に掲載された。単行本に収録されるのは今回が初めてである。

「**香典作戦**」は、『推理ストーリー』一九六三年一二月号（三巻一二号）に掲載された。単行本に収録されるのは今回が初めてである。

目次には「本格長篇150枚一挙掲載！」と謳われていたが、本文タイトルページでは「本格」の文字が取れ、「長編読切150枚一挙掲載！」となっている。

主人公の性癖をに関わる「ニンフェット」という言葉は、「外国のある小説家が彼の小説の中で使ったことばだ」と書かれているが、その外国の小説とはウラジーミル・ナボコフの『ロリータ』*Lolita*（一九五五）であろう。同書は一九五九年に大久保康雄訳が河出書房新社から上下二巻で刊行され、六二年に一巻本として再刊された。その六二年にはスタンリー・キューブリックによる映画が日本でも公開されている。

「**裏目の男**」は、一九六三年一二月一五日発行の『別冊宝石』一二四号（一六巻一〇号）に掲載された。単行本に収録されるのは今回が初めてである。

掲載号は「宝石賞作家傑作集」と題した特集号で、本作品は、目次上では猪俣聖吾、奥野光信、黒木曜之助らと共に「新人力作集」の一編という扱いになっている。初出時には「ニヒルなユーモア」と題した、無署名のルーブリックが掲げられていた。

33年「昭和―横井註」「風の便り」で一席となった竹村直伸さんは、34年「見事な女」などの発表で、そのどこかニヒルなユーモアを秘めた作風が注目を集めたものであった。が、爾来健康上の理由であまり読者にはお目見得しなかった。

こんど「裏目の男」を久々に発表されて、氏の健在が見事示されたわけである。

純文学畑にみる私小説的なこまやかな感受性をもちながら世にすねたような登場人物。その味わいは昨今の推理小説界には貴重な存在だと思われる。

「**偶然自殺**」は、『大衆小説』一九六五年一〇月号（一一巻一一号）に掲載された。初出時には目次・本文ともに「現代推理」と角書きされていた。単行本に収録されるのは今回が初めてである。

「奥さんの決心」以下の十五編は、旺文社の学習雑誌『高校時代』に連載された作品で、いずれも単行本に収録されるのは今回が初めてである。

当初は「読切連載推理小説」と脇書きされ、特定のシリーズ・キャラクターは存在していなかったが、後述する通り、途中から「事件ノート（読切連載）」と改められ、シリーズ・キャラクターものとなった。

連載第一回の誌上には「筆者のプロフィール」が掲げられているが、「県立千葉中学校を経て、昭和二十三年中央大学法学部卒業。その間、軍隊生活約三年」と記されている。また「いよいよ全読者待望の推理小説登場！筆者は江戸川乱歩先生推賞の新人」というリード文も掲げられていた。竹村の連載が始まる前には、小沼丹の連作「モヤシ君殊勲ノート」（五八・一一～五九・三）が連載されており、必ずしも『高校時代』初の推理小説掲載というわけではなかったが、前年にデビューしたばかりの新人が連載に抜擢されたというだけでも、その期待の高さがうかがえる。一九五九年に『宝石』へ三編一挙掲載されて後の登用だから、あるいは乱歩の推薦で連載が決まったのかもしれない。

「奥さんの決心」は、『高校時代』一九五九年九月号（六巻六号）に掲載された。

「一年後の証言」は、『高校時代』一九五九年一〇月号（六巻七号）に掲載された。

本作品における消えたバスのトリックは、後に「消えたバス」（『宝石』一九六〇・一二）に流用された。一般雑誌に使われたトリックを、ジュブナイルに流用するということは、当時、普通に行なわれていたが（高木彬光などは、一般の探偵小説に使われたトリックを捕物帳に流用し、さらにジュブナイルに流用することを公言していたものだ）、その逆は珍しい。

「正夫の発見」は、『高校時代』一九五九年一一月号（六巻八号）に掲載された。

「乙女の祈り」は、『高校時代』一九五九年一二月号（六巻九号）に掲載された。

「奇妙な靴」は、『高校時代』一九六〇年一月号（六巻一〇号）に掲載された。

「ある死刑執行人」は、『高校時代』一九六〇年二月号（六巻一一号）に掲載された。

「疑惑の影」は、『高校時代』一九六〇年三月号（六巻一二号）に掲載された。

「死へのまじない」は、『高校時代』一九六〇年四月号

（七巻一号）に掲載された。

本作品における転落死のトリックは、後に「非情梯子」（『時代小説』一九六〇・一〇）に流用された。

「**茶色のボストンバッグ**」は、『高校時代』一九六〇年五月号（七巻二号）に掲載された。

「**母と子**」は、『高校時代』一九六〇年六月号（七巻三号）に掲載された。

本作品以降は「事件ノート」という副題に改められ、警視庁防犯部少年課補導係の大泉婦警が主人公のシリーズものとなる。レギュラーとしては他に、同僚の吉村刑事がいる。初出時の編集後記には、以下のように記されていた。

> 連載推理小説は、ゆき方を変え［、］実話と推理をたて横の糸に織りなした「事件ノート」として新登場させました。好調の三大連載小説とともにご愛読いただければ幸いです。

「**かわいい目撃者**」は、『高校時代』一九六〇年七月号（七巻四号）に掲載された。

「**消えた靴磨きの少年**」は、『高校時代』一九六〇年八月号（七巻五号）に掲載された。

「**ある兄妹**」は、『高校時代』一九六〇年九月号（七巻六号）に掲載された。

「**公開録音**」は、『高校時代』一九六〇年一二月号（七巻九号）に掲載された。

「**親と子と**」は、『高校時代』一九六一年二月号（七巻一一号）に掲載された。

「**架空座談会　名探偵登場！**」は、『高校時代』一九六〇年一〇月号（七巻七号）に掲載された。

世界各国の有名な名探偵が一堂に会して座談会を行ったという体裁の読み物で、本来は随筆篇に収めるべきところだが、初出誌が『高校時代』ということで、同誌掲載の創作の巻末に置くことにした。諒とされたい。

〈随筆篇〉

以下のエッセイは、いずれも単行本に収録されるのは今回が初めてである。

「**入選の感想**」は、『宝石』一九五八年四月号（一三巻五号）に掲載された。

「**略歴**」は、『宝石』一九五九年一二月臨時増刊号（四巻一五号）に掲載された、無題の囲み記事である。

乱歩が「殺し屋失格」（六〇）のルーブリックで『キス・キス』*Kiss Kiss*（六〇）をあげていたことを思い合わせると、好きな作家の中にロアルド・ダールの名前があるのは注目される。もっとも、この当時『キス・キス』はまだ訳されておらず、既訳は『あなたに似た人』*Someone Like You*（五三）のみだった。

「**今後の目標**」は、『アサヒ芸能』一九六〇年二月二一日号（通巻七一二号）に掲載された。「経歴」と共に掲載されているが、先の「略歴」とほぼ同じ内容なので、そちらは省略した。

「**探偵小説と落語**」は、『探偵作家クラブ会報』一九六〇年六月号（通巻一五三号）に掲載された。

「カゲキヨ」とあるのは、正しくは「景清」だろうが、夢を扱ってはいない。同じく盲人を狂言回しとした「心眼」と勘違いしたものだろう。文楽とは八代目桂文楽（一八九二〜一九七一）のこと。

「野ざらし」の原話は、竹村の推察したとおり中国ネタで、明時代末期に成立した墨憨斎《ぼくかんさい》撰『茶府』に収められた「学様」の翻案だとされる。「ほとんど崇拝していた」という先代の柳好とは三代目春風亭柳好（一八八八〜一九五六）、「らくだ」をやらせたら「一番うまいように思われる」という可楽は八代目三笑亭可楽（一八九八〜一九六四）のことだろう。

最後にふれられている「題は忘れた」噺は「星野屋」のことだろう。別題を「入れ髪」、「三両残し」（上方では「五両残し」）という。手許にある名作落語集刊行会編『名作落語集　探偵白浪篇・剣俠武勇篇』（成光館書店、三三）にも収められており、興津要は「とかく善人ばかりが登場する落語の世界では、めずらしく、腹黒い策略による化かしあいの噺で、まことに皮肉な、異色の佳篇といえよう」と評している（「解説」興津要編『古典落語（続々々）』講談社文庫、七三）。

「**多岐川さんの人柄**」は、『宝石』一九六〇年一一月号（一五巻一三号）に掲載された。

「**真夏の夜の夢**」は、『探偵作家クラブ会報』一九六一年八月号（通巻一六七号）に、同題テーマの「はがき随筆」のひとつとして掲載された。

「**私の近況**」は、『別冊週刊漫画TIMES』一九六一年八月一七日号（三巻一五号）に掲載された。

「**昭和37年をふり返つて**」は、『探偵作家クラブ会報』一九六二年一二月号（通巻一八三号）に、同題テーマの「ハガキ随想」のひとつとして掲載された。

［解題］横井 司（よこい つかさ）
1962年、石川県金沢市に生まれる。大東文化大学文学部日本文学科卒業。専修大学大学院文学研究科博士後期課程修了。95年、戦前の探偵小説に関する論考で、博士（文学）学位取得。共著に『本格ミステリ・ベスト100』（東京創元社、1997）、『日本ミステリー事典』（新潮社、2000）、『本格ミステリ・フラッシュバック』（東京創元社、2008）、『本格ミステリ・ディケイド300』（原書房、2012）など。現在、専修大学人文科学研究所特別研究員。日本推理作家協会・本格ミステリ作家クラブ会員。

竹村直伸氏の著作権継承者と連絡がとれませんでした。ご存じの方はお知らせ下さい。

竹村直伸探偵小説選《たけむらなおのぶたんていしょうせつせん》Ⅱ　〔論創ミステリ叢書89〕

2015年7月30日　初版第1刷印刷
2015年8月10日　初版第1刷発行

著者　竹村直伸
監修　横井 司
装訂　栗原裕孝
発行人　森下紀夫
発行所　論 創 社
〒101-0051 東京都千代田区神田神保町2-23 北井ビル
電話 03-3264-5254　振替口座 00160-1-155266
http://www.ronso.co.jp/

印刷・製本　中央精版印刷

Printed in Japan　ISBN978-4-8460-1446-9